소호의 죄

소호의 죄

범죄적 예술과 살인의 동기들

1판1쇄 발행 2019년 8월 16일

지 은 이   리처드 바인
펴 낸 이   김형근
펴 낸 곳   서울셀렉션㈜
편   집   문화주
디 자 인   홍성욱
마 케 팅   김종현, 황순애, 최문섭

등   록   2003년 1월 28일(제1-3169호)
주   소   서울시 종로구 삼청로 6 (03062)
편 집 부   전화 02-734-9567 팩스 02-734-9562
영 업 부   전화 02-734-9565 팩스 02-734-9563
홈페이지   www.seoulselection.com

ISBN 979-11-89809-13-3 03840

소호의 죄

범죄적 예술과 살인의 동기들

리처드 바인 지음

박지선 옮김

서울셀렉션

나만의 멜리사, 윙킷이에게

모든 예술작품은 저지르지 않은 범죄다.

– 테오도르 아도르노

소더비 경매장

어맨다가 살해당한 뒤 며칠 동안 밤잠을 설쳤다. 시신은 충격이 발생한 지 24시간이 지나서야 발견되었다. 그 이야기를 듣고는 오데온에서 우스터가에 있는 로프트까지 혼자 걸어왔다. 축축한 공기를 뚫고 오느라 으슬으슬했다. 몸을 덥히려 싱크대 옆에 서서 글렌피딕을 한 잔 마시고 잠을 청했다. 위스키 덕분에 이내 잠이 들긴 했지만, 새벽 3시가 지났을 즈음 정신이 번쩍 들었다. 주문처럼 계속 반복되는 소리 때문이었다. 그 소리는 어떤 이름을 읊조리고 있었다. '필립 올리버와 어맨다 올리버.' 미술계는 수년 간 내 친구들을 그렇게 부르며 떠받들었다. 둘의 이름은 이제는 희귀종이 된 '소호의 부부'를 일컫는 학술용어처럼 쓰였다. 올리버 부부 또는 필과 맨디. 친한 친구들이나 친해지고 싶어 하는 사람들은 그냥 'P와 M'이라고도 했다. 그 이름은 무수한 예술단체의 기부자 명단에 올랐고, 여러 주요 전시회의 작품 대여자 크레딧에 있었으며, 미술관 오프닝 행사 초대장에 돋을새김으로 새겨졌다. 파크 애비뉴의 귀부인들도 그 이름을 종종 입에 올렸다.

두 사람은 내 아내 나탈리가 파리에서 세상을 떠나자 무심한 척하며 나를 잘 챙겨주었다. 그리고 나탈리가 파리 12구에서 지금도 나를 기다리는 듯 아무렇지 않게 그녀 이야기를 했다. 우리 셋은 유럽을 쉴 새 없이 쏘다녔고, 뉴욕에 돌아와서는 말도 안 되게 많은 전시회 오프닝에 참석했다. 이게 적절한 애도라고 할 수 있을지는 모르겠다. 다만 당시 우리는 죽음에 그리 익숙지 않았다. 맨디는 저돌적이었다. 그녀와 나는 종종 필립을 남겨두고 둘만 나갔다. 필립이 돈을 벌기 위해 전화와 컴퓨터 화면에 매달려 있는 동안 우리는 갤러리에 가거나 파티에 참석했다. 우리 둘은 선을 넘어 조금 끈끈한 사이가 되었는지도 모른다. 늙어가는 미국 사내가 감당하기에는 버거운, 너무나 모던한 관계였다고나 할까. 어쨌든 두 사람 덕분에 나는 남자다움을, 아니 남자다움의 일부나마 되찾았다. 그 점은 마음 깊이 고맙게 생각한다. 그러나 필립이 정신적으로 무너지고 결혼생활을 배신한 일과 어맨다가 비참하게 죽은 일을 떠올리면, 그들 덕분에 무언가를 되찾았다는 사실 때문에 오히려 망할 놈의 짜증만 더 날 뿐이었다.

뜬눈으로 밤을 지새우게 될까봐 10밀리그램 앰비엔을 두 알 먹고 위스키를 한 잔 더 마셨다. 우리가 함께 한 나날을 시간 순으로 되짚어보려 했지만 순서가 뒤죽박죽 섞였다. 필립이 언제 두번째 아내를 버리기로 결심했는지 기억이 나질 않았다. 한번은 그가 이런 말을 했다.

"난 한 여자와 8년을 살았어. 넌 그게 어떤 건지 몰라."

사실 필립의 그 말은 틀렸다. 나 역시 결혼생활을 하는 동안 '오로지 한 여자'라는 고루한 사고방식에 얽매이지는 않았지만 생각해보면 가정이 파탄나는 것은 아주 사소하게 거슬리는 일들과 별것 아니지만 상대를 짜증나게 하는 유별난 성격 문제가 쌓이고 쌓여서이다. 이를테면 고지서가 밀렸다거나 베개가 제자리가 아 닌 곳에서 나뒹군다거나 욕조 옆 비누에 검은 머리카락이 엉켜있 다거나 하는 것들. 결혼한 사람이라면 누구나 배우자가 사형 선 고를 받게끔 할 만한 목록을, 그러니까 지독하게 끔찍했던 시간 에 대한 기록을 끝도 없이 계속 써내려갈 수 있다. 그러니 누군들 유혹을 느낄 때 가만히 있을 수 있겠는가. 필립처럼 정력과 돈이 넘치는 남자는 말할 것도 없다. 그에게는 돈 많고 자유분방하고 나긋나긋한 '어퍼 이스트 사이드의 집시' 맨디가 있었다. 그녀는 어느 날 갑자기 필립을 그의 사랑스러운 첫 아내 앤젤라에게서 낚아채 갔다. 젊은 영국인 앤젤라가 딸을 낳은 지 고작 1년만이었 다. 6년 뒤 맨디는 자기 차례를 맞았다.

문제는 이미지 하나로 시작되었다. 필립은 《플라뇌르》 잡지 속 사진에서 클라우디아 실바를, 아니 그녀의 미끈하고 풍만한 몸매 를 처음 보았다. 사진 속에는 핑크색 비닐 바지를 입고 엉덩이를 한쪽으로 한껏 치켜든 젊은 화가의 뒤태가 있었다. 클라우디아는 첼시의 퍼트리샤 놀스 갤러리에서 열린 자신의 두 번째 개인전에 서 관객과 함께 그림을 보고 있었다. 포르노를 연상시키는 S곡선 이 백색 바탕 위를 어중간하게 떠다니는 그림이었다. 화가는 최 근 스쿨 오브 비주얼 아트를 졸업했으며, 유명 이탈리아인 미술 관 관장의 딸이기도 했다. 구상화와 눅진한 붓터치를 내세운 그 녀는 스물여섯의 나이에 한 점당 3만 5,000달러에 작품을 팔면서 도 스스로를 적에게 포위되어 싸우는 이단아로 여겼다. 제도권 미술계는 실험주의 비디오 아트, 시답잖은 디지털 이미징, 생활 폐기물로 대강 만든 설치작업에 정신이 팔려 있어 자신을 비평적으로나 재정적으로 무시하고 있다는 것이었다. 그러는 동안 그녀의 삶은 윌리엄스버그에서 열린 밤샘 파티와 베네치아, 아바나, 상파울루에서 열린 비엔날레로 떠난 '자기계발' 여행으로 채워졌다. "세계에서 무슨 일이 일어나는지 알고 싶었어요." 그녀가 말했다. 《플라뇌르》를 읽는 지적인 독자라면 틀림없이 공감할 만한 감성이었다.

JFK 공항으로 향하며 광택 나는 잡지를 넘기던 필립을 처음 시험에 들게 한 것은, 그러니까 늘 그렇듯 그의 남성성을 자극한 것은 다름 아닌 클라우디아의 출중한 외모였다. 그는 곧장 타운카 뒷좌석에서 갤러리의 내 직통번호로 전화를 걸었다.

"어이, 나 좀 살자. 아주 미치겠어. 클라우디아 실바라고 알아?"

"그 여자애? 그 애가 아빠 무릎에 앉아 놀던 꼬맹이 때부터 알긴 하지."

"음, 잘 모르나본데 이젠 꼬맹이가 아니야. 뭐 새로운 건 없어? 걔 작품도 엉덩이만큼 훌륭해?"

"뭘 먼저 손에 넣어야 할지 결정하기 힘들걸."

"그야 모르지." 필립은 한참 동안 작품과 엉덩이를 놓고 고민하는 것 같았다. "걔랑 만나게 약속 좀 잡아줄 수 있어?"

나는 웃음을 터뜨렸다. "정말 미쳤구나. 날짜만 말해. 널 만나는 건 가난한 예술가의 꿈이잖아."

"조용히 진행하자고. 알겠지?" 필립은 낮 시간대 토크쇼에 나올 법한 가식적인 목소리로 말했다. "난 그저 나라는 사람 자체로 사랑받고 싶거든."

"대단한데. 그런데 그래서 아내가 있는 거 아니야?"

수화기 반대편에서 잠시 침묵이 흘렀다.

"어디 한번 알려줘봐. 아내랑 무슨 상관인지 알게 되면."

나는 그를 편하게 만들어주고 싶지 않아서 뜸을 들였다.

"결혼을 두 번이나 하는 걸 보면 네가 생각하는 결혼의 장점이 분명 있겠지."

"그렇겠지?" 필립은 슬프고 놀란 목소리였다. "앤젤라부터 어맨다까지. 결혼생활이 장장 19년이야."

"더 나쁘게 될 수도 있었잖아."

"그건 그래. 앞으로는 더 나빠지겠지. 그런데 지금 난 색다른 걸 하고 싶어. 잭슨, 내 인생이 절반이나 지났다고. 세상에 여자는 사전 속 단어만큼 많아. 난 A 부분을 간신히 지났을 뿐이야."

필립은 벌써 몇 달째 이런 식으로 말하고 있었다. 소더비에서 근현대 미술품 경매가 있던 날부터였는데, 그날 맨디는 미묘한 흥분에 휩싸여 응찰 팻말을 너무 자주 흔들어댔다. 두 사람은 원래 현대 미술품에만 응찰하고 개별 작품당 10만 달러, 총액 50만 달러를 넘지 않기로 약속했었다. 하지만 스타인버그 컬렉션 중에서 엄선된 작품들이 연달아 나오자 맨디는 흥분하기 시작했다. 그녀는 회전 진열대에 놓인 케이크 조각들을 고르는 재미에 푹 빠진 사람마냥 넋을 잃고 자신의 머릿속 턴테이블을 돌리고 있었다. 로버트 롱고의 드로잉, 돌리고. 앨리스 닐의 초상화, 돌리고. 레이 존슨의 콜라주, 돌리고. 이언 헴슬리의 〈나쁜 피〉, 스톱.

특별 관람 때 샴페인을 세 잔이나 마신 그녀는 경매인 토드 사이먼의 반짝이는 파란 눈동자에, 그리고 경매장 무대에 놓인 전화기로 전화를 거는 익명의 응찰자와 경쟁한다는 은밀한 스릴에 몹시 즐거워했다. 필립은 익명의 응찰자가 헴슬리 작품 판매자와 한통속이라고 의심했다. 에이즈 투병 중인 작가의 명성과 불안정한 작품가를 돈이 될 만한 수준으로 유지하기 위해 낙찰가를 높이려는 속셈이라면서 말이다. 응찰가는 9만 8,000달러를 호가하며 이 36세 화가의 작품 중 최고가를 경신하더니, 잠시 후 누군가 전화로 10만 2,000달러를 불렀다. 이어 10만 6,000달러로 올라갔고 맨디는 그 가격에 응찰하겠다는 신호를 보냈다. 사이먼은 손바닥만 한 망치를 두드려 43번 올리버 부인에게 낙찰했다.

그러자 필립은 친구 월터 하인즈에게 전화를 걸어 절차상 문제로 판매무효를 요구하겠다고 협박했다. 하지만 맨디는 들은 체도 하지 않았다. 그녀는 술을 한 잔 더 하려고 경매장 아래층에 모인 친구들 앞에서 작품은 "빌어먹을 내 돈"으로 샀다고, 필립을 알기 훨씬 전에 아버지에게서 받은 돈으로 샀다고 큰 소리로 외쳤다. 그녀의 할아버지가 웨스턴 펜실베이니아의 탄광에서 우락부락한 광부들을 쥐어짜내 남긴 유산이었다. 필립은 별일 아니라는 듯 어깨를 으쓱하며 친구들에게 말했다. "역시 윈게이트 왕조의 마지막 후손 어맨다답군." 예전에 필립의 외도가 점점 심해진다는 것을 알게 된 맨디가 짐짓 별일 아니라는 듯 "남자는 다 짐승이야"라고 새된 목소리로 말한 것과 같은 식이었다.

모든 결혼생활에는 설명할 수 없는 측면이 있다. 피해자 입장에서는 특히 그렇다. 하지만 나는 이것만은 알고 있었다. 필립은 맨디가 살아 있는 한 절대 그녀를 진짜로 떠나지 않으리라는 사실을. 두 사람은 그동안 별거와 재결합을 반복하고 이혼서류를 몇 번이나 만지작거렸지만 모두 일종의 게임이었다. 사실 어맨다는 필립에게 생명력 그 자체였다. 앤젤라는 멜리사가 태어난 뒤부터는 지나치게 예민해져서 필립을 퉁명스럽게 대했고 가정에 대한 책임감을 가지라며 닥달해댔다. 하지만 맨디는 그저 웃으면서 기분 전환하는 법을 알았다. 그녀는 전시회 오프닝과 자선 만찬과 파티에 지쳐 기진맥진했을 때도 허공에 손을 내저으며 "죽으면 실컷 잘 텐데, 뭐"라고 했다. 그렇게 두 사람은 운전기사가 모는 차에 실려 다음, 또 다음의 화려한 행사에 빠져들었다. 맨디는 노란색과 흰색이 섞인 알약과 술의 도움도 받았지만 이들 부부는 대체로 오로지 돈에 의지해 사는 것 같았다. 돈은 그들에게 핵연료 같은 작용을 했다. 맨디가 암과 싸우는 동안에도 두 사람의 행보는 느슨해지지 않았다.

"잭, 어디서나 아름다움을 찾을 수 있어. 아주 똑똑하고 통찰력 있게 바라본다면 말이야." 어느 날 맨디가 말했다. 병원에서 치료받고 퇴원한 지 얼마 되지 않았을 때였다. 우리는 술에 잔뜩 취해 장 조르주 레스토랑 구석 칸막이 자리에 앉아 있었다. 맨디가 블라우스를 잽싸게 걷어 올려 수술로 생긴 꿰맨 자국을 보여주었다. 심장 위쪽으로 그 자리에 있던 무언가가 사라지고 거칠거칠하고 쪼글쪼글해진 피부만이 남았다. "당신이 얼마나 똑똑하고 통찰력 있는지 볼까?"

3년 뒤 어맨다는 회복되었다. 그때 그녀는 물놀이를 하겠다고 분수대에라도 뛰어들 기세였지만, 가슴이 한쪽뿐이고 배가 점점 나오는 여자가 트레비 분수에 뛰어들어 드레스를 흠뻑 적신 채 날뛰는 모습을 보고 싶어 하는 사람은 아무도 없을 터였다. 맨디가 웃음으로 무마하지 못한 유일한 적은 나이였다. 어느새 필립의 눈길은 칵테일 쟁반을 들고 지나가는 발랄한 웨이트리스를 좇아가기 시작했다. 맨디의 암이 차도를 보이자마자 필립은 클라우디아와의 애정행각을 공공연하게 드러냈다. 맨디가 에드거타운에서 요양하는 동안 필립은 맨해튼의 회원제 다이닝 클럽, 유럽의 아트페어, 더치스 카운티의 들판과 뜨거운 침실에서 클라우디아와 로맨스를 즐겼다.

아나 멘디에타

다음날 아침 술이 깨자 한 가지 의문이 계속 떠올랐다. 배우자가 끔찍하게 죽었을 때 보통 어떤 반응을 보일까? 정답 같은 건 없을지도 모른다. 어안이 벙벙한 채 자기도 모르게 이상한 짓을 할 뿐이다. 그렇게 행동해야 할 것 같아서, 또는 그렇게 할 수밖에 없으니까. 필립은 거실 의자에서 피범벅이 돼 죽어 있는 아내를 발견하자마자 가까운 경찰서로 가서 얼빠진 상태로 자수했다.

"제가 아내를 죽였어요."

이렇게 슬픔을 표현하는 것이 다른 동네에서는 좀 이상해 보일지 모른다. 하지만 이 모든 일은 소호에서, 그것도 이곳이 세계 예술계의 새로운 수도였던 시절에 일어났다. 그날 그 동네에서는 훨씬 더 기묘한 사건들이 일어났을 것이다. 그 사건들이 꼭 공식적인 범죄와 연결되는 것은 아니겠지만. 며칠 뒤 사건을 조사 중인 호건에게서 전화가 왔다.

"필립 올리버, 그 작자랑 친하냐?"

"친하면?"

"얼마나 친한데?"

"B급 그림을 A급 가격에 팔아도 될 만큼."

전화기 반대편에서 알아듣기 힘든 잡음이 잠시 들렸다.

"계속 이렇게 빡빡하게 굴 거야?"

"널 뭘 믿고?" 잠시 후 목소리를 좀 달리하고 말했다. "필립과 난 반평생을 가깝게 지냈어. 뭘 바라는 거야?"

"솔직하게 말해주면 안 되겠냐?"

호건과 나는 뉴욕주 북부의 작은 도시에서 어린 시절을 함께 보냈고 사춘기를 함께 비척거리며 빠져나왔다. 열여덟에 뉴욕에 발을 들이고 몇 년이 흘러 우리의 길은 크게 갈라졌다. 나는 갤러리 사업에 몸담았고 호건은 경찰에 몸담았다가 탐정이 되었다.

"그러니까 필립 올리버의 미친놈 행세가 진짜라고 생각해?"

"2년이나 그랬잖아."

"그래. 하지만 그놈이 그렇게 똑똑해? 용의선상에서 벗어날 수 있을 만큼 그렇게 오랫동안 속임수를 쓸 정도로?"

"자백했다면서."

"했지. 빗속을 뚫고 경찰서로 들어가 되도 않는 소리를 지껄이다 진술서에 서명까지 했다니까. 문제는, 이 이야기가 온 동네에 퍼졌는데 그놈이 말한 게 앞뒤가 안 맞아. 현장 감식해보면 웬만큼 나오잖아."

"경찰이 뭘 알아냈는데?"

"어맨다 올리버가 어떻게 죽었는지, 뭐 대충 그런 거지. 너 그여자랑도 친구야?"

"당연하지."

"예뻤어?"

"나이에 비해서는."

"그럼 됐어. 입 다무는 게 낫겠군."

나는 기다렸다. 호건은 주로 침묵의 형태로 인정을 베풀었다. 그런 일을 하다 보면 입을 다물어야 할 일이 매우 많았다. 마침내 그가 말했다.

"머리 뒤쪽에 총을 맞았어. 소프트 포인트 탄환 두 발."

"두 발?"

"약간 위쪽에서 쐈어. 총알은 납작해져서 이마와 왼쪽 뺨을 관통했고."

"그래. 대충 알겠어."

내 안의 무언가가 불안하게 흔들리다 뚝 떨어졌다. 어느 따뜻한 가을밤에 본 맨디의 모습이 떠올랐다. 덴마크 영사의 5번가 아파트에서 디너파티가 끝나고 백발이 성성한 재담가 빅터 보르게와 춤을 추던 그녀의 날렵한 광대뼈가 빛나던 모습이. 조명이 어두워지자 발코니의 돌 테두리 너머로 센트럴파크의 나무 윗부분이 어슴푸레 보였고, 두껍고 시커먼 나뭇가지 위에서 멀리 우뚝 솟은 건물의 창문이 금빛으로 빛났다. 맨디는 아이보리색 실크 드레스를 입고 춤을 추며 초록빛 눈동자에 물기를 머금은 채 빅터의 농담에 웃음을 터뜨리고 있었다.

"말해봐. 그 여자 남편이 2년 전부터 이런 일을 꾸밀 정도로 교활해? 친처럼 계략을 꾸밀 수 있는 사람이냐고."

친, 그러니까 빈센트 지간테는 늙은 마피아였다. 내가 처음 소호로 이사 왔을 때 그는 가운 차림에 슬리퍼를 신고 '돌보미'에게 말도 안 되는 소리를 중얼거리며 도심 거리를 쏘다녔다. 알고 보니 그것은 FBI를 따돌리기 위한 위장극이었다. 정신이 나간 척하고 실제로는 그리니치 빌리지의 사교 클럽에 눌러앉아 제노베제 조직을 주무르고 있었던 것이다.

"필립은 정력적이었어."

"무슨 뜻이야?"

"독한 놈이라는 말이야. 퀸스의 낡은 창고에서 시작해 자기만의 기반을 다졌지. 25년이 걸렸어. 아버지 회사에서 뉴미디어 사업을 분사시켜 오테크를 만드는 데."

"어차피 귀공자였잖아."

"그렇게 쉽지만은 않았어. 노친네가 자수성가한데다 별 볼 일도 없으면서 상당히 빡빡했거든. 아버지 덕분에 아마 와튼에서 사회적 특권이 뭔지 뼈저리게 배웠을 거야. 졸업 후엔 선라이즈 컴포넌츠에서 5년 동안 나 죽었네 하고 일했대. 그러다 주식을 위임받아 최대 주주가 돼서 그 회사를 인수해버렸고."

"계략적이라 이거지?"

"교활한 게 그 선수 매력이야. 팔로알토 기업을 쭉쟁이로 만들려고 3년 동안 그쪽 고위 임원들을 하나씩 영입한 적도 있거든. 그들이 아는 걸 탈탈 털어 먹고 나서는 거의 다 잘라버렸어."

"또?"

"끝내주는 미술품 컬렉터야. 인심이 아주 후해. 네가 상상하는 교활한 짓도 물론 할 수 있고."

"아니면 정말 미친 건지도 모르지. 의료 기록이 가관이던데."

"의사 소견서 정도는 돈 주고 받을 수도 있잖아?"

"하긴, 돈이 그 정도로 많으면 못할 짓이 없지."

"내가 필립과 직접 얘기해보길 원해?"

"지금 네 눈에 그 친구가 어떻게 보이는지만 말해봐. 피를 보기 전까지는 다들 착한 척을 하지. 그러다 좀이 쑤시면 본인이 연기하는 캐릭터에서 살짝 벗어나잖아? 난 지금 그 틈을 찾아내고 싶다고."

"또 다른 건?"

"나랑 프린스가에 있는 아파트에 같이 가줘야겠어. 시신은 다 치웠어. 가서 보고 없어지거나 달라진 게 있는지 알려줘. 너 거기 잘 알잖아. 안 그래?"

"그래, 집주인이니까."

"잘 됐네. 30분 뒤에 거기서 봐."

가끔 나는 왜 호건을 돕는 일에 끌려다니는지 의아했다. 하지만 이런 곤란한 상황이 벌어지지 않았더라면 내 인생은 아마 더 부끄러운 일로 얼룩졌을지도 모른다. 계속 무언가에 몰두하지 않으면 결국 자기 행동과 욕망을 자세히 살피게 되었을 것이고, 그건 결코 유쾌한 일이 아닐 터였다.

솔직히 호건은 그리 뛰어난 경찰은 아니었다. 고작해야 거리 순찰, 서류 작업, 동료 맥퀸의 업무 공백을 메꾸는 일이 주요 업무였으니까. 그 자신도 모든 게 못마땅했을 것이다. 어느 날 밤 그는 골목길에서 맥퀸의 목숨을 구하기 위해 마약에 취한 온두라스 출신 청소년을 쏘아야 했고, 이튿날 아침 경찰을 때려치웠다. 지금은 사립탐정으로 일하면서 고객과 자기 자신에게만 답을 주면 되는 삶을 살고 있다. 그건 갤러리 사업가의 삶과 어느 정도 비슷한 구석이 있다.

"필립을 풀어준 이유가 뭐야?" 내가 물었다.

"번스타인."

조엘 번스타인은 필립의 개인 변호사다. 8년 전 내가 올리버 부부에게 세를 줄 때 그는 계약서 조항을 샅샅이 훑어가며 탈곡 기로 밀 줄기 털듯 나를 탈탈 턴 적이 있다. 그의 로펌은 부동산 업계와 미술품 구매 고객들 사이에서 조세회피, 전 배우자에게 바가지 씌우기, 적대적 M&A로 유명했다. 번스타인은 보통 형사 사건을 맡지 않지만 필립 올리버는 보통 고객이 아니었다. 필립은 번스타인에게 최고의 은퇴 자금이었다.

"관할서에서 필립 올리버가 조엘 번스타인에게 전화를 걸었어. 그 인간 그땐 제정신이었던 게 분명해. 아무튼 번스타인 같은 거물이 5분만에 경찰서에 떴으니 맥퀸은 싸대기를 맞은 꼴이지. 졸지에 야만적이고 비인도적인 짭새가 된 거야. 평소에도 정신 상태가 안 좋은 사람이, 게다가 뇌에 이상이 있다는 의사 소견서까지 있는 사람이 집에 갔다가 얼굴이 날아간 아내를 발견하고 허무맹랑한 소리를 했다는 이유만으로 물증 하나 없이 잡아두었으니 말이야. 인권침해다, 공권력의 횡포다 어쩌고저쩌고하면서 소송을 걸겠다고 했겠지. 어쨌든 그 변호사 나리한테 날 연결시켜줘서 고마워."

"네가 진짜로 고마워해야 할 사람은 필립이야. 필립이 번스타인한테 시킨 거거든. 나한테 전화해서 소호 출신의 노련한 사립 탐정을 아는지 물어보라고 했대. 난 네가 노련하다고 거짓말을 했지."

"날 아는 건 사실이잖아. 번스타인 덕분에 뇌가 두 개가 된 기분인데."

호건과 번스타인을 연결해준 일은 내가 호건과 서로 여러 차례 주고받은 사소한 호의 중 하나였다. 내가 무슨 일로 먹고 사는지를 생각해보면 가끔은 도덕적인 행동을 해야 할 것 같았다. 타미 맥권 역시 죄책감과 고마움 때문에 같은 행동을 했다. 하지만 이번에는 그 이상의 무언가가 있었다. 이번 일에는 내가 개인적으로 얽혀 있었다. 어맨다도 필립도, 심지어 필립이 오래전 버린 앤젤라도 내 친구다. 그리고 내 건물에서 범죄가 발생했다. 살인사건이 내 사적인 영역을 침범했다는 사실에 몹시 화가 났다.

이 살인사건에 대한 대략적인 얼개는 물론 이미 충분히 들었다. 올리버네 집 청소부가 목요일 오후에 청소를 하러 갔다가 안락의자에 삐딱하게 처박혀 있는 맨디의 시신을 발견했고, 그 주말 내내 미술계가 이 이야기로 떠들썩했다. 그 청소부는 폴란드 출신 노부인이었는데 시신을 가까이에서 보자마자 비 내리는 거리로 뛰쳐나와 손을 휘저으며 길가는 사람들에게 알아들을 수 없는 말을 지껄였다. 그 무렵 필립은 비를 쫄딱 맞으며 몇 블록 떨어진 경찰서로 중얼거리며 걸어가서 앞뒤가 안 맞는 자백을 쏟아내고 있었다.

불과 몇 시간만에 온 갤러리와 미술관에 소문이 돌았다. 아나 멘디에타가 머서가에서 유리창을 부수고 투신한 사건의 유력 용의자로 칼 안드레가 지목됐던 이후로 이렇게 의견이 분분하기는 처음이었다. 멘디에타 사건 때는 떠오르는 스타였던 이 라틴계 여성 아티스트의 죽음이 술에 취해서 일어난 사고인지 유명 미니멀리즘 조각가인 남편의 질투 어린 분노가 일으킨 사건인지가 논란거리였다. 하지만 이번 사건을 두고는 그 본질을 의심하는 사람은 없었다. 다만 누가 방아쇠를 당겼으며 어맨다 올리버의 죽음을 가장 원한 사람이 누구일까를 두고 말이 많았다. 당연히 사건 소식은 저녁 뉴스와 금요일 조간신문에 크게 보도되었다. 아이러니하게도 필립에게는 확실한 알리바이가 있었다. 그를 제외한 모든 사람이 그 알리바이, 즉 맨디가 살해될 당시 그는 로스앤젤레스 출장 중이었다는 사실에 큰 관심을 가졌다. 몇몇 관계자가 증언하겠다고 했고 비행기와 호텔 기록으로도 확인이 가능했다.

늘 그렇지만 호건에게는 자기만의 시각이 있었다. 그는 필립이 정말 범죄를 저질렀는지 여부에는 별 관심이 없었다. 사립탐정으로서 번스타인에게 정확한 정보를 제공할 뿐이었다. 번스타인은 그 정보를 자기 좋을 대로 사용할 수도 있고 변론전략에 도움이 되지 않으면 아예 무시할 수도 있었다. 그래도 경찰의 가설을 반격할 수 있는 조사 결과가 나오는 게 좋았다. 경찰은 필립의 실제 행적에 의문을 제기하고 그의 사생활과 잠재적 살해 동기를 파헤쳤다. 호건은 자신의 의뢰인을 구하기 위해 우선은 그를 의심하며 경찰보다 먼저 목표에 도달하고 싶어 하는 쪽이었다.

프린스가의 로프트

우리는 그린가에서 북쪽으로 걷기 시작했다. 나는 호건에게 로스앤젤레스 출장 이야기를 물었다.

"뭔가 의미가 있을 수도 있고, 없을 수도 있어."

"진료 기록 같은 건가?"

"필립 올리버 같은 수완가는 말 한마디로 원하는 건 뭐든 손에 넣을 수 있어. 더 쉬울 수도 있고. 그 인간 회사에 고연봉 아부꾼들이 수두룩한 걸 봐. 아마 한동안 필립은 의기소침해 있었을 거야. 물론 새로운 여자를 만났지만 자기가 원하는 방식으로 함께할 수는 없었지. 그랬다간 마누라가 재산의 절반을 차지하려고 법정으로 끌고 갔을 테니까. 그래서 어느 날 아부꾼 중 하나에게 '젠장, 저 망할 년이 사라져버리면 얼마나 좋을까' 하고 무심결에 말했을지도 모르지. 아니면 불평을 좀 세게 했던가. 망할 놈의 어맨다 때문에 인생이 제대로 안 풀린다고. 가끔 정말 짜증나게 굴 때면 영원히 사라져버렸으면 좋겠단 생각이 든다고."

"하지만 필립은 어맨다를 정말 사랑했어. 자기만의 방식이긴 하지만. 여기 소호에 있는 베르나르 브네의 로프트에서 둘이 처음 만나기 몇 년 전부터 난 그 둘을 쭉 알고 지냈다고. 필립이 이 여자 저 여자 건드리고 다닐 때도 몇 번은 함께 있었고. 지난번 피악*에 갔을 때라든지. 하지만 그렇다고 해서 그가 맨디를 죽였다고 볼 수는 없잖아."

"잭, 놀랍겠지만, 사람들은 자기를 너무 오래, 가까이 두려고 하는 배우자를 없애버리려고 꽤나 끔찍한 짓을 하기도 하거든. 명심하라고."

5월의 오후를 적시던 빗줄기가 가늘어지다 간지러운 안개비가 되었다.

"뭐, 그럴 수도 있겠지."

잠시 어색한 침묵이 흘렀다.

"소호라. 이 동네에서 온갖 미술품이 거래된다더니 길에 아스팔트도 제대로 안 깔려 있군."

내 친구는 소호 특유의 자갈 깔린 19세기식 도로와 주철건물들의 파사드에는 별다른 감흥을 느끼지 않았다.

"네가 이런 동네를 좋아할 리가 없지."

"좋아하는 사람이 있기는 해?"

나는 레인코트 옷깃을 세웠다. "많지. 유서 깊은 건물, 길게 트인 건물의 층, 내부의 가는 기둥을 좀 봐. 로프트, 갤러리, 패션 부티크에 안성맞춤이지."

"나한테 부동산이라도 팔 심산이야?"

"분위기라도 좀 느껴보라고."

호건은 투덜대며 대답했다. "대단하시네. 건물짓느라 노동자들 등골이 아주 빠졌겠다."

* FIAC. 파리 국제 현대미술 전시회 - 역주.

"지금도 그러는 갤러리가 있긴 하지."

"필립은 아시아에서도 노동력을 착취하던데. 손가락이 가늘고 빠릿한 애들한테 시간당 몇 푼 쥐어주고 실리콘 회로 자르는 일을 시키더라고. 그리고 드센 화물 운송업자 여럿과 거래해서 싼값에 선적을 하는 거지. 그 아버지의 옛 친구들에겐 올리버 인더스트리와의 계약이 전관예우 같은 거 아니겠어? 서로 눈 감을 건 감아주는 거지. 오테크 광고에서 신나게 떠들어대던 '글로벌 확장'이 그런 의미였나봐."

호건의 말을 귀담아 듣지 않으려 애썼다. 돈이 어디서 왔고 어떻게 생겼는지 깊이 생각하고 싶지 않았다. 미술품 거래에서 중요한 건 고객의 윤리관이 아니라 취향과 신용등급이다.

프린스가에 접어들자 장신구, 훔친 아트북, 향, 가짜 명품백을 파는 노점들이 즐비했다. 노점상들은 물건이 쌓인 탁자에 비닐을 씌운 채 승합차 안이나 건물 입구에서 보슬비가 그치기를 기다리고 있었다. 웨스트 브로드웨이 모퉁이에 이르러 우리는 엘리베이터에 탔다. 엘리베이터가 조용히 꼭대기 층인 8층으로 올라가던 중 호건이 말을 꺼냈다.

"그렇게 복잡한 사건이 아닐 수도 있어. LA에서 누가 실제로 필립을 봤겠어? 필립이 누군지 알지도 못하고 그저 신용카드에 적힌 이름만 아는 호텔 직원들 몇 명뿐이겠지. 그리고 업무 회의라고? 스톡옵션을 가진 공장 간부를 하나 만난 걸로 해놓은 건 아닐까? 아이 축구 양말까지도 필립이 월급을 주지 않으면 살 수 없는 형편에다 아이가 UC 버클리라도 가면 등록금을 대기 위해서라도 끽소리 말고 회사에 다녀야 하는 그런 부류의 직원 말야. 비행기 표는 필립과 좀 닮은 순종적인 예스맨 하나가 썼을 수도 있고. 솔직히 내 눈에 그런 회사원 부류는 그놈이 그놈이야. 그렇게 각본 다 써놓고 네 친구 필립이 여기 남아 지저분한 집안일을 처리했다면 누구라도 속아넘어갈 수 있지."

엘리베이터 문이 열리자 곧바로 올리버의 아파트가 나왔다. 실내에는 두 벽면에 달린 창문으로 빛이 들어와 쓰지 않는 각진 가구들을 비췄다. 앞쪽으로는 길게 뻗은 웨스트 브로드웨이와 커낼가 아래쪽 나무들이 보였다. 그 너머로 트라이베카 지구의 빌딩들이 조금 솟아올라 있었다. 엄청나게 높은 세계무역센터 건물이 낮게 드리운 먹구름에 일부 가려져 보였다. 자외선 차단막 때문에 흐릿해진 아파트 서편 창문 너머로는 허드슨강을 절반쯤 가린 목제 물탱크가 잔뜩 모여 있는 지붕이 보였다.

이렇게 비 오는 날의 잿빛 그림자에 물든 올리버의 집이 마음에 들지 않았다. 조랑말 가죽으로 만든 기다란 르 코르뷔지에 의자, 벤슨 소파, 마이스 커피 탁자, 크롬과 검은색 가죽으로 만든 브로이어의 '바실리' 슬링 체어, 흰색 종이로 만든 긴 노구치 플로어 램프를 비롯해 안에 있는 것은 전부 내가 기억하던 대로였는데도. 조명 스위치의 손잡이 두 개를 돌리자 트랙 조명에 불이 들어왔다. 클라인과 폴록의 그림 각 한 점, 라우셴버그의 그림 두 점, 존스의 그림 한 점, 워홀이 그린 '유명인' 맨디의 초상화에 생생하고 불경한 색채가 더해졌다. 호건은 광택제를 칠한 함석 바옆에 놓인 자코메티의 조각을 잠시 바라보았다.

"너보다 마른 인간이 다 있네."

"이건 올리버 부인이 직접 고른 작품이야. 불쌍한 맨디는 모더니즘 작가라면 고만고만한 작품까지 모조리 좋아했지."

그녀의 삶에서 모든 것이 혼란에 빠지고 망가졌을 때 값나가는 급진적인 작품으로 집을 도배한 것은 분명 어느 정도 위안이 되었을 것이다. 부부간의 불화가 시작되고 필립이 눈꼴사납게도 클라우디아와 함께 처음으로 공식 석상에 나타나자 어맨다는 곧장 변호사에게 가서 소호의 로프트와 그 안에 있는 고가품에 대한 소유권을 주장했다. 그러면서 필립이 직접 수집한 '떠오르는' 신예들의 작품과 그가 애지중지하는 예술가입네 하는 더러운 이탈리아 창녀의 작품은 필립이 갖든 말든, 그것들을 전부 브루클린의 난방도 안 되고 엘리베이터도 없는 건물로 끌고 가든 말든 신경 쓰지 않겠다고 말했다.

그럼에도 불구하고 어맨다는 필립이 비틀거리며 집으로 돌아올 때마다 받아주었다. 그들이 사랑하는 필립의 어린 딸 멜리사가 자신들의 임시 거처격인 이곳 로프트로 계속 찾아올 수 있도록 가정법원 판사 앞에서 사이좋은 부부 행세를 하기도 했다.

"좀 둘러보자고. 이상한 게 있으면 알려줘."

나는 먼저 주방으로 갔다. 6미터 깊이의 벽감에는 배나무로 만든 수납장이 놓여 있었고 널찍한 화강암 조리대에는 바이킹 스토브와 5성급 호텔 레스토랑에 있을 법한 크롬 냉장고가 설치되어 있었다. 맨디와 필립은 이곳에는 전담 요리사를 두지 않았기 때문에 가전제품들을 사용할 일이 별로 없었다. 이곳은 그들이 '자유분방하게' 떠나와 머무는 곳이었다. 여기서 맨디는 미술 후원가 놀이를 했고, 필립은 도심과 외곽 사이에 있는 사무실에서 광섬유 케이블로 세상과 소통하며 돈다발을 수북하게 쌓고 있었다.

주방 건너편에는 운동실이 있었는데, 맨디가 잃어버린 젊은 시절의 몸매로 돌아가기 위해 신화 속 시시포스처럼 애쓰며 끝없이 오르던 스테어마스터 운동기구를 갖춘 방은 고급 스파 같았다.

"여기 앉아봐." 호건이 말했다. 그는 임스라운지 의자와 오토만 옆에 서서 의자를 좌우로 살짝 돌리고 있었다.

"여기서 총에 맞았어."

나는 구부러진 체리목과 검정 가죽으로 만든 의자를 보며 반쯤 기울어진 시체와 닮았다고 생각했다. 머리 받침대에는 핏자국이 있었고 그 아래 킬림 카펫에는 더 큰 얼룩이 있었다.

"싫은데. 뭐하려고."

"앉아봐. 어서. 지금은 다 말랐어. 이틀 동안 과학수사대에서 집안을 샅샅이 조사했어."

나는 그 야트막하고 깊숙한 의자에 앉고 말았다. 오후가 되면 맨디는 이 의자에서 혼자 아트북을 읽었고 부부 동반 모임이 열리던 날에는 이곳에 기대앉아 누군가의 농담에 보드카 김렛을 흔들며 폭소를 터뜨렸다. 의자에 앉아서 보니 집안 공간 전체가 서쪽 창문으로 보이는 지붕 너머의 근심 어린 하늘과 서서히 뒤섞였다. 의자 뒤에는 재택근무 사무실과 서로 어울리게 꾸민 침실 두 개로 연결되는 복도가 있었다.

너무 이상했다. 깊은 정적, 텅 빈 느낌의 공간, 피를 흘리다 죽은 맨디. 그 사이 호건은 옥수수밭 대궁 사이사이를 헤집고다니는 사냥개마냥 방 안에 놓인 가구들 사이를 돌아다니고 있었다. 그의 벗겨진 정수리가 트랙 조명을 받아 빛났다. 어깨는 오랜 세월 동안 긴장하고 산 탓에 구부정했다. 그의 머릿속이 바삐 돌아가고 있다는 것을 방 건너편에서도 느낄 수 있었다.

"그 여자는 지금 너처럼 앉아 있었어. 복도를 등지고. 누가 총을 쏘았든 간에 뒤에서 쏘았고 9밀리 권총으로 두개골 중앙을 겨눴어. 그게 무슨 뜻인지 알아?"

그렇다. 무슨 뜻인지는 분명했다. 누군가가 몰래 침입했기 때문에 맨디가 복도에 사람이 있다는 것을 전혀 몰랐거나 그녀가 잘 알고 믿는, 어쩌면 다가와서 목덜미에 손을 얹고 안마를 해 하루의 긴장을 풀어줄 누군가였다는 뜻이다.

"그래서 드는 생각인데, 집안에 고가품이 이렇게 많은데 왜 경비원이나 CCTV가 없을까?"

"요즘 세입자들은 없는 걸 좋아해. 무심한 편안함도 이 동네에서 추구하는 유행이지. 그냥 소호만의 라이프스타일 같은 거야."

필립이 번스타인을 통해 임대 계약을 체결할 때 나에게 끈질기게 협상을 요구했다는 사실은 호건에게 굳이 알리지 않았다. 여덟 가구가 모여 있는 최고급 아파트의 임대료가 지난 10년 동안 연 2회 시세보다 10퍼센트 낮은 수준으로 인상된 상황을 감안할 때, 건물주인 내 입장에서 이 아파트에 경비원이나 CCTV를 두기 위해 돈을 쓰는 것은 말도 안 되는 짓이었다.

"게다가 집 안으로 들어오려면 바깥 문, 엘리베이터, 아파트 이렇게 열쇠 세 개가 필요하지. 절대 우연히 들어올 수는 없어. 이 블록의 모든 가게에 틀림없이 카메라가 있을 거야. 술집에도 있을 수 있고."

호건은 눈을 부릅뜨고 빈 아파트를 둘러보았다.

"좋아, 잭. 이제 다른 데도 좀 살펴봐야겠어."

필립 글래스의 합창곡

복도를 지난 곳에는 맨디의 침실이 있었다. 벽 두 면에 옷방이 딸려 있고 플랫폼 침대가 놓인 방이었다. 침대 옆에는 정육면체 모양 탁자들을 죽 늘어놓았는데 그 중 하나에는 마티스, 데 키리코, 미로에 관한 논문이 여전히 쌓여 있었다. 열려 있는 문은 거울이 즐비하고 우묵한 대리석 욕조가 있는 욕실로 이어졌다. 나는 욕실로 들어가 고체 향수가 놓인 선반을 흘끔 본 뒤 필립의 침실로 이어지는 맞은 편 문을 열었다. 검은 침대보가 덮인 아주 널찍한 침대, 《아트포럼》 최신호 두 권, 얇은 플라스마 스크린이 달린 벽걸이 텔레비전 말고는 딱히 볼 것이 없었다.

방 한쪽 구석의 문을 열자 필립의 사무실이 나왔다. 어둑한 방 안에서 컴퓨터 모니터가 빛나고 있었다. 필립이 켜둔 모니터에서는 올리버 인더스트리 화면보호기가 계속 바뀌면서 밝게 깜박거렸다. 그 방 너머에 작은 방이 있었는데, 필립의 딸 멜리사가 가끔 주말에 지내는 곳으로 포스터며 CD 케이스들이 너저분하게 널려 있었다.

나는 다시 복도로 나가 칸딘스키 그림이 걸린 방을 지나갔다. 맨디가 처음으로 자랑스레 구입한 하이 모더니즘 작품이었다. 앞을 보니 임스라운지 의자에 기대앉은 호건의 두툼한 어깨가 등받이 밖으로 삐져나와 있었고 조명을 제대로 받아 반짝이는 머리가 의자 등받침 위로 솟아올라 있었다. 나는 살인자가 그랬을 법한 걸음으로 살금살금 앞으로 나아가며, 거실을 살펴보고 있는 호건을 주시했다. 곧 그의 민머리를 쓰다듬을 수 있을 만큼 가까워지겠지.

"어떻게 생각하나?"

호건이 천천히 의자를 돌려 나를 마주보며 물었다.

"썩 괜찮은 표적이었어. 네 말이 맞아. 뒤에서 쏘는 편이 더 쉬웠을 거야."

"올리버 부인은 살인자가 다가오는 소리를 왜 못 들었을까? 방금 난 들었는데."

"음, 저것 때문일지도 몰라."

나는 동쪽 벽으로 가서 뱅앤올룹슨 오디오 버튼을 눌렀다. 바이올린 소리와 우는 듯한 목소리가 계속 나는 필립 글래스의 합창곡이 거실을 가득 채웠다.

"그 여자가 이 음악을 정말 자주 들었다면 내가 총을 쐈을 수도 있겠어."

"인기척을 느꼈지만 걱정하거나 돌아볼 이유가 없었을 수도 있잖아."

"집에 문제는 없어?"

"없어. 문제가 있는 건 나뿐이야."

"너도 이 상황에 익숙해질 거야."

왠지 익숙해지지 않을 것만 같았다. 복도와 탁 트인 거실이 이어지는 지점에서 벌어진 일이 너무 생생하게 떠오르기 때문만은 아니었다. 아파트 자체에 뭔가 빠져 있었다. 누군가가 집을 뒤지거나 도둑질한 흔적이나 와인잔 하나 깨진 흔적조차 없었다. 하지만 바로 지극히 정상적이라는 점에서 집안은 꾸며진 느낌이었고 침실도 마지못해 비밀을 지키겠다고 맹세한 듯했다. 반면 고가품들은 말할 수 없는 진실을 있는 그대로 알리고 싶어 안달인 것 같았다.

"필립의 정부 얘기 좀 해봐."

"정부라니. 클라우디아 같은 여자에겐 너무 단정한 말인데."

"그래, 난 구닥다리니까. 그 여자 알아?"

나는 바실리 의자에 호건을 마주보고 앉았다. 그의 표정으로 보아 필요한 만큼 시간을 들일 기세였다.

"필립이 소개해달라고 해서 해줬어."

"딸보다는 나이가 많아도 두 아내보다 말도 안 되게 어린 영계를 만나게 해줬다고?"

"그래, 맞아. 멜리사를 아는 모양이네?"

호건은 딱하다는 눈빛으로 나를 보았다.

"클라우디아 실바도 여기 온 적이 있나?"

글래스 합창곡의 화음이 둔한 청각으로도 알아차릴 수 있을 만큼 확 달라졌다.

"당연하지. 그땐 필이나 나나 여자들 좀 쫓아다녔지. 맨디가 유럽에 있을 땐 여기서 놀기도 했어. 다 같이. 그림이 그려지지?"

"아니, 잘 모르겠는데." 호건은 오토만에 발을 올렸다. "어쨌든 클라우디아도 이 집 구조를 안다는 거네. 침실이 어디 있고 복도가 어떻게 거실로 연결되는지 말야. 올리버 부인이 좋아하는 의자 위치도 그렇고."

"아마도."

"아마도?"

"이런, 제길. 집안 구석구석 아주 잘 알았다. 됐냐?"

호건은 자신의 싸구려 갈색 구두에 눈을 박고 있다가 나를 바라보았다.

"마누라가 집에 없는 사이에 여기서 재미를 봤다 이거지?"

"여자들 몇 명이랑 술 좀 마시고 약 좀 하고. 평범한 일이지."

내 친구는 표정 하나 안 바꾸고 나를 계속 쳐다보았다.

"네가 사는 이 나라에서는 평범한 일이 아니라 불법일 텐데."

호건이 과시하던 심문 기술이 직접적으로 이해되기 시작했다. 마치 경찰에게 정보를 넘겨줄 심리상담사와 대화하는 기분이었다.

"그런 건 다 몇 년 전에 끊었어. 맹세해."

"좋아, 그럼 넌 용서 받은 걸로 하지. 어쨌든 지금 내 관심사는 네가 그 빌어먹을 사교활동을 여전히 하는지 여부가 아니니까."

"요샌 시들해."

"적어도 추억은 남아 있겠지." 호건의 표정이 매우 심각하게 바뀌었다. "필립의 경우에는 그마저도 없을 거야. 의사들이 사실대로 기록했다면 말야."

그는 잠시 말을 멈추고 애매모호하게 미소 지었다.

"잭, 그나저나 많이 변했군. 설마 종교 때문은 아니겠지?"

"그건 아니야. 그냥 양심에 찔렸다고나 할까. 그게 중요해?"

"그게 시작이지."

호건은 일어나 창가로 갔다. 하늘은 이미 어두워져 있었고 비는 그쳤다. 가로등이 희미하게 빛났다. 그가 나를 향해 돌아서며 말했다.

"나가지. 여긴 지하묘지 같아. 그리고 너, 오늘 일 입단속 잘 해."

"이거 어쩌나, 휘트니 미술관에서 카나페나 먹으면서 동네방네 떠들어볼까 했는데. 아니면 《워싱턴 포스트》에 전화나 해서 네 가설에다 초를 좀 쳐줄까? 넌 사건 말아먹고, 맥권은 직장 날리고."

"안 웃기니까 잔말 말고 약속이나 좀 잡아줘. 필립은 그 사람 사무실에서, 그리고 클라우디아 실바랑도."

"언제부터 그런 일에 나를 찾았어? 그냥 직접 전화하면 되잖아."

"내가 예술 한다는 놈들이나 그놈들의 변변찮은 세계에 대해 뭘 알겠어. 필립과 줄이 닿는 사람들을 일단 좀 캐봐야 해. 맥락을 제대로 잡으려면. 그러자면 그 사람들이 긴장을 좀 풀 수 있는 너 같은 완충장치가 필요하다고. 나 같은 사람 앞에서 말하는 건 불편하잖아?"

"별로 말이 안 되는데?"

"약속이나 잡아."

우리는 말없이 함께 차를 타고 갔다. 그러다 보도에 내려 잠시 서성대며 머뭇거렸다.

"한 잔 할래?"

"나중에. 너무 피곤하기도 하고 도로시가 집에서 기다려. 함박스테이크 먹는 날이거든."

나는 알았다는 표정을 지었고, 우리는 테사 레스토랑 앞에 서 있는 덩치 좋은 흑인 경비원 넷 앞에 모인 사람들을 지나 남쪽으로 걷기 시작했다. 멀리 어둠 속에서 세계무역센터가 위용을 드러내고 있었다. 주변 갤러리들은 어두웠고 몇몇 부티크의 쇼윈도 불빛만이 몽환적인 느낌의 긴 드레스와 값비싼 구두를 비추고 있었다. 그랜드가의 돈 많은 한량들이 드나드는 곳은 모두 사람이 가득했다. 노천카페 탁자에 놓인 촛불과 담뱃불이 깜빡거렸다. 노베첸토에서는 음악이 연주되는 가운데 손님들이 이야기를 나누고 있었다. 내가 걸음을 멈추자 호건이 괜찮냐고 물었다.

"괜찮아. 좀 화가 나서."

"살인사건 때문일 거야."

"넌 익숙하겠지. 난 아직 아마추어라서."

호건은 굳은 표정으로 고개를 끄덕였다. "네가 좋아하던 여자를 누군가 죽였어. 그렇다고 네가 뭘 할 수 있겠어? 우주를 원망할 거야? 멍청하게 굴지 마."

"무슨 생각을 해야 할지 모르겠어." 내 평생 들어보지 못한 공허한 목소리가 나에게서 흘러나왔다. "사소한 것들이 날 괴롭게해. 맨디의 이름이 들어간 문장을 과거형으로 말해야 한다든가, 그 집에 흐르는 정적이라든가."

호건에게 다른 이야기는 하지 않았다. 미술계에서 지내면서 알고 지내는 사람은 많았지만 내가 친구라고 부를 만한 사람은 거의 없었다. 수표를 쓸 때나 전시를 할 때가 아니면 중요하게 챙기는 사람은 아무도 없다고 할 수 있을 만큼. 중년에 접어든 지금나는 광기와 속임수와 죽음으로 그나마 있던 친구들을 잃기 시작했다. 이 모든 일이 짓궂은 장난처럼 느껴졌다. 소용없는 짓이라는 걸 알면서도 나는 불만을 노골적으로 쏟아냈다.

"내 건물에서 친구가 죽은 채 발견된 게 나랑 무슨 상관이야."

"좋았어. 이제 일이나 해. 일에 푹 빠져서 잡생각일랑 잊어버리라고."

"모르겠어. 복수하면 도움이 될 것 같기도 하고."

"내 시간 뺏지 마." 호건은 집에 가고 싶어 조급해하며 반대쪽 발로 체중을 옮겨 실었다. "잭, 내 말 믿어. 복수한다고 사건이 해결되지는 않아. 생각이 뒤틀려지기만 한다고."

"알아. 더 좋은 생각이 떠오르지 않을 뿐이야."

이 말을 끝으로 우리는 빠르게 작별인사를 나눴고 호건은 커널가로 향했다. 그 길은 중간중간에 포르노 상점이 있고 홀랜드 터널을 드나드는 차량 때문에 교통정체가 심한 차이나타운 변두리였다. 나는 그가 길을 건너 트라이베카 북쪽 끝에 있는 자갈 깔린 작은 공원으로 들어간 다음 비에 젖은 나무 아래를 지나 로어 맨해튼에 있는 너저분한 자기 사무실로 가는 모습을 지켜보았다.

브롱스빌 사건

그날 밤 잠을 자려고 누웠는데 미쳐 날뛰는 앤젤라 올리버의 모습이 떠올랐다. 그 바람에 잠이 완전히 깰까 두려워 한동안 꼼짝도 하지 않고 누워 있었다. 작은 체구에 흰색 민소매 블라우스를 입은 정신 나간 여자가 총을 들고 현관에 서 있는 모습이 자꾸 떠올랐다. 갈색 머리카락을 뒤로 넘겨 은색 핀 두 개를 꽂고 있었다.

어둠 속에 있을 때면 온갖 상념이 떠오른다. 나와 나탈리와의 지난날을 이해하려고 수없이 노력하기도 했다. 미국에서 유학 온 대학원생이었던 내가 소르본의 프랑스인 동급생에게 푹 빠졌을 때는 그렇게 단순했던 일이, 결혼생활을 하면서는 어떻게 그토록 변덕스럽고 고통스럽게 변할 수 있었을까? 생 미셸 대로의 카페를 거닐며 우리가 세운 계획은 충분히 합리적으로 보였다. 나탈리는 《리베라시옹》에서 일을 하고 나는 소호에서 건물과 갤러리를 관리하며 대서양을 가로지르는 연애를 했다. 이런 낭만적인 연애 관계가 어떻게 서로에게 소리소리를 질러대고, 협박하고, 사랑이라기보다 복수에 가까운 섹스를 하는 관계로 변질될 수 있었을까?

앤젤라라면 이해했을 것이다. 부들부들 몸을 떨며 협박하던 앤젤라라면. 나는 필립이 몇 번이나 설명한 대로 경쟁상대와 맞닥뜨린 그녀의 모습을 떠올렸다. 비슷비슷한 주택이 들어선 브롱스빌의 어느 집에서 가녀린 그 여자는 권총을 겨눈 채 수많은 다른 여자들 중 '그 여자'에게 욕을 퍼부었다. 그렇다. 앤젤라는 알고 있었다.

나탈리와 나는 질투 따위는 하지 않을 사람들인 줄 알았지만 사실 그런 사람이 어디 있을까. 적어도 오랫동안 질투 없이 살 사람은 없다. 파리의 레프트 뱅크를 나탈리와 함께 휘젓고 다니던 제멋에 겨운 친구들도, 소호의 사람들도 모두 다 그렇지 않았다. 맨디나 클라우디아, 심지어 필립도 마찬가지였다. 호건도 예외는 아니었다. 앤젤라가 살인자일 거라고는 단 한순간도 생각해보지 않았다. 내게 그녀는 미국 교외의 어느 집 현관을 무대로 한 영국식 연극에 등장하는, 긴박한 사건에 내몰린 주인공 같았다.

그 사건을 처음 알게 된 건 2년 전이었다. 그날 밤 나는 14번가에 있는 러시 갤러리 개관 행사에서 아이슬란드인 조각가 바이킹을 만났다. 이 뚱뚱한 스칸디나비아인은 강철빔과 다이너마이트를 이용해 작품을 만들었다. 우리 둘 다 그날 행사에 전시된, 프랑크푸르트 콘크리트 아파트 단지에서 스케이트보드 타는 사람들 사진에 별 감흥이 없었다.

기분 전환이 필요했던 우리는 스탁야드로 향했다. 조금 걷자 고기를 구워 파는 노점이 나왔고, 우리는 그 근처 인적이 드문 거리를 향해 계속 걸었다. 뿌연 연기 사이로 비치는 네온사인의 붉은 빛이 신호등처럼 우리를 이끌었다. 술집에 도착하자 낡은 금속차양에 달린 알전구 불빛 아래 할리 데이비슨 여섯 대가 도열

해 있었고, 보도 가장자리에는 검은 리무진 한 대가 서 있었다. 바이킹은 항상 길 위에 사는 사람이었기에 그런 뒤죽박죽한 분위기를 편하게 느낄 만했다. 그는 이 나라 저 나라를 오가며 갖가지 환경에서 다이너마이트를 터뜨리고 여기저기서 여자들을 꼬셨다. 밝은 금발이었고, 우람한 맨팔뚝이 캔버스 천 재질의 검은 조끼에서 불쑥 튀어나와 있었다.

주크박스에서 찰리 대니얼스의 음악이 흘러나오는 술집 안은 열기가 가득했다. 우리는 가죽 옷을 입은 오토바이족들과 폴로셔츠를 입은 변호사들, 굿윌 중고 상점에서 산 듯한 70년대풍 구제 옷을 입은 게을러터진 예술가들 사이를 지나갔다. 바이킹은 불도저처럼 밀고 들어가 뒤쪽 당구대 근처 바 끝자락에 자리를 잡았다.

바에는 카우보이 모자를 쓰고 홀터넥 상의에 청바지를 입은 여자 바텐더 두 사람이 있었다. 바이킹이 맥주를 주문하자 바텐더 하나가 이내 도발했다.

"남자다운 술을 드셔야지. 샌님들이신가?"

"아니."

바이킹은 명백한 사실을 말하듯 억양 없는 목소리로 대답했다. 바텐더는 샷잔 네 개를 쾅 소리 나게 바 위에 내려놓고는 와일드 터키 병을 집어들었다.

"이거 한 잔?"

"당연하지. 귀여운 미국 아가씨들이 같이 마셔준다면야."

다른 바텐더가 다가와 바이킹을 위아래로 훑어보았다. "로데오가 가버려서 안타깝네. 씨름할 황소가 몇 마리 더 필요하댔는데."

바이킹이 뭐라고 대답하기도 전에 여자들은 우리와 잔을 부딪

41

치더니 동시에 와일드 터키잔을 비우고 다시 쿵 내려놓았다.

"침대에서도 이렇게들 느려 터질래나."

바이킹과 내가 재빨리 위스키잔을 비우자 바텐더가 버드와이저 두 병을 우리 쪽으로 밀었다.

"36달러예요."

"내가 내지."

우리 뒤에서 누군가가 재빨리 말했다. 돌아보니 1미터쯤 뒤에 턱시도 차림의 필립이 서 있었다. 그의 뒤로 클라우디아가 보였다. 몸에 딱 붙는 시스 드레스를 입은 그녀는 오토바이족 한 명과 이야기를 나누고 있었다. 희끗한 턱수염을 볼록 나온 배 위까지 늘어뜨린 사내였다. 드레스가 반쯤 흘러내려 클라우디아의 가슴골이 다 보였다.

"방금 전 유엔 축하연에 다녀왔는데 아주 죽을 뻔 했어. 생지옥이 따로 없더라고."

"그럴 만도 했겠네. 여긴 어쩐 일이야?"

"윌리엄스버그에 있는 클라우디아 친구들이 여기 얘기를 하더군. 클라우디아는 여기가 재미있을 것 같았나봐." 필립은 몸을 반쯤 돌려 그녀에게 외쳤다. "자기, 뭐 마실래?"

"화이트 와인이요. 그라치에, 카리노.*"

내가 경고하기도 전에 필립은 소음 너머로 바텐더에게 주문했다.

"뭐요?"

바텐더가 되묻는 바람에 필립은 더 크게 외쳤다.

"화이트 와인 두 잔. 괜찮은 샤블리 와인 있나?"

* Grazie, carino, 고마워요, 귀염둥이 – 역주.

바로 그 순간 바텐더가 바 아래로 손을 뻗어 주크박스 소리를 줄였다. 그 덕분에 필립이 외친 말이 갑자기 크게 들렸고 술집 안에 있는 사람들이 입을 모아 야유하며 웃음을 터뜨렸다. 바텐더는 금전출납기 옆에서 빨간색과 하얀색이 섞인 휴대용 확성기를 재빨리 가져왔다.

"다들 들었어요?" 그녀는 사람들을 향해 놀리듯 외쳤다. "여기 도련님께서 빌어먹을 소노마 밸리라도 오신 줄 아나본데, 걱정은 집어치우시지. 거기 그 여자 샤블리보다 더 독한 것도 들이키게 생겼으니까."

다시 웃음이 터졌고 상스러운 욕이 들려왔다.

"맥주 마실 사람?" 바텐더가 외쳤다.

음악 소리가 다시 커졌지만 그 전에 클라우디아의 오토바이족 친구가 바텐더에게 시비를 거는 소리가 들렸다.

"어이, 거기 추잡한 년. 진짜 숙녀분께 그게 무슨 말버릇이야?"

그는 바를 향해 다가왔다. 필립은 곧 끔찍한 일이 닥치리란 생각은 못한 것 같았지만 본능적으로 알맞은 행동을 했다. 그는 오토바이족을 막으며 미소 지었다.

"내 실수였어요. 그러지 말고 다 같이 좀 더 제대로 된 걸 마십시다. 위스키는 어때요?" 필립은 돌아서서 바텐더에게 손짓했다. "여기 친구들에게 맥주와 위스키를 돌리지. 사람들 모두에게."

그러자 환호성이 터져 나왔다. 바텐더들은 바 끝에서 끝까지 샷잔과 맥주병을 늘어세웠다. 사람들이 밀물처럼 밀려와 술을 집어들고 웃음을 터트렸다. 그동안 오토바이족은 맨살이 드러난 클라우디아의 팔을 잡고 다시 이야기에 집중했다. 그는 클라우디아를 보호하려는 듯 그녀 주위를 맴돌며 낮은 목소리로 말했고 시선은 줄곧 클라우디아의 반쯤 드러난 섹시한 가슴으로 향했다. 반면 클라우디아는 이 모든 상황을 의식하지 못하는 것 같았다. 자기의 존재만으로 소란을 일으키는 데 익숙한 모양이었다.

"다들 즐겁군." 필립이 말했다. 그는 술이 가득한 샷잔을 더 돌렸다. "모두 건배합시다."

바텐더들이 바 위의 술잔들을 다 집어들라고 하자 가게 안의 분위기가 점점 고조되기 시작했다. 누군가가 주크박스에서 드와이트 요아컴의 빠른 곡을 틀자 바텐더 둘이 바 위로 올라갔다. 그들이 함성을 지르자 손님들도 따라 함성을 질렀다. 오른쪽 여자가 어깨와 홀터넥 상의에 차가운 맥주를 쏟아 부었다. 맨살이 드러난 배 위로 맥주와 땀이 흘러내렸고, 여자는 더욱 격렬하게 발을 굴렀다. 목재로 만들어진 바가 술꾼들처럼 허정거렸고 오토바이족들은 소리를 질러댔다.

"더 크게."

"뭐라고? 빌어먹을, 아직도 더 뜨거운 게 필요해?" 키 큰 바텐더가 확성기로 말했다.

"그렇지!" 턱수염이 외쳤다. 그는 클라우디아에게 팔을 두르고 있었다.

"좋아. 다 죽을 줄 알아." 그녀는 술에 흠씬 젖은 친구에게 확성기를 건네더니 초록색 유리병에 담긴 것을 입에 머금었다. 그리고는 청바지 주머니에서 라이터를 꺼내 입 앞에서 켜더니 불길을 뿜어냈다.

"졸라 후끈하네." 그녀의 동료가 확성기에 대고 말했다. "여자들, 다 올라와."

그들이 사람들 속에서 여자들을 가리키기 시작했다. 그러고는
망설이기도 하고 열의를 보이기도 하는 여자들에게 손을 뻗어 삐
걱대는 바 위로 끌어올렸다.

"놀 줄 아는 년들은 춤을 추고 겁나면 노래라도 해. 못 하겠으
면 그냥 나가버려."

바텐더의 설득(이 말이 맞는지는 모르겠지만)은 필요 없었다. 바
위에 올라간 여자들은 이미 춤에 푹 빠져 있었다. 화산이 폭발하
는 머리 모양을 한 뉴저지 여자, 비서나 홍보 담당 신입사원으로
보이는 20대 여자, 백화점 점원인 듯한 여자, 내가 아는 여자 변
호사까지 있었다. 미술쪽 사람은 없었다. 그런데 갑자기 오토바
이족이 클라우디아를 번쩍 들어올리더니 내 앞을 지나갔다. 그녀
는 붕 뜬 채 미소 지으며 돌아보고는 필립에게 키스를 날렸다.

"음, 이건 새로운데." 필립이 혼잣말을 했다.

클라우디아는 유일하게 드레스를 입은 여자였는데 오토바이족
들은 환호하며 그녀를 환영했다. 다음 노래가 시작되었다. 윌리
넬슨이 팜 에이드 콘서트에서 부른 〈위스키 리버〉 라이브 버전이
었다. 사람들은 후렴구가 나올 때마다 따라 불렀고, 여자들은 몸
을 흔들어댔다. 바이킹은 맥주병으로 박자를 맞춰 가며 다른 사
람들과 함께 소리 질렀다.

필립은 고개를 끄덕이며 분위기에 따라가려고 최선을 다했다.

"정말 톡 튀는데." 그가 내 귀에 대고 외쳤다. "저기 위에 클라
우디아를 보라고. 끝내주지 않아?"

"필, 지금 내가 무슨 생각하는지 알고 싶지 않을걸."

"그래, 바로 그거야. 클라우디아는 남자들을 모조리 미치게 하지. 이보다 더 행복할 순 없어."

"넌 운 좋은 놈이야."

"당연하지." 필립은 우아하게 맥주병을 입에 대고 쭉 들이켰다. "그런데 말이야. 아까 유엔 축하연이 끝나고 바로 저기 고기 파는 가판대 건너편 옷가게에 들렀거든."

"제프리?"

"맞아. 클라우디아가 탈의실에서 치마를 입어보고 있는데 내가 그새 종업원을 꼬시고 있더란 말이지. 뭄바이 출신인데 딱히 예쁘지도 않았어. 까무잡잡하고 반지와 피어싱을 여러 개 하고 있었지. 이국적으로 느껴진달까, 아무튼 클라우디아와는 전혀 달랐어. 그게 가장 지랄 맞은 거지. 그 여자 곁을 떠날 수 없더라니까. 전화번호까지 땄어. 너무 이상하지 않아?"

"내가 보기엔 아주 정상인데."

"그래? 앤젤라가 멜리사를 낳느라 병원에 있는 동안에도 비슷한 일이 있었어. 결국 난 앤젤라 담당 산부인과 간호사와 바람을 피웠지. 그러니까 내 말은 잭, 도대체 이게 뭐지?"

"잊어버려. 넌 문제 없어." 나는 떠들썩한 소리 너머로 크게 외쳤다. "우리도 다들 그래. 네가 조금 더 못된 것뿐이야."

"내가?"

"넌 돈이 많잖아. 그러니까 그래도 돼."

필립은 고개를 끄덕였다. 음악을 즐긴다기보다 그런 것처럼 보이기 위해서였다.

"가끔은 그 불쌍한 간호사가 어떻게 됐는지 궁금해."

"왜?"

"앤젤라가 내 전화기 주소록에서 그 여자 이름을 발견했거든."

"그래서 앤젤라가 어떻게 했는데?"

"직접 찾아가서 잔뜩 겁을 줬어. 그 여자 이름이 뭐였더라."

음악 소리가 점점 커지자 내 안에서 지독한 안도감이 샘솟았다. 적어도 나탈리의 죽음은 정말 힘들었던 어떤 싸움에 종지부를 찍었다. 지금 내게는 해명해야 할 사람도, 내가 하는 일에 신경 쓰는 사람도 없었다. 나를 반갑게 맞아주는 사람도 없었지만 협박하는 사람도 없었다.

"앤젤라가 자주 그랬어?"

"긴장을 늦출 수가 없었지."

"효과가 좋았나보군."

"그 간호사, 다시는 연락이 없었어. 내 전화를 받지도 않았고."

"간호사도 시간이 좀 필요했겠지."

필립은 고개를 저었다. "딱 한 번 병원에 그 여자를 찾아간 적이 있어. 병원에서는 절대 만나게 해줄 수 없다고 했고. 마치 그 여자가 땅끝에서 떨어져 사라진 것 같았어."

"뭐 때문에 그랬을까?"

"앤젤라가 총을 들고 그 여자 집 현관에 서 있었거든."

"총이라고?"

"그래, 총. 앤젤라는 웨스트체스터에 있는 사격 클럽 회원이었어. 그 동네에서 지루한 하루를 보내려면 뭐라도 해야 했나봐."

이상한 방식이지만 늘 있던 일이었다. 운동을 좋아하는 필립은 아내들과 영혼이 아닌 취미를 공유했다.

"나중에 내가 떠나고 나서는 가끔 멜리사까지 데리고 갔더라고. 청소년 단체인가 뭔가에 등록했다던데, 총 쏘는 여자들을 위한 뭐가 있나봐. 전미 여성청소년 총기 단체? 뭐, 괜찮은 데 같긴 했어."

"뭐하는 데야? 미션 같은 게 있을 거 아냐."

"있어. 보니깐 남자들이 책임져야 할 온갖 끔찍한 여성 문제 같은 거더군. 그런 게 있다는 걸 내가 알기나 했겠어?"

"그런 얘기는 좀 들어봤지."

"그럼 그거 들어봤어? 정신적 강간. 여자들에게 엄청 충격적인 경험인 것 같던데."

"그나저나 앤젤라가 용서해줬어? 그 간호사나 뭐 그런 일들."

"용서해달라고 안 했어."

나는 말없이 잠시 맥주를 보았다.

"필립, 오래전이잖아. 10년쯤 됐나? 용서해달라 했어야지."

"어떻게 말을 꺼내야 할지 모르겠더라고. 잭, 나한테 여자는 외국 같아. 찾아가면 흥미진진하고 식민지로 만들면 유용하지만 그게 전부야. 현지인이 되면 안 돼. 그러면 망한다고. 쥐고 흔들어야지."

바로 그때 시끄러운 소리가 더 커졌다. 올려다보니 여자들 몇 명이 상의 아래로 브래지어를 벗어 바 뒤에 걸린 무스 머리 박제를 향해 던졌다. 개중 과감한 두 명은 미소 지으며 가슴을 드러냈다. 클라우디아는 그 모습을 즐거우면서도 어리둥절한 표정으로 보고 있었고 동지들의 대담함이 그녀 안의 예술가 기질을 흔들었는지 스탁야드의 이러한 의식에 과감한 변화를 주고 싶어 안달이

났다.

그녀가 찾은 해법은 드레스를 높이 들어 올리고 한쪽 다리를 쭉 뻗어 복고풍 가터벨트에 걸려 있는 무늬 스타킹 위쪽으로 드러난 하얀 맨살을 한껏 내보이는 것이었다. 그녀의 몸짓에 뚱뚱한 오토바이족 하나가 앞으로 나아가 가터벨트 고리를 풀자 그때부터 진짜 소동이 시작되었다.

휘파람 소리가 들리더니 음악이 멈췄다. 손대면 안 된다는 규칙을 엄격하게 적용하는 바텐더는 과하게 차려 입은 외국인과 그녀와 사랑에 빠진 뚱뚱한 할리 데이비슨 청년에게도 그 규칙을 적용할 모양이었다. 바텐더 한 사람이 손잡이가 긴 손전등으로 뚱뚱이의 얼굴을 비추자 그의 턱수염이 더 잿빛으로 보여 유령 같았다. 그러자 건장한 경비원 둘이 군중을 헤치고 잽싸게 그에게 다가갔다.

나는 재빨리 클라우디아를 바에서 끌어내리고 바이킹에게 우리를 막아달라고 했다. 그의 금발과 덩치 덕분인지 우리 넷은 그럭저럭 사람들을 헤치고 밤공기 속으로 나가 필립의 리무진에 잽싸게 올라탈 수 있었다.

"피트 씨는 어떻게 되는 거죠?"

클라우디아가 물었다. 뒷좌석 한쪽 구석에 웅크리고 앉은 그녀는 선팅한 유리창을 통해 밖을 보려 애썼다. 필립이 자기 재킷을 그녀의 어깨에 덮어주었다.

"해를 끼치려는 의도가 전혀 없었다고 잘 설명했을 거야."

차는 매끄럽게 출발해 원을 그리며 14번가 쪽으로 올라가다 필립이 아는 조용한 회원 전용 술집이 있는 그리니치 빌리지를 향해 동쪽으로 꺾었다.

"피트 씨는 정말 좋은 사람이에요. 그 사람 왼쪽 다리가 나무로 된 거 알아요?"

"설마."

"우리 정말 재미있는 시간을 보냈어요. 안 그래요, 아모레?"

"최고였지."

웨스트체스터

아침 햇살이 환하게 비칠 때 느긋하게 차를 몰고 통근 차량들과 반대로 북쪽으로 가는 일은 매우 즐겁다. 나는 힘을 못 쓰는 왼손으로 핸들을 잡고 오른손으로 기어를 바꿨다. 고속도로에는 이따금 완만한 곡선 구간이 있었는데 교외에서 더 멀리 나가 어수선한 동네를 지날 때 한 번, 봄날의 초록빛 나무 사이를 지날 때 또 한 번 나왔다. 제대로 된 시골 풍경이 펼쳐진 곳까지 나아가 작은 언덕과 새로 자란 나무들 사이를 지나면서 나는 갤러리 디렉터에게 전화를 걸었다. 늦는다고 알려야 했다.

"무슨 일인데요?" 로라가 물었다.

"웨스트체스터로 앤젤라 올리버를 만나러 가고 있어."

"친구로서요, 딜러로서요?"

"둘 다는 안 될까?"

"잭, 바보 같은 짓 하지 말아요."

"앤젤라는 제법 괜찮은 조각가라고."

"그래서요? 그 여자는 나이가 많다고요."

"나보다 몇 살 어린데."

잠시 동안 대답이 돌아오지 않았다.

"우리 갤러리에서 작품 사겠다는 말만은 하지 말아요."

"새 작품을 한번 보고 와야 할 것 같아서 가는 것뿐이야."

"정말 이러실 거에요?"

"왜?"

"난 여기서 자선사업 운영하려고 고용계약서에 서명한 게 아니거든요."

"앤젤라에게 돈은 필요 없어."

"그렇죠. 하지만 전시회도 열어야 하고 잡지에 광고도 실어야 하고 도록도 만들고 컬렉터들도 만나야겠죠."

"그게 우리 일이잖아."

"잭, 그렇게 구닥다리처럼 굴지 말아요. 앤젤라가 직접 구매자를 물어오지 않으면 그게 다 무슨 소용이에요?"

"내가 그렇게 얼치기로 보이나봐?"

로라는 잠시 뜸을 들였다.

"그냥 조심하라고요. 알겠죠?"

"앤젤라가 피해는 안 줄거야."

"당신한테나 그렇겠죠."

20분 뒤 차에서 내리기 직전에는 돈에게 전화를 걸어 건물들의 상황을 확인했다. 톰슨가 건물에서 가스가 누출되었고 설리번가의 적갈색 사암 건물은 수압이 낮았다. 한편 올리버의 아파트에 관한 문의가 자동응답기 수신함에 가득 쌓여 있었다. 모두 어맨다 살인사건 기사를 읽고 조만간 로프트 값이 떨어지지 않을까 기대한 이들이었다.

"물어보면 그곳은 아직 범죄 현장이라고 얘기해줘."

"얘기했죠. 하지만 아랑곳하지 않던데요. 자기 돈으로 바닥을 몽땅 교체하겠다고 한 사람도 있었어요."

전화 통화 후 나는 들판에 내리쬐는 햇살과 나뭇잎에 잔물결을 일으키는 상쾌한 바람에 기분이 좋아졌다. 부동산은 사람들에게 기이한 방식으로 영향을 미친다. 뉴욕대 미술대학원에 다니던 시절 나는 랠프라는 친구와 함께 여름 한철 프리랜서 목수로 일하며 정규 업체들이 하기에는 규모가 너무 작고 비용도 저렴한 도심 건물 복구 작업을 전문으로 맡았다. 당시 소호의 낡은 상업용 건물은 업무시설로 지정돼 있었기 때문에 누구도 이 동네에 거주할 수는 없었다. 따라서 불법 거주자들은 건물 조사관이 돌아다닐 때 서로 위험을 알릴 수 있는 휘파람 시스템을 개발해야 했다. 그러면 침대는 긴 의자가 되었고 스토브는 눈속임용 장식장 뒤로 사라졌다. 사실 공무원들은 우리가 하는 일에 별 관심이 없었다. 시에서는 몇 년 전부터 이 지역 건물들을 수용할 준비를 해왔고, 주택 담당국에서는 소호의 거리에서 어슬렁대는 주정뱅이 부랑자와 불량배보다는 예술가들이 좀 더 낫다고 생각했다.

우리는 작고 행복한 공동체였다. 적어도 어떤 면에서는 그랬다. 젊은 남녀가 어울려 하루 종일 작업실에서 일하고 20블록 떨어진 가장 가까운 식료품점까지 떼 지어 갔다가 누군가의 로프트에서 맥주를 마시고 마리화나를 피우며 파티를 벌였다. 그 뒤 머드 클럽이나 터널로 가서 밤늦게까지 유흥을 즐겼다.

랠프와 나는 일당을 항상 돈으로 받지는 못했고 가끔 유흥에 필요한 물품이나 미술작품으로 대신 받기도 했다. 그때 받은 작품들은 대개 가치가 없었고, 기껏해야 서너 점 정도만 이제는 문화계 아이콘이 되어 캐비아를 한 트럭 살 수 있을 만한 값이 됐다. 우리 고객들 중 몇 명은 유명해졌고 모두 그럴듯한 곳에 살게 되었다. 랠프는 번 돈을 몽땅 약에 쏟아부었지만 나는 현금으로 주로 거래했기 때문에 세금도 떼지 않고 받은 그 돈으로 학비를 냈다. 그러다 어느 부활절 연휴 중에 젊은 작가의 그림 가격이 갑자기 뛰는 바람에 돈을 좀 벌었고 그 돈으로 머서가의 낡아빠진 건물 한 채에 있는, 아무도 사용하지 않고 비어 있던 279제곱미터(약 85평) 넓이의 공간을 구입했다. 나는 그곳을 리노베이션해서 몇 블록 떨어진 곳의 버려진 건물 전체를 살 만한 금액을 받고 팔았다.

그렇게 세월이 흘러갔다. 12년이 지나 사고로 인해 받은 보험금에 이리저리 융통한 자금을 얹어 갤러리 사업을 새로 시작할 때쯤 나는 이미 소호에 합법적인 건물 일곱 채를 소유하고 있었다. 그리고 얼마 후 부동산 열풍이 불었다.

고속도로에서 빠져나오자 고목들과 생울타리 사이로 이따금 하얗게 빛나는 집들이 얼핏 보였다. 지방도로는 골동품 상점 몇 개, 베이글 카페, 렉서스 대리점이 있는 작은 마을을 통과했다. 800미터 정도 더 가자 앤젤라의 집 진입로를 알리는 검은 우편함이 나타났다. 방향을 한 번 더 꺾자 널찍하고 초록색 덧문이 달렸으며 3면에 베란다가 나있는 2층짜리 빅토리아풍 주택이 온전히 보였다.

아침에 내 전화를 받고 아직도 어리둥절한 앤젤라가 밖으로 나와 나를 맞이했다. 짧은 갈색 머리에 고급 청바지와 매듭을 묶어 허리를 반쯤 드러낸 샴브레이 소재 블라우스를 입고 보행로를 경쾌하게 걸어오는 그녀를 보자마자 내 생각이 틀렸다는 것을 알았다. 부지불식간에 나는 이곳 그녀의 집에서 학대당한 여자를, 내가 기억하던 10년 전의 갓 버림받은 주부를 만나리라고 기대했던 것이 분명했다. 그래선 안 됐는데.

"안녕, 잭. 안 그래도 곧 도착할 거 같아서 기다리고 있었어." 앤젤라는 내 뺨에 입을 맞췄다. "필립이 보냈어?"

"아니, 내가 오고 싶어서. 너무 오래됐잖아."

수년 동안 우리는 꾸준히 연락을 주고받았다. 계절이 지날 때쯤에는 그녀와 멜리사와 함께 소호 외곽에서 점심 코스요리를 먹었다. 식당은 늘 조심스럽게 골랐다. 앤젤라가 자기 남편과 인생을 도둑질해 간 어맨다와 마주치지 않는 것을 우리 우정의 조건으로 원한다는 사실을 알았기 때문이다.

"여기까지 어쩐 일이야? 내 손가락에 화약에 덴 자국이 있는지 확인하려고?"

"굳이 말하자면 필립을 찾으러 왔어."

"그게 무슨 소리야? 필립은 여기 없어."

"요즘엔 그 어디에도 없는 것 같던데."

"그건 그래, 딱한 사람."

잔머리를 써서 모면하기에는 너무 멀리 나갔다. "앤지, 필립이 어떤지 알잖아. 살아 있는 사람 중 가장 잘 알겠지. 필립이 속임수를 쓸 수 있다고 생각해?"

앤젤라는 내 눈을 차분히 바라보았다. "필립은 원하는 걸 손에 넣는 데 도움이 되기만 한다면 무슨 말이든, 무슨 짓이든 할 수 있고 무엇이든 감쪽같이 속일 수 있는 사람이라고 생각해."

"지금도?"

"사람은 그렇게 많이 변하지 않아."

그녀가 겪고 당한 일들을 생각하면 이상한 말 같았다. 나는 웃음을 터뜨렸다.

"음, 그럼 우리 모두 가망 없이 이 상태로 지내야 하는 거야?"

우리는 집 안으로 들어갔고 카펫이 깔린 방을 몇 개 지나 유리 미닫이문으로 수영장이 내다보이는 주방으로 갔다. 다이빙보드에 올라간 멜리사를 중년의 보모가 지켜보고 있었다. 엄마가 활기차게 손을 흔들자 아이는 대답 대신 재빨리 몸을 틀며 다이빙했다. 나를 돌아본 앤젤라의 얼굴에는 희미한 미소가 떠올라 있었다.

"요새 연애 사업은 어때?"

"괜찮은 것 같아. 그건 왜?"

"당신이 찾아온 목적이 섹스가 아닐까 했거든."

나는 분명 당혹스러워 보였을 것이다.

"잭, 나랑 자고 싶지 않아? 요샌 다들 나와 한번 하고 싶어 하는 것 같던데. 내가 다시 도시에서 시간을 보내기 시작해서 그런가."

"난 그런 생각 한 적 없어."

"정말? 이런 무례한 남자를 봤나. 어쨌든 당신은 예외군."

이럴 줄 알았어야 했다. 오래전 필립이 떠나고 나서 앤젤라는 자기 몸 반쪽이 사라진 기분이라고 내게 말한 적이 있었다. 그녀는 기회가 닿는 대로 어디서든 사라진 반쪽을 조금씩 채워야 했다. 그러기 위해 여러 분야를 섭렵했음이 분명했다. 물론 연인도 아주 많았을 테고.

"정말이지 놀라운 일이야. 잘 알지도 못하는 남자들이 여기저기서 전화를 해. 다들 저녁을 먹재. 그러고 나서 티베트 가수가 굵고 거친 목소리로 노래하는 뱀 같은 데 가자고 하겠지. 하지만 그 사람들이 정말 하고 싶은 말은 '술 한 잔 하고 빨리 한 번 할까요'가 아니겠어?"

"짜증나겠군."

"상관 안 해. 다 재미있자고 하는 일인데."

"다행이네. 난 재미라면 볼 만큼 봤어."

"아니지 않아?"

"지금으로선 충분해."

"잭, 그럼 뭘 원하는 거야?"

"글쎄, 순수하고 다정한 마음이랄까."

앤젤라는 소리 내어 웃다가 뚝 멈췄다.

"세상에. 진심이구나?"

그때 멜리사가 수건으로 몸을 감싼 채 떨며 미닫이문을 열고 들어왔다.

"안녕하세요, 삼촌. 내가 뒤로 다이빙하는 거 봤어요?"

"넋을 놓고 봤지."

"미시, 물 흘리지 말고."

앤젤라는 멜리사의 하얀 원피스 수영복 아랫단에서 주방 타일로 떨어지는 물방울을 노려보았다. 아이는 나를 보며 눈을 깜빡이더니 이를 딱딱 떨며 자기 방으로 갔다.

"귀여운 녀석. 프랑스어는 잘 배우고 있어? 지금도 디저트로 크렘 브릴레를 주문하나?"

"쟤한테 속지 마. 조용하지만 말을 지독하게 안 들으니까."

양육 문제를 의논하러 온 것은 아니었다.

"말해봐. 요새 시내에 자주 나오는 이유가 뭐야?" 나는 최대한 아무렇지 않은 듯 물었다. "데이트할 때 빼고 말이야."

"가을에 전시를 하려고."

나는 놀란 티를 내지 않으려 애썼다. "잘 됐네. 어디서?"

"첼시에 있는 마이클 루미스 갤러리. 거기 알아?"

"25번가에 있는 2층짜리? 당연히 알지."

"확실히 제일 좋은 데는 아니야. 하지만 내가 구할 수 있는 곳은 그 정도인걸."

그녀가 제법 잘 잡았다는 건 우리 둘 다 알고 있었다. 작은 마을의 사교계 유명인사로 10년을 살고 나서 그녀의 작품을 진지하게 받아주는 갤러리를 찾았다는 건 행운이었다. 그 사람이 마이클 루미스일지라도.

"미리 좀 보고 싶은데."

"정말? 나야 영광이지."

알리바이, 카토나 미술관

앤젤라는 나를 데리고 잔디밭을 지나 흰색 판자로 지은 작업실로 갔다. 원래 마차 차고로 쓰던 곳이었다. 미닫이문을 열자 빛한 줄기가 어둠을 뚫고 들어와 어둑한 실내에 있던 사람 같은 여러 형체를 비췄다. 실제 크기인 것도, 더 작은 것도 있었는데 유리섬유, 합성수지, 금속으로 주조한 것이 많았고 나무를 깎아 만든 것도 몇 점 있었다. 조각 작품들은 벽에 걸려 있기도 하고 구석에서 뒤틀린 자세를 취하기도 하고 단 위에서 몸이 반 잘려 폴리우레탄으로 만든 내부 장기가 쏟아져 나온 채 웅크리고 앉아 있기도 했다.

"숙녀분들, 몸가짐 조심하세요." 앤젤라가 어둑한 실내를 향해 말했다. "신사분이 찾아오셨답니다."

"작품이 많이 달라졌네."

"응, 그럴 수밖에."

"폴리머, 합성수지, 글루건 같은 건 조심해서 다뤄야 할 텐데. 모두 독성이 강해."

"걱정 마, 나도 알아. 에바 헤세처럼 뇌종양으로 죽고 싶진 않거든. 런던의 모자 직공들처럼 미치고 싶지도 않고."

앤젤라가 머리 위쪽에 달린 조명 여러 개를 켜자 작품이 창백하게 변했다. 작품 사이를 거니는 동안 그녀는 마흔 살 생일 이후 닥친 정신적인 변화가, 다시 말해 자존심을 짓밟아버린 자기비하에서 분노에 이르기까지의 변화가 새로운 작품에 어떻게 반영되었는지 설명했다.

"그동안 일 좀 했어."

"그런 것 같군. 어떻게 그럴 수 있었어?"

"말로 설명하기 힘들어. 내가 만들어냈다고 해서 실제로 통제할 수 있는 건 아니야. 엄마 노릇을 하면서 그걸 배웠지."

"그래도 어쨌든 커리어 관리는 되겠는데?"

"안 그래도 홍보전문가를 고용했어. 나도 관리 좀 해야지. 그녀가 전시 제목을 '망명'이라고 하자네."

"누구나 생각할 수 있는 제목인데?"

"잭, 당신이 홍보전문가를 대수롭지 않게 생각한다는 거 알아. 하지만 난 잃어버린 시간을 메꿔야 해. 내숭떨 때가 아니라고."

어느 정도 맞는 말이었다. 미술계는 몰록* 처럼 젊음을 소비한다. 대학원을 갓 졸업해 열의에 찬 풋내기들은 나 같은 딜러의 혹독한 품에 자신을 내던질 준비가 되어 있다. 우리처럼 명성이 중요한 시장에서는 어릴수록 좋다. 처음에는 신선한 시각을, 그 후 몇 년 동안은 가격 인상을 보장하기 때문이다. 자발적인 동기에서 비롯된 앤젤라의 예술적 메타모르포시스는 멜리사의 망가진 인형 부품으로 만든 과도기적 축소 모형으로 시작되었다.

"멜리사는 바비 인형이나 플라스틱 인형을 그냥 두질 않아. 팔

* Moloch. 소 머리를 한 악마 – 역주.

이고 머리카락이고 다리고 다 뽑아대. 가끔은 머리까지."

"무자비한 꼬마 숙녀군."

"인형이 망가지면 흥미를 잃어. 그럼 나는 제각각 떨어져 나와 맞지 않는 조각을 맞추기 시작했지. 그러다 알았는데 내가 만든 작은 괴물이 꽤 마음에 들더라고. 보기 껄끄러운 재료를 쓰고 크기를 키우니까 더 마음에 들었고. 잭, 당신은 어때?"

"나도 정말 좋아. '좋다'라는 말이 적당한지는 모르겠지만. 강렬하다고나 할까."

"다행이야. 그동안 난 너무 착하게 살았어. 이제 좀 강해질 때가 됐지."

"앤지, 사실 난 당신이 특별히 순하다고 생각한 적은 없어. 당신은 뭐랄까, 철저하게 교양 있는 사람 같아."

"난 겉으로 좋게 보이도록 교육 받았어. 필립과 사는 동안에는 그게 그와 함께 사는 유일한 방법이었지."

결혼생활 동안 앤젤라가 아내로서 한 역할이나 그녀가 오직 필립만 바라보았다는 것은 누구도 인정하지 않을 수 없는 사실이었다. 하지만 필립이 어맨다 윈게이트 때문에 떠나자 앤젤라는 전남편이 예상하지 못했고 견딜 수 없었던 유일한 형태로 복수했다. 이 어여쁜 영국 여자는 기운 넘치고 매력적이고 똑똑하고 성공한 남자들을 빠르게 갈아치우며 방종에 가깝게 잠자리를 가졌다.

심드렁하던 필립은 충격에 빠졌다. 자신은 아내를 배신하고 돈 많은 연인 때문에 그녀를 버렸지만 앤젤라의 새로운 취향에 마음이 피폐해졌다. 내가 모순이라고 지적했지만 그는 받아들이지 않았다.

"지금껏 살면서 난 이중 잣대를 받아들일 정도로 현명한 여자를 간절히 원했어."

"그걸 현명하다고 해야 하나?"

"그러면 내가 원하는 대로 될 가능성이라도 있잖아. 다른 건 다 소용없어."

필립은 슬프게 들릴 정도로 불평을 쏟아냈다. 앤젤라가 제멋대로 사는 것이 자기 덕분이기라도 한 듯. 어쨌든 앤젤라는 별 볼 일 없고 평범했지만 필립은 엄청난 부자였고 그녀의 어머니가 말했듯 '미국 놈 치고는' 제법 고상했다.

"그게 그렇게 무리한 요구야?" 필립이 말했다. "사람들이 사랑 때문에 하는 모든 일들 중에 그게 정말 그렇게 이상하고 어려운 거야?"

그는 진심으로 도저히 이해할 수 없는 듯했다. 한때 그가 몇 번이고 바다를 건너 '그 요망한 영국 깍쟁이' 앤젤라에게 가게 만든 바로 그 자신만만한 태도와 매끈하고 열정적인 몸이 지금은 다른 남자들에게도 마찬가지로 매혹적이라는 사실은 의식하지 못한 채.

"계속 바빴겠군. 예전엔 필립, 지금은 작품하고 딸 덕분에."

"그래." 앤젤라는 작업실 문을 닫으려고 잠깐 멈췄다. "가끔은 멜리사와 아이의 인형이 몹시 걱정돼. 도대체 애가 왜 그렇게 고약한 짓을 했을까?"

"나야 모르지. 인형이랑 친한 사람도 아니고."

"하지만 여자에 대해서는 잘 알잖아."

"조금. 그나마도 내 상대는 나이가 더 많지. 그 여자들은 남자를 망가뜨리는 걸 더 좋아해."

앤젤라는 냉소적인 표정으로 나를 보았다.

"저런, 가여운 잭. 모든 여자가 당신하고 살았던 프랑스 여자 같지는 않아."

우리는 다시 집으로 걸어가 아담한 응접실에 앉았다. 앤젤라는 약간 쑥스러워하면서 시내에 괜찮은 아파트를 구하려고 하는데 도와줄 수 있는지 물었다. 로프트라면 더 좋다면서. 그녀는 소호 사람들 틈으로 돌아가고 싶어 했다. 다행히 멜리사는 어퍼 이스트 사이드의 브래드포드 스쿨에 입학 허가를 받았다.

"물론 아이는 여기 웨스트체스터의 친구들을 떠나기 힘들어 할 거야. 하지만 멜리사는 강해. 게다가 어쨌든 브래드포드잖아. 아이 앞날이 밝아질 거야."

복도에서 이상한 소리가 들리더니 짧은 여름 원피스를 입은 멜리사가 찻잔, 흰 주전자, 멜바 토스트, 작은 잼 병 세 개가 담긴 커다란 은쟁반을 들고 나타났다.

"이제 다 컸구나." 내가 말했다.

"교양 없이 굴지 않도록 가르치느라 내가 얼마나 애쓰는데."

멜리사는 콧잔등을 찡그렸다. "엄만 너무 고지식해요." 등을 꼿꼿하게 편 꼬마 숙녀는 쟁반을 내려놓고 김이 모락모락 나는 차를 잔에 따랐다.

"엄마 먼저 드리렴."

"아니에요. 삼촌이 손님이잖아요."

앤젤라는 두 번째로 따른 잔을 받았다.

"잭, 애가 당신을 좋아하나봐."

"엄마, 짜증나게 그러지 좀 말라니까요."

"알았어. 잭 삼촌을 위해 마멀레이드 뚜껑이나 열어주렴."

"나도 알거든요."

아이는 내가 들고 있던 병을 가져가 한 번 힘주어 뚜껑을 비틀어 열었다. 약해진 내 왼팔로는 할 수 없는 사소한 일들 중 하나였다.

"나중에 저 말 타는 거 보실래요?"

"꼭 볼게. 하지만 미시, 일부터 하고. 네 엄마가 유명해지도록 도와줘야 하거든."

그 말이 어느 정도는 사실이었다. 앤젤라가 고용한 홍보담당자가 초래할 감당할 수 없는 결과에서 그녀를 구하기 위해 누군가는 뭔가를 해야 했다. 하지만 나는 잠시 다른 생각에 사로잡혔다. 멜리사가 나가자 앤젤라에게 맨디의 죽음에 대해 알고 있는 것을 정확하게 말해보라고 압력을 넣었다.

"신문에서 읽은 내용과 떠도는 소문을 들은 게 전부야. 필립이 새로 만나는 매춘부 같은 여자가 죽인 게 아닐까 생각했는데. 그 쭉빵한 이탈리아 여자 말이야."

"왜?"

"그 사람 말고 누가 맨디가 죽기를 바라겠어?"

"이런 말하긴 싫지만 그렇긴 하지. 하지만 다른 용의자들도 있어. 필립이라든지, 당신이라든지."

"필립은 캘리포니아에 있었잖아."

"신문에서 봤어?"

"아니, 필립이 간다고 했어. 화요일 밤에 필립이 거기 비벌리

윌셔에 있을 때 내가 전화했거든."

"왜?"

"멜리사가 브래드포드에 입학하는 문제로 서류에 같이 서명해 야 해서."

"경찰이 통화 내역을 조회하면 당신이 필립에게 다른 이야기를 했다고 생각할 수도 있어. '내일 일은 준비가 끝났어'라든지."

"이런. 지난 주 수요일에 난 카토나 미술관 회원 위원회에 다녀 온 게 전부야. 그날 저녁 열린 연례 자선행사를 내가 주관했거든. 700명이 참석한 행사였어."

"그럼 파티가 열리기 전에는 계속 여기 있었어? 경찰이 분명 물어볼 거야."

"벌써 물어봤어. 응, 멜리사와 집에 있었지. 같이 요가하고 진 저브레드 쿠키를 만들었어."

"보모가 그 사실을 확인해줄 수 있겠지?"

"정원사도. 두 사람에게 전화해서 오라고 할까?"

"아니, 난 형사가 아니잖아. 하지만 내 친구 호건은 형사야."

"작달막하고 수탉처럼 걷는 사람 말이지?"

"조엘 번스타인이 고용했지."

"그 빌어먹을 사기꾼. 우리가 이혼할 때 필립이 그 사람 말을 들었으면 난 길바닥에 나앉았을 거야."

"그게 모두가 알고, 모두가 싫어하는 번스타인이지."

"그 사람이 내 오테크 주식 지분을 모조리 뜯어냈어. 하지만 필 립이 집 문제는 선을 그었지. 그 사람 가끔은 마음씨 좋게 굴잖 아. 글쎄 그러더라고. '앤젤라에게 비를 피할 지붕은 있어야지. 내 딸 멜리사도.'"

"퍽이나 따뜻한 마음씨네."

앤젤라는 엷게 미소 지으며 어깨를 으쓱했다.

"필립과 함께 살다 보면 주는 대로 받아먹는 법을 배우게 되지."

"호건이 오면 그걸 분명히 해둬."

"잭, 난 살면서 뭔가를 숨긴 적 없어. 그게 당신과 나의 큰 차이점이지. 우리가 잘 지낼 수 있는 이유이기도 하고."

떠나기 전 멜리사에게 인사를 하러 앤젤라와 함께 마구간에 들렀다. 승마바지를 입고 영국식 승마모자를 쓴 멜리사는 갈색 거세마에 절도 있게 올라탔다. 등자에 발을 넣고 몸이 올라갔다가 내려가자 하얀 면 셔츠 속에서 봉긋한 가슴이 잠깐 솟아올랐다. 그 애는 우리 앞에서 말을 멈춰 세웠다.

"벌써 가시는 거에요?"

"일단은. 착하게 지내렴. 언제 엄마한테 시내에 데려다달라고 해서 놀러와."

"그럴게요. 하지만 착하게는 못 지낼 거 같아요. 그건 너무 지루하거든요."

나는 앤젤라를 흘끗 보았다.

"집안에 예술가가 또 하나 있나 본데."

"내가 제대로 밀어주지 않으면 어림도 없을걸."

멜리사는 고삐를 다시 쥐었다.

"삼촌 차 마음에 들어요. 하지만 좀 오래됐네요."

진입로 가로수 아래서 은색 포르쉐 911이 빛나고 있었다.

"빈티지야. 주인과 닮았지."

"애들이 탈 자리는 없잖아요."

"그럼, 없고 말고."

"그럼 삼촌은 누구랑 놀아요?"

"아, 잭 삼촌은 게임을 많이 한단다." 앤젤라가 딸을 안심시켰다. "미술 게임, 부동산 게임, 가끔은 여자친구 게임도 하지."

"주로 내 친구 호건하고 놀아."

"뭐 하면서 놀아요?"

"어른 놀이하면서 미스터리를 풀러 다니지. 그 게임은 호건이 나보다 잘 해."

"제가 두 분보다 더 잘 할 수 있을 거예요."

"그럴지도 모르겠구나."

나는 앤젤라의 뺨에 입을 맞춘 뒤 멜리사를 향해 오른팔을 올렸다.

"미시, 네가 좀 더 자라면 알게 될 거야."

이메일

갤러리에 도착하니 벌써 이른 오후였다. 전시공간을 지나며 직원 둘에게 고개를 끄덕여 인사했다. 갤러리 안쪽 개인 사무실에는 수도원 같은 정적이 흐르는 가운데 디에고 자코메티 책상이 덩그러니 놓여 있었다. 로라는 내가 커피를 마시며 한숨 돌리고 나서야 첫 일과를 가지고 왔다. 배려가 넘치는 여자였다.

"얼굴이 형편없네요. 이 수표에 서명하세요."

"걱정해줘서 고맙군. 내가 어디에 돈을 쓰는 건가?"

"대부분 제 월급과 전기요금이에요. 그리고 해럴드 백스터의 월급, 덴튼 도록 건으로 인쇄소에 정산할 대금, 데 쿠닝의 1951년 파스텔 작품 매입 대금이에요."

"내가 데 쿠닝을 좋아했나?"

"다음 달에 10퍼센트 더 얹어서 휘트니에 되팔면 좋아하실 걸요."

"그렇게 될까?"

로라는 알아차리기 힘들 정도로 살짝 눈을 굴렸다.

"잭, 나 건들지 말아요."

갤러리 디렉터와 나는 이상적인 관계를 맺고 있다. 그 위치에 있는 사람들이 대개 그렇듯 로라 커닝엄은 스타일도 지성도 날카로웠고 한때 내 고객 절반을 빼내 자기 갤러리를 차릴 꿈을 꾼 적이 있다. 나는 그녀에게 터무니없이 높은 커미션을 주고 갤러리를 소유하는 높은 위험부담을 지지 않으면서도 중요한 운영상 결정을 내릴 권한을 줬고, 그것으로 그녀의 온전한 충성을 샀다.

다행인 것은 로라가 사업적인 면에서 타고났다는 점이었다. 미모라는 무형의 자산을 등에 진 그녀의 능력 덕분에 나는 사업 운영이라는 골치 아픈 일상에서 벗어날 수 있었다. 아쿠아그릴에서 미술관 관장과 식사하는 일부터 요시스에서 낡아 보이게 가공한 명품 실크 재킷을 사는 일까지 온갖 일을 회사 경비로 처리할 수 있는 권리는 유지한 채로. 갤러리는 아주 쉽게 절세를 할 수 있는 사업이었다. 한 해 동안 사치스럽게 돈을 쓰며 살 만한 수익이 나도 4분기에 값 좀 나가는 그림 한 점만 매입하면 서류상으로는 없어지다시피 하는 식이었다. 이러한 시스템 덕분에 나는 부끄러운 수준의 부동산 수입에 비해 풍족한 생활을 누리고 상당한 세액공제를 받을 수 있었다.

로라가 여전히 서서 기다리고 있었다.

"다른 용건이라도?"

"앤젤라 올리버는 어떻게 지내요?"

"잘 지내더군. 제법 괜찮게 돼가고 있어. 가을에 전시회를 열 예정이래."

"잭, 전시회라고요?"

한 손을 허리에 얹고 꼿꼿하게 선 로라는 소호 최상급 부티크의 옷을 입은, 세상에서 가장 깐깐한 학교 선생님처럼 보였다.

"첼시에서 마이클 루미스하고."

"아, 다행이네요. 그 정도면 적당한 것 같아요."

메시지를 확인하자 음성메시지 12건과 이메일 63건이 와 있었고 종이 초대장과 기부 요청서가 15센티미터 높이로 쌓여 있었다. 나는 왼팔을 문진 삼고 건강한 오른손으로 한 시간 넘게 작가들이 작품을 사달라고 보낸 홍보물과 큐레이터의 질의를 자세히 검토한 다음 이메일을 확인하려 돌아앉았다.

그리고 문득 읽지 않은 메일 중 arthag@aol.com에서 온 메일에 시선이 멈췄다. 어맨다 올리버. 언제나 삐딱했던 그녀는 죽어서까지 그랬다. 나는 '보낸' 날짜를 신중하게 확인한 다음 메시지를 클릭했다. 희미한 두려움과 반쯤은 불길한 예감이나 공포가 담긴 암울한 내용이지 않을까 싶었다. 하지만 맨디의 밝고 태평한 목소리가 마지막으로 들려올 뿐이었다.

친애하는 잭

방금 에릭 테넨바움의 전화를 받았어. 라우센버그의 63년 작을 750만 달러에 팔지 않겠느냐고 묻던데 당신 생각은 어때? 난 그 작품이 지겹기도 하고 미로 작품과 겹치기도 해서 팔아도 상관없지만 가격이 너무 낮은 것 같아. 안 그래? 딜러들은 전부 뱀 같아. 당연히 당신은 예외지만. 크리스티 경매에 내놓으면 가격을 더 잘 받을 수 있을까? 그럴 수는 있어도 거긴 너무 공개적이고 더러워. 신문에서 얼마를 받았다는 둥 그게 추정가보다 높다는 둥 경매 기록을 세웠다는 둥 떠들어댈 거야. 마치 모든 사람이 그 일에 관심이 있는 것처럼 말이야. 해마다 미술관에 몇 점씩 기증하는 것으로 충분하지 않아? 이제 난 필립의 변호인단과 싸워야 해. 게다가 생바르텔레미에 있는 집은 지붕널을 완전히 새로 이어야 한대. 무슨 소린지는 모르지만 엄청나게 비싸다고 들었어. 인생은 시험의 연속이야. 안 그래? 당신 조언을 꼭 듣고 싶어. 난 800만 달러 정도까지는 버텨야 한다고 생각해.

사랑을 담아.

A

몇 분 후 베이사이드에 있는 호건의 집으로 전화를 걸었다. 그가 맨해튼까지 먼 길을 나서기 전에 받기를 바라면서. 내 친구는 주로 늦은 오후와 저녁 무렵 발품을 팔았다. 범죄분자들이 모습을 드러내는 시간대에 말이다. 전화는 그의 아내가 받았다.

"안녕, 도로시. 나랑 같이 도망갈 준비는 아직이야?"

"거의 다 됐어, 잭. 밥은 먹고 다녀?"

"그럼."

"지난번에 보니까 너무 말랐던데."

"호건도 걱정하더군. 다른 쪽으로 내 안녕을 말이야."

"3년은 긴 시간이야."

"길고 말고. 이겨낼 거야."

"이겨내야 해. 정말로 이겨내야 해."

"약속할게. 당신에게만 특별히."

"언제 한번 와. 피에로기 만두 만들어줄게."

"역시 당신은 날 유혹할 줄 안단 말이야."

71

우리는 이런 농담을 오래전부터 주고받았다. 아주 오래전에는 아무도 웃지 않았지만.

"나탈리는 정말 사랑스러운 여자였어, 잭. 하지만 강해져야 해. 산 사람은 살아야지."

"다들 그러던데 거기서 끝이야. 이상해. 다들 내게 계속 살아야 한다고 해. 아무도 이유는 안 알려주면서."

잠시 후 도로시가 나지막이 말했다. "그저 살기만 하지는 말고. 난 예전의 난봉꾼 잭이 그립단 말이야. 호건도 마찬가지고."

"예전보다 착해졌는데?"

"정말? 그렇다니 반갑기는 한데 너무 착해지지는 마. 안 어울리니까. 에드 바꿔줄까?"

"그 녀석은 당신만큼 섹시하진 않지만 통화는 해야지."

"그렇게 말해야 당신답지. 진짜 착해진 줄 알고 걱정했잖아. 기다려봐."

전화기에서 둔탁한 쉬익 소리가 잠깐 나더니 호건이 전화를 받았다. "무슨 일이야, 플래시?"

호건은 늘 똑같았다. 나를 재촉하고 싶을 때마다 어릴 때 별명으로 날 불렀다. 플래시는 그러니까 우리 둘 다 배우자 살인이나 헨리 무어 청동 조각상 거래가보다 엔진을 튜닝한 57년형 쉐보레에 관심 있던 시절의 별칭이었다.

"어맨다 올리버가 이메일을 보냈어."

"설마 초자연적인 일이 일어났다는 말은 아니겠지. 그 여자는 남자들 머리에 무슨 짓을 하고 다닌 거야?"

"어맨다의 성격이 아니라 은행 계좌가 무슨 짓을 하는 거지."

"네가 언제부터 그 둘을 구분했는데?"

"구분하는 법을 배우는 중이야. 이 이메일이 도움이 좀 되겠는데? 맨디는 살해당한 날 이걸 보냈어."

"잘 됐네. 어때, 필립이 서재에서 권총을 장전하고 있대?"

"그 정도로 운이 좋지는 않아. 그나저나 올리버의 아파트에 대한 소감은?"

"대박 멋지던데."

"그야 당연하지. 혹시 거기서 노트북 못 봤어?"

"못 봤어. 컴퓨터가 있는 방이 하나 있었지만 노트북은 안 보였어."

"맨디는 항상 침대 옆에 노트북을 놔두는데. 필립이 늘 그걸 불평했거든. 맨디는 아침마다 세수도 하기 전에 이메일을 몇 통 보냈어. 그러면 세상과 연결되고 원치 않는 사람들의 말을 듣지 않아도 된다나? 베개를 받치고 기대앉아서 한 시간 정도 키보드를 두드리는 거야. 생각이 곧장 손가락으로 나오지."

"이메일은 추적하기 힘들 수 있어."

"맨디의 이메일은 아니야. 모든 메시지가 데스크톱 파일에 자동 저장되도록 설정되어 있어. 미국 미술 아카이브에 전시될 수도 있다면서 편지를 저장했거든. 회고록을 쓰려고 했는지도 모르고."

"그러니까 전자 일기장이 있는 거네."

"그 노트북을 찾기만 하면. 하지만 누군가가 선수를 친 것 같아."

"이제 와서 누가 그런 짓을 하고 싶을까?" 호건이 침울하게 웃었다. "어쨌든 그 노트북을 되찾으면 올리버 부인이 지난 3개월 동안 보낸 이메일 내용을 모두 확보할 수 있다 이거지?"

"3년치는 될 걸. 사전 두께만 할 거야."

"네가 한가할 때 읽어보면 되겠네."

"나 혼자? 고맙기도 하지. 내가 그런 벌 받을 일을 했나?"

호건은 더 이상 말하지 않았다. 우리는 아주 오랫동안 너무 잘 알고 지내면서도 서로 상처 주지 않았다. 사소한 상처에 대해서는 농담을 주고받았고 그 밖의 것들은 얘기해봤자 무의미했다.

"필립의 여자친구가 그를 위해 더러운 짓을 했을 가능성이 있을까?"

"클라우디아는 필립을 사랑하니까 뭐든 가능하겠지."

"그 여자한테 열쇠가 있어?"

"그건 몰라. 필립이 집안일을 시시콜콜하게 말하지는 않아."

"그러니까 필립의 여자친구가 그 건물에서 열쇠를 사용하는 걸 본 적은 없는 거지?"

"내가 볼 때마다 필립과 같이 있었어."

"감동적이네. 그 이탈리아 처자는 건드린 적이 없으시다 이말이네?"

"없어."

"이것 봐라, 진짜 감동인데? 바람둥이들 사이의 의리야?"

"아마도. 뭐 조심하긴 하지."

"당장 그 여자와 얘기하는 게 좋겠어."

"내일 어때? 지금 전화 걸어서 내일 시간 있는지 확인해볼게."

"빠를수록 좋아."

윌리엄스버그

다음날 오후 우리는 윌리엄스버그로 가서 베드포드 애비뉴 지하철역 근처에 호건의 낡은 토리노를 주차했다. 그리고 빛바랜 블랙진에 지저분한 스니커즈를 신은 20대들을 자동차 앞 유리 너머로 바라보았다. 그들은 5월의 햇살 속에서 서점, 악기점, 델리, 싸구려 부티크, 낡은 듯 세련된 레스토랑 사이를 떼 지어 돌아다녔다.

차에서 내려서는 골목으로 걸어 내려가 강으로 향했다. 판자로 막아 놓은 나지막한 공장 건물 몇 채를 지나 조니 뷰바니크와 페스틸런스 포스터가 드문드문 벗겨진 철문에 도착했다. 클라우디아의 집 초인종은 철사 두 줄에 매달려 있었다.

"수위한테 시뇨리나*가 집에 있다는 답을 들으면 좋겠군." 호건이 말했다.

하지만 인터폰은 없었다. 잠시 후 문 뒤에서 소리가 나더니 클라우디아가 몸을 숙여 문을 열었다.

"세상에." 호건이 숨죽여 속삭였다.

클라우디아는 깊게 파인 검은색 상의와 딱 붙는 청바지를 입었

* signorina, 아가씨 – 역주.

75

다. 희고 빛나는 피부에 길고 새카만 머리카락 때문에 얼굴이 돋보였다. 그녀는 미소 지었다. "챠오,* 잭." 그리고 내 뺨에 입을 맞췄다. "친구분 성함은 어떻게 되죠?"

"호건이야. 경찰 비슷한 사람이지."

"알아요. 필립에게 들었거든요. 제가 그 사람 아내를 죽였는지 알고 싶을 테죠. 충분히 가질 수 있는 의문이에요. 당연히 그녀는 할 수만 있다면 저를 죽이고 싶었을 테니까요. 그러니 반대의 상황도 의심할 수 있겠죠?" 클라우디아는 호건에게 손을 내밀었다.

"미소가 매력적이군요." 호건은 이렇게 말하며 그녀의 손등에 입을 맞췄다.

"그라치에. 들어오세요. 미안하지만 한참 올라가야 해요."

그녀를 따라 높은 콘크리트 계단을 올라 4층으로 갔다. 올라가면서 클라우디아의 실룩대는 엉덩이를 계속 흘끔거리던 호건은 몇 층이라도 기꺼이 올라갈 것 같았다. 꼭대기 복도에 이르러 자투리 목재와 폐기된 기계 부품 더미를 지나자 페인트를 흩뿌린 문이 나왔다. 거기에는 화려한 금색으로 갈겨쓴 '클라우디아'가 새겨져 있었다. 집에서는 테레빈유 냄새가 희미하게 났다.

클라우디아가 문을 열고 들어오라고 손짓했다. 집 안에 들어서자 아일랜드 식탁이 딸린 L자 주방이 나왔다. 톱질 작업대를 활용해 임시로 만든 듯한 나무식탁에는 레드 와인이 두 병 놓여 있었고 긴 베니어판에는 상아색 침대보가 씌워져 있었다. 와인병 사이에는 생화가 꽂힌 꽃병이 있었다.

"앉으세요."

* ciao. 안녕 – 역주.

그녀는 탁자 옆에 놓인 접이식 의자 몇 개를 가리켰다. 호건과 나는 흔들리는 의자에 조심스레 앉았다.

"잭, 이것 좀 열어줄래요?"

나는 힘을 쓰지 못하는 왼팔 아래 와인병을 끼워 고정한 뒤 코르크를 땄다. 그 사이 클라우디아는 찬장에서 블랙 올리브, 치즈 두 가지, 둥근 빵 덩어리를 가지고 왔다.

"갓 구운 빵이에요. 두 블록 떨어진 빵집에서 샀어요."

내가 와인을 따르자 그녀가 건배를 제안했다. "살아 있는 친구들과 죽은 친구들 모두를 위해." 이상한 일이지만 호건도 전에 같은 건배사를 한 적이 있었다.

"클라우디아, 알다시피." 내가 말을 꺼냈다. "우리가 괜히 온 건 아니야. 호건은 그다지 유쾌하지 않은 일을 해야 해. 무례한 질문을 할 수도 있어."

"이유가 뭐죠?" 클라우디아는 호건의 눈을 바라보았다. "저는 어맨다를 안 죽였어요. 어맨다를 정말 좋아했다고요. 필립에게 죽여달라고 요구한 적도 없어요."

"그럼 뭘 요구했죠?"

"떠나달라고만 했어요."

"올리버 부인에게는 그 둘이 같았을 수도 있죠."

"필립에게도 쉬운 일은 아니었어요."

호건은 연민에 가까운 표정으로 고개를 끄덕였다.

"좋습니다, 그럼 제가 추측해보죠. 필립은 몇 가지 중요한 문제가 해결되면 부인을 떠나겠다고 말했겠죠. 회사나 부부 사이의 일 같은 것들 말입니다."

"네."

"하지만 하나가 해결되면 매번 새로운 문제가 생겼고요."

"네."

"소장하고 있는 미술품, 집, 투자 문제 같은 거겠죠."

"그런 문제가 많았죠."

"결국 클라우디아 양은 진절머리가 나서 더 이상 못 참겠다고 했을 테고요."

"필립에게 몸 파는 예술가가 되지는 않을 거라고 했어요."

호건은 잠시 자기 와인잔을 유심히 바라보았다.

"그게 언제였죠?"

"지난 주였어요. 필립이 캘리포니아로 떠나기 전이요."

호건은 내가 따른 얼마 안 되는 와인을 단숨에 마셨다. 클라우디아는 매우 차분하게 치즈 두 덩이를 천천히 잘라 삼각형 모양의 따뜻한 빵 조각에 얹은 다음 그에게 건넸다. 그리고 자기 와인잔을 다시 채웠다. 그 사이 호건의 눈은 그녀의 능숙한 손놀림을 좇았고 딱 한 번 그녀가 고개를 돌렸을 때는 풍만한 가슴을 보았다.

"내 친구가 당신에 대해 좀 더 알고 싶은 모양인데." 내가 말했다. "작품을 좀 볼 수 있을까?"

"기꺼이 보여드리죠. 뭐든 마음껏 보세요."

나와 클라우디아도 잔을 비웠고 우리 셋은 함께 작업실로 갔다. 벽면에 여러 점의 그림이 놓여 있었다. 다른 벽 한 면에는 나무틀 없이 캔버스만 걸려 고정되어 있었는데 신출내기 작가였던 클라우디아에게 명성을 안겨준 특유의 육체가 뒤얽힌 듯한 그림이 빽빽하게 그려져 있었다. 북쪽에는 드넓은 작업실 천장 아래로 5미터쯤 되는 높은 창이 늘어서 있었고 그 창문을 통해 빛이 들어왔다.

"새로운 시리즈를 그리고 있어요." 그녀가 말했다. 판에 팽팽하게 고정하지 않은 유화 앞에 멈춰 서자 그녀는 그림을 살펴보며 고개를 갸웃거렸다. "잭, 작품에 생명력이 있다고 생각해요?"

"당연하지."

"네. 예술에서 중요한 건 그것뿐이죠."

"사람들도 마찬가지고." 호건이 덧붙였다.

클라우디아는 돌아서서 그를 보았다. "아니요, 죽어 있는 편이 훨씬 나은 사람도 있어요. 이탈리아의 오랜 역사를 살펴봐도 그렇죠. 우리 이탈리아 사람들은 살인의 가치를 잘 알아요."

"죽이고 싶은 사람이라도?"

"한 사람뿐이 아닌 걸요. 필립 주변에 있는 남자들이요. 그의 사무실에 있는 그 법률자문단 말이에요."

"필립의 사무실 사람들이 무슨 잘못을 했나요?"

"그 사람들은 저를 싫어해요. 악마 같은 사람들이죠. 그 사람들은 필립을, 그게 그러니까 인질로, 새장에 갇힌 두목으로 만들려고 해요."

나는 물감, 붓, 헝겊, 물감 섞는 막대가 잔뜩 꽂힌 커피 캔과 물감 희석제 몇 캔이 담긴 카트를 지나 인터뷰 현장에서 물러났다. 여기저기 있는 금속 기둥에는 천장 들보를 받치는 삼각형 버팀대가 달려 있었다. 주방으로 돌아가던 중 토끼 귀 모양 안테나가 달린 작은 텔레비전 맞은편에 놓인 낮은 침대받침이 눈에 들어왔다. 벽돌로 받친 침대받침 위에 매트리스가 놓여 있었다. 필립은 몸이 달아오른 채 그곳에 누워 있었을 것이다. 클라우디아가 샤워를 하고 촉촉한 피부에 검은 머리카락에서 물기를 떨어뜨리며 나오기를 기다렸겠지. 그녀의 빈티지 나팔바지와 클로에 상의가 걸린 옷장에 필립이 영국식 맞춤 셔츠를 걸어 두었을지도 궁금했다. 그러다가 삐딱하게도 클라우디아가 라펠라 속옷을 좋아한다면서 언젠가 필립이 자세히 해준 이야기가 떠올랐다.

나는 탁자로 가서 와인을 한 병 더 땄다. 철제 테두리를 두른 높은 아치형 입구를 액자 삼아 클라우디아와 호건의 모습이 미니어처처럼 생생하게 보였다.

"분명 제게 묻고 싶으실 테죠. 아는 건 뭐든 기꺼이 대답해 드릴게요."

"필립과는 얼마나 자주 만났죠?"

"처음에는 2주에 한 번 꼴로요. 그러다가 곧 매주 두 번씩 만나게 되었고 지금은 거의 매일 만나요."

"똑똑한 사람이에요. 필립 말입니다."

"친절한 분이시군요, 호건 씨는."

멀찍이서 희미하게 들려오는 두 사람의 대화를 들으며 그녀의 싸구려 와인을 천천히 마셨다. 몇 마디 빼고는 잘 들렸다. 클라우디아는 필립이 머리끝까지 화난 모습을 본 적이 있을까? 없을 것이다. 필립은 친절하고 다정한 남자였다. 정신이 망가진 지금은 특히 그랬다. 그 정신줄 놓은 듯한 모습이 연기가 아니었을까? 그럴 리 없었다. 필립은 클라우디아에게 가식적이지 않았다. 그는 태어나서 처음으로 자신에게 진실해지기 위해 그녀의 침대를 찾아갔으니까. 클라우디아는 필립의 아내 어맨다 올리버를 만난 적이 있을까?

딱 한 번이었을 것이다. 클라우디아가 다른 작가들과 함께 준비한 단체전 오프닝이 열린 로블링 홀에 무슨 이유에서인지 맨디가 영상 찍는 사람을 대동하고 나타났다. 이 대단한 여자를 보게 되리라고는 누구도 예상하지 못한 장소였다. 어맨다는 그렇고 그런 남편의 그렇고 그런 상대를 직접 마주했다는 사실에 충격을 받은 모습이었다. 맨디는 클라우디아를 '미디어가 만들어낸 하찮은 창녀'라 불렀다. 그러고는 함께 온 그렇고 그런 잘생긴 비디오맨을 데리고 재빨리 자리를 떠났다.

머릿속에 와인의 취기가 미묘하게 돌기 시작하는 바람에 나는 그들의 대화에 더욱 귀를 기울이게 되었다.

"소호에 있는 올리버의 로프트에 간 적이 있나요?"

"잭이 바로 여기 있는데 왜 그걸 물어보는 거죠? 내가 거짓말할까봐요? 설령 제가 형편없이 끔찍한 일을 저질렀다고 해도 유치한 함정에 빠질 만큼 바보는 아니에요."

"그러니까 아파트에서 경찰이 당신 지문을 찾을 수도 있다는 거죠? 그래도 놀랄 일은 아니겠군요."

"필립과 제가 만난 방식이나 우리가 함께 있기 위해 해야 했던 일들이 그리 떳떳하지는 않아요. 하지만 사랑은 길을 찾기 마련이에요. 반드시."

"그럼 당신은 함께 위험을 무릅쓸 정도로 필립을 사랑했나요?"

"마음대로 생각하세요. 호건 씨는 커다란 열정을 느껴본 적이 없나요?"

"한두 번쯤은 있죠."

"그럼 그런 열정을 느꼈다고 누군가를 죽였나요?"

"그럴듯한 질문이군요. 혹시라도 잭이 죽은 걸 발견한다면 그게 답이겠죠."

클라우디아는 당혹스러워 보였지만 물러나지 않고 손가락으로 머리카락을 가볍게 넘겼다.

"절 놀리시는군요."

"그럼 이제 공평해졌군요, 실바 양."

그녀는 호건 쪽으로 몸을 슬쩍 돌렸다. 두 사람은 서로의 눈을 바라보며 희미한 미소를 교환했다.

클라우디아 실바

나는 클라우디아의 임시 식탁에 앉아 그 일이, 예전부터 호건과 여자들 사이에 일어나던 설명할 수 없는 일이 또 다시 벌어지는 현장을 지켜보았다.

이 녀석은 도대체 뭘까? 호건은 평범하게 생긴 그저 그런 남자다. 하지만 뜻밖에도 에드워드 호건은 다양한 계층과 나이대의 수많은 여자들에게 중력 같은 끌림을 행사할 수 있는 바람둥이였다. 대머리는 정력이 세다는 속설 때문일까? 아니면 그간 만난 여자들이 호건에게 약간의 경외감을 느낀 건지도 몰랐다. 차분하고 예의 바른 태도를 보이면서도 가까이 다가와 눈을 뚫어지게 쳐다보면서 가슴팍에 넣어둔 권총을 내보이는 남자를 만났다는 사실에 말이다.

어떤 경우든 호건은 자신감이 넘쳤다. 딱 한 번 비법을 물어본 적이 있다. 그는 자신이 듣는 법을 안다고, 그게 중요하다고 했을 뿐이다. 그건 틀림없었다. 하지만 호건은 원하는 답을 얻고 나면 으레 한눈을 팔았다. 지금 호건은 온 힘을 다해 흔들림 없이 클라우디아에게 집중하고 있다. 물론 그는 살인사건이 일어난 지난 수요일에 클라우디아가 어디에 있었는지를 알아내야 했다.

"전 여기 있었어요. 작업실에서 일하고 있었죠."

"혼자서요?"

"네. 일할 때는 혼자 있지요."

호건이 그녀 쪽으로 몸을 기울이며 목소리를 낮춰 천천히 말했다. "이렇게 아름다우신 분은 일부러 마음을 먹어야만 혼자 있을 수 있죠."

"고맙네요. 그건 그래요. 하지만 전 자주 혼자 있답니다."

"저런."

"물론 저를 좋아하는 사람은 언제나 많아요. 하지만 당신 같은 친절한 신사는 그리 많지 않죠. 필립 같은 사람도 그렇고요."

"그럼 왜 이런 외로운 삶을 원하는지 얘기해봐요."

"필립을 만난 뒤로는 별로 외롭지 않았어요. 물론 일을 하려면 반드시 혼자 있어야 하지만요. 이게 제가 하는 일이고 저는 그런 사람인 걸요."

호건은 고개를 약간 숙였다. "당신은 적어도 자신이 원하는 걸 아는군요. 그걸 얻는 방법도요."

이 말과 동시에 두 사람은 퍼뜩 정신을 차리고 내가 있다는 사실을 기억해낸 것 같았다. 호건이 고개를 끄덕인 게 신호인 것처럼 클라우디아는 그와 함께 주방에 있는 내쪽으로 걸어왔다. 둘이 사랑을 나누고 땀에 젖어 돌아오지 않을까 반쯤 기대했는데. 호건은 식탁에서 클라우디아의 의자를 빼주고는 서서 기다렸다. 그녀가 의자에 앉자 호건은 맞은편에 자리 잡았다. 그녀는 호건의 잔을 채웠다. 두 사람은 서로 바라보며 말없이 와인을 마셨다. 불장난 같은 조사가 계속되던 중 둘 다 나를 보았다. 무슨 말이라도 해야 했다.

"분명 떠오르는 사람이 있을 거야. 누가 맨디를 죽이고 싶어 했을지."

"네, 있어요. 필립의 전 부인이자 딸의 생모. 그 사람은 어맨다를 항상 싫어했어요. 아니면 필립 주변의 그 끔찍한 남자들, 그러니까 회사에 있는 거짓말쟁이들? 그 사람들은 어맨다가 죽기를 바랐을 거예요. 그래야 권력을 쥘 수 있으니까."

"필립의 첫 아내는 왜지?"

"어맨다가 죽으면 필립 재산의 절반이 딸에게 돌아가니까요. 딸이 스물한 살이 될 때까지는 위탁에 맡겨지겠지만."

"'신탁'이야."

"그래요? 하나 배웠네. 신탁."

"필립도 죽으면?"

"그럼 전부 다 갖겠죠. 안 그래도 필립과 그 얘기를 했었어요. 다른 일들 의논하면서. 그가 다시 이혼하기 전에 세워야 할 계획 중 하나였죠."

"필립의 죽음에 대해 이야기했다고? 그 친구는 아직 멀쩡한 것 같은데."

"당신이 의사는 아니잖아요. 망할 대형 병원에 있는 전문의들이 그러는데 필립의 머리가 곧 몸을 죽일 거래요."

"두 사람이 결혼하면 달라지는 게 있나?"

"그럼 꼬맹이 멜리사가 절반만 받게 되겠죠."

"그 정도만 해도 큰돈이군."

"맞아요. 필립은 예전에 앤젤라와 아이에게 너무 못할 짓을 했다고 생각해요. 몇 년 전 그 둘을 떠나 어맨다한테 갔을 때 말이에요."

"그럼 다른 여자친구들은 어때요?" 호건이 물었다. "필립이 당신과 새로운 계획을 세우고 있다는 것에 대해 분노할 만한 다른 사람은 없어요?"

"필립을 모르시는군요. 애인을 두고 바람피울 사람은 아니에요."

"아내를 상대로만 그런가보군요."

"이건 자연스러운 거라고요."

나는 올리브를 먹고 빈 와인병 옆에 있는 작은 종지에 씨를 놓았다. "클라우디아, 모태 솔로들을 위한 칼럼이라도 써야겠는데."

그녀는 내 잔을 향해 두 번째 와인병을 기울였다. 나는 손으로 잔을 덮었다.

"프레고.* 받아요. 맘껏 드세요."

마지못해 반 잔을 더 받으며 클라우디아가 와인을 따르는 동안 집중력을 유지하려 애썼다. 그녀의 풍만한 몸이 존재감을 뽐내며 봐달라고 아우성치고 있었다. 그녀의 모든 것이 풍만하고 넉넉하게 넘쳐흘렀다. 무엇을 하든, 어떻게 움직이든 가슴과 하얀 피부와 허벅지가 먼저 눈에 들어왔다. 필립 또래의 남자가, 아니 모든 남자가 그 향긋한 살결과 다정한 관심에, 그리고 스스럼없이 편안하게 대해주는 분위기에 취해 시간이 천천히 흘렀으면 하는 간절한 바람을 품게 되는 게 당연해 보였다. 그녀에게는 여행이 끝나고 집에 도착한 듯한 편안한 느낌이 났다. 다행히 나는 그런 위험하고 근거 없는 허구에 더 이상 흔들리지 않았다.

* prego. 괜찮아요 – 역주.

"하지만 어맨다는." 나는 우리의 안주인을 다시 떠올렸다. "당신 의견에 동의하지 않았을지도 모르겠군."

"맞아요. 동의하지 않았어요. 어맨다는 필립이 정말 유일하게 사랑하는 걸 가져가겠다고 했어요. 그의 회사요."

"필립은 그런 협박을 회사 고위 임원들에게 알렸나요?"

"고위 임원이요? 그게 뭐죠?"

"필립 주변 사람들 말이에요. 당신이 말한 거짓말쟁이 법률자문단."

"물론이죠. 미리 준비해서 회사를 지켜야 했으니까요. 그 사람들은 피 튀기는 법정 싸움을 준비하고 있었어요."

"필립의 사업에 대해 많이 아는 것 같군요."

"그렇지는 않아요. 전 아빠를 많이 닮은 걸요."

그녀는 쓸쓸하게 웃었지만 호건은 전혀 웃지 않았다. 그는 전통적인 사고방식의 미술관 관장에게, 특히 엔리코 실바 같은 유럽의 지성인에게 시장 중심 경영으로의 전환이 어떤 의미인지 알지 못했다.

"우리 아빠는 자칭 '추방자'예요. 무슨 뜻인지 알아요? 난민 같은 거죠. 집도 미래도 없는 사람이요."

"일을 잘 못했나요?"

"너무 잔인한 말인데요. 아빠는 내 나이였을 때 프라 안젤리코에 관한 책을 쓰셨어요. 정말 아름다운 그림과 글이 담긴 300쪽짜리 책이에요."

"그럼 지금은?"

"돈만 버세요. 쉬지도 않고."

"대부분의 사람들처럼?"

"아빠는 여느 사람들과 달라요. 문화인으로 살아야 하는 분이랄까요. 생각하고 글쓰고 수준 높은 전시를 준비하면서 말이죠. 미술관에서 아빠를 고용한 이유도 그거 아니겠어요?"

"아닐걸. 그런 겉모습으로 수탁자와 거액의 후원자들을 미술관에 끌어들이기 위해서겠지."

"그건 부당해요. 그들은 아빠가 건물을 새로 짓고 향후 10년 예산을 세워 '미리 대비하는 경영자'가 되기를 원해요. 그런 경영자가 뭔지 알죠?"

"알고 말고. 엔리코가 절대 될 수 없는 것이지."

호건은 몸을 숙여 식탁에 팔꿈치를 고이며 말했다. "당신이 필립 올리버와 결혼하면 아버지의 삶이 훨씬 편해지겠군요. 다시 문화인이 될 수 있겠죠."

클라우디아는 움찔했다. "그래서 무슨 말을 하고 싶은 거예요?"

"아버지는 언제 퇴임하시죠?"

"7년 남았어요."

"대답이 빠른 걸 보니 아버지의 상황을 생각해본 게 틀림없군요."

"경찰관처럼 말씀하시는군요. 유감이에요."

호건은 혼자 웃음을 터뜨렸다. "태어날 때부터 의심이 많았던 건 아닙니다. 경험 때문에 이렇게 된 거죠."

클라우디아는 호건을 노려보았다. "저에 대해 궁금한 건 다 확인하세요. 원하실 땐 언제든 여기로 오세요. 저를 아는 모든 사람과 만나서 이야기해도 좋아요. 결국에는 제가 진실을 말했다는 걸 알게 될 테니까요. 저는 아빠를 사랑해요. 필립 올리버도 사랑하고요. 그게 제 죄예요. 다른 일에는 죄가 없어요."

"다행이군요."

"진심이에요? 어쩐지 의심스러운데요."

"진심이에요. 누구든 정말 죄 없는 사람을 찾아내는 게 가장 큰 소원이거든요." 호건은 억지로 가볍게 웃었다. "그럼 적어도 단조 로움에서 벗어날 수는 있을 테니까."

그는 잔을 들어올리고 우리가 함께 하기를 기다렸다.

"부오노, 살루테.* 친구들의 건강을 위해."

"적들의 죽음을 위해." 클라우디아가 덧붙였다.

"이 아가씨 마음에 드는데." 호건이 나를 돌아보며 말했다. "해 병대 시절 교관이 떠올라."

우리는 남은 와인을 마저 마셨다.

---

* Buono, salute. 건강을 위해, 건배 – 역주.

55번가 오테크

이틀 뒤 호건과 나는 필립을 만나러 55번가에 있는 그의 사무실로 갔다. 2층 높이의 건물 로비는 푸른색 대리석으로 도배되어 있었다. 견고한 마호가니 탁자 뒤에 있던 안내데스크 직원이 우리를 고속 엘리베이터에 태워 45층으로 올려보냈다. 문이 열리자 또 카운터가 나왔고 정장 차림의 세련된 여자가 있었다. 그녀는 거대한 올리버 테크놀로지 로고가 달린 벽 아래서 우리를 향해 미소 지었다. 황동으로 만들어 손으로 광택을 낸 장식글자 'OT'가 반짝거렸다. 갈색 머리카락을 팽팽하게 뒤로 묶고 우리를 맞이한 그녀는 필립이 기다리고 있다면서 회의실로 따라오라고 말했다.

"커피 드릴까요?"

"블랙으로요." 호건이 대답했다. "이렇게 조용한 곳에서는 누구라도 졸릴 것 같군요."

직원은 미소 지었다. "앤드류스 씨가 오면 그럴 염려는 없답니다." 그녀는 회의실에 있는 긴 나무 탁자 맨 끝으로 가서 버튼을 눌렀다. "회사 경영진을 만나시게 될 거예요."

"우린 아무도 귀찮게 하고 싶지 않아요. 그저 올리버 씨와 사적으로 잠깐 이야기만 하면 되는데요."

"앤드류스 씨가 그 점도 다 감안할 거예요."

헐렁한 회색 셔츠와 정장 바지를 입은 젊은 남자가 손수레를 끌고 문간에 나타났다. 그는 흰색 천을 두른 손수레 위에 우뚝 솟은 은색 주전자에서 커피를 따랐다. 그리고 말 한마디 없이 눈도 마주치지 않고 가버렸다. 잠시 후 금속 테 안경을 끼고 줄무늬가 있는 어두운 정장을 입은 남자가 잽싸게 회의실로 들어오더니 먼저 내 손을 잡은 다음 호건의 손을 잡았다.

"밥 앤드류스입니다. 처음 뵙겠습니다."

헤어젤로 가늘고 까만 머리카락을 모두 뒤로 넘긴, 그다지 매력적이지 않은 머리 모양 때문에 그의 불룩하고 넓은 이마가 두드러져 보였다. 그가 고개를 돌릴 때마다 안경 렌즈와 테에 빛이 반사되었다.

"와이어스 씨, 호건 씨. 와주셔서 감사합니다." 그는 탁자 끝에 마주보고 놓인 의자 두 개를 가리키고 자신은 가운데 자리에 앉았다. "두 분이 오신 이유는 잘 알고 있습니다. 끔찍한 사건이죠. 올리버 부인은 저희도 잘 알고 있지요. 다들 좋아하기도 했고요."

"뭐 그렇다고들 하더군요." 호건이 말했다.

"그래서 올리버 테크놀로지는 수사에 적극 협조할 것을 분명하게 말씀드립니다."

"현명한 결정이네요."

"물론 저희는 필립의 무죄가 확실히 밝혀지기를 기대합니다."

"우리가 뭘 할 수 있을지 알아봐야죠. 하지만 필립의 자백에 문제가 좀 있어요."

"필은 건강이 좋지 않습니다. 당연한 일이지만 정신적 외상, 피로, 자기비하 모두 그를 혼란스럽게 했어요."

"이 동네에서는 자주 일어나는 일이죠."

앤드류스는 진지하게 고개를 끄덕였다. 그러자 안경 렌즈가 선박 신호등처럼 번쩍거렸다. "그리고 아시다시피 필립은 지난 몇 년 동안 울프심 증후군을 앓았습니다."

"그게 정확히 어떻게 다시 발병한 거죠?" 내가 물었다.

"모르는 사이에 진행됐어요. 분석이나 의사소통 능력은 여전하지만 기억력은 빠른 속도로 나빠지고 있습니다. 주로 즐거웠던 경험만 일부 기억한다고 해요. 의사들은 이걸 '지극한 행복으로 인한 망각'이라 부르더군요."

"덕분에 술값 깨나 줄었겠군." 호건이 말했다.

앤드류스는 방금 호건이 중국말이라도 한 듯 그를 멍하니 쳐다보다 말을 이었다. "필은 아내의 죽음에 대한 죄책감에 사로잡혀 있어요. 자기가 무슨 말을 하는지도 모를 정도죠."

"그런데도 아직 회사를 경영합니까?"

"이곳의, 아니 세계 어느 곳의 그 누구도 필립의 사업 감각이 예전만 못하다고 느끼지 않습니다."

"그래서 주주들은 행복하다 이 말인가요?"

"전 세계 올리버 테크놀로지의 수익은 지난 5년 동안 연간 18퍼센트씩 올랐어요. 주주들은 매우 만족스러워 합니다."

"필립, 당신, 그리고 이곳 경영진 모두 주식을 상당수 보유하고 있겠군요."

"주식 배당은 이사회의 보상 위원회에서 정합니다. 관련 법규에 따라서요. 그 덕분에 우리는 유능한 직원을 고용하고 계속 함께 일할 수 있는 거죠."

우리는 모두 서로를 향해 온화하게 고개를 끄덕였다.

"실은 우린 올리버 씨를 만나러 왔습니다. 11시 약속이죠."

"압니다. 곧 회장님이 오셔서 점심을 모실 겁니다."

"개인적인 약속으로 하면 좋겠어요. 사람들은 동료나 친구들과 있을 땐 수사관에게 입을 닫아버리는 편이라서요. 집단 역학 같은 것이겠죠."

앤드류스는 점심 약속에 빠져달라는 호건의 요청을 능수능란하게 받아쳤다. 나는 그가 스쿼시를 한다고 장담한다.

"필처럼 아내를 잃고 슬퍼하는데다 뇌질환을 앓고 있는 사람이 변호사도 없이 질문에 답하리라 기대하는 건 아니시죠?"

"이봐요, 날 고용한 사람은 필립의 변호사라고요. 그러니까 간접적으로는 필립이 고용했다고 볼 수 있고, 당신들과 나는 어떤 면에서 모두 동료라고요. 우리에겐 해결해야 할 중대한 문제가 있어요. 우리의 상사 필립이 며칠 전 당당하게 경찰서로 가 스스로를 살인 혐의로 기소해버렸죠. 번스타인이 그를 곤경에서 구해내긴 했지만 후속 조치를 제대로 하지 못하면 경찰은 필립의 말을 믿을 거요. 그의 진술이 어땠는지는 들어서 아실 텐데…."

앤드류스는 자리에 앉은 채 경직되었다. "저는 부사장으로서 이 회사의 창업자이자 대주주인 CEO가 혼자서 심문 받게 해서는 안 된다고 생각합니다."

"흥미롭군. 필립의 부친이 사망한 게 언제였죠? 4년 전이었나? 그 일로 필립이 갑자기 모든 일을 인수했던 거 아닌가요? 오테크뿐 아니라 올리버 인더스트리 전반에 있어서요."

"그렇습니다."

"이제껏 없던 그 많은 스트레스를 혼자 감당해 오다니, 정말 엄청난 일 아닌가요? 믿을 만한 사람들에게 조언을 얻고 싶었겠네요." 호건은 탁자 위에 놓인 각설탕을 만지작거렸다. "그건 그렇고, 난 이 사건을 전형적인 살인사건으로 보고 있어요. 여자가 자기 집에서 총에 맞고 결혼생활에 문제가 있었죠. 게다가 수수께끼 같은 병에 걸린 남편에게서 거액을 상속 받을 가능성이 있는 상황이었고요."

그는 시선을 그대로 둔 채 엄지손가락과 집게손가락으로 들고 있던 각설탕을 천천히 부쉈다.

"이제 어맨다가 사망했으니 그 엄청난 은닉 자산은 어디로 갈까요? 필립 딸한테 최소한 절반은 갈 거고, 머지않아 필립이 죽는다면 그 딸이 나머지도 다 갖겠죠. 따라서 그의 전 부인을 생각해 볼 수 있어요. 당한 게 있으니까 아이의 미래를 확실히 해두고 싶어 할 테죠. 자기 미래도요. 물론 필립의 젊은 여자친구도 생각해 볼 수 있겠죠. 예술가라 돈이 부족할 테니까요."

"네, 분명히 그럴 겁니다."

"비싼 작품을 훔치고 싶어 한 누군가가 살해했을 수도 있고요."

"당신들이 말하는 단서라는 것이 아주 많군요."

"아직 딱히 단서라 할 만한 건 없어요. 그냥 평범한 사실들 뿐이죠. 하지만 제대로 짜 맞추면 누가 알겠어요, 뭐가 나올지."

"뭘 도와드리면 될까요?"

"클라우디아 실바에 대해 어떻게 생각하시죠?"

부사장은 크고 빛나는 머리를 돌렸다. "그 여자 생각은 한 번도 해본 적이 없습니다."

"어련하실까."

"그 여자는 회사와 아무 관련이 없어요."

"실바 양이 새로운 올리버 부인이 된다면 이야기가 달라질 텐데요?"

"그런 일은 일어나지 않을 겁니다."

"누가 그러던가요?"

앤드류스는 움찔하고 놀라는 기색이었다. "그냥 추측이에요."

"그래요? 조금 전에는 확신에 차 보이시던데…."

"필은 사업과 관련된 일에는 지나칠 정도로 합리적이기 때문에 작은 실수로 엄청난 재산이 위험해지는 일은 하지 않을 겁니다."

"이미 정신줄을 놓고 있는 사람 아닌가요?" 호건은 앉은 자세를 천천히 바꾸며 남은 커피를 다 마신 뒤 말했다. "남자가 결혼을 세 번이나, 그것도 그렇게 어리고 정열적이고 섹시한 여자와 하고 싶어 할 정도로 정신이 나가면 살인이 아주 불가능한 일은 아닐 것 같은데요."

"설마 필을 의심하시는 건 아니겠죠."

"지금 당장은요. 정신적인 문제가 있고, 바람둥이에다 예전보다 연애를 즐길 여지가 더 많아진 사람이다, 아직까진 그 정도로 생각하고 있어요. 그러니까 그를 용의선상에서 지우는 가장 빠른 방법은 정신 나간 자백의 진위를 파악하는 것뿐이에요."

"물론 그렇겠지요."

"공포, 공황, 과잉반응." 호건이 말을 이었다. "그런 건 모두 일반적인 반응이에요. 경찰은 아내의 시신을 보고 극심한 충격에 빠진 사람을 체포하려는 게 아니라고요. 제정신이든 아니든." 그는 탁자 위에 떨어진 설탕 가루를 무심코 털어냈다. "내가 필립에게 접근하는 걸 갑자기 막으면 상황이 복잡해질 거요. 난 사람들이 무슨 이유로 그를 계속 가둬두려고 하는지 답을 찾으려 들겠죠. 그들이 필립의 자백에서 무엇을 얻기에 그런 입장을 고수하는지를요. 아니면 엉망진창으로 망가진 필립이 불쑥 뱉어낼지 모를 말이 무엇이기에 그렇게 숨기려 하는지 궁금해질 거요. 이 두 가지의 답을 얻으려면 정말 성가실 겁니다. 제가 전혀 모르는 온갖 종류의 일을 파헤치고 다녀야 될 테니까요."

호건은 나를 재빨리 쳐다본 뒤 말을 계속했다.

"아마 필이 아내의 재산을 아무 법적 문제없이 손에 넣게 되면 올리버 테크놀로지에 어떤 영향이 있는지 알아보는 것부터 시작하겠죠. 가령 그가 기존에 보유하지 않은 회사 주식을 사들이기 시작했다든지 하는 거요. 그러려면 소유권 구조, 수익 배당, 해외 법인, 국세청 규정 같은 헛소리들을 살펴봐야겠죠. 그럼 난 찰리 뮬렌처럼 빈틈없는 사람을 지방검사 사무실로 부르게 될 거요." 그는 나를 향해 몸을 숙였다. "찰리가 전에 어디서 일했다고 했지? STC? CES?"

"SEC야." 내가 대답했다. "증권거래위원회."

"거기가 뭐 하는 곳인지는 잘 알겠죠. 듣기로는 정말 까다로운 일이 많다던데요. 서류와 기록제출명령서, 증언, 사람들이 여기저기서 서로 배신하기 시작하는 사법 거래 같은 것들 있잖아요."

"우리도 생각이 있습니다." 앤드류스는 담담한 목소리로 대답했다. 부사장은 위험부담이 큰 투자를 할 때 성공 가능성을 계산하듯 호건에게 시선을 고정했다. "괜찮으시다면." 그가 말을 이었다. "옆옆 사무실에서 직원과 잠깐 의논하고 싶은데요. 곧 회장님을 만날 수 있을 겁니다." 앤드류스는 벌떡 일어나 나갔다.

급작스러운 침묵 속에 나는 호건을 보았다.

"찰리 뮬렌은 도대체 누구야?"

"퍼피스 태번 알지? 거기 바텐더."

잠시 후 매력적인 여직원이 다시 나타났다. "회장님께서 지금 보자고 하십니다." 긴 복도를 걸어가는 동안 그녀는 호건을 보며 미소 지었다. "앤드류스 씨를 심하게 몰아붙이신 모양이에요."

"들어야 할 말을 해줬을 뿐입니다. 제 나름의 데일 카네기식 방법론이죠."

"저도 그 기술 배우고 싶네요."

"그러시죠." 호건은 음흉하게 씩 웃었다. "제가 가르쳐드릴게요." 그는 재킷에서 명함을 꺼내 여자에게 건넸다. "다음번 승진에 도움이 될지도 모르잖아요."

"고맙습니다, 에드워드."

"친구들은 호건이라고 불러요."

"그래요? 사람들과 어울리는 걸 좋아하시나봐요."

"가끔요. 불러내주면 말이죠."

여자는 자신의 스스럼없는 행동이 우스운지 얼굴을 살짝 붉히더니 복도 끝에 이르자 명함을 손 안에 감췄다.

"전 도울 수 있는 일을 도우려는 것뿐입니다." 호건이 말했다.

"이곳은." 그녀가 대답했다. "여자에게 정말 많은 도움이 필요한 곳이에요."

칼 마르크스

　높은 곳에 위치한 널찍한 사무실에는 야위고 창백한 얼굴의 필립을 중심으로 회사 중역들이 모두 모여 있었다. 필립은 아주 꼿꼿하게 서 있었는데 영국식 맞춤 정장 위로 마른 몸이 고스란히 드러났다. 오래전 앤젤라가 말해서 산 옷 같았다. 희끗한 머리는 약간 헝클어져서 내기 당구 사기꾼들 사이에 뚝 떨어진 황태자 같은 분위기를 풍겼다. 중역들은 하나같이 비싼 셔츠 차림에 3, 40대로 보였다. 이들은 동시에 악수를 청하며 인사를 건넸다. 척, 딕, 팀, 스티브, 마이크. 모두 짧은 음절의 전형적인 미국 이름이었다.

　호건과 나는 고개를 끄덕이며 그들을 대충 지나쳐 앞으로 나아갔다.

　"필립, 좀 어때? 맨디 일은 정말 안됐어. 나도 너무 슬퍼."

　필립의 표정이 별안간 밝아졌다.

　"안녕, 잭. 여기서 널 보다니 이렇게 반가울 데가."

　"잘 지냈어?"

　"그럼, 그렇고말고. 이 양반들이 많이 도와줬지. 특히 앤드류스가. 만나봤어?"

"응, 소개 받았어."

"커피 마실래?"

"됐어. 인사 나눠. 이쪽은 호건이야. 고지식한 놈이지. 번스타인이 맨디 사망 사건과 관련된 몇 가지 일을 처리해달라고 했어."

필립은 손을 내밀었다. "필립 올리번니다. 아내를 살해한 사람이지요."

"그렇다고 들었습니다. 저는 당신 변호사가 고용한 사립탐정입니다."

"잘 됐군요. 난 투명한 걸 무척 좋아하거든요. 수사하는 일은 그런 쪽으로 분명 엄청난 만족감을 주겠죠? 구름이 낀 듯한 불확실한 상태에서 조금씩 모든 것이 놀라우리만치 명쾌해지잖아요."

"바로 그겁니다. 안타깝게도 일이 늘 그렇게 풀리지는 않지만요."

"아, 하지만 호건, 그 과정 말입니다. 사건을 파헤쳐 뿌리를 뽑아내고 끈질기게 수사하는 거요. 왓 스포트!*" 필립은 영국식 표현을 쓰며 허세를 부렸다. 오래전 런던에서 앤젤라에게 홀딱 반한 뒤로 계속 쓴지라 정신이 반쯤 나간 지금도 아주 자연스러웠다.

"음, 어느 정도는 맞는 말입니다. 가끔은 개고생을 합니다만."

"하지만 그 대가에 비하면 분명 별일 아닐 겁니다." 필립이 우겼다. "투명함을 좇으며 사신다니 정말 부럽군요. 아주 신선하고 놀라워요. 쓸데없이 일을 진흙탕으로 흐리고 복잡하게 만드는 사람들이 얼마나 많은지 알아요?"

"그럼요. 제가 만나는 사람들 대부분이 그렇죠." 호건은 무심코 사무실을 둘러보았다. "여기서 월드 시리즈를 해도 되겠어요.

---

* What sport!. 정말 재미있잖아요! – 역주.

정말 널찍하군요."

"제법 웅장하지요? 너무 과하다고 말했건만 앤드류스가 고집하는 바람에요. 내가 아랍 셰이크처럼 편안하게 있어야 한다고 생각한 모양입니다. 고객들에게 깊은 인상을 남기고 경쟁자들을 겁주어 쫓아버리기 위해서겠지요. 아니, 제가 반대로 말했나요?"

"제대로 말씀하셨어요." 앤드류스가 말했다.

"다행이야. 내 두뇌가 곤죽이 되었다고 예전 필립이 사라졌다고 생각하는 사람들이 있더군. 하지만 우리가 더 잘 알지. 안 그런가?" 필립은 잠시 말을 멈춘 다음 약간 더 큰 소리로 말을 이었다. "우리가 더 잘 안다고. 그렇지?"

"네, 그렇고말고요." 앤드류스가 대답했다. "필, 당신은 정신이 아주 또렷해요."

"고맙군."

"이야기를 좀 나눠야 하는데요." 호건이 말했다. "당신, 나, 잭 셋만요."

"칼도 함께요. 칼 마르크스는 언제나 나와 함께예요. 그는 올리버 인더스트리의 현황과 내 재정 상태를 언제나 정확하게 알려주지요."

앤드류스는 우리를 향해 몸을 기울였다. "칼 마르테스가 원래 이름입니다. 직원들끼리 농담 삼아 부르던 별명이에요."

"농담이 아니야." 필립이 고집을 부렸다. "칼 마르크스는 내게 모든 정보를 줘. 끊임없이. 그게 정말 큰 위안이 돼."

마르테스라는 사람은 평범한 남색 정장 차림에 키가 컸다. 그는 눈을 내리깔고 한 걸음 뒤 필립의 팔꿈치 언저리에 말없이 서 있었다. 나는 그를 몇 번 만난 적이 있지만 이야기를 나눈 적은 없었다. 그는 고용주가 요구하면 그때그때 재무제표를 보여줄 수 있도록 검은색 노트북을 가지고 다녔다. 알록달록한 그래프와 순서도가 가득한 노트북으로 올리버 기업 두 곳과 주식, 부동산, 소장 미술품, 외환, 귀금속 등 필립 명의 자산의 데이터 흐름을 추적했다. 그런 다음 그 자산의 현재 시장 가치를 보여주고 부채와 경비를 공제하여 매 시간 자동으로 업데이트되는 순자산 수치를 필립에게 알려주었다. 이로써 필립은 '내가 얼마나 부자인가?'라는, 자신을 괴롭히는 중요한 질문에 대한 답을 세계 어느 시장에서 무슨 일이 벌어지든 분명하게 알 수 있었다.

"지금 우리에게 필요한 건 칼이 가지고 있는 정보 같은 게 아닙니다. 당신과 맨디에 대해 좀 더 알고 싶을 뿐이에요."

"맨디는 하나뿐인 진정한 내 사랑이었어요. 그런데 이제 죽어 버렸죠."

"유감입니다."

필립은 우리 둘을 번갈아 보며 눈을 깜박였다.

"내가 무슨 짓을 했지? 뭐야, 말해봐. 내가 죽인 거야?"

"필, 그걸 알아보려고 해."

나는 안쪽 사무실 문을 향해 그를 쿡 찌르며 말했다. 앤드류스를 비롯한 다른 사람들은 눈을 부라린 채 마지못해 우리를 보내줬다. 호건이 문을 닫는 동안 중역들은 사파리 야영장 가장자리에 자리 잡은 대머리독수리처럼 응접실에 놓인 다양한 의자와 소파에 앉았다.

스페인 공화국에 바치는 비가

필립의 안쪽 사무실은 소호에 있는 방 세 개짜리 아파트만 했다. 유리벽으로 둘러싸인 그곳에 있으니 책상이 미드타운 고층건물 사이에 둥둥 떠 있는 것 같았다. 필립은 행운의 마스코트를, 그러니까 10여 블록 떨어진 곳에서 맑은 하늘을 배경으로 앤드류스의 안경테처럼 번쩍이는 크라이슬러 빌딩의 날렵한 금속 독수리를 초조하게 가리켰다.

"여기서는 거의 모든 게 보여. 아파트, 사무실, 호텔 객실. 이 모든 게 뒤섞인 도시가 한눈에 보인다고. 그리고 누구든 보려고만 하면 날 볼 수도 있어. 서로 완전히 노출되어 있는 셈이지." 그의 입에서 키득거리는 소리가 흘러 나왔다. "좀 거창한가?" 그는 하늘에 뾰족하게 솟아오른 철골 건물들을 바라보았다. "떠나자." 그가 노래하듯 나지막이 말했다. "저 멀리 거칠고 푸른 하늘로."

그는 재빨리 창가에서 물러나더니 창문과 아찔한 풍경에서 멀리 떨어진 작은 탁자로 우리를 안내했다. 우리는 금속 다리가 달린 검은 가죽 의자에 어색하게 앉았다. 의자 위쪽으로 15년 전 오테크가 처음으로 폭발적인 성장과 수익을 이룬 그 해에 내가 필과 앤지에게 판매한 마더웰의 〈스페인 공화국에 바치는 비가〉 판화 연작이 나란히 걸려 있었다.

"잭한테 클라우디아 이야기는 들었겠죠?" 필이 호건에게 물었다.

"들은 정도가 아닙니다. 방문도 했으니까요."

"잘 지내던가요?"

"당신 걱정을 하더군요."

"사랑스러운 여자예요. 그런 여자가 왜 날 참아주고 있을까요? 난 경찰서에서 나오자마자 클라우디아에게 전화를 걸었어요. 그녀가 날 며칠이나 계속 보살펴줬죠. 그리고 이번주 들어서야 하루에 몇 시간 정도씩 사무실에 나오기 시작했어요. 우리 둘이 플라자 호텔 스위트룸에 투숙했는데, 너무 이상하더군요. 겁에 질린 채 신혼여행 중인 신혼부부 같아서."

"왜 호텔로 가셨죠?"

"윌리엄스버그로 갈 수는 없었거든요. 거기 작업실은 클라우디아 그 자체라서요. 그녀의 작품과 옷이 있고 그녀의 음악이 흐르죠. 그 전부가 클라우디아처럼 너무 젊어요." 필립은 고개를 돌렸다. "내가 그런 짓을 한 건 분명 클라우디아 때문이에요. 그렇게 생각하지 않나요?"

"무슨 짓 말입니까?"

"어맨다를 죽인 거요."

"그리 생각할 수도 있겠지요." 호건은 단어를 신중하게 골랐다. "클라우디아 같은 여자를 위해서라면 오스만족에게 어머니를 팔아넘길 사람도 있을 겁니다. 그런데 당신은 그런 부류가 아닌 것 같은데요."

"그래요? 내가 세운 가설에 도움이 안 되는군요."

"가설이요?"

"내가 맨디와 영원히 끝내기 위해 그녀를 쐈다는 거죠. 둘이 같이 알고 지내던 친구들과 권태로운 부부관계와 싸움과 모두 단절하고 자유롭게 클라우디아를 갖기 위해서요." 필립은 시선을 내리깔았다. "그런데 이상하게도 난 지금 별로 자유로운 기분이 아니에요."

"접근 방식이 잘못되었기 때문인지도 모르죠."

"무슨 말이죠?"

"예컨대 이혼 같은 방식도 있었을 텐데요."

"내가 모든 걸, 아니 적어도 사업과 재산의 절반을 잃고 싶었다면 그걸 택했겠죠. 하지만 그러고 싶지 않았어요. 난 내 재산을, 내 천박한 장난감을 하나하나 전부 다 사랑하니까요."

"사랑이 아주 넘쳐나는군요."

"왜 아니겠어요? 앤젤라가 말했듯 빌어먹을 우라지게 많이 넘쳐 흐르죠."

나는 예전에 호건이 했던 말을 떠올렸다. 정말 돈 많은 사람이 '모든 것을 잃었다'고 할 때, 그 말은 사실 이런 뜻인 경우가 많다. 직원을 두고 관리하는 해외 저택 네 채가 사라지고 해변 저택 한 채만 남았다거나 재규어를 팔고 벤츠만 계속 탄다거나 18세기 초상화 소장품들을 몇 백만 달러에 경매에 내놓는다든가 하는 상태로 생활수준이 떨어졌다는 것. 돈 많은 사람들은 그 정도로도 눈물을 삼키기 마련이다.

"전 부인을 지금도 만나십니까?"

"멜리사를 데려올 때나 아니면 미시의 학교 행사에 같이 참석할 때나."

"어맨다는 그걸 어떻게 생각했죠?"

"좋아하지는 않았어요. 사실 기억이 정확히 안 나는군요. 어맨다와는 아이를 가질 수 없었죠. 그녀에게 무슨 일이 있었던 것 같아요."

"그런 일들로 맨디가 당신을 슬프게 했나요? 시내 로프트 한가운데 서서 뒤통수에 총을 겨눌 만큼?"

"난 사격을 잘해요. 목표물을 흔들림 없이 겨누죠. 잭에게 물어봐요."

"맞아. 소총과 조준경만 있으면 뭐든 맞추지. 작년 가을에는 몬태나에서 180미터나 떨어진 곳에 있는 엘크를 넘어뜨리기도 했어." 내가 말했다.

"필립, 이 사람은 당신 아내입니다. 사냥터의 사슴이 아니죠. 그녀는 2미터도 안 되는 거리에서 뒤통수에 권총을 맞았어요. 한때 사랑했던 여자에게 그런 짓을 할 수 있으셨을까요?"

필립은 멍한 표정을 짓더니 매우 불안해 보였다.

"권총이 있기는 합니까?"

"아니요." 필립이 머뭇거리며 대답했다. "하지만 맨디는 갖고 있었어요."

호건은 얼굴을 약간 찡그렸다.

"내가 클라우디아와 어울린 뒤로 가여운 맨디는 점점 피해망상에 사로잡혔어요. 누군가가 침입해 소중한 그림을 훔쳐가거나 그녀를 강간할지도 모른다는 걱정 때문에 침대 옆 서랍장에 권총을 넣어두었죠."

맨디가 가여웠다. 누군가 낯선 이들보다는 오히려 사랑하는 이들을 그렇게 두려워해야 한다고 나라도 말해줬어야 했을까.

"이제 총 이야기를 해보죠. 어떤 종류였는지 알고 있나요?"

"제법 굉장했어요. 자동이었죠. 아내는 그런 여자였어요."

"어떤 여자란 말인가요?"

"자기 주장이 강했죠."

호건은 고개를 젓고 몸을 앞으로 숙였다. "필, 날 화나게 하지 말아요. 난 당신 꼭두각시들과 다르니까."

필립은 눈을 깜박였다. "호건. 에드워드 호건. 어찌됐든 당신은 내가 고용한 사람 아닌가요?"

"맞습니다. 그건 확실하죠, 고용주님. 난 지금 그 누구도 할 수 없는 엄청난 일을 해주고 있는 겁니다. 그러니 이제 사실대로 말씀해보시죠. 거짓말하거나 입 다물지 말고요. 그랬다간 일급 살인죄로 체포되실 겁니다."

"어맨다의 변호사에게 총기 등록 증명서가 분명 있을 텐데요."

"그걸 묻는 게 아닙니다." 호건이 단호하게 말했다. "필립, 당신은 사냥을 하는 분이니 총알이 두개골을 뚫고 지나가면 어떻게 되는지 잘 알 겁니다. 9밀리미터 권총 총알 두 발이 어떤 충격을 미칠지, 그 총알이 관통한 직후의 상처가 어떨지 떠올려봐요. 그리고 당신이 8년을 함께 산 사람에게 그런 짓을 할 수 있는지 말해보라고요."

"어쩌면. 기억이 안 나는군요."

"그 정도로 그녀가 미웠습니까?"

"전혀. 그녀가 죽기를 바랐을 뿐이죠. 몇 년 동안 그녀가 여행

106

을 떠날 때마다 난 비행기가 추락하는 상상을 했어요. 어맨다는 비명을 지르며 떨어지고 비행기는 계속 추락하죠. 그러다 산에 부딪쳐 박살나는데 그러고 나면 모든 것이 조용해져요. 영원히. 난 그녀의 목소리를 다시는 못 듣겠죠. 장례식이 열리고 친구들이 날 위로해줄 거예요. 슬프겠지만 용기를 내라고요. 그 후엔 예쁜 여자들이 날 불쌍히 여겨주겠죠. 섬뜩하면서도 불가사의한 내 매력에 빠져서. 난 사랑한 사람을 잃고 하루하루 조용히 가엾게 살아가고 있을 테니까."

"퍽이나 감동적이군요. 하지만 너무 뻔해요." 호건은 지루하고 짜증 난 표정이었다. "난 주로 아내가 버스에 치이는 상상을 하죠." 그의 목소리는 어딘가를 떠도는 듯했다. "다들 배우자의 죽음에 대해 생각합니다. 덫에서 멋있고 깔끔하게 빠져나오는 상상을 하는 거죠. 그런데 결혼에는 교묘한 데가 있어요. 한번 빠져들면 절대 나올 수 없다는 겁니다."

"하지만 내가 바라던 일은 이루어졌어요."

"여기서는 당연히 그렇겠죠. 당신이 회사의 주인이니까요."

"여기뿐 아니라 내 인생 모든 것에서요. 난 부자가 되고 싶었고 그렇게 되었어요. 앤젤라를, 그 다음에는 맨디를, 지금은 클라우디아를 원했고 모두 가졌죠."

내가 끼어들어야 했다.

"아주 치열한 작전 끝에 이뤘다는 걸 잊지 마."

"노력이야 다들 열심히 하지. 그런데 실제로 원하는 걸 손에 넣는 사람이 몇이나 될까?"

호건은 한 대 치고 싶은 걸 참는 듯 갑자기 뒤로 기대면서 말했다. "그렇네요. 날 봐요. 살인사건을 해결하려 하지만 여기서 당신의 헛소리나 듣고 앉아 있죠. 난 왜 원하는 걸 얻지 못할까요?"

"호건, 원하는 게 뭐죠?"

"솔직한 이야기요."

"이미 말했잖아요. 내가 아내를 죽인 것 같다니까요."

"혹시 클라우디아를 보호하려는 겁니까? 당신은 어차피 살인 혐의에서 벗어날 수 있다고 생각해서? 맨디가 총에 맞았을 때 당신은 캘리포니아에 있었기 때문에?"

"캘리포니아에 간 건 기억이 안 나는군요. 난 그곳을 싫어해요."

"그럼 정확히 기억나는 게 뭡니까?"

"지난 목요일 오후 이른 시간에 소호의 로프트로 돌아갔어요. 엘리베이터에서 내리자 맨디가 좋아하는 의자 아래로 그녀의 다리가 보이더군요. 꼼짝도 하지 않았죠. 맨디는 그렇게 가만히 앉아 있었던 적이 없는데 말이에요. 그때 카펫에 피가 보였어요. 난 다가가서 그녀의 얼굴을, 그러니까 얼굴이 있어야 할 자리를 보았어요. 머리는 앞으로 고꾸라져 있었고 이마는 뻥 뚫려 있었어요. 양 볼에는 닭 내장처럼 보이는 무언가가 매달려 있었고요."

"그게 당신이 원하던 모습인가요? 돈을 주고 시킨 일입니까?"

"아니, 아니에요. 당연히 그렇지 않아요."

"하지만 기억하는 걸 보니 틀림없이 기분이 좋았던 모양인데요. 요즘엔 정신머리가 그런 식으로 굴러간다고 하지 않았던가요?"

"모르겠어요. 당신은 자기 정신을 이해하나요? 그렇다면 실로 굉장한 일이군요."

"제 질문에 대답하세요. 그걸 보고 좋았습니까?"

"참을 수가… 없었어요. 고속도로에서 사고로 심하게 부서진 차를 본 적 있어요?"

호건은 경직되었다. "전쟁터에서 싸운 적은 있죠."

"그럼 잘 알겠군요. 섬뜩하고 두렵죠. 하지만 흥미롭기도 해요. 몹시 흥미롭죠. 진실을 부정해봤자 소용없어요."

"그런가요? 사람들은 제 앞에서 늘 진실을 부정하던데요."

"좋았냐고요?" 필립이 호건의 질문을 되풀이했다. 억양 없이 단조로운 목소리였다. "좋았냐고? 내가 꿈꾸던 일이 실제로 일어났어요. 돈이란 그런 거죠. 아주 끝내주는 거지. 직원들이 날 어떻게 대하는지 봐요. 클라우디아도 날 받아준다고. 그런데 선생님은 왜 여기 있는 거죠? 내 사무실에 사립탐정이라니 정말 별일이 다 있군." 필립은 헤매는 것 같았다. 그의 정신이 방황하고 있었다.

"필립." 내가 말했다. "필립, 지금 무슨 소릴 하는 거야?"

호건은 천천히 일어났다.

"그만 가지. 이런 시시한 짓거리에 쓸 시간 없어."

"진실을 원하지 않나요?" 필립이 말했다. "우린 비슷한 사람이에요. 난 진실만을 원해요. 진실만을."

"진실을 말하자면." 호건이 차분하게 말했다. "내겐 해결해야 할 사건이 있어요. 당신은 법정에 서길 원하고. 그러니 자기 안에 푹 빠져 속 편하게 있든지 여자친구가 곤경에 빠지지 않게 보호하든지 정신병자 같은 대답으로 발뺌하든지 마음대로 하시죠. 하지만 어떤 경우든 확실한 증거를 내놓아야 할 겁니다. 지방검사가 참고할 수 있는 증거를요. 돈이 흘러넘치는 필립 회장님은 사건 발생 당일 소호에서 약 5,000킬로미터 떨어진 곳에 있었는데도 자기가 살인자라고 자백을 하셨죠. 도대체 뭐가 맞는 건지 맥권이 제대로 밝혀내지 못하고 꾸물거렸다가는 상관이 그를 썩은 피자처럼 사무실 밖으로 내던질 겁니다. 난 당신과 게임을 하자는 게 아니에요."

"이게 게임이라면 얼마나 좋을까요? 그럼 내가 이겼을 텐데."

"필립, 지금 우리랑 장난하자는 거야?" 내가 물었다.

"아니."

그는 오랫동안 무인도에 고립되었던 사람처럼 애원하는 눈빛으로 나를 뚫어지게 보았다.

"게임이라면 이렇게 죄책감을 느끼지 않겠지."

카페 데 파르

그날 밤 어둠 속에 혼자 누워 나탈리에게 한참 동안 이야기했다. 나는 프랑스어를 완벽하게 했고 병원 들것에 누워 있던 죽은 아내를 아직 보지 못했다. 다치지도 않아서 왼팔이 온전했다.

나탈리와 나는 퇴근길 정체가 해소될 무렵 카페 데 파르 야외석에 앉아 건너편 바스티유 감옥의 둥근 기둥을 둘러가는 길을 보고 있었다. 우리는 필립에 대해 이야기했다. 그녀와의 대화가 똑똑히 들리는 와중에도 나는 이 대화가 순전히 상상이라는 것을 알았다. 우리가 논의했던 일들 대부분은 미래에 관한 것이었는데 그 미래는 이제 과거가 돼버렸기 때문이다.

앤젤라가 깐깐하게 길들인 덕분에 마이크로칩 사업계의 풋내기 필립은 런던 스타일 정장을 입고 이따금 전형적인 영국식 억양을 완벽하게 구사하며 세상이 선망하는 젊은이로 변신했다. 우리는 그 이야기를 하면서 웃고 있었다. 웨이터가 두 번째로 오더니 '무슈, 담?'이라며 검정색 조끼 주머니에 구부린 손가락 하나를 찔러넣고 서 있었다. 라페 거리의 술집으로 향하는 젊은이들이 웃으며 지나갔다.

우리는 페르노를 다 마시고 레드 와인을 마시면서 두 사람의 첫 데이트가 어땠는지 떠올려보았다. 그때 앤지는 골드스미스 대학에서 미술을 공부 중이었고 젊은 사업가 필립은 외국 투자자도 찾고 로이즈 가입보험 가입도 할 겸 영국에 와 있었다.

"필립은 덩치 큰 아기처럼 행동했던 것 같아." 나탈리가 말했다.

"머리가 아주 쌩쌩 돌아가는 덩치 큰 아기였지. 돈 벌 궁리가 가득했잖아."

"그래, 정말 그랬어. 머리는 진짜 빨리 돌아갔어."

필립과 앤젤라는 2년 동안의 연애 끝에 미국에서 결혼생활을 시작했고 그 후 10년을 함께 살았다. 물론 딱 붙어 지낸 시간은 많지 않았지만. 필립은 일 때문에 밤낮으로 바빴고 앤젤라는 뉴욕에서 점점 멀리 이사가 작업실을 넓혀가면서도 직업적으로 아무것도 이루지 못한 채 느릿느릿 일했다. 그러다 보니 어느새 웨스트체스터의 소박한 주택단지에서 어슬렁대는 신세가 되었다. 그 사이 필립은 맨해튼에서 날씬하고 활발한 어맨다 윈게이트에 이끌려 미술관 개관행사와 만찬에 참석하며 '일을 하고' 있었다.

앤젤라는 뒤늦게 아기를 간절히 바라기 시작했다. 결혼생활을 지킬 수 있지 않을까, 자식이라는 부양가족이 생기면 필립에게 적어도 아버지로서의 책임감은 생기지 않을까 하는 터무니없는 희망을 품었기 때문이다. 결혼한 지 5년이 지났을 때 필립은 처음으로 도심을 벗어나 다른 여자와 바람을 피웠고 8년이 지났을 때 어맨다와 사귀기 시작했다. 10년이 지났을 때는 앤젤라와 어린 딸을 떠났다.

"그래도 앤젤라는 지독하게 강했어." 나탈리가 주장했다. "버림받는 걸 견디지 못한 쪽은 다른 아내, 그러니까 모든 걸 망친

장본인 어맨다였어."

"그 어떤 여자라도 클라우디아 실바를 이기기는 힘들었을걸."

"아마도. 하지만 언젠가는 일어날 일이란 걸 알았을 텐데."

"필립 같은 남자와 결혼했다면 그렇겠지."

나탈리는 담배연기를 길게 내뿜었다.

"남자들은 다 필립 같아. 기회가 없을 뿐이지."

나는 남자들의 결점과 악행에 대한 나탈리의 전문가적 의견에 토를 달지 않아야 한다는 것을 오래전 깨우쳤다. 그녀는 특히 필립의 잘못을 길고 세세하게 나열했다. 그의 재산이 많아질수록 만나는 여자들도 많아졌고 그의 삶에 등장한 여자들의 외모도 거듭 발전했다. 귀여움에서 사랑스러움으로, 그리고 입이 다물어지지 않을 정도의 아름다움으로. 필립은 점점 나이를 먹었지만 놀랍게도 아내나 연인들의 나이는 계속 비슷했다. 앤지는 동갑이었고 맨디는 여덟 살 어렸으며 클라우디아는 사반세기만큼이나 어렸다.

나탈리는 어깨를 으쓱하더니 손가락으로 파란색 담배 상자를 가볍게 두드렸다.

"진부해. 잔인하고 진부해."

그녀에게 필립이 쾌락의 대가를 혹독하게 치렀다고 일깨워주었다. 무언가를 간절히 원했고 그 일이 갑작스레 이루어졌다. 그런데 그 성취가 자기 인생을 망치고 있었다. 이보다 더 슬픈 일이 있을까?

"필립이 지금도 괴로워하는 것 같아?" 나탈리는 그렇게 묻곤 입술을 오므려 뻐끔뻐끔 소리를 냈다.

"많은 사람들이 그렇게 생각하지. 난 필립을 알아. 할 수 있는 일이 별로 없을 거야."

갑자기 내 눈앞에 어떤 장면이 생생하게 펼쳐졌다. 필립은 거실로 가서 맨디의 시신을 발견하고 얼굴에 흘러내린 피와, 피에 흠뻑 젖은 두툼한 실크 가운을 보고 있다. 마음속의 무언가를 들킨 기분으로, 존재의 중심이 산산이 부서진 채로. 그는 회복할 수 없었을 것이다. 가여운 클라우디아가 애썼지만 뭘 할 수 있었을까?

수치심에 고개를 숙인 듯, 살해당해 앞으로 고꾸라진 배우자에게서 필립은 자신의 가장 좋았던 시절이, 오랜 동반자 관계가 끝난 것을 보았다. 한때 필립은 엄청난 열정과 부와 희망이 뒤섞였던 그 관계가 자신을 망가지지 않게 지켜주리라 생각했다. 하지만 그의 요새, 그가 모든 것의 추악한 면을 몰아내고자 지은 벽은 비참하게 무너졌다. 이제 나이, 질병, 죽음이 한꺼번에 몰려들자 그가 할 수 있는 일이라곤 그런 것들이 고장난 두뇌를 괴롭히며 지루한 공격을 차례로 퍼부을 때 그저 관망하는 것뿐이었다.

"넌 어떤 걸 기대했는데?" 내가 물었다.

"약간의 신중함." 나탈리가 말했다. "필립은 자기 불륜에 대해 예의상 입을 다물 수도 있었을 텐데."

"하지만 그럴 수 없는 때가 오잖아. 사건이 온전히 밝혀져야 할 바로 그때 말이야."

"뭘 위해?" 나탈리는 고개를 돌렸다. 그녀의 머리카락은 칠흑 같았다. "넌 중요한 문제가 생겼을 때 나한테 아무 말도 안 하잖아."

남은 와인을 마시는 그녀의 핏기 없는 손은 흔들림이 없었다.

"시간이 너무 늦었네."

이제 꿈이 거의 끝나가고 있었다. 죽은 아내가 꿈에 나타날 때마다 이렇게 끝났기 때문이다.

템플

"부검에서 흥미로운 결과가 나왔어."

다음날 아침 호건이 전화로 말했다.

"뭔데?"

"맨디는 그날 성관계를 했어. 살해당하기 한 시간 전쯤."

"맨디 입장에선 다행이네."

"필립은 경찰서에서 엄청난 일을 자백했을 때 무척 협조적이었어. 경찰에서 잔류 화약 검사도 했고 구강 세포 표본도 추출했어."

"그래서? 그날 사건이 발생하기 직전에 필립이 아파트에, 그것도 맨디의 침대에 있었다는 얘긴가? 번스타인이 가만 있지 않겠네. 경찰이 그 결과를 증거로 사용하게 하겠어? 영장도 없었다, 미란다 원칙도 말 안 했다, 보호조치도 적절하게 취하지 않았다, 뭐 그러면서 난리를 치겠군."

"너무 그렇게 확신하지는 마. 화약 흔적은 없었어. 타액 대조 결과도 일치하지 않았고. 경찰이 맨디의 침대보에서 표본을 더 많이 추출했지만 그 중 어느 것도 필립과 일치하지 않대."

"맥퀸이 그러던?"

"방금."

"그 자식 양심은 있나보네."

"당연히 있어야지. 그 멍청이가 나한테 신세진 게 얼만데. 어쨌든 경찰은 필립을 기소하려면 번스타인에게 모든 증거를 공개해야 할 거야."

"그렇게 놔둘 순 없지."

"그렇지. 맥권 같은 얼간이도 자기를 위험에서 구해준 사람을 도우려고 각별히 애를 쓰는데."

올리버 부부와 나의 지난날을 생각하면 이렇게 하는 것이 도리였다.

"그래서 필립은 이제 용의선상에서 제외된 거야?"

"글쎄. 청부를 했을 수도 있잖아? 아니면 아파트에 너무 일찍 도착해서 고약한 장면을 목격해버린 거지. 아내가 다른 남자랑 하는 걸 보면 누구라도 꼭지가 돌 테니까."

"뭐야, 그럼 맨디에게 총구를 들이대고 위협해서 의자로 데려간 다음 죽였다고? 남자친구가 보고 있는데? 아니야. 필립이 없을 때 맨디랑 있던 정력 넘치는 놈이 그랬을 것 같은데."

"의리냐? 감탄이 절로 나오는구먼. 그래 남자친구가 누군데?"

"맨디한테 남자가 있는지는 몰랐어."

"실망인데. 필립의 혐의를 벗기고 싶으면 알아내. 뒤져보라고." 호건은 전화를 끊었다.

나는 어떻게 해야 할지 몰랐다. 보통 이런 종류의 정보는 취급하지 않았으니까. 돈이 걸린 것도 아니지 않은가. 하지만 누구에게 물어봐야 할지는 알았다. 그날 밤 퇴근 후 로라에게 갤러리 근처의 세련되고 어둑한 술집 템플에서 한 잔 하자고 했다. 우리는 등받이가 없는 복고풍 크롬 의자가 놓인 L자 바를 지나 뒤쪽 방으로 갔다. 어둑한 방에는 작은 탁자가 놓여 있었고 벽에 두께감 있는 나무판이 줄줄이 붙어 있었다. 수년 동안 이 라운지바에서 여자를 꼬셨는데 이곳에 오면 항상 시나트라의 노래 속으로 들어간 기분이었다. 그 기분을 로라에게 허비하게 되어 유감이지만 어쨌든 나는 이곳이 몹시 그리웠다.

그러니까 그때 나는 정상인이 되려 애쓰는 약물중독자 같았다. 혼자 술 마시지 말 것. 생각을, 특히 나탈리 생각을 너무 많이 하지 말 것. 아무나와 섹스하지 말 것. 호건이 내린 도덕 처방이었다. 말이 쉽지 막상 해보면 쉽지 않았다. 미술품 딜러에게는 더더욱. 게다가 나는 베드포드 폴스가 아니라 소호에 살고 있었다.

"오늘 웃기는 소문을 들었어."

"뭔데요?"

"어맨다 올리버에게 남자친구가 있었다는 얘기 들어봤나?"

로라는 웃음을 터뜨리더니 쨍그랑 소리를 내며 잔에 얼음을 넣었다.

"당연하죠."

"당연하다니 무슨 뜻이지?"

"필립은 몇 년 동안이나 더러운 짓을 하고 다녔잖아요. 어맨다는 활력 넘치고 돈 많은 여자였고요. 그 얘기 듣고 뭘 기대했어요?"

"기대는 무슨. 내 친구들이 누구랑 붙어먹고 다니는지 듣고 있었을 뿐이지. 그게 최소한의 예의 아닌가."

"당신은 필립과 한 패잖아요. 말하자면 상대팀인 거죠. 그래서 맨디가 그런 사소한 소식을 당신에게 알리지 않았던 거예요."

"그럼 누구에게 알렸을까?"

"한 사람은 나예요. 아덴에서 피부 관리를 함께 받았거든요. 얼굴에 찐득거리는 걸 잔뜩 뒤집어쓰고 누워 있는 사람끼린 뭔가 특별해지죠."

"그럼 맨디가 자세한 이야기도 좀 했나?"

"좀이요? 잭, 여자들끼리 얘기하는 거 들어본 적 없어요?"

"굳이 떠올리고 싶지 않은데." 나는 술잔을 빙빙 돌렸다. "내가 아무 눈치도 채지 못했다니 믿을 수가 없군."

"들어봐요. 필립은 회사를 급성장시켰고 경영도 잘 하고 있어요. 매너도 좋고 대머리도 아니죠. 그가 아주 정중하게 부탁했다면 나도 했을지 몰라요. 필립은 고급 쓰레기 바람둥이예요." 로라는 실없이 웃었다. "여자는 지루해졌죠. 그래서 새롭고 더 뜨거운 뭔가를 사러 나간 거예요."

"내가 어떻게 이런 걸 놓쳤지?"

"유전자 때문이죠. 대부분의 남자들은 그런 쪽으로는 별로 똑똑하지 않아요. 쓰레기차 같은 것이 정면에서 부딪쳐 올 때까지 여자들에게 무슨 일이 일어나고 있는지 모르죠. 사실 남자들이 화장실 가는 길을 찾는 것만 해도 놀라워요." 로라는 웨이트리스에게 한 잔 더 달라고 손짓했다. "전에 만났던 남자들만 해도 표본이 제법 많다고요."

로라는 스스로를 잘 알았다. 감탄스러울 정도로. 이런 그녀에게 '소문' 운운하는 작전을 쓰다니 부끄러운 일이었다. 나는 원래 친구들과 동료들을 속이지 않았다. 거짓말은 술집에서나 실수로 흘러나오는 옛날 습관일 뿐이었다.

"그러니까 맨디의 연애 상대 말이야. 내가 아는 사람인가?"

"맞춰봐요."

"젊어? 많이?"

"맨디는 제법 예쁘잖아요. 젊어요."

"돈이나 재능은?"

"둘 다 없어요."

"그럼 뭐가 남는지 우리 둘 다 알 텐데."

"폴 모스가 남죠."

얼핏 들어본 이름이었지만 미술계에서는 하루에도 새로운 이름을 200개쯤 듣는다. 그때 뭔가 떠올랐다.

"그 비디오에 집착하는 행위예술가는 아니지? 소가 핥은 머리 모양으로 보란 듯 다니는 녀석 말이야."

"잭, 정말 아무것도 모르는군요. 앞머리를 의도적으로 그렇게 한 걸 소가 핥은 머리라고 부르지는 않아요. 일종의 자기표현이라고요."

나는 정말 인재 중의 인재를 헐값에 쓰고 있었다. 급여를 특별히 많이 주기는 하지만 패션 관련 조언에 심리적 학대까지 덤으로 주다니.

"그럼 그 폴 모스를 말하는 건가?"

"맨디에 따르면 아주 특별한 폴 모스죠."

믿을 수가 없었다. 물론 그 남자는 섹시해 보이긴 했다. 매끈한 얼굴에 푸른 눈동자로 미술계에서 자주 보이는 타입이었다. 어쨌든 여자들이 무엇을 좋아할지 알 수는 없는 법이다. 하지만 어맨다가 갖고 논 이 연하남은 수입이 시인만큼이나 쥐꼬리만 했고 비디오 가게 점원처럼 말했다. 벽돌로 눈 사이를 얻어맞은 것처럼 보이는 예쁘장하면서도 야성적인 남자 모델 타입이었다. 우스터가의 집으로 돌아와 호건에게 전화를 걸었다.

"이제야 좀 흥미진진해지는데." 그가 말했다.

"그러게. 오테크 일당들, 클라우디아, 거기에 풋내기 모스까지. 용의자가 넘쳐나."

"그래도 필립의 전 부인이 뭐라고 변명했는지 듣고 싶은데?"

"거기선 더 알아낼 게 없어. 맨디의 죽음으로 앤젤라가 얻을 게 없거든."

"미성년자 딸이 필립의 돈다발을 얻게 되지. 분명 재산의 절반은 받을 텐데. 게다가 그가 뇌질환 때문에 아내가 없는 상태로 사망하면 멜리사가 전부 다 갖겠지."

"그거야 멜리사의 돈이니까."

"하지만 둘은 떼려야 뗄 수 없는 관계잖아. 지금은 앤젤라의 것이 그 딸의 것이고 아이가 스물한 살이 되면 반대의 경우도 마찬가지고. 이 정도면 누구라도 행동을 취할 수 있을 것 같은데."

"앤젤라는 예술가야. 그녀가 돈을 좋아하기는 해도 돈 때문에 사람을 죽일 정도는 아니라고. 테이트 모던에서 회고전을 열게 해준다면 모를까."

"돈 얘기만 하는 게 아니잖아." 호건이 주의를 환기했다. "어쩌면 마음의 평화도 원했을지 모르지."

"9밀리미터 권총으로?"

"들어봐. 필립은 맨디 때문에 그녀를 버렸어. 그렇지? 어떤 사람들은, 특히 자존심이 너무 세거나 마음이 너무 약한 경우에는 뭘 어떻게 해도 그런 일을 극복하지 못해."

"하지만 그게 벌써 몇 년 전인데."

"잭, 영원히 끝나지 않는 고통도 있어. 나 같은 사람한텐 웨스트체스터의 저택이면 그 정도는 넘어가줄 제법 괜찮은 합의 조건인 것 같은데. 우습지? 하지만 난 올리버처럼 큰돈을 쓰면서 살아본 적이 없지. 나를 밀어낸 망할 년이 내 몫의 세 배를 차지하는 걸 지켜보는 게 어떤 건지도 모르고."

"앤젤라를 오해하는 거야. 그녀는 살인자가 아니야."

"그 누구도 살인자가 아니야. 처음 살인을 저지르기 전까지는."

"앤젤라에겐 그런 기질이 없어. 그런 유형이 아니라고."

"잭, 살인은 누구나 저지를 수 있어."

휘트니 미술관

며칠 뒤 호건과 나는 폴 모스를 실제로 볼 수 있었다. 화창한 봄날 어맨다 올리버의 추도식에 참석하기 위해 뉴욕 미술계 인사 대부분이 휘트니 미술관에 모였다. 그녀의 장례식은 며칠 전 어퍼 이스트 사이드의 성공회 성당에서 윈게이트 가문에 어울리게 비밀리에 치러졌다.

시내에 있는 맨디의 친구들은 그녀가 살아 있을 때 진짜 성당과 가장 근접하게 여긴 곳이 미술관이라고 생각했다. 그날 오후, 보통 공개토론회가 열리고 영상 프로그램을 상영하던 2층의 작은 강당에는 화려한 근조 화환이 줄지어 놓였다. 평소에는 예술영화 대사나 사운드 아트 장치의 듣기 싫은 소리가 나오는 음향장치에서는 음악이, 이번만큼은 화성과 선율이 있는 진짜 음악이 잔잔하게 흘러 나왔다. 임시 무대가 설치되었고 중앙에는 신비로운 느낌의 핀 조명이 비추는 연단이 감시병처럼 서 있었다.

"내가 평소에 만나는 사람들과는 다르군." 악수도 안 하고 인사를 나누는 사람들을 보고 무척 어리둥절해진 호건이 말했다.

"예술계잖아. 다들 섹스를 하면 했지 악수는 안 한다고."

우리는 멀찍이 뒤쪽에 앉았다. 컬렉터, 미술관 직원, 딜러, 비평가, 유명 예술가들이 말없이 줄지어 들어와 방석을 깐 의자에 착석했다. 호건을 초대한 건, 슬픔 속에서 무심코 흘러나온 말이나 이상하리만치 슬픔이 느껴지지 않는 말, 조문객들 사이에서 느껴지는 긴장감, 추도사를 하는 사람들의 기억 같은 것에서 범죄의 단서를 찾을 수 있지 않을까 싶었기 때문이다. 향기로운 봄햇살과 거리가 먼, 최소한의 것만 갖춘 동굴 같은 이곳에 모든 이를 모이게 한 범죄의 단서를.

"흔치 않은 장면이야." 내가 호건에게 말했다. "예술가들이 재킷까지 챙겨 입다니."

참석자들이 들어와 고개를 끄덕이거나 서로 뺨을 맞대며 인사하는 동안 나는 호건에게 유명인사들의 이름을 모두 알려주려 애썼다. 하지만 교과서를 읽는 것처럼 단조로워지고 호건의 호응이 없는 것으로 보아 그의 머릿속에 아무것도 들어가지 않는다는 걸 알 수 있었다. 전후 미국 미술계의 본보기가 될 만한 사람일지라도 우리 업계 밖에서는 아무 의미가 없는 모양이었다. 그때 내가 호건을 쿡 찔렀다.

"저 사람이 폴 모스야."

맨디의 남자친구는 유명인사들 틈에 있지 않았다. 그렇기는커녕 좌석 뒤쪽에서 왼쪽으로 빗겨 서서 눈높이 삼각대에 고정한 비디오 카메라를 조정하고 있었다. 그는 추도식을 녹화하고 있었다. 나중에 그의 케이블 텔레비전 프로그램 'PM비디오'에 발췌해 사용하기 위해서였다. 세상을 떠난 연인을 애도하는 그만의 방식이었다. 그는 깨끗한 흰 셔츠를 휴고 보스 블랙진 위로 빼 입었다.

"그래, 저 예쁘장한 놈에 대한 재미있는 사실이 뭔데?"

"행위예술가야."

"그게 뭔데? 몸 파는 사람 같은 거?"

"가끔. 원래는 소규모 관객 앞에서 괴상한 짓 하는 걸 영상으로 찍는 사람이야."

"어떤 괴상한 짓?"

"한번은 '성범죄 피해자'라는 문구를 자기 엉덩이에 낙인으로 찍은 적도 있어."

"문신을 했단 말이야?"

"아니 낙인을 찍었다고."

"그게 예술이라고?"

"박사님들이 그렇다대."

미술관 관장 제임스 오뷔송의 환영사를 앞두고 속닥거리는 대화 소리가 잦아든 바로 그때 뒤쪽 출입구에서 시작된 작은 소란이 중앙 통로를 따라 좌석 맨 앞줄로 옮겨 갔다. 필립이 굳은 표정으로 강당에 들어선 것이다. 그 뒤에는 칼 마르크스가 유령 심부름꾼처럼 미끄러지듯 따라왔다. 출입구에서 있었던 소동은 추도식이 진행되는 동안 칼의 눈부시게 환한 노트북을 닫게 하려던 것 때문이었다. 결국 필립은 노트북을 닫으라고 했지만 그가 클라우디아 실바까지 데리고 온 것을 본 조문객들은 잠시 동안 깜짝 놀란 반응을 숨기지 못했다.

얌전하면서도 육감적인 느낌의 목을 감싼 검은색 원피스를 입은 클라우디아는 필립의 팔꿈치를 계속 잡고 있었다. 2년 전 마드리드에서 열린 아르코 아트페어 오프닝에서 그들의 배신과 욕정을 처음으로 공공연히 알리던 그날처럼. '어떻게 저럴 수가?'라고 외치는 사람들의 눈빛을 외면한 채 멍한 필립과 그의 양 옆에 선 칼과 클라우디아 세 사람은 중앙 통로를 걸어 내려가 맨 앞 줄 연단으로 올라가는 계단 가까이에 앉았다.

음악 소리가 점점 작아지다가 사라지자 관자놀이가 희끗한 오뷔송이 단추가 두 줄 달린 진회색 정장을 입고 꼿꼿한 모습으로 미술관을 대표하여 나무랄 데 없는 추도사를 하기 위해 무대에 올랐다. 그는 애정을 듬뿍 담아 매우 후했던 후원자를 영원히 기억하겠다고 했다. 어맨다 윈게이트 올리버는 이 미술관에 상당한 재정 지원을 했으며 역사적으로 의미 있는 중요한 작품을 기증했을 뿐 아니라 수많은 시간을 직접 쏟아붓기도 했다. 6년 동안 이 사회의 일원으로서 여러 위원회와 프로젝트에서 통솔력을 발휘하기도 했다. 진부한 추도사는 낭독하는 사람처럼 우아하고 공허하게 10분 간 이어졌다.

뒤이어 작가와 동료 컬렉터 몇이 어맨다가 얼마나 인심이 좋았고 냉소적이었는지 이야기했다. 한 기계에서 동시에 찍어내기라도 한 듯 비슷한 말들이었다. 유명 추상화가이자 언제나 술에 취해 있는 짐 제임슨은 이스트 햄튼 해변의 모금 파티에서 보았던 맨디를 떠올렸다. 햄버거 패티를 구워 미술관 이사들에게 머스터드 비용은 따로 받고 개당 1만 달러에 꼿꼿하게 '팔았던' 그녀를. 아트 앤 랭귀지 소속 전문가 레지널드 쇼는 마이크를 향해 몸을 숙이더니 맨디가 한 말 중 격언이라고 여기는 말을 인용했다. "'나이든'과 '아름다운'이라는 말을 한 문장에서 사용하는 사람을 절대 믿지 마라. 제정신이 아니거나 거짓말쟁이인 게 분명하니까." 여기저기서 킥킥대는 소리가 참석자들을 휩쓸고 지나갔다. 우리 모두 맨디의 냉소적 한마디에 '하!' 하며 고개를 뒤로 젖히던 우리의 모습을 그리워했다.

그녀는 다음에 벌어질 일 역시 신랄하게 비웃었을 것이다. 수년 동안 그녀를 모욕했으며 지금은 가장 유력한 살인 용의자인 남자가 마지막으로 추도사를 하다니.

"안녕하십니까. 저는 필립 올리버이고 아내를 살해했다고 믿습니다." 그는 연단에 올라서자마자 차분하게 말했다. 아내를 잃은 내 친구는 또 그 헛소리를 시작하고 있었다. 진짜인지 고도의 계산인지 알 수 없었다. "사람들이 그러는데 제 기억력이 예전 같지 않다더군요." 말하는 동안 필립은 길고 창백한 손이 떨리는 걸 진정시키려 연단 양쪽을 꽉 잡고 있었다. "그럴지도 모릅니다. 때로는 잊어버리는 게 다행스럽기도 하지요."

그는 말을 멈추었다. 아주 길게 느껴지는 시간 동안 그는 우리를, 우리 너머를, 우리 사이를 바라보았다.

"저는 제가 어맨다를 죽였는지 알고 싶을 뿐입니다." 마침내 그가 입을 열었다. "알려주실 분 안 계십니까?" 필립이 청중을 뚫어지게 바라보자 침묵이 깊어졌다. "변호사는 아니라고 하지만 저는 확신이 들지 않는군요."

앞줄에 앉은 오뷔송은 일어나 필립과 우리 모두를 괴로움에서 구하려 몸을 들썩거렸다. 하지만 클라우디아가 그의 손목을 잡으며 상냥하게 말렸다. 세빌 로 정장을 입은 필립은 떨고 있었다.

"10년 동안." 그가 말을 이었다. "맨디와 저는 웃기도 하고 말다툼도 하고 서로 지루하게 만들기도 하고 열정에 빠지기도 했습니다. 그녀는 제 동반자이자 적이었고 인생의 또 다른 반쪽이었습니다. 그런데 이제 사람들은 그녀가 떠났다고, 더 이상 존재하지 않는다고 말합니다. 그게 그렇게 간단하다고 누가 믿겠습니까? 아닙니다. 진심으로 말하건대 그녀는 여기에 있습니다." 필립은 손가락으로 자기 머리를 가리킨 다음 명치에 갖다 댔다.

"그녀가 제게 말을 겁니다." 필립이 잠긴 목소리로 말했다. "하지만 그녀를 찾으려고 둘러보면 그곳에 없습니다. 대답도 하지 않겠죠. 그녀는 숨어 있습니다. 앙심을 품은 계략이죠. 여자 꽁무니를 너무 자주 쫓아다닌 절 벌주고 싶어 하는 겁니다. 그렇게 하면 뭐가 달라지기라도 하는 것처럼요. 여기 남자분들 말해보세요. 외도의 끝이 무엇인가요? 어디인가요? 결국 집으로 돌아가게 됩니다. 그 집에 있는 여자가 등을 돌리지만 않으면요." 필립의 눈이 유리알처럼 번들거렸다. "여러분 아내는 어디에 삽니까? 물론 집에 살겠지요. 하지만 머릿속과 뼛속과 내장에도 살고 있습니다. 항상요. 전 이제 그 어디서도 맨디를 찾을 수 없습니다. 이 자리에 계신 분들 중 제 말이 무슨 뜻인지 아시는 분 있을까요?"

그는 입을 다물었고 그가 대답을 기다린다는 것을 알게 된 참석자들은 미묘하게 동요했다. 호건마저도 약간 흔들렸다.

"무슨 개소리야." 호건이 말했다.

나는 반은 농담으로 속삭였다. "살인을 저질러서 머리가 이상해졌는지도 모르지."

호건은 고개를 갸웃했다. 내 말을 생각해볼 가치가 있다고 여기는 신호였다.

"아시는 분 있습니까?" 필립이 외쳤다.

그러자 앞줄에 있던 클라우디아가 차분하게 일어났다. 그녀는 계단으로 가서 한 계단씩 천천히 올라가기 시작했다. 말없이 흔들리는 그 모습 때문에 필립에게 집중하기가 힘들어졌다. 그리고 그 모습은 큰 위로가 되었다.

"정말이지." 필립이 말했다. "맨디는 이곳에 있어야 합니다. 그녀는 이곳을 편안해 했어요. 예술가 여러분과 함께 있는 것을요. 제가 아니라요. 저는 이곳뿐 아니라 어디에도 속하지 않았습니다."

느긋하게 세 걸음을 걸어 연단을 가로질러 간 클라우디아는 필립 옆에 서서 고개를 끄덕이며 그의 어깨를 어루만졌다. 필립은 약간 움찔하는 것 같았다.

"내가 무슨 짓을 한 거지? 맨디, 내가 무슨 짓을 한 거냐고?"

그는 계속 말하기로 한 듯 완강한 목소리였다. 하지만 클라우디아를 보자 안에 있던 극심한 두려움은 그의 몸을 순식간에 스르륵 빠져나갔다. 그는 가슴 쪽으로 고개를 푹 숙였다. 몸을 떨었고 우리 눈앞에서 쪼그라드는 것 같았다.

"당신, 내 생명."

필립의 눈은 클라우디아를 향했지만 정확히 누구를, 또는 무엇을 말하는지 알 수 없었다. 그의 말에는 비참한 패배감이 담겨 있었다.

클라우디아는 그의 팔을 잡았다. 필립의 젊은 연인은 고대 그리스의 행렬 속을 걷듯 단호하게 그를 무대 밖으로 이끌었다.

매디슨 애비뉴

강당에서 줄지어 나가는 동안 앤젤라를 보았다. 그녀는 뒤에서 맴돌며 부축 받는 필립을 몰래 지켜보고 있었다.

"또 만났네." 내가 말했다. "이쪽은."

"우리 만난 적 있어." 그녀는 호건에게 손을 내밀었다. "에드가 며칠 전 날 찾아왔지."

"여기서 만나다니 놀랍군요."

"그런가요? 왜죠?"

"모든 사람이 굳이 추도식에 참석하지는 않죠. 남편과 함께 도망간 여자의 추도식이라면 더더욱. 당신은 지금도 필립을 무척 좋아하는 게 틀림없군요."

"내가 살면서 가장 사랑한 사람이 필립이었다는 사실 말고 다른 이유가 필요한가요? 우리 사이에 딸이 있다는 이유 말고도요?"

"어맨다와 관련된 일에도 그런 게 중요할까요?" 호건이 그녀를 자극했다.

"믿기 힘들겠지만 그래요. 결혼, 부모 노릇, 사랑 이런 말도 안 되게 멍청한 것들이 실제로 삶에 영향을 미치거든요. 어쨌든 이 런 것들 때문에 잠시나마 조금 나은 사람인 양 행동하니까요."

"필립에겐 아무것도 소용이 없었던 것 같네." 내가 말했다. "필립은 당신에게 너무 못되게 했잖아."

"잭, 필립은 내 하나뿐인 아이의 아빠야. 뭐라고 설명하기는 힘드네."

순간 앤젤라의 차분한 태도가 무너진 것 같았다.

"멜리사는 어때? 받아들이기 쉽지 않을 텐데."

"맞아. 아빠랑 친하니까. 아주 많이."

"아이들도 귀가 있어. 게다가 학교 친구들이 심하게 상처가 될 만한 질문을 했을 거야."

"그렇진 않아. 솔직히 그런 건 내 친구들이 전문이지." 앤젤라는 눈도 깜박이지 않고 말했다. "멜리사는 제 아빠가 무죄라는 걸 알아. 나도 그렇고."

"그 아이는 클라우디아에 대해 뭘 알고 있죠?" 호건이 물었다.

"알고 말고 할 게 뭐 있어요? 필립의 긴 명단에 있는 또 한 사람의 더러운 여자일 뿐인걸요."

내가 호건을 나무라는 눈빛으로 쳐다보자 그는 담배를 핑계로 자리를 비웠다.

"미안해. 호건은 가끔 눈치가 좀 없어."

"우린 다들 자기 할 일을 하는 거야. 안 그래?"

"그렇겠지. 필립도 마찬가지고. 아까 그 추도사 말이야."

앤젤라의 표정이 굳었다. "그래. 죽은 사람은 늘 좋게 기억된다는 게 아이러니하지 않아? 산 사람은 잊혀지는데."

"누구 얘기하는 거야?"

"일단은 내가 그렇지." 앤젤라는 출입구 쪽을 흘끔거렸다. "필립도 그렇고. 그 어리고 바보 같은 클라우디아는 연단에서조차 필립을 지켜주지 못했어. 지독한 아내 역할은 어림도 없을 거야."

나는 앤젤라의 말이 한탄과 은근한 협박 중 어느 쪽에 가까운지 판단할 수 없었다. 그 말들은 우리가 걸어 내려가던 넓은 층계참에 울려 내 머릿속에서 몇 번이나 희미하게 되풀이됐다. 앤젤라는 엘리베이터 옆에 모여 있던 클라우디아와 오뷔송을 비롯한 다른 사람들을 피하기로 했다. 그녀는 그들에게 동정 받고 싶지도, '우리 소중한 필립' 운운하는 기계적인 애도를 듣고 싶지도 않았다. 1층으로 내려와 나는 그녀에게 맨디와 알고 지냈는지 물었다.

"아니. 나와 친구처럼 지내기엔 그 여자의 죄책감이 너무 컸던 것 같아. 가끔 어쩔 수 없을 때는 말을 섞었지만 그게 다였어. 마지막으로 본 게 언젠지 기억도 안 나."

불행하게도 나는 고인과의 마지막 만남이 너무 생생하게 기억났다. 필립과 나는 척 클로즈 전시회 축하연이 끝나고 약간 취한 상태로 프린스가에 있는 두 사람의 로프트에 갔다. 맨디, 필립, 나, 그 전 주에 57번가 오프닝에서 만난 다리가 긴 브라질 큐레이터 이렇게 넷은 다 같이 나가서 저녁을 먹기로 되어 있었다. 하지만 어맨다는 전혀 준비를 하지 않았다. 외출복으로 갈아입으려 하지도 않고 아파트를 이리저리 서성댈 뿐이었다. 필립은 소용없다는 걸 알면서도 빨리 준비하라고 재촉했다.

"잭, 이리 와봐." 맨디의 침실에서 필립이 불렀다. "맨디가 짜증이 났어."

내가 들어가자 필립은 아내를 향해 손짓하며 말했다. "맨디가 우리 모두 지각하게 할 건가봐. 적당한 옷을 고르는 데 내가 도움이 되지 않는다는 이유로 말이야."

맨디는 한 손에는 빗을, 다른 한 손에는 뒷면이 은으로 된 거울을 움켜쥐고 화장대 앞에 서 있었다. 아니, 서 있다기보다 몸을 떨고 있었다. 하얀 목욕 가운을 입고 있는 맨디의 머리는 한껏 빗어넘겨 부풀려진 채 더 이상 어려 보이지 않는 얼굴을 신경질적으로 둘러싸고 있었다.

"필립, 나더러 처신 잘 하라고? 신경질 덜 부리라고?" 어맨다는 화장이 뜨고 번져 이제는 소용없어진 거울을 든 채 필립을 돌아보았다. 눈물이 마구잡이로 흘러내렸다. "당신은 다른 여자와 놀아나고 있잖아. 또 말이야. 아니라고 할 수 있어? 할 수 있냐고."

필립은 보석함에 담긴 장신구를 만지작거렸다. "맨디, 진정해. 제발 침착해. 소란 피우지 말고." 그가 한 말은 이게 전부였다. 나는 필립에게 방에서 나가라고, 내가 어맨다와 단둘이 이야기하겠다고, 아니 그녀의 이야기를 듣겠다고 눈짓했다. 그가 나가자 어맨다는 침대에 주저앉았다.

"희망이 없어. 나이 든 여자에겐 기회가 없다고."

"필립이 그냥 자기 식대로 살게 내버려두지 그래?" 나는 어떻게든 위로처럼 들리도록 애쓰면서 말했다. "어찌됐건 필립은 자기 마음대로 할 테고 이런 식으로 항상 돌아오잖아."

"그래, 맞아. 돌아오지. 그리고 난 그를 받아주고. 이 불륜이 아무 의미가 없다는 걸 아니까, 또 다시 그럴 걸 아니까." 그녀는 눈을 감았다. 자기 자신에게 말하는 듯했다. "요즘 아내들이라면 돌아오는 것만도 감지덕지겠지?"

지금 휘트니 미술관 로비에서 앤젤라를 보고 있자니 그녀 역시 결혼생활의 쓴 맛을 보았다는 것을, 그것도 오랫동안 보았다는 것을 분명하게 알 수 있었다. 차이가 있다면 앤젤라는 남들 앞에서 감정을 주체하지 못하고 무너진 적이 없다는 것이다. 윗동네 웨스트체스터에 아무렇게나 자리 잡은 집에 박혀 오랫동안 버림받은 채 지내며 절망의 세월을 견뎌낸 그녀는 외부로 불평을 쏟아내지 않고 버텼다. 설령 분노를 표출하더라도 외부인이 없을 때 닫힌 문 안에서 그녀에게 귀기울이는 눈치 빠른 멜리사에게 은밀한 방식으로만 했다.

헤어지기 전 나는 앤젤라에게 아파트 찾는 일은 어떻게 돼가고 있는지 물었다. 그녀가 편안하게 살며 아이를 키우고 조각 작업을 할 정도의 공간을 찾는다는 사정을 감안할 때 충분히 예상했던 답변이 나왔다. 풍족하기는 해도 이제 엄청난 부자는 아닌 그녀는 멜리사가 진학한 브래드포드 스쿨의 학비 때문에 절약하려 애쓰고 있었다. 그녀가 가진 돈으로는 웨스트체스터에서 살던 대로 살 수 없었다. 나는 적당한 곳이 있다고 말했다. 내가 지금 살고 있는, 그러니까 내 건물 중 가장 오래된 곳의 한 층 전체를 차지하는 아파트도 상관없다면.

"미술계 야수의 뱃속으로 들어가라고? 좋지. 멜리사에게 안전한 곳이기만 하면."

"혹시 도움이 될지 모르지만 내가 바로 위층에 있어. 그런데 멜리사는 소호에 사는 걸 좋아할 것 같아?"

"아, 여러모로 소호 스타일이야."

나는 매력적인 조건을 몇 가지 제시했다.

"세상에나, 좋아. 당장 미시에게 말해야겠어." 그녀는 웃으면서 내 왼팔을 꼭 잡고 뺨을 맞대며 인사한 뒤 택시를 잡기 위해 렉싱턴 쪽으로 향했다.

밖으로 나가자 매디슨 애비뉴에 조문객 무리와 함께 있는 호건이 금세 보였다. 그는 약간 긴장해서 굳은 어깨로 미술관 축대 벽에 기대 메트로 픽처스에서 온 것으로 보이는 어리고 귀여운 인턴과 이야기를 나누고 있었다. 튀어나온 배가 눈에 띄지 않도록 쏙 집어넣은 채. 나는 지나가는 차들과 제법 떨어진 보도 한 구석을 찾아 돈에게 전화를 걸었고 8월에 우스터가의 건물 4층이 비면 그곳을 그대로 두라고 일렀다.

"정말요? 벌써 관심 보이는 업자가 열 몇 명은 되는데요."

"그런 건 신경 쓰지 말고. 세입자를 찾았으니까."

"임대료가 얼마죠?"

"월 5,000."

"농담 말고요. 얼마예요?"

"농담 아니야. 걱정 마. 상관없는 일이잖아."

"잭, 왜 그래요? 거기 면적이 223제곱미터(약 67평)나 된다고요."

"친구한테 빌려주기로 했어. 아이를 키우는 예술가야."

"지금 당장에는 돈이 급하지 친구가 급한 게 아닐 텐데요."

"그건 내 문제야."

호건은 내가 전화를 끊은 것을 보자 어린 여자와 잡담을 끝내고 어슬렁대며 걸어왔다. 그러고는 손수건으로 머리 양 옆을 닦고 나서 말을 꺼냈다.

"네가 사는 이 세계는 정말 멋진데 그래."

"나름의 매력이 있지."

"그러니까 젊고 귀여운 예술가 아가씨들, 요정들, 그리고 네가 무리지어 사는 세상이로군. 맞지?"

"비슷해. 좀 지나면 그 아가씨들이 버거워지지. 부업처럼."

호건은 반짝이는 머리를 흔들었다. "필립 올리버가 아랫도리 간수를 못할 만하네."

"앤젤라가 그렇게 말했어?"

"다들 그러던데. 너부터도."

호건이 필립의 불륜을 심각하게 생각했다는 것을 깨닫기까지 시간이 좀 걸렸다. 소호에서 불륜은 특별히 눈에 띄는 일이 아닌 것 같았기 때문이다.

"폴 모스가 카메라를 들고 필립과 클라우디아를 내내 쫓아다녔어." 호건이 전했다.

"폴은 미술계의 모든 일을 기록해."

"그렇더군. 어맨다와 클라우디아와 관련된 모든 걸 닥치는 대로 찍더라고. 여기 온 몇 사람에게 폴 모스에 대해 물어봤어. 몇 년 전 클라우디아가 참여한 단체 전시회에 맨디가 들이닥쳤을 때 카메라로 촬영하던 그 남자라던데. 그런 일들 때문에 상냥한 이탈리아 아가씨가 화가 났을지도 모르고."

"클라우디아를 정말 의심하지는 않는구나?"

호건은 애매하게 웃었다. "난 모든 사람을 의심해. 혐의가 완전히 없다는 게 입증될 때까지는."

"졸라 멋진데."

"플래시, 넌 네 몫의 짐이 있는 거고 난 내 몫이 있는 거야."

"그런데 앤젤라는 어때? 시험에 통과했어?"

"일단은. 5월 4일 밤에 카토나 미술관에서 열린 떠들썩한 파티에서 그녀를 본 사람이 수백 명이야. 보모는 낮에 쉬고 저녁에 일하러 왔지만 정원사에 따르면 앤젤라는 그날 오후 분명 집에 있었어. 집에서 처음 앤젤라를 본 시간을 정확하게 기억하지 못할 뿐이야. 비가 오는 바람에 헛간에서 일하고 있었거든. 그게 좀 신경 쓰이긴 해. 살인사건은 1시경에 일어났고 소호에서 웨스트체스터까지는 1시간쯤 걸리니까. 밟으면 그보다 덜 걸릴 수도 있고. 날씨가 안 좋거나 길이 막히면 좀 더 걸릴지도 모르지. 어느 쪽이든 시간은 충분했어. 하지만 솔직히 네 말이 맞는 것 같아. 앤젤라가 맨디를 죽이고 싶었다면 오래전에 했겠지."

"아마 그랬을 거야. 상처가 생생할 때. 하지만 지금은 아니야. 벌써 9년인가 10년이 지났는걸."

"맞아. 물론 가끔은 증오가 곪아서 훨씬 심해지기도 하지. 삐딱한 방식으로 질투를 즐기는 사람도 있잖아. 그것만큼 아드레날린이 솟구치는 일도 없어. 그런 사람들은 초긴장 상태가 되지. 뺑안 치고 그런 값싼 짜릿함이 내가 처리한 살인사건의 절반을 차지한다고."

"하지만 절반이 남지. 앤젤라와 클라우디아 사이엔 서로 미워하는 감정이 없는 것 같아?"

호건은 내가 갑자기 바보라도 된 듯 쳐다보았다.

"무슨 소리야?"

"앤젤라가 필의 새 여자친구에게 누명을 씌우려고 할 수도 있잖아."

"그래서 앤젤라가 얻는 게 뭔데?"

"만족감. 클라우디아는 맨디의 뒤를 이은 두 번째 여자니까 앤젤라가 죽도록 싫어할 이유는 충분해. 게다가 앤젤라는 안 좋은 일이 생겼을 때 잠깐 힘들어 하고 가볍게 넘기는 사람이 아니야."

"앤젤라랑 너, 친구 아니었어?"

"친구 맞아. 그런데 왜 앤젤라가 나한텐 살인사건이 벌어진 날 낮에 보모가 일하고 있었다고 했을까? 호건, 친구는 친구일 수도 있고 허상일 수도 있어."

호건은 고개를 끄덕였고 내가 아닌 멀리 어딘가를 보았다. 우정을 위해 치러야 하는 숨은 대가에 대해서는 우리 둘 다 잘 알았다.

"그런데 앤젤라는 어쩐 일이래?" 호건이 물었다. "왜 여기 나타난 거지? 아직도 전 남편에 대한 연정이 타오르는 뭐 그런 건가?"

"어쩌면. 앤젤라는 예전 그때도 필립을 포기하지 않았으니까. '요즘 난 두 사람 분의 결혼생활을 혼자 짊어진 기분이 들어.' 그렇게 말하더라고."

"불편한 진실에 눈을 뜨지 못하는 여자들도 있지."

호건은 잠시 말을 멈추고 떠나가는 인턴과 짧은 인사를 나눴다.

"강력계에서 일하는 동안." 그는 나를 돌아보며 말했다. "돈, 사회적 지위, 영주권, 취업 허가 때문에 결혼한 사람들을 봤어. 물론 사랑만 보고 한 결혼도, 끔찍한 재앙이 되어버린 결혼도 있었고."

"착실한 남편처럼 말하시네?"

"적어도 필립과 어맨다는 어떤 면에서 끝까지 동반자였어."

"어째서?"

"서로 옥신각신하고 질투했지만 같은 길을 걸었잖아. 둘 다 머리가 어떻게 됐으니까. 한 사람은 **빨랐**고 다른 한 사람은 느렸지만."

나는 웃을 수 없었다.

"우린 총 쏜 놈을 찾아야 해."

"내 생각에 범인은 외부에서 침입하지 않았어. 그럴 가능성은 거의 없어."

"그럼 어디서부터 시작해야 하지?"

"클라우디아와 앤젤라를 주의 깊게 살펴보는 것부터. 난 더 까다로운 사건도 맡아봤다고."

"그럼 폴 모스는?"

"당연히 살펴야지. 잭, 잘 생각해봐. 범인은 대개 희생자와 아주 가까운 사람이야."

"아파트에 쉽게 들어갈 수 있는 사람?"

"그렇지." 호건은 내 등을 잠깐 두드렸다. "예를 들면 너 같은 사람."

그는 이런 식이었다. 늘 농담을 했다.

웨스트 브로드웨이

토요일에 앤젤라는 내 건물의 임대 공간을 살펴보러 왔다. 멜리사도 데려왔기에 셋이 함께 길쭉한 모양의 아파트를 둘러보았다. 우스터가 쪽으로 난 높은 창문에서 뒤쪽으로 이어진 널찍한 거실로 갔다. 그런 다음 주방을 지나 뒤쪽의 침실 세 개와 널찍한 다용도실로 갔다. 다용도실에 앤젤라가 가지고 있는 작품 몇 점을 두고 찾아오는 사람들에게 보여줄 수 있을 것 같았다.

"딱 좋아." 입구로 돌아오던 중 앤젤라가 말했다. "멜리사, 넌 어때? 여기서 재미있게 지내면서 공부할 수 있을 것 같아?"

"잭 삼촌이 도와주면요."

"미시, 삼촌은 공부한 지 너무 오래됐는걸."

"그럼 삼촌에게도 좋은 일이네요. 삼촌은 재미있게 지내는 법은 이미 알고 있잖아요. 엄마가 그렇다고 했어요."

앤젤라와 나는 대충 몇 군데 서명한 것으로 계약을 마쳤다. 나는 다 같이 펠릭스에 가서 점심을 먹자고 했다.

"좋은 생각이야." 앤젤라가 말했다. "하지만 나 빼고 둘이 갈래? 난 빨리 브래드포드 스쿨에 가서 서류 작성을 마무리해야 해서. 잭, 잠깐만 멜리사 좀 봐줘. 그래줄 수 있지?"

"애를 본 적이 별로 없는데."

"걱정하지 마. 작은 악마들은 걱정하는 어른들을 골탕 먹이기 좋아하거든. 그렇지, 요녀석? 두 시간만 얘랑 놀아줘."

"멜리사는 뭘 좋아해?"

"그냥 뭐 좀 먹이고 쇼핑 데려가. 그건 잘 할 수 있잖아."

앤젤라는 몸을 숙이고 멜리사의 눈을 똑바로 바라보았다.

"까탈부리면 안 돼. 엄마 금방 올 텐데 와서 잭 삼촌이 묶여서 트렁크에 갇혀 있는 모습을 보고 싶진 않아."

"게임하면 안 돼요?"

"해도 돼. 숙녀놀이 게임."

"으."

앤젤라는 "잭, 당신은 좋은 사람이야"라는 말을 던지며 엘리베이터 안으로 사라졌고 나는 별안간 아이와 단둘이 남겨졌다. 멜리사는 돌아서서 나를 올려다보았다. 중간에서 제지하는 앤젤라가 사라지자 나는 머리 둘 달린 송아지가 된 기분이었다.

"삼촌은 어디 살아요?"

"바로 위 꼭대기 층에."

"높은 데 산다고 삼촌이 우리보다 나은 건 아니에요."

"맞아. 그냥 내가 집주인이라는 의미일 뿐이야. 물론 그 이유만으로 내가 더 나쁘다고들 하지만."

멜리사와 나는 말없이 서로 조심스레 살피며 거리를 따라 내려갔다. 멜리사는 샌들을 신고 흰 카프리 바지와 빨갛고 하얀 줄무늬 스웨터를 입고 있었다. 머리카락은 빛나는 금발이었는데 어릴 때만 나올 수 있는 색이었다. 탁 트인 곳에 이르자 거리는 당일 여행자들이 대부분인 한낮의 사람들로 알록달록하게 술렁거렸다. 나는 멜리사를 데리고 샐러드와 키슈를 먹을 만한 조용한 곳으로 가려 했다. 하지만 아이는 웨스트 브로드웨이와 스프링가가 만나는 모퉁이 노점의 핫도그를 먹고 싶어 했다.

"네 엄마가 허락할지 모르겠는데."

"상관없어요. 지금은 삼촌이 대장이잖아요. 난 그게 먹고 싶다고요."

앞쪽 진열대에는 남학생 셋이 모여 있었다.

"멍청이들." 멜리사가 큰 소리로 말했다. "남자애들은 정말 소름끼쳐요."

남학생들은 모두 멜리사를 흘끔 보았고 그 중 하나가 한 번 더 돌아보며 말했다. "안녕."

미시는 몸을 반쯤 돌리고 아무런 반응을 보이지 않은 채 내 손을 잡았다. 남학생들이 핫도그를 받아 들고 낄낄대며 떠난 뒤 우리는 핫도그 네 개와 콜라를 주문했다. 앉을 곳이 없었다. 걸어가는 동안 멜리사는 다정하게 나를 도와 점심거리를 들었고 웨스트 브로드웨이와 작은 골목의 부티크 쇼윈도를 구경하며 내 아픈 왼팔 팔꿈치를 잡기도 했다. 돌체앤가바나, 비비안 웨스트우드, 조르지오 아르마니를 비롯해 소호를 예술가 동네에서 고급 쇼핑가로 꾸준히 바꾸는 여러 옷 가게에 진열된 옷과 신발에 자기 의견을 분명하게 밝히기도 했다. 등급을 매기자면 멜리사의 평가 체계는 주로 '으웩', '괜찮네', '완전 쌔끈'으로 순위가 나뉘는 것 같았다.

"이런 옷을 보는 눈이 있구나." 그냥 하는 말이 아니었다.

"알아요. 난 커서 모델이 될 거예요."

"멋진 꿈이네."

"엄마는 그렇게 생각하지 않아요. 진절머리 나는 생각이랬어요."

"엄마가 그랬어?"

"정확하게 '진절머리 난다'고 했어요. 왜 엄마는 보통 사람들처럼 말하지 못할까요?"

"너도 알다시피 엄마는 브리티시잖아. 잉글리시가 제2외국어인 모양이지."

멜리사는 깔깔대며 웃었다.

"하지만 모델이 되면 소름 끼치는 남자애들이 항상 널 쳐다볼 텐데."

"괜찮아요. 정말 예쁜 사람은 그들에게 뭐든 원하는 걸 시킬 수 있거든요."

"그런 말은 누가 했어?"

"아무도 안 했어요. 텔레비전에서 봤어요."

"커서 일할 계획을 다 세워놓은 거야?"

"그런 건 아니에요. 우선 정말 예뻐져야 해요. 지금도 예쁘니까 출발이 좋죠. 5년 정도 뒤엔 굉장히 예뻐질 거예요. 지금도 엄마보단 훨씬 귀여운 걸요."

"그런 말 하면 못 써."

"왜요? 사실이잖아요. 누구든 보면 안다고요."

"미시, 가끔은 사실을 말하는 것보다 마음씨 곱게 말하는 게 더 중요하단다."

"그건 나이든 사람들이나 하는 생각이에요."

"확실히 그런 것 같구나."

"어쨌든 전 한 살 더 먹을 때마다 더 섹시해질 거에요. 별로 어렵지 않을 걸요."

"그 다음엔 뭘 하려고?"

"원하는 건 뭐든지요."

우리는 올리버 부부가 살았던 모퉁이 건물을 지나쳤다. 나는 길 건너 1층 가게 쇼윈도에 전시된 금, 은 목걸이와 구찌 핸드백을 가리키며 멜리사의 주의를 다른 데로 돌리려 했다. 옷걸이에 드레스가 대여섯 벌 걸려 있고 출입문에서 가까운 한쪽에 보석 카운터가 있는 고급 부티크였다. 하지만 내 노력은 소용없었다. 멜리사에게도 나름 생각이 있었다.

"올라가봐요." 그 애가 말했다. "분명 엄청 큰 핏자국 같은 게 있을 거예요."

"속이 안 좋아질 텐데."

나는 멜리사를 이끌고 프린스가 입구를 재빨리 지나갔다.

"어차피 열쇠도 없어."

"나한테 있어요."

"바보 같은 소리 하지 말고."

"바보 같은 건 삼촌이죠. 내가 주말마다 갈 때 쓰라고 아빠가 열쇠를 전부 다 줬단 말이에요."

나는 짜증이 나서 속으로 욕을 했다. 내 건물 세입자들은 파티 기념품 나눠주듯 여분의 열쇠를 친구, 운전기사, 친척, 연인에게 나눠주는 일이 많았다. 돈 많은 세입자들은 모두 보안을 원하면서도 불편함을 조금도 감수하지 않았다. 고메 가라지 식당 배달원에게까지 열쇠를 복사해주는 사람도 있었다. 돈은 이 때문에 돌아버릴 지경이었다. 그는 프린스가 건물의 엘리베이터 열쇠를 끼워 맞추기 힘들게 만들었고 열쇠마다 '복제 금지'라고 잘 보이게 써붙여 놓았다. 고작 이런 문구가 필립 올리버 같은 사람을 얼마나 망설이게 했을지 짐작이 됐다.

잔소리를 단념하고 살인사건이 일어났던 건물을 빠르게 지나 내 갤러리로 갔다. 그곳에서 내가 전화를 몇 통 하는 동안 멜리사는 인터넷을 검색하며 즐거워했다.

"어제 톰 크루즈가 뭘 했는지 알아요? 르완다 철자가 뭐예요?"

로라가 점심식사를 마치고 돌아와 인사를 하러 뒤쪽 사무실에 고개를 내밀었다. 그녀는 어린 손님을 보고 순간적으로 얼굴을 찡그렸다가 곧 깔본다 싶을 정도의 상냥함을 끄집어냈다.

"누구 딸?"

"우리 아빠요. 일주일에 이틀만요."

"얘 엄마는 앤젤라 올리버야. 난 얘 대부고."

그러자 멜리사는 별안간 당황한 듯 보였다.

"그 말이 무슨 뜻인지 알아?" 내가 멜리사에게 물었다.

"'대부'니까 아빠 대신이라는 뜻이잖아요. 삼촌이 아빠와 마찬가지라는 뜻인 것 같은데요. 삼촌은 떠나지 않겠지만요."

"네 아빠는 최선을 다하고 있어. 어떻게 지내는지 안 궁금해?"

"음, 아빠는 미쳤어요. 다들 알아요. 엄마가 그러는데 아빠 뇌가 퇴화했대요."

로라는 입술을 깨물었다.

"퇴행성 뇌질환이라고 하는 거야." 내가 멜리사에게 말했다.

"나도 알아요. 하지만 엄마는 그렇게 말하는 걸 좋아해요."

나는 아이의 얼굴을 더 잘 들여다보려고 몸을 숙였다.

"아빠랑 너랑 둘만 있을 때 말이야. 아빠가 정신이 온전한 사람처럼 행동했니? 평상시의 아빠 같았어?"

멜리사는 한숨을 쉬었다. "그걸 누가 알겠어요? 친구들이랑 난 부모님이 이상하다는 얘기를 항상 해요. 줄리 부모님은 이혼은 안 했는데 아빠가 엄청 특이해요. 가끔 줄리 엄마 옷을 입는 댔어요. 옷이 너무 작은데도요." 아이는 고개를 저으며 이맛살을 찌푸리고 진지한 표정으로 나를 보았다. "어른들은 다들 어떤 식으로든지 엉망진창이에요. 그렇게 생각하지 않아요?"

로라는 죄책감이 묻어나는 미소를 환하게 짓더니 일하러 가야겠다고 자리를 떴다. 검고 긴 가죽 소파에 앉아 있던 나는 미시에게 오래전 부모님에게 무슨 일이 있었는지 아느냐고 물었다.

"아빠는 엄마랑 나를 사랑하는 것보다 맨디 아줌마를 더 사랑했어요. 그래서 떠났죠."

"그렇게 간단하지 않아. 네 아빠는 널 정말 사랑한단다. 나한테 그렇게 말했어."

"나한테도 말했어요. 하지만 어쨌든 떠나버렸죠. 누군가를 정말 사랑하면 떠나지 않아요. 항상 같이 있고 싶어 하죠. 누가 시켜서 그러는 게 아니에요. 그렇게 하고 싶은 거죠."

"상황이 더 복잡할 때도 있어. 때로는 두 사람을 동시에 사랑할 수도 있고."

"그럼 선택해야죠."

나는 일어나 커피메이커 앞으로 갔다. 커피를 반 잔 따르자 검은 표면에서 김이 솟아올랐다. 수증기가 구불구불 솟아올라 사라지는 모습을 지켜보다가 돌아서서 다시 미시를 보았다.

"네 말이 맞아. 난 그 선택을 하는 데 몇 년이 걸렸어."

"왜요? 삼촌은 똑똑한 사람인 줄 알았는데요."

"나랑 같이 있으면 그게 아니라는 걸 금세 알 거야."

멜리사는 꿈틀거리며 의자에서 내려오더니 천천히 걸어와 내 옆에 섰다.

"삼촌은 재미있어요."

"그렇게 생각하니 기쁘구나. 재미있는 게 똑똑한 것보다 더 어렵거든."

"재미있으려면 먼저 똑똑해야 하니까요."

"어쩜 이렇게 똑똑할까?"

"연습 덕분이에요. 엄마도 질문을 정말 많이 하거든요."

"예를 들면?"

"아빠가 맨디 아줌마나 클라우디아 말고 다른 여자 얘기를 한 적이 있는지 그런 거요."

"그건 우리 모두 궁금해하고 있어."

멜리사는 나를 노려보았다.

"미안." 나는 뜨거운 커피를 홀짝거렸다. "너처럼 어린 애가 이런 일들에 휘말려 있다니 너무 가혹한 일이야."

"난 그렇게 어리지 않아요. 좀 있으면 청소년이라고요."

"정말?"

"5주 반이 지나면 열두 살이 돼요. 7학년이 된다고요. 그럼 청소년이라고 볼 수 있죠."

규칙적으로 또각거리는 하이힐 소리로 로라가 다시 왔다는 것을 알 수 있었다. 그녀는 내게 줄 대출금 서류와 멜리사에게 줄 종이컵에 담긴 핫초코를 가져왔다.

"정말 고풍스러운 접대로군." 나는 씩 웃었다. "이렇게 있으니 가족 같은데."

"꿈 깨요." 로라가 말했다. "손님 접대를 제대로 해야겠단 생각이 들었을 뿐이에요." 그녀는 못마땅한 듯 둘러보았다. "15분쯤 뒤에 이 방을 써야 해요. 우리 단골 독일인 고객이 올 거라서요."

나는 멜리사에게 윙크했다. "우린 나가자. 돈이 최고지. 미술의 역사적 진보를 방해할 수도 없잖아?"

로라는 복도를 성큼성큼 걸어갔다. 걸음을 내디딜 때마다 자루에 금화가 떨어지는 짤랑거리는 소리가 나는 듯했다. 굽높이가 10센티미터나 되는 스파이크힐을 신고 검은색 미니스커트를 입고 있었는데 거래를 반드시 성사시키려 작정한 모양이었다. 로라의 다리는 소호에 있는 갤러리 절반보다 작품을 더 많이 팔았다.

나는 앤젤라에게 전화를 걸어 어디로 오면 되는지 알려주었다. 몇 분 뒤 그녀가 탄 택시가 갤러리 앞에 섰다. 나는 멜리사를 그린가 입구까지 데리고 나왔고, 아이 혼자 택시의 열린 문을 향해 보도를 건너가는 동안 계속 지켜보았다. 빨간색과 흰색이 섞인 옷이 햇살에 환하게 비쳤다. 노란색 세단 안에서 앤젤라가 고맙다며 손을 흔들었다.

다시 갤러리로 돌아가자 로라가 안내데스크 뒤에서 나를 뚫어지게 쳐다보더니 천천히 고개를 저었다.

"정말 감동적이군요."

"로라, 당신은 딱히 모성애가 있는 유형은 아닌 것 같은데?"

"잘 보셨네요. 난 아이들이란 섹스를 그만두라는 자연의 가르침이라고 생각하거든요." 그녀는 슬라이드가 여럿 담긴 종이를 한 장 들어 올리더니 그 중 둘을 골랐다. "난 아직 그럴 준비가 되지 않았어요. 당신은요?"

"난 내가 무슨 일에 준비가 돼 있는지 모르겠어."

돌아서면서 유리문을 통해 다시 밖을 내다보았다. 안전띠를 맨 멜리사가 한동안 나를 바라보고 있다 눈이 마주치자 장난스레 혀를 내밀었다. 잠시 후 금발이 햇살에 한 번 비치더니 택시가 쏜살같이 앞으로 나아갔다.

아트 바젤

"잭, 그러지 말고 좀 도와줘."

다음날 미어바에서 술을 마시던 중 호건이 말했다. 우리는 사슴뿔을 엮어 만든 파티션 근처 구석 자리에 앉아 있었다. 카약 모양 조명이 은은하게 빛나는 어둑한 공간에는 고급 바를 기웃거리는 사람들이 가득했다. 그들은 그날의 첫 잔을 기울이며 밤을 계획했다. 나는 포식자 같던 시절을 보낸 이곳에 좋은 추억이 있었다.

"해마다 공금으로 가는 여행을 이번 딱 한 번만 써먹어봐." 호건이 재촉했다. "돈이나 거둬들이고 여자랑 놀아나는 일 말고 다른 데 말이야."

"내가 왜 너한테 돈에 대한 충고를 들어야 하지? 연봉이 내 세탁비만도 못 할 텐데?"

"너 말 재미있게 한다? 됐고 내가 너라면 이 기회에 좋은 일을 하겠어."

"이를테면?"

"매력 넘치는 폴 모스를 뒤져보는 거지. 뭐 아는 거 좀 있어?"

"별로." 나는 솔직하게 말했다. "덤보에 있는 쥐구멍 같은 갤러리나 창고 같은 데서 가끔 퍼포먼스를 해. 영상은 꾸준히 찍더군.

개중에 몇 개는 심야 케이블 방송에서 틀기도 하고. 그 친구를 진심으로 좋아하는 사람은 없어. 여자들은 섹시하다고 생각하지만."

"좋아하지 않는데 원한다고?"

"잠깐 동안은. 모스가 신경 쓰는 건 그뿐인 것 같아."

"운이 좋은 녀석이네. 동네 관습을 감안하면 더욱. 어맨다 추도식에서 내가 얘기해본 사람들은 전부 폴 모스를 정말 기분 나쁜 놈이라고 하던데."

"모든 사람의 마음에 들 순 없지."

"하지만 넌 이 소호 패거리들에게 추잡한 명성을 얻는 데 제법 성공한 것 같은데. 일 좀 열심히 했나봐?"

"재능을 타고나지 않았으니."

"어쨌든 이건 네 소명이야. 이번 여름에 여행 다니면서 그냥 여기저기 물어. 아니면 필립이 살인죄로 체포되는 게 낫겠어?"

호건은 내 대답을 알고 있었다. 우리는 술을 마저 마시고 서로 성공을 빌었다.

이 사건의 열쇠를, 파멸의 불씨가 된 서툰 연극의 열쇠를 스위스에서 찾게 되리라고는 생각지도 못했다. 그것도 로라에게서. 어쩌면 그녀가 실마리를 제공할 수 있다는 것을 진작 알고 있었는지도 몰랐다. 미술계에서 일어나는 일 중 그녀의 귀에 들어가지 않는 일은 없으니까. 여자들은 그녀를 믿었고 남자들은 같이 있고 싶다는 이유만으로 계속 이야기를 하고 싶어 했다.

6월 둘째 주에 우리는 바젤 아트페어에 갔다. 먼저 도착한 로라는 우리 부스 설치를 감독했다. 가장 좋은 중앙 통로 쪽 일반 부스 두 개에 해당하는 공간이었다. 나는 이틀 뒤 도착했다. 도착한 첫날 밤 우리는 축하연에 참석했고 열정이라고는 찾아볼 수 없는 유럽 컬렉터 몇 명과 저녁을 먹었다. 그 후 단둘이 칵테일 라운지에서 한숨 돌렸다.

나는 안락한 고급 소파와 붉은 유리 촛대에 촛불을 넣어 올려 둔 무릎 높이의 작은 탁자를 살펴보았다. 바 뒤에는 거울 벽이 있었고 벽에 달린 선반에는 술병이 종류별로 정리되어 있었다. 남자 바텐더는 유리잔을 씻어 면 소재의 흰색 천으로 천천히 닦았다. 이상하게도 뉴욕에 있는 것처럼 마음이 편했다. 이곳은 별 특색 없는 여러 호텔 중 한 곳에 있는 이름 없는 라운지 중 하나였다. 스피커에서는 마이클 볼튼의 노래가 흘러나왔는데 다행히 소리가 작았다. 우리가 어느 나라에 있는지 애써 떠올려야 했다. 사실 그리 중요한 건 아니었지만.

"어맨다의 남자친구에 대해 좀 아는 게 있어?"

"폴 모스요? 그 사람을 싫어할 정도로는 알아요."

"왜 싫은데?"

"그 끔찍한 칠부 바지를 입잖아요. 야구모자까지 쓰고. 그것도 거꾸로."

"더 진지한 이유는?"

"당신의 아이슬란드인 작가 친구에게 물어봐요. 귀여운 어린 딸이 있는 사람 말이에요."

"바이킹? 설마 폴이 그의 어린 딸에게 이상한 짓을 한 건 아니겠지?"

"난 아이에게 치근대는 성인 남자를 봤을 뿐이에요."

로라는 잠시 말을 멈추었다.

"구역질나네요."

"그냥 장난친 건지도 모르잖아."

"당신의 바이킹 씨는 그렇게 생각하지 않던데요. 폴은 매디슨 스퀘어 파크 프로젝트 영상을 촬영하고 있었어요. 어린 애나가 큰 역할을 했죠."

"그게 뭐 잘못된 거라도?"

"폴이 애나를 대한 방식이 문제였죠. 영상 전체가 데이트 같았거든요. 다행히 바이킹은 서툴기는 해도 좋은 아빠였어요. 그가 촬영 내내 옆에 있었죠. 폴 모스가 거기서 더 나갔더라면 지금처럼 멀쩡한 모습이 아닐걸요."

이야기를 듣는 동안 안에서 무언가 나를 흔들었다. 속이 심하게 울렁거릴 때 같았다. 수년 전, 친구와 놀던 멜리사를 데리러 필립과 워싱턴 스퀘어 파크에 갔을 때가 떠올랐다. 멜리사는 친구와 함께 물을 뺀 원형 분수대 안에서 펼쳐지는 자메이카 곡예 공연을 구경하고 있었는데 필립을 보자 힘껏 달려왔다.

"아빠, 아빠, 내 친구 신디 말이에요. 오늘밤에 자고 가라고 해도 돼요? 정말 멋진 친구에요. 걔가 디즈니 테이프도 가져올 건데 무지 재미있을 거예요. 숙제 먼저 하겠다고 약속할게요."

"그러렴, 공주님. 그렇게 약속한다면 말이지."

멜리사는 필립의 대답이 절반도 끝나기 전에 그의 팔에 매달려 목에 뽀뽀하더니 어깨 너머로 고개를 빼꼼 내밀고 예의 바르게 "잭 삼촌, 안녕하세요"라고 인사했다. 당연히 필립은 어쩔 도리가 없었다. 멜리사는 그가 올리버 테크놀로지를 장악한 것보다 더 확실하고 강력하게 그를 장악했으니까.

"귀염둥이, 어서 가렴. 가서 신디와 엠마누엘을 데려와."

아이는 꺅 소리를 지르며 스케이트보드 타는 사람들, 기타를 맨 뉴욕대 학생들, 블랙진에 체인을 늘어뜨린 고스 음악 애호가들, 게이 무리를 피해 분수대로 달려갔다. 동성애자들은 한쪽 귀에만 귀걸이를 했고 주머니에 꽂은 밝은 색 손수건으로 성관계시 어느 체위를 담당하는지, 물에서 하는 것과 사도마조히즘 중 무엇을 좋아하는지 자랑스레 드러냈다.

"사랑스러운 아이야." 내가 말했다. "잘 키웠어."

"나의 크나큰 희망이지."

멜리사는 다시 우리 쪽으로 오기 시작했다. 아이는 친구와 함께 엠마누엘의 손을 잡고 있었는데, 열아홉쯤 돼 보이는 프랑스인 보모는 흐트러진 옷을 입어 관능적으로 보였다. 그녀가 사람들 무리를 지나가자 작은 동요가 일었다.

"대단하지 않아?" 필립이 물었다.

"뭐가? 저 여자 옷이?"

"아니, 여자라는 존재가 내 머리에 하는 짓 말이야. 특정 나이가 되기 전까진 여자를 보호하고 싶고, 세상의 모든 나쁜 것에서 지켜주고 싶다는 생각만 하잖아. 하지만 별안간 그들의 몸이 변하고 정말 여자가 되기 시작하면 다른 생각만 들어. 섹스하고 싶다는 거. 혈연관계가 아닌 이상."

"그래서 엠마누엘을 고용한 거야?"

"아니. 일을 정말 잘 하기도 하고 멜리사가 그렇게 배우고 싶어하는 프랑스어를 잘 하거든. 둘이 사이가 정말 좋아."

"되게 세심한데?"

"잭, 난 제법 헌신적인 아빠야. 보모와의 거친 섹스는 보너스라고 할까."

나는 공원을 지나 두 아이를 데리고 오는 프랑스인 보모를 지켜보았다. 엠마누엘은 아이들의 손을 꼭 잡고 사람들 사이를 지나 곧바로 오고 있었다. 그녀의 팔꿈치 정도까지 오는 키에 각각 금발과 흑발인 아이들은 펄쩍펄쩍 뛰고 잽싸게 몸을 움직이기도 하면서 재잘댔다. 세 사람이 가까워지자 엠마누엘은 미소 지었다. 아직 거리가 좀 있었지만 이 정도 떨어진 곳에서도 그녀의 도톰한 입술에 본능이 반응할 정도였다. 해가 진 뒤 클리쉬 대로*한 구석에서 만날 법한 미소였다.

"막상 자고 나면 떨궈낼 생각 밖에 없지?" 내가 물었다.

"당연하지. 다음 사람을 위해 자리를 비워둬야지. 그건 생물학적 이치야."

"품종 개량 같은 거? 미술 석사생들 전시회에서 뜻밖에 괜찮은 작가가 있나 찾는 것처럼."

"물론이야. 다들 최선을 다하는 일이지."

---

* Boulevard de Clichy. 물랭 루주가 있는 프랑스의 유명한 거리 - 역주.

시스티나 성당의 기억

오랜 우정과 아내를 잃은 필립에 대한 연민 때문에 나는 그렇게 올리버 사건에 집요하게 끌려들어갔다. 사랑스럽고 상처 받기 쉬운 멜리사를 위해, 내 마음의 평화를 위해, 예의상 그래야만 한다는 모호하지만 끈질기게 따라 붙는 느낌 때문에 그럴 수밖에 없었다. 어쨌든 나는 스스로에게 해야만 하는 일이라고 말했다.

이미 꽤 취한 채 방으로 돌아가 미니바의 스카치위스키를 두 잔 마셨다. 그리고 호건과 통화하면서 한 잔 더 마셨다. 폴 모스와 관련해 로라에게 들은 얼마 안 되는 내용을 알려주자 호건은 마지못해 고맙다고 했다. 어맨다와 더 직접적으로 관련된 내용이 아니면 다 소용없다는 듯.

"넌 잘 지내? 파티에서 파김치가 되도록 놀고 있냐?"

"네 생각보다 지루해."

"마음 아픈데."

나는 더 이상 말하지 않았다. 번쩍이는 금속관을 재료로 쓰는 로니 혼이나 노란 꽃가루 더미를 쓰는 볼프강 라이프 같은 작가의 작품을 수집하는 독일 사업가와 함께 샴페인과 카나페를 먹는 저녁이 호건의 상상처럼 미친 듯 방탕하지 않다고 납득시키기는 어려웠다.

"필립 소식은 없어?" 내가 물었다.

"확실한 건 없어. 하지만 내가 올리버 테크놀로지에 사람을 심어놨지. 거기 무슨 사이비 종교집단처럼 돌아가던데."

"그건 필립 스타일이 아닌데."

"필립이 아니라 앤드류스 스타일이야. 요즘엔 그 사람이 그런 식으로 모든 걸 지휘한다던데. 지역 관리자들은 세계 여러 나라 모양의 보석이 박힌 머니클립을 놓고 경쟁해. 새로운 하이테크 시장이 있는 나라들이지. 영업사원들은 다들 몇 년 전 필립의 이름으로 대필 작가가 쓴 책 두 권에 나오는 긴 구절을 암기했어. 제목이 《부자가 되려면 팔아라: 마이크로칩 혁명에서 이기는 법과 오테크식 평생 성공법》이야. 나한테 복사본이 있어. 홍보 전략이랍시고 챕터마다 헛소리를 지껄여놨더라. '미래는 인공두뇌학이다', '세계는 하나, 시장도 하나, 승자도 하나', '인터넷에서 순이익 올리기' 이런 식이야."

"대충 알겠군."

"넌 절반도 몰라. 회사에서 공동체 의식을 다지는 시간에 다 같이 의자에 올라서서 오테크 슬로건을 외치고 사가를 부르게 시킨다고."

"갑자기 갤러리 사업이 시시해 보이는데. 이 얘긴 누구한테 들은 거야?"

"마거릿."

"누구?"

"엉덩이 빵빵한 여직원 기억 안 나? 그날 우리한테 사무실 안

내해줬던 여자."

"그런 여자는 안 놓치는구나."

"뭐? 그 여자가 상사의 계략을 싫어하는 게 내 잘못인가?"

"계략?"

"아직 정확히는 모르지만 꽤 악랄한 시나리오가 있대. 앤드류스 일당이 회사와 필립을 최대한 밀접하게 엮을 모양이야. 필립 올리버는 천재다, 자신들에겐 하워드 휴즈나 마찬가지다, 이런 식으로. 필립이 살인죄로 체포되면 뉴스에는 그의 자백과 망가져 버린 뇌 이야기가 보도되겠지. 그럼 회사 주가가 폭락할 테고, 앤 드류스와 그 똘마니들은 주식을 헐값으로 대량 사들여 오테크의 저력을 믿는다는 걸 보여주는 거지. 그 사이 필립은 회사에서 손 을 뗄 테니까. 애당초 그가 거짓 자백을 하게 만든 사람들이 그 치들이야."

"하지만 필립의 혐의가 풀리더라도 그의 신뢰도는 완전히 망가 질 텐데."

"이 나라 사법제도가 굴러가는 속도를 감안할 때 그때쯤이면 앤드류스가 족히 1년 반은 회사를 주무르고 있을 거야. 천재소년 없이도 6분기 연속 성장을 하는 거지. 앤드류스는 회장이 되고 주 가는 원상복구되고. 그러면 한몫 잡는 거지."

"마거릿은 그런 얘길 왜 너한테 하는 거야? 앤드류스가 그 여 자에게 무슨 짓을 했길래?"

"오테크 같은 곳에서는 그리 이상한 일도 아니야. 앤드류스가 돼지 같은 욕심쟁이라고만 말해두지."

"그럼 마거릿은 엄청난 편견을 가지고 말한 거네."

"안 그런 사람이 어딨어? 날 믿어. 그 여자는 훌륭한 증인이 될 거야."

"하지만 그 여자 말이 사실일까?"

"그건 아무도 모르지. 그래도 지방검사가 그녀 덕에 확실한 증거를 수집할 수 있을 거야. 그건 장담하지. 그리고 그게 번스타인이 요구한 전부야."

"필립의 상태는 어때?"

"더 안 좋아. 요샌 완전히 정신이 나가 있을 때가 많아."

"그럼 네 생각은? 필립이 속이고 있는 것 같아?"

"모르겠어. 휘트니에서 열린 추도식에 참석했던 번드르르한 사람들도 모르겠대. 필립 담당의도 모르고. 그 인간만 알겠지. 어쩌면 자신마저 속이고 있을 수도 있고."

전화를 끊자 방 안의 모든 것이 기울어 보였다. 막판에 위스키를 한 잔 더 마신 탓이겠지만 마실 수밖에 없었다. 온갖 고독 중에서 최악은 외국 호텔 방에서 자정에 홀로 느끼는 공허함이다. 내가 몸담고 있으며 내 존재 자체인 공허함. 술을 진탕 마시고 멍한 상태로 아무것도 느끼거나 생각하지 않으려 애쓰며 불을 끄고 침대 끄트머리에 앉아 창문으로 들어오는 은은한 불빛에 비친 희미한 가구를 보고 있노라면 나 자신은 사라지고 만다.

필립의 인생도 그랬다. 나와 처음 만났을 때 그는 서른 살 전에 죽으리라 확신했는데 어떤 면에서는 그의 말이 맞았다. 창의적이고 똑똑하고 지칠 줄 모르던 젊은 필립은 시간이 지나면서 차분하고 활력이 줄어든 사람으로 바뀌었으며 승부욕은 여전했지만 더 계산적으로 전략을 세웠다. 어맨다와의 결혼은 가장 과감한 행보였다. 그런 다음에는 그 필립마저 서서히 사라지고 늦은 밤 고급 호텔에서 혼자 안절부절 못하며 입은 손해와 지속되는 손실 같은 피해 규모에 사로잡힌 노련한 CEO만 남았다. 그 이후 수년에 걸쳐 그는 매춘부나 하룻밤 상대를 점점 까다롭게 골랐다. 여자들이 하청을 준 마이크로프로세서 부품이기라도 한 듯. 그러다가 마침내 다행스럽게도 잡지 속에서 튀어나온 듯한 클라우디아를 만나 열정 가득하던 잃어버린 젊음을 되찾았다.

이 발랄한 예술가는 2년 동안 필립에게서 거짓 활력을 힘껏 끌어내며 그를 살아가게 했다. 하지만 맨디가 살해당한 지금 필립은 투지가 완전히 사라져버린 것 같았다. 그가 가장 자주, 떠들썩하게 싸우던 사람이 갑자기 파국에 이르러 참혹하게 죽었다. 병과 술과 신만이 아는 그 밖의 이유 때문에 망가진 그의 정신세계는 그와 맨디가 주고받던 쓰라린 말과 그녀의 피투성이 죽음을 무심코 연결하고 있었다. 그의 마음이 이성적 사고의, 아니 뭐든 남아 있는 것의 헛된 저항을 지지하는 판단을 내리게 만드는 주술 같은 것이었다.

그는 언제나 그런 쪽으로 민감했다.

몇 년 전 시스티나 성당에 갔을 때 필립은 천장에 그려진 미켈란젤로의 〈최후의 심판〉 앞에 꼼짝도 하지 않고 서 있었다. 그림 속에서는 그리스도의 오른쪽에 있는 구원 받은 자들이 천국으로 영광스럽게 올라가고 있었다. 왼쪽에 있는 저주 받은 자들은 수치스럽게 지옥으로 던져졌다.

"정말 굉장해." 필립이 말했다. "놀라워."

주변에 다른 관람객들이 밀려들자 경비원이 그를 움직이게 하려 했다. 하지만 그는 기대에 찬 얼굴로 아내를 돌아보았다.

"말도 안 되는 소리." 맨디가 의견을 밝혔다. "필립, 이건 그냥 미술작품이야. 짜증나는 구닥다리 종교를 팔려는 그림이라고. 이젠 아무도 이런 걸 중요하게 받아들이지 않아."

"여보, 종교가 없는 사람처럼 말하지 마."

"나도 종교는 있어. 우리에게 필요한 건 의식 속에서의 믿음이야." 맨디는 선글라스를 들고 손짓했다. "지금 당장은 4코스 점심 식사 의식을 전적으로 믿겠어. 그런 다음 6시에는 저녁 칵테일 의식에 참석하고 싶군. 격식과 의식. 이 야만적인 시대에 이것 말고 뭐가 우리를 지킬 수 있겠어?"

정말 무엇이 우리를 지킬 수 있을까?

우리는 마드리드에서 투우 시합을 준비 중인 젊은 투우사를 찾아간 적도 있었다. 조수가 그의 배를 길고 하얀 면직물로 단단히 감싼 다음 휘황찬란한 재킷을 입혔다. 두 사람 사이에는 말이 거의 오가지 않았다. 돈 많은 여행자였던 우리에게 젊은 투우사는 한마디도 하지 않았다. 앞쪽 문이 활짝 열리기 전에 나탈리를 향해 딱 한 번 고개를 까딱했을 뿐이다. 그는 이미 자기 역할에 몰입해 있었다. 결혼생활과 미술계에서, 그리고 일터에서 우리가 서로에게 반복하는 일도 이런 게 아닐까? 매일 일어나 투우사 복장을 하고 의식이 되어버린 스포츠를 행하며 죽음에 저항하기 위해 성큼성큼 걸어 나간다. 필연적으로 죽음이 승리를 거두는 그날까지.

죽음은 고통을 오래 끄는 가장 고약한 방식으로 나탈리를 처절하게 짓밟았다. 그녀를 잃고 나서 처음에는 모든 것이 더 가볍고

맑은 것 같았다. 무게감이 사라졌고 기쁠 만큼 자유로웠다. 몇 달이 지난 뒤에야 그 가벼움이 공허함에서 왔으며 그 공허함이 영원히 지속되리라는 것을 깨달았다.

잠이 깨고 어둠 속에서 옷을 벗었다. 아직도 술이 몸 안에서 독처럼 돌고 있었다. 모세혈관과 관절에서 나를 죽이려는 술기운이 느껴졌다. 불편한 느낌만 사라진다면 죽여도 괜찮았다. 나는 다시 침대에 몸을 던졌고 기도를 하면 어떤 기분일지 궁금해졌다.

다시 눈을 떴을 때 방은 괴로울 정도로 밝았다. 비틀거리며 일어나 욕실의 잔인한 거울 앞으로 가서 망가진 내 몸을 슬쩍 살펴보았다. 한 번이라도 운동선수 생활을 해본 사람이라면 매일 아침 일어났을 때 오늘은 어제보다 약하다는 것을, 사라져버린 힘을 되찾을 수 없다는 것을 느끼고 안다. 은밀히 진행되는 슬픈 사실을 자신에게 숨길 수는 없다. 시선을 떨어뜨려 과거의 자신을 떠올리지 않으려고, 거울 속의 자기 모습을 보지 않으려고 애쓴다. 무엇보다 망가진 왼쪽 어깨에 구부정하게 매달린 가늘고 쭈글쭈글한 것에 눈길을 주지 않는다. 대신 커피, 신문, 아침 햇살에 집중한다. 한때 건강한 두 팔과 탄탄한 몸, 그 몸에 고동치는 힘으로 나탈리와 함께 했던 찬란한 일들을 최대한 오랫동안 잊는다.

어떻게든 하얀 셔츠와 몸에 잘 맞는 회색 정장을 입고 사람들에게 내보일 만한 모습을 만들었다. 그리고 식당으로 내려가 창가에 자리 잡고 앉아 비장하게 침묵하며 크루아상과 카페오레를 먹었다. 바젤의 선량한 시민들은 부러울 정도로 흐트러짐 없이 가게와 사무실을 오가며 늦은 오전에 각자의 일을 하고 있었다. 아침을 먹은 뒤엔 근처 아틀리에를 돌아다니며 VIP 구매자들을 상대했다. 그렇게 시간을 죽이던 중 골목에 있는 밀라노풍 부티크에서 10대 초반 아이들이 입을 만한 원피스 몇 벌을 우연히 발견했다. 그 중 하나를 옷걸이에 걸린 채로 꺼내 살펴보았다.

"도와드릴까요?" 젊은 여자가 영어로 말을 걸었다.

"네, 생일 선물을 찾고 있어요."

"따님 선물이요?"

"아니요, 친구요."

직원은 한동안 나를 바라보았다.

"친구 딸이요."

"그러시군요." 직원은 잘 관리된 손으로 옷걸이 하나를 잡았다. "사이즈가 어떻게 되나요?"

"정확히 모르겠어요." 나는 성한 오른팔을 가슴팍 높이까지 올렸다. "키가 이 정도인데. 호리호리하고요."

"네, 알겠습니다."

그녀가 옷을 몇 벌 보여주었는데 뒤로 갈수록 밝고 우아해졌다. 나는 연녹색 원피스를 골랐다. 장식이 없고 소매 대신 가는 어깨끈이 달려 있었다.

"정말 마음을 사로잡는 원피스예요."

나는 그녀가 사람들이 별로 쓰지 않는 그런 말을 어디서 배웠는지 궁금했다.

"친구분이 정말 기뻐할 거예요." 그녀는 내 신용카드를 돌려주었다. "아이 어머니도 그렇고요."

바이킹의 딸

 딜러에게 아트 바젤은 일 구덩이였다. 나는 5일 동안 아트페어 부스에 앉아 컬렉터들에게 구매를 권하고 잡지 편집자들에게 수작을 걸고 다른 딜러들의 작품을 살펴보고 큐레이터와 미술관 이사진에게 알랑거리는 일만 했다. 행사 기간 4일 동안 350만 달러 정도를 팔아 성과가 괜찮았지만 비행기 표 값, 운송비, 공간 임대료, 설치 비용, 호텔 숙박비, 식비, 술값이 전보다 많이 들었다. 작가에게 주는 몫을 제하고 나자 일주일 동안 스탬핑 공장에서 일하는 편이 더 나았겠다는 생각이 들었다.

 아트페어가 끝나자 로라는 곧장 뉴욕으로 출발했다. 혼자 남은 나는 폴 모스의 모습이 뇌리를 떠나지 않았다. 내 더럽고 불안한 꿈 속에서 그는 금발에 순진한 얼굴을 한 바이킹의 어린 딸 애나에게 계속 말을 걸고 있었다. 어찌된 일인지 애나는 멜리사처럼 보이기도 했는데 뒤에서 어맨다 윈게이트가 주의깊게 바라보며 주변을 맴돌았다. 맨디는 뭔가를 알고 있었을까? 이윽고 소녀가 사라지고 어른 둘이 프린스가의 거대한 건물로 함께 걸어갔다. 맨디와 폴. 그들은 무슨 말을 하고 있었을까?

 "모스라는 놈 쓰레기네."

전화기 너머로 호건이 말했다.

"그놈에게 접근할 수 있어?"

"작품에 관심 있는 척 해볼게. 그럼 먹힐 거야."

"좋아. 필요한 게 있어. 번스타인이 날 미치게 들볶고 있어서."

"변호사잖아. 그건 그가 즐기는 일이라고."

"그래. 언제쯤 돌아와?"

"8월 말."

"아직 두 달도 넘게 남았잖아."

"휴가가 필요해."

"인생 전체가 휴가 아니었어?"

"너에 비하면 그럴지도."

그 후 리스본에서 며칠을 보내며 포르투갈 작가의 전시회를 유치했고 시에나 인근의 허물어져 가는 저택에서 2주 동안 친구들과 함께 머물렀다. 우리는 저녁마다 언덕 아래 어두컴컴한 계곡으로 이어지는 경치가 보이는 긴 나무 탁자에 앉았다. 그곳에서 끝없이 먹고 마시고 이야기를 나누었다. 이탈리아 친구들 중에는 필립과 맨디를 직접적으로 아는 사람은 없었지만 클라우디아 이야기를 들어본 사람은 몇 있었다. 그들에게 그녀의 가문에 대해 묻자 방어 태세를 취하는 표정을 지었다. 클라우디아에겐 삼촌이 있었는데 특히 남쪽 먼 곳에서 존경 받는 인물이었다.

"그런데 그 사람에게 뉴욕에 사는 친구나 친척이 있어?" 내가 물었다.

"당연하지. 많아." 누군가가 대답했다.

"위험한 친구들인가?"

나를 초대한 친구가 주먹 쥔 손을 번쩍 들어올렸다. "친구는 모두 위험한 법이지." 그가 말했다. "성질을 건드리면."

그날 밤 비정기적으로 드나드는 동네 우편배달부가 다녀간 다음 나는 바이킹이 보내준 테이프를 보려고 일찍 방으로 들어갔다. 작년에 뉴욕에서 폴 모스가 바이킹을 위해 찍은 단편 다큐멘터리였다. 영상은 뉴저지의 자갈 채굴장에 줄지어 눕혀놓은 철제 기둥으로 시작했다. 간간이 벌레 소리와 멀리서 지나가는 비행기 소리가 들릴 뿐 긴 침묵이 흘렀다. 잠시 후 먼지를 일으키며 기둥이 폭발하더니 구부러지고 일그러진 기둥이 비 오듯 쏟아졌다. 그 후 그 파편을 옮겨놓은 매디슨 스퀘어 파크에 100명쯤 되는 사람들이 키 크고 오래된 나무 밑에 모였다. 그들은 무브먼트 아티스트 네 명이 금속 파편 무더기 틈에서 살금살금 움직이는 모습을 지켜보았다. 테이프가 거의 끝날 무렵 얼음 같은 눈동자의 열 살 난 금발 애나가 카메라 렌즈를 똑바로 쳐다보면서 〈I Will Survive〉를 부르는 짧은 파티 영상이 나왔다.

나는 레이캬비크에 있는 바이킹에게 전화를 걸었다.

"로라가 그러는데 네가 필립 모스를 잘 안다며?"

"아, 로라, 엄청나게 아름다운 미국 아가씨 말이군. 잭, 어떻게 그런 여자와 사랑에 빠지지 않을 수 있지?"

"로라가 그렇게 만들어주거든."

"네겐 그랬을지 몰라도 난 아니야. 안타깝게도 난 돈이 많지 않지만."

"비극이 따로 없군. 최근에 모스 소식 들은 적 있어?"

"아니. 예전에 애나가 가끔 이메일을 받았던 게 전부야."

"그때는 뭐랬는데?"

"뉴욕에 놀러오라고. 경비도 대주고 가이드도 해주겠대."

"그랬더니 애나가 뭐래?"

"뉴욕은 정말 좋지만 폴 모스는 소름끼친대."

"넌?"

"폴 모스에게 물러나지 않으면 내가 무슨 짓을 할지 알려줬어. 그 후론 애나에게 연락하지 않더군."

"폴은 어떤 사람이지?"

"멋있지. 너무 잘생겨서 손해보는 유형이랄까. 내 여자친구가 그 사람을 정말 좋아해. 좀 지나치다 싶을 정도로."

"이야기는 나눠봤어?"

"촬영할 때 기술적인 문제에 관해서만. 그런 쪽으로는 아주 훌륭하던데."

"그 사람 상대할 때 문제는 없었어?"

"없었어. 애나에게 카메라를 들이대지 못하게 한 다음에는."

이상했다. 바이킹의 어린 딸이 화면에 예쁘게 나오기는 했지만 그 아이가 매디슨 스퀘어 파크 프로젝트에서 무슨 역할을 해야 했는지 짐작이 가지 않았다.

"애나가 좀 소외감을 느꼈었어." 바이킹이 설명했다. "하지만 폴은 그 애를 특별한 사람처럼, 꼬마 스타처럼 대접하려고 신경 썼고, 마지막에는 노래까지 부르게 했는걸."

"어린 여자애가 부를 만한 노래는 아니던데."

"우리 딸은 생각이 정말 어른스러워."

"그런 애들이 있지."

"그래. 잘 알겠지. 여자 유형이라면 다 꿰고 있잖아?"

"폴이 자기 연애 얘기를 한 적은 없어?"

"그건 내 전 여친 스바바에게 물어봐."

"폴이 그녀에게 치근댔나?"

"스바바가 수작을 부렸다고 하는 편이 맞겠군. 바보 같은 여자야. 잭, 그 모스라는 놈은 여자를 자석처럼 끌어당겨. 하지만 수상한 구석이 있단 말이지."

"뭔데?"

"가끔 그놈이 애나에게 너무 가까이 몸을 기대고 과할 정도로 오랫동안 나긋나긋하게 말할 때면 I빔에 묶어서 도화선에 불을 붙이고 싶었다니까."

"그 자식이 이상한 짓이라도 한 거야?"

"아니, 내가 알기론 아냐."

바이킹은 잠시 말을 멈추고는 이렇게 물었다.

"그놈 아직 살아 있지?"

우스터가의 세입자

여름이 다 갈 무렵 나는 뉴욕으로 돌아와 휘몰아치는 전시회 일정과 저녁식사 초대를 소화하고 있었다. 9월 둘째 주에 로어 맨해튼 아트 페스티벌이 개막하면서 65개 갤러리가 일제히 문을 열었고 곧이어 대형 미술관들은 첫 가을 전시회를 열었다. 새로 온 인턴 직원이 우편물을 분류하고 이메일 안내문을 출력해온 뒤로 나는 한 시간 반 동안 일정표에 참석해야 할 행사를 입력하고 적당한 회신을 보냈다.

그동안 로라는 우리 미술관의 9월 전시회에 관한 질문을 퍼부었다. 여전히 책임자는 나라는 사실을 알려주는 그녀의 방식인 모양이었다. 우리는 푸에르토리코의 가정집 인테리어를 기발하게 재창조한 것으로 유명한 설치미술가 조르주 가르시아 라미레즈의 작품으로 가을 전시를 시작할 예정이었다. 그에게는 딜러가 찾는 모든 것이 있었다. 남미 이민자들의 거리 문화에 뿌리를 둔 '진정성', 조화와 성인 석고상만 사면 되는 저렴한 재료비, 최근 리옹과 광주 비엔날레에 등장한 뒤로 치솟는 시장 가치 등등.

"게다가." 로라가 꼬집어 말했다. "투명 플라스틱 하이힐을 신은 라틴계 아가씨들이 전시장에 그득한 채로 시즌을 시작하는데 손해날 리가 없죠."

9월은 뉴욕의 이사 성수기이기도 했기에 돈은 이 건물에서 저 건물로 정신없이 움직이며 망가진 곳을 점검하고 아파트 청소와 수리를 감독해야 했다. 그해 가을에는 우리 둘 다 유지보수 비용을 그다지 걱정하지 않았다. 임대료를 10퍼센트 올려 새로 임대 계약을 맺었고 지난 2년 사이 소호의 1층 상업 공간 가치가 세 배나 뛰었기 때문이다. 돈이 불평하는 딱 한 가지는 내가 앤젤라 올리버에게 로프트를 '공짜나 다름없이' 빌려주는 것뿐이었다.

앤젤라가 이사오는 날 건물 로비에서 우연히 그녀를 마주쳤다. 이삿짐센터 직원들이 푹신한 의자를 카트에 실어 화물 엘리베이터로 옮기고 있었고 앤젤라는 의자 수를 세며 지켜보고 있었다. 그녀의 어린 딸은 말썽 부리지 않고 목록에서 항목을 체크하고 있었다.

"4층 상태는 괜찮아?"

"최고야. 돈이 정말 잘 해놨어."

"전학 준비는 다 됐고?"

"오리엔테이션도 다녀왔고 교복도 샀어. 체크무늬 치마며 남색 재킷이며 무릎까지 오는 양말 같은 거. 월요일부터 등교할 거야."

멜리사는 클립보드에서 고개를 들지 않았다.

"미시, 브래드포드 선생님들한테 예의범절 좀 잘 배워야겠구나. 잭 삼촌에게 인사해야지."

"불공평해." 멜리사가 대답했다. "왜 맨날 내가 먼저 해야 해요? 3개월 동안 떠났다가 온 사람은 삼촌이잖아요." 아이는 목록의 네모 칸에 체크 표시를 했다. "안녕하세요, 잭 삼촌."

"두 달 반이었어. 그리고 삼촌이 네 선물 사왔지."

"정말요?"

"잭, 무슨 일로 선물을?" 앤젤라는 억지로 놀란 척하는 목소리였다. "안 그래도 되는데."

"당연히 생일 선물이지."

"딸 좋겠네." 앤젤라가 장난스럽게 말했다. "그렇게 무례하게 굴었던 게 이제 좀 부끄럽지 않니?"

"아니요, 늦었어요. 내 생일은 한참 전에 지났다고요. 난 벌써 나이가 들어버린걸요."

앤젤라는 나를 향해 희미하게 미소 지으며 고개를 저었다. 그날 오후 아직 정신없는 집안과 다소 어울리지 않는 밀라노풍 상점의 검은 쇼핑백을 들고 아래층에 들르자 멜리사의 마음이 조금 더 누그러졌다.

선물을 받아 든 아이는 볼멘소리를 했다. "카드가 없잖아요. 포장도 안 돼 있고요." 하지만 금색 글자가 박힌 쇼핑백에서 발렌티노 상자를 잽싸게 꺼내더니 달려가 침실 거울 앞에서 원피스를 들어올려보곤 언제 심통 사납게 굴었냐는 듯 환하게 미소 지으며 돌아왔다.

"뭐라고 해야 하지?" 앤젤라가 재촉했다.

"고맙습니다, 삼촌. 바보 같은 어린애들 선물을 사주지 않아서요."

"천만에."

"이거 정말 멋져요. 어른스러운걸요." 멜리사는 애원하는 눈길로 앤젤라를 보았다. "엄마, 지금 입어봐도 되요?"

"그래, 어서 입고 나와보렴. 잘 맞나 보자."

멜리사는 이미 반쯤 로프트 뒤쪽으로 향하고 있었다. 그 애가 호들갑스럽게 옷을 갈아입기 시작해 우리 말소리가 멜리사에게 들리지 않게 되자 나는 앤젤라에게 지난 여름 동안 전 남편을 만난 적이 있는지 물었다.

"슬프게도 꽤 자주 봤어. 필립은 사무실에서 보내는 시간이 훨씬 줄었고 젊은 클라우디아를 미칠 듯 괴롭히기 시작했지. 클라우디아는 봄이 오기 전에 갤러리 세 곳의 전시회를 준비해야 하는데 그녀의 인생을 편하게 해주던 남자가 그땐 끔찍한 짐이 되고 있더군. 안타깝게도 그녀는 그 짐을 짊어지겠다는 서약을 하지는 않았지."

"그런데 당신은 왜 끼어들었어? 필립한테 당한 게 있는데."

"그렇게 많이 끼어든 건 아니야. 가끔 필립을 공원에 데려가고 일 몬도에서 커피를 마시는 정도? 그래야 클라우디아가 펄 페인트든 어디든 가서 재료를 살 수 있거든. 필립이 끝없이 쏟아내는 성가신 질문을 참아내는 대신 말이야. 요즘 그 남자가 얼마나 어린애처럼 같은 말을 반복하는지 믿기 힘들 거야."

"필립의 최근 여자친구까지 신경 쓰다니 퍽이나 친절하군. 내가 떠나기 전만 해도 클라우디아를 별로 안 좋아했잖아."

"지금 그 여자가 무슨 일을 겪고 있는지 알아버렸잖아. 클라우디아는 그런 일이 맞지 않아. 내가 뭘 어쩌겠어. 필립이 그냥 썩어가도록 내버려둬?"

"전 부인들 중엔 그런 사람들도 있지."

"내가 클라우디아를 도와준대도 상관없어. 정말 다정한 여자잖아. 나한테 나쁜 짓을 할 리 없어."

"클라우디아가 어맨다에겐 그다지 다정하지 않았는데."

"어맨다는 다정한 대접을 받을 자격이 없었지."

앤젤라는 나를 똑바로 쳐다보았다. 죽은 사람을 위한 거짓된 감정이나 물러서는 기색 같은 것은 없었다. 맨디는 그저 앤젤라의 삶을 빼앗아간 여자일 뿐이었다.

"그 여자는 윈게이트 가문 사람이야. 다른 사람 생각은 조금도 하지 않지."

"필립도 그랬잖아? 결국 당신에게 정말 비정하게 굴었어."

"그래, 정말 그랬어. 웨스트체스터의 부동산을 준 것 빼고는. 그 사람도 어쩔 수 없었던 것 같아. 너무 빨리 부자가 돼버린 젊은 남자에게 뭘 바라겠어? 여자들은 사방에 깔렸고 필립은 뭘 잘 모르고 사람들한테 친절하게 굴었어. 그때는 나도 뭘 몰랐던 것 같아. 잭, 일부일처제가 어떤 건지 당신도 기억할 거야. 대부분의 사람들이 잘 해내지 못하지."

"그래. 내가 아는 사람들 중에는 없어."

앤젤라는 고개를 돌렸다. 어딘지 모를 먼 곳의 무언가를 보는 것 같았다.

"어쨌든 나도 잘못이 전혀 없는 건 아니잖아? 그러니까 이혼하고 나서 말이야. 그땐 우리 모두 제멋대로였어. 그 중에서 당신이 가장 심했고."

나는 그때를 떠올리지 않으려고 애썼다. 어떤 밤과 장소와 사람들은 잊어버리거나 해로운 꿈을 위해 따로 떼어 둔 공간에 격리하는 편이 가장 좋다. 지난 수년 동안 내 정서적 안정과 우정에는 망각이 최선임이 증명되었다. 하지만 이혼한 필립에게 앤젤라가 아무 남자나 만나고 다니며 복수하는 기분이 어떤지 물어본 일이 떠오르고 말았다.

"끔찍해." 그가 대답했다. "구역질 나. 이상하지. 그런데도 앤젤라에 대한 욕구가 줄어들지 않는단 말이야." 그는 웃음을 터뜨렸다. "사실 정반대야. 내 욕정을 뒤흔들고 있어."

"그 이상의 뭔가는 없어?"

"우리 같은 사람에게 그 이상의 대단한 뭔가가 있기나 한지 잘 모르겠군."

침실에서 나와 생후 2주 된 망아지처럼 우리를 향해 껑충대며 달려오는 멜리사 때문에 내 몽상은 중단되었다.

"엄마, 봐요. 런웨이에 설 준비가 됐다고요."

멜리사는 모델들을 흉내내며 샐쭉한 표정으로 과장되게 걸었다. 시프트 드레스 느낌의 원피스는 놀랄 만큼 잘 어울렸고 날렵하고 시원시원하게 드러난 어깨는 부드럽게 빛나 보였다.

"귀엽지 않아?" 앤젤라가 말했다.

"귀여운 거 아니거든요." 미시는 흰 양말을 신고 까치발을 들었다. "끝내주는 거죠."

앤젤라는 걱정스러운 눈초리로 딸을 바라보았다. 멜리사는 양볼을 홀쭉하게 만들더니 입술을 잠깐 삐죽 내밀고 돌아섰다.

"크리스마스 때 학교 댄스파티에 입고 가면 좋을 것 같구나."

"신난다!"

멜리사는 옷을 갈아입으러 달려가기 시작했다. 그러더니 잠시 후 예의를 갖춰야 한다는 것이 떠오른 듯 빙그르르 돌아서 다시 우리에게 왔다.

"고맙습니다, 삼촌. 최고의 생일 선물이에요." 아이는 내가 몸을 숙일 때까지 힘없는 팔을 끌어당겼다. 그리고 그 애의 입술이 내 양쪽 뺨을 빠르게 스쳤다.

"프랑스 사람들은 이렇게 한대요."

"그래, 기억 나."

멜리사가 잽싸게 가버리자 앤젤라와 나는 다시 단둘이 남았다. 우리 둘 다 약간 진이 빠져서 딴청을 부렸다.

"생각해보니 이건 시작에 불과해." 앤젤라가 말했다.

"무슨 시작?"

"여자애들이 하는 짓 있잖아. 내가 잘 대처할 수 있어야 할 텐데."

"출발은 아주 좋은 것 같은데."

"이제 12년 지났어. 갈 길이 멀어." 한쪽 귀 뒤로 넘긴 푸석한 머리카락이 흘러내린 앤젤라는 문득 제 나이로 보였다. "아이를 꽤 교양 있게 키우는 건 정말 힘든 일이야. 학교 숙제, 댄스 강습, 옷, 음악 수업 등 걱정이 끊이지 않는 일이 너무 많아. 이제 남자 문제까지 신경 써야 한다니."

"걱정 마. 멜리사는 똑똑한 애야. 그리고 당신이 있잖아. 그 앤 잘 할 거야."

"잭, 뭘 잘 하는 것으론 충분하지 않아. 요새 애들은 모든 면에서 우리 때보다 더 잘 해야 한다고. 안 그러면 소용없어."

멜리사가 바짓단에 술 장식이 달린 낡은 청바지를 입고 돌아왔다. 티셔츠에는 'Peaches'라고 쓰여 있었다.

"잭 삼촌이 널 얼마나 특별하게 생각하는지 얘기 중이었어."

"삼촌은 다른 여자들한테도 다 그럴걸요."

"다들 특별한가보지."

"난 더 특별하고 싶어요."

"넌 더 특별하고 말고. 우리 둘에게 다."

미시는 눈을 굴렸다. "엄마, 뻥 좀 치지 말아요." 그러고는 파란색 머리끈을 들어 포니테일 스타일로 머리를 묶었다. "내 주변에서 가식 떨지 않는 사람은 폴 오빠밖에 없는 건가."

"그 사람이 누군데?" 내가 물었다.

"폴 모스." 앤젤라가 대답했다. "어맨다와 친하던 젊은 예술가야. 그 사람이 멜리사에게 굉장히 잘해줬어. 주말에 미시가 가면 셋이 친하게 어울렸지. 어맨다와 미시는 옆에 남자가 필요했나봐. 알다시피 필립은 토요일마다 사무실에 있었으니까."

갑자기 식중독균 같은 것이 몸에 침입한 기분이 들었다.

"미시, 폴 모스를 알아?"

"잘 알죠. 가끔 타워 레코드에도 같이 가고, 우리 둘 다 록키 로드 아이스크림을 좋아해요. 폴 오빠랑 얘기하면 재밌기도 하고요."

"어디서 이야기를 해?"

"도서관이요. 맨디 아줌마랑 같이 갔을 때 몇 번인가 오빤 컴퓨터로 뭘 하고 있었어요. 하지만 도서관에서는 아무리 작은 소리라도 말을 많이 할 순 없잖아요. 그래서 가끔은 라파예트의 인터넷 카페에 가기도 했어요. 폴 오빠는 인터넷에서 여기저기 돌아다니는 법을 정말 잘 알아요."

"그렇겠지. 거기서 너한테 이상한 걸 보여주진 않았어?"

"당연히 봤죠. 그런 게 진짜 재밌는걸요."

"그 사람이 뭔가를 보여주겠다고 널 집으로 데려간 적은 없어?"

"아직은 없어요."

"멜리사, 가면 안 돼. 그건 좋은 일이 아니야."

"그냥 가끔 공원에는 갔어요. 온라인으로는 매일 이야기하고 요. 메시지도 보내고 채팅도 하고 게임도 해요. 폴 오빠 전부 다 잘 해요. 그런데 뭐 때문에 그래요?"

"미시, 잭 삼촌이 질투가 나서 그러는 거란다." 앤젤라가 말했다. 두 사람 모두 안도하는 것 같았고 기뻐 보이기까지 했다. "삼촌이 널 정말 아낀다는 뜻이지."

멜리사는 얼굴을 찡그렸다. "아니에요."

"잭, 얘기 좀 해봐."

"내게 넌 동화 속에 나오는 아가씨란다. 선물을 사준 유일한 여자이기도 하고. 내가 선물을 준 여자는 아무도 없어. 네 엄마한테 도 안 줬는걸."

"음, 좋아요. 삼촌이 제대로 선택했어요."

"내가 선택한 게 아니야. 그냥 그렇게 된 거지."

"멋진 기사처럼 말이죠." 멜리사가 말했다. 아이는 오른팔을 앞으로 휘두르며 인사하더니 왕처럼 고개를 살짝 뒤로 젖힌 채 이번에는 조용히 자기 방으로 걸어갔다.

"매력 있는 아이야. 정말 자랑스럽겠어."

"고마워. 전학도 그렇고 다가오는 내 가을 전시도 그렇고 아이 가 적응하기 힘들었어."

"당신도 일에 집중하지 못했겠군."

"준비가 끝이 없는데다 마이클은 도움이 안 돼. 자꾸 돈이 더 필 요하다는 말만 해. 도록과 안내장도 만들고 잡지에 광고도 실어야 한다면서. 홍보전문가는 이제 작가의 말로 날 괴롭히고 있어."

홍보전문가를 고용한 건 좋은 생각이 아니었다. 나는 과하게 포장된 봉투에 담긴 안내책자를 이미 보았다. 앤젤라의 약력, 가끔 열었던 전시 이력, 앤젤라의 조각을 컬러 레이저 프린터로 출력한 인쇄물, 장황한 보도자료, 명함이 실려 있었는데, 명함에는 11월에 마이클 루미스 파인 아트에서 열릴 '매우 기대되는' 전시회가 개막하기 전에 앤젤라의 작품을 개인적으로 미리 볼 수 있다고 쓰여 있었다. 몇 쪽밖에 읽어보지 않았는데도 작가를 과대 포장할 때 홍보담당자가 범하는 거의 모든 실수가 눈에 보였다.

"그 홍보담당자라는 여자가 그저 그런 전문가들을 섭외하기 전에 내가 중요한 사람들을 몇 명 데려올게. 비평가 한둘이랑 큐레이터 한 사람."

"정말?" 앤젤라는 애원하는 표정을 지었다. "잘 아는 사람들의 반응이 궁금해. 작품에 대한 글도 필요하고. 안 그러면 전시회를 한 줄도 모를 거야."

"전시를 여는 걸로 충분하지 않아?"

"아니, 나한테는 아니야. 무시당하는 건 죽음이야."

"마이클이 당신을 무시하지는 않을 거야. 작품이 팔리기만 하면."

"맞아. 늘 그런 식이지." 앤젤라는 넌더리난다는 듯 나를 보았다. "하지만 우리가 정말 마음 쓰는 것들은 전부 대가 없이 오고 가잖아. 왜 그럴까?"

"모르지. 우리가 있어야 할 곳을 가르쳐주려는 게 아닐까."

로어 맨해튼 아트 페스티벌

앤젤라의 새출발에 시간을 많이 할애할 수는 없었다. 다행히 그녀에겐 그런 중요한 문제를 해결하는 데 능한 마이클 루미스가 있었다. 내게 더 긴급한 관심사는 호건에게 폴 모스를 넘겨주는 일이었다. 모스는 헤지펀드 매니저 실베스터 윌리엄스의 다큐멘터리를 제작 중이었다. 직접 개발한 특유의 가격 평가 알고리즘과 소문을 바탕으로 보지도 않고 작품을 수집하는 윌리엄스는 언제나 미술계의 일원이 되고 싶어 했다. 그래서 그는 자기 방식대로 돈을 들여 미술계에 비집고 들어왔다. 매년 로어 맨해튼 아트 페스티벌을 개최하여 거짓 흥분을 한바탕 터뜨리는 장을 마련한 것이다. 페스티벌이 열리면 브룸가를 따라 작품이 전시되고 10번가와 24번가 인근에 있는 옛날 택시 차고지에서 댄서들이 몸을 비비 꼬며 춤을 추는 식의 말도 안 되는 일들이 벌어진다.

윌리엄스가 나를 비롯해 열심히 일하는 딜러들의 등에 올라타 유명인사의 지위를 얻게 된 뒤로 나는 그와 관련된 일에서 손을 뗐다. 그래서 이제 편하게 마음껏 돌아다닐 수 있었다. 페스티벌 공식 비디오그래퍼 폴은 오프닝 중 어디든 갈 수 있었는데 피트 레몬의 트레저 체스트에서 열리는 개막 파티 행사장에는 반드시 있어야 했다. 나는 브룸가의 와일드 이니셔티브에서 호건을 만나기로 했고 그에게 개막 파티가 끝나고 늦게까지 일해야 한다고 말해두었다.

그해 페스티벌 행사의 절반은 첼시에서, 나머지 절반은 소호에서 나뉘어 열렸다. 어디를 먼저 가는지는 중요하지 않았다. 어딜 가나 자기들 동네로 돌아와서 기뻐하는 미술계 인사들과 어딘가 촌스런 검은색 옷차림의 워너비들로 붐볐으니까. 외부인들은《뉴욕》,《플라뇌르》,《타임 아웃》같은 잡지에서 숨 가쁘게 써내려간 비평 기사를 읽고 온 듯했다.

당연히 작품을 제대로 보기는 불가능했다. 다들 여름에 다녀온 여행 이야기를 하거나 저녁식사 계획과 파티가 끝나고 갈 곳을 의논하느라 바빴다. 나는 아수라장을 끈기 있게 헤쳐가는 동안 많은 동료들을 만나 뺨에 입을 맞추고 팔을 꼭 붙잡으며 인사했다.

먼저 첼시를 둘러보며 한 시간만에 갤러리 열두 곳 정도를 들른 다음 택시를 타고 소호로 와서 드로잉 센터, 잭 틸튼, 데이비드 즈워너, 캐런 골든, 스펜서 브라운스톤, 프리드리히 펫첼, 아티스트 스페이스 갤러리를 돌아다녔다. 그리고 와일드 이니셔티브의 인파 속으로 향했다.

나는 딜러로서 새로운 시각을 이해하려고 무던히 애썼다. HSBC의 고액 미술품 수집가들에게 자문하여 이름을 알린 프랭크 와일드는 최근 거리 미술과 젊은 펑크스타일 예술가들을 향한 열정을 드러냈다. 요즘 그의 오프닝에는 돈을 많이 쓰는 A급 인사들이 아니라 스케이트보더, 타투 매니아들, 성과 없이 나이만 먹은 예술가들, 공짜 음식을 먹으려고 이스트 리버 전역에서 피어싱을 하고 플란넬 셔츠를 입고 온 사람들이 가득했다. 프랭크는 중년의 위기를 겪고 있는지도 몰랐다. 그렇지 않고서야 누가 이런 루저들에게 신경 쓰겠는가?

호건이 너무 늦는데다 이야기 나눌 사람도 없고 해서 잠시 그림을 더 살펴볼 수밖에 없었다. 크고 멋들어진 리사 그레이스톤의 만화 그림은 갤러리의 가을 개막 전시치고는 괜찮은 수입을 올릴 만했다. 알고 보니 호건은 문 가까이 있는 바 탁자에서 잔뜩 몰려든 사람들 틈에 끼어 있었다.

"플라스틱 컵에 형편없는 와인이라니." 갤러리 본관 중앙으로 비집고 나아가며 그가 말했다. "너희 쪽 사람들은 사는 법을 제대로 알고 있군."

와일드 이니셔티브는 해병대 부사관 출신 사내가 좋아할 만한 광경은 아니었다. 우리는 좌우로 떠밀렸고 소음 때문에 고함치듯 목소리를 높여 말해야 했다.

"여기보단 나을 거야." 내가 말했다. "피트 레몬이 주최하는 파티는 언제나 훌륭하니까." 분별력 있게도 나는 어떤 파티인지는 말하지 않았다.

그날 저녁 호건을 기분 좋게 해주려고 카페 느와르로 갔다. 젊은 갤러리 직원 둘도 함께 갔는데 두 갈색 머리 아가씨는 집과 대학에서 이제 막 자유로워진 몸이었다. 우리는 여자들이 담배 피우는 연습을 해볼 수 있도록 뒤쪽에 앉았다.

"정말 수상한 곳인데." 둘 중 한 사람이 말했다.

사실 앞쪽 바에는 세계 각국, 특히 클럽을 찾아온 프랑스 젊은 이들이 가득해 갤러리보다 더 시끄러웠다. 하지만 레스토랑 뒤쪽으로 구슬 달린 커튼을 쳐서 일부를 막은 공간은 상대적으로 한산하고 조용했다. 우리는 새우구이, 팔라펠, 쿠스쿠스를 먹으며 대화다운 대화를 할 수 있었다. 여자들이 화장실에 가자 호건이 새로운 소식을 전했다.

"모스라는 놈, 여러 가지로 올리버 부부와 연결되어 있어."

"또 마거릿이랑 이야기했어?"

"자기 아내가 놀아났다는 증거를 필립이 가지고 있는지 그 여자에게 물어봤어. 그랬더니 그 여자 말이 필립에게 들키지 않는 일은 아무것도 없대. 그가 무엇을 기억하느냐의 문제라더군."

"이 경우에는 잊어버리는 게 다행인지도 모르겠네."

"아무튼 마거릿에게 물어봤어. 필립이 폴 모스 이야기 하는 걸 들어본 적이 있는지."

"그 여자가 그 이름을 알아?"

"얼굴 생긴 거랑 눈동자 색깔까지 알던데. 오테크 여직원 몇 명은 그놈한테 아주 빠진 것 같았어."

"그가 회사에 간 적이 있대?"

"앤드류스를 만나러."

나는 당혹스러웠다.

"회사 영상 제작 때문인가?"

"마거릿도 정확히 모르던데. 알아봤더니 앤드류스도 미술품 컬렉터야. 회사 설립자한테 배운 못된 버릇이겠지."

여자들이 돌아오자 사소한 이야기가 쉴 새 없이 이어졌다. 나는 계산을 한 다음 그들에게 트레저 체스트에 함께 갈 수는 있지만 계속 같이 있을 수는 없다고 말했다. 여자들은 서로 쳐다보더니 어깨를 으쓱했다.

"괜찮아요."

클럽은 몇 블록밖에 떨어지지 않은 곳에 있었다. 소호 서쪽 끄트머리 너머 음산한 대형 건물이 늘어선 곳이었다. 낮고 긴 클럽 건물은 볼링장으로 쓰던 곳 같았고 바깥 보도에는 안에 들어가고 싶어 하는 사람들이 서성대고 있었다. 제대로 놀려면 새벽 2시가 지나야 하지만 아트 페스티벌 파티가 열린다는 소식에 벨벳 로프* 안으로 갈 수 있지 않을까 희망을 품은 멍청이들이 이미 잔뜩 모여 있었다. 나는 문지기 스티브에게 가서 우리 일행이 넷이라고 말했다. 그는 고개를 끄덕이더니 로프의 고리를 풀었고 우리가 들어가자 다시 걸었다. 안에 들어가니 반쯤은 비어 있었다.

"도대체 뭐가 이래?" 호건이 말했다.

내 친구는 최신 유행 클럽을 좋아하지 않았다. 평범한 베이사이드에 살다 보니 절반이 가려진 통로로 방과 방이 이어지고 여러 계단과 검문소를 지나는 이런 곳에 익숙하지 않았다. 방마다 황동 기둥이 서 있고 무뚝뚝한 경비원이 검문소를 지키고 있었다. 그는 이곳에 자꾸 오고 싶게 만드는 마조히즘적 매력을 지닌 고상한 특권 역시 낯설었다. 호건은 특권이 끝없이 타락한다는 생각에, 궁극적으로는 특권의 가장 내밀한 성역에 올 만큼 자신이 대단하지는 않다는 생각에 분개했다. 그에게는 이 모든 것이 비민주적일 뿐 아니라 계급이 없고 기회가 동등하게 주어지고 공

---

* 초대 받은 사람만 들어갈 수 있도록 쳐놓은 벨벳 줄 - 역주.

명정대한 행동을 중요시하는 미국 사회에 반하는 것이었다.

"누가 이곳 주인 놈을 법정으로 끌어내야 해." 그가 투덜댔다.

내가 무슨 말을 할 수 있을까? 그는 그런 것들을 정말 믿고 있는데. 하지만 소호는 전직 해병의 정서에 맞게 설계되지 않았다. 딜러라면 누구나 자신의 상품이 절반은 물건이고 절반은 신비함이라는 것을 안다. 작품을 팔기 위해서는 누군가를 두려움에 떨게 해야 한다. 이것이 통하는 한 나는 기꺼이 돈 없고 문화적으로 무식한 사람들이 내 갤러리 문 앞에서 떨도록 놔둘 것이다.

로어 맨해튼 아트 페스티벌 관계자들 외에 그날 밤 모인 사람들은 이성애자이거나 동성애자, 아니면 복장도착자들이 대부분이었다. 페니 레인의 공연에서 흔히 볼 수 있는 풍경이었다. 성별을 정확히 알 수 없는 섹시한 젊은 '여자들'이 새장 같은 단상에 올라 춤추고 있었다.

"저기 있네." 내가 호건에게 말했다.

방 건너편의 아직 비어 있는 무대 근처에서 키 크고 피부가 복숭아빛인 젊은 남자가 어깨에 비싼 비디오카메라를 메고 형광분홍색 미니스커트를 입고 춤추는 사람을 촬영하고 있었다.

"장비 좋은데." 호건이 말했다. "하지만 모스 같은 남자들은 보통 카메라 뒤가 아니라 앞에 나서는 경우가 많지."

"저 사람이 누군데요?" 함께 온 여자들이 궁금해했다.

"잭 남자친구." 호건이 말했다. "잭이 말 안 했어요?"

여자들은 지나치다시피 열심히 웃었다.

"우리한테 소개해줄래요?" 둘 중 더 예쁜 쪽이 물었다.

"나중에."

나는 그 젊은 여자들을 긴 의자에 앉힌 다음 술을 갖다줬다.

"잠깐 예뻐지는 연습을 하고 있어." 내가 말했다. "곧 여기서 치열한 경쟁이 벌어질 테니까."

크라프트 에빙의 사례

내가 아는 경비원이 무대 뒤로 가는 문을 열어주었고 호건과 나는 페니 레인이 첫 무대에 오르기 전에 만나러 내려갔다. 가파른 계단을 내려가니 분장실이라기보다 그냥 천장도 낮은 지하실 한 귀퉁이에 파티션과 화장대를 갖다두었을 뿐인 공간이 나왔다. 밴드 멤버들이 형광등 불빛 아래 둘러서서 마지막으로 담배를 피우고 있었다. 그들이 입은 검정 가죽바지가 벽의 광택과 잘 어울렸다. 페니는 텔레비전 광고에서나 볼 법하게 다리를 꼬고 앉아 저녁이 되어 거뭇하게 자란 수염을 가리느라 파운데이션 위에 파우더를 덧칠하고 있었다.

"월포드 스타킹인가?" 내가 물었다.

"알잖아. 난 제일 좋은 거만 쓰는 거. 친구는 누구?"

호건이 앞으로 나와 손을 내밀었다. "호건입니다. 사립탐정이죠."

"멋지군요. 그 일을 하는 게 행복한지는 모르겠지만요." 페니는 그를 머리끝부터 발끝까지 유심히 보며 손을 내밀었다. "오늘 밤에는 정확히 누구의 사적인 일을 조사하고 싶은 거죠? 당신 옷 마음에 드네요."

호건은 자신의 줄무늬 넥타이와 펑퍼짐한 양복바지를 내려다

보았다.

"난 클럽 가수예요." 페니는 목덜미 이쪽 저쪽에 파우더를 두드렸다. "공연이 끝날 때까진 수갑을 채우지 말아요. 밥벌이는 해야 하지 않겠어요? 그나저나 돈 잘 쓰는 중년 남자들은 '어느새' 다 사라져버렸을까요?" 그녀는 거울을 보며 눈썹을 점검했다. "아주 잘 된 일이에요. 안 그래요?"

그러면서 몸을 반쯤 돌려 모여 있던 밴드 멤버 한 사람에게 외쳤다. "마이클, 오늘밤 마지막 세트에 노래 하나 새로 넣고 싶은데."

"호건은 진짜 사립탐정이야."

"진짜로 그런 거야?" 페니가 호들갑스럽게 물었다. "여기선 그런 단어 쓰면 안 된다고 엄마가 안 가르쳐줬어?"

"미안. 호건이 폴 모스를 꼭 만나고 싶어 해서."

"희한하기도 하지. 그 사람 만나고 싶어 하는 사람들이 줄을 섰어. 줄서서 기다리다간 우리 모두 백발이 될걸." 그녀는 호건을 흘끔 보았다. "음, 당신은 아니겠지만요."

"진짜 웃기네요." 호건이 대답했다. "대머리 갖고 농담을 하다니. 누가 생각이나 했겠어요? 지금 일하는 중이 아니라면 소리 내서 웃었을 겁니다."

"그러시든가요." 이렇게 대답한 페니는 나를 향해 말했다. "난 정색하는 게 좋더라."

호건은 그냥 한 귀로 흘렸다.

"모스의 연애사에 관해 몇 가지 물어볼 게 있어요."

"연애야 우리 모두 하는 거 아닌가요?"

"지금 그와 함께 일하고 있습니까?"

"네, 일 관계로 만났어요. 내 천재성을 후대에 남기려고 기록 중이거든요."

"테이프가 충분하기를 바라야겠군요."

나는 두 사람이 말장난을 주고받도록 놔두고 과거 페니가 브롱스에 살던 시절 한 동네 살던 친구들인 밴드 멤버들에게 인사를 건네러 갔다. 그들은 몇 년 전 내가 새해 맞이 파티를 열면서 연주를 부탁한 터라 나를 기억하고 있었다.

"그날 밤 샴페인이 맛있었지." 멤버 한 사람이 말했다.

"고객이 준 선물이었어."

"리키를 만난 적이 있던가?" 다른 사람이 물었다.

"아니."

미니스커트와 시스루 상의에 검은색 브래지어를 입고 검은색 스타킹을 신은 귀여운 여자가 옆에 서 있었다. 스파이크힐을 신었는데도 키가 165센티미터가 안 되는 것 같았다.

"같이 공연하나요?" 내가 물었다.

"아니요, 난 공연하는 사람은 아니에요. 그쪽은요?"

"일부러 하지는 않죠."

"팬 역할도 중요하죠. 관객이 없으면 페니가 뭘 하겠어요?"

기력을 잃고 죽을 거라는 대답은 별로인 것 같아서 나는 그냥 어깨만 으쓱했다. 작달막한 크로스드레서와 나 사이에 어색한 침묵이 흘렀다. 마침내 그녀가 내 얼굴을 열심히 들여다보며 물었다.

"아이가 있나요?"

"없어요. 내가 아는 한."

"아쉽네요. 눈빛에 부성애가 넘치는데."

"이상하네요. 아내도 똑같은 말을 했었거든요. 지금은 곁에 없지만요."

"여자의 마음은 갈대라지요. 내 아내도 떠나버렸어요. 별 이유도 없으면서. 하지만 멋진 아들이 있어요. 세인트 앤에 다니는데 아주 인기가 좋아요. 버튼다운 셔츠와 다커스 바지를 입고, 제 아빠의 여장 취미에는 관심 갖고 싶어 하지 않죠."

"아이들이란 반항을 해야 하지 않을까 싶은데요."

"아, 난 우리 아들이 무난하고 평범해서 기뻐요. 나한테 안정감을 주거든요."

그렇게 높은 힐을 신고 있으면 안정감이 좀 필요하긴 하겠다는 생각이 들었다. 호건이 와서 내 팔을 잡아끌었다.

"좀 놔줄래? 우린 가족의 가치에 대해 얘기하는 중이었어."

"학부모 모임은 이따 마저 해. 모스가 내려오고 있어. 네 친구가 알려줬다고. 그 자식 심야 케이블 방송 말고도 'PM비디오'라는 같은 이름의 제작사를 운영 중이래. 주로 도심에서 일어나는 이상한 일들을 찍는다는데."

"다른 게 있긴 하고?"

"우리가 알아봐야지."

"그럼 그렇게 해."

"잭, 난 못 해. 여긴 내 바닥이 아니라 어떻게 행동해야 하는지 모른다고. 젠장, 이런 빌어먹을 클럽이나 라운지가 있는지도 몰랐단 말이지. 하지만 넌, 이 일에 딱이야."

고마워해야 할지, 깊이 상처 받아야 할지.

"폴이 계단을 내려오고 있댔지." 내가 말했다. "정확히 내가 뭘 어떻게 하기를 바라는데?"

"그놈을 도와줘. 내가 놈을 만나서 빡세게 몰아붙일게. 그럼 네가 날 닥치게 해. 그놈의 새 절친이 되는 거지."

폴은 내려오면서 비디오 조명을 켰다. 그 금발만으로도 동굴 같은 이곳을 환히 비출 수 있을 것 같긴 했지만. 그는 딱 붙는 청바지에 목덜미가 깊게 패인 티셔츠를 걸치고 있었다.

"왔어, 피엠?" 페니가 말했다. "여기 번쩍이는 신사분이 자기랑 얘기하고 싶대."

폴이 조명을 껐다. "무슨 일인데요?"

"어맨다 올리버 살인사건을 조사 중입니다." 호건이 말했다. "듣자하니 아주 잘 아시는 사이라고요." 그는 모스가 경찰 신분증이라고 생각할 만한 것을 슬쩍 보여주었는데 사실 사립탐정 자격증이었다.

"물론 잘 알죠. 특별할 건 없는데. 전 여자들을 많이 알아서."

"아, 그런데 다른 여자들은 사망한 채 발견되지 않았잖습니까. 아직까지는."

젊은 폴은 눈을 깜빡거렸다. "맨디는 내 친구이자 재정 후원자였어요. 그뿐이에요. 난 그녀가 살해당해서 완전히 정신이 나갔었다고요."

"그 일은 애도를 표합니다. 후원이 어느 정도였는지 그림을 좀 그려보고 싶은데요. 침실까지 뻗칠 만큼이었는지 같은 것 말입니다."

"참, 난." 페니가 끼어들었다. "그 장면을 8x10 크기로 인화하고 싶은데."

"위층인가 어딘가에 가서 엉덩이 씰룩대며 돈 좀 벌어야 하지 않습니까, 레인 양?" 호건이 말했다. 그는 폴을 향해 다시 휙 돌아섰다. "필립 올리버의 회사 일도 한다면서요. 어떤 일이죠?"

"여러 가지가 있겠죠." 폴이 대답했다. "실은 해외 오테크 직원들에게 보여줄 따분한 교육 영상들이에요."

"퍽 고급스러운 일이군요."

"돈이 되는 일이죠." 폴은 어깨를 으쓱했다. "그 돈으로 내가 원하는 예술을 하는 거고요."

"오테크에서는 당신이 만든 영상으로 뭘 합니까?"

"매달 유럽과 아시아 지사에 테이프를 보내요. 개인적으로 '마이크로회로 결함 찾아내는 법'이라는 영상을 제일 좋아해요."

"이제 보니 얼굴만 잘생긴 게 아니라 재미도 있군요. 맨디와 섹스하면서 남편 사업도 같이 비아냥대고 했나 보죠?"

"무슨 말씀인지 모르겠네요."

"당신이 필립 올리버의 아내와 뒹굴 때 말입니다. 아주 가까운 사람에게 살해당한 그 여자요."

폴은 차가운 눈빛으로 호건을 잠시 보았다. "오늘밤에 사람들을 모욕하는 건 이 정도로 충분하지 않을까요?"

"이제 겨우 워밍업인데. 어디 이렇게 한번 해볼까? 비쩍 마른 게 딱 이웃 사람들이 말해준 용의자로 충분히 볼 만하거든. 마른 체구의 낯선 사람이 필립이 없을 때 그 건물을 자주 드나들었다던데."

"당신 정말 개자식이네?"

"그렇게 될 수 있지." 호건은 폴을 요모조모 뜯어보았다. "5월 4일 수요일 정오에 뭘 했는지 말하고 싶지 않나?"

"섹스하고 있었어. 당신도 관절염 생기기 전에 해봐야 할 텐데."

"그러니까 그날 어맨다 올리버와 했다는 말인가?"

"웃기지 마. 아니야. 그 여자는 내 엄마뻘은 될 텐데."

"그럼 엄마뻘도…?"

폴은 얼굴이 빨개지더니 호건에게 다가섰다.

"이 사람은 신경 쓰지 말게." 두 사람 사이에 끼어들며 내가 폴에게 나지막이 말했다. "아주 오래전부터 호건과 알고 지냈는데, 단서를 찾지 못하면 늘 발끈하거든."

나는 호건과 기싸움을 벌이던 폴을 옆으로 끌고 왔다. 호건은 전혀 거짓으로 보이지 않는 분노에 찬 눈길을 나와 주고받은 뒤 물러났다.

"어쨌든 변호사 없이는 한마디도 하면 안 돼."

"당신 변호사예요?"

"나? 아니." 나는 웃음을 터뜨렸다. "난 미술품 딜러 잭슨 와이어스야."

폴이 즉시 내 이름을 알아차리는 것을 보고 만족스러웠다.

"죄송합니다. 이런, 제가 알아뵀어야 하는데요. 이런 데서 품격 있는 분을 우연히 만나리라고는 생각지 못했어요."

"다시 한번 말해볼래?" 페니가 언성을 높이며 외쳤다.

"그냥 갤러리 사업하는 분이라는 뜻이었어." 폴은 보석으로 치장한 고객을 향해 살짝 고개를 숙였다.

"잭슨은 재능 있는 사람을 알아봐." 페니가 말했다. "어쩌다 보니 내 열성 팬이 되었지 뭐야."

우리는 그녀가 다시 거울에 집중하기를 기다렸다.

"작년 가을에 PS1에서 본 영상 작품들 중 그쪽 작품이 기억나요." 내가 폴에게 말했다. "여중생들이 팝콘을 만들고 크라프트에빙의 사례를 이야기하고 있었지요. 아주 신랄했어요."

폴은 호의적이면서 질문이 있는 표정으로 나를 조심스럽게 보았다. 나는 무표정을 유지하려고 애썼고 대체로 성공했다. 지난 수십 년 동안 게이들이 이런 식으로 상대를 흘끔대며 먼저 말 걸어주기를 기다렸는지도 모른다. 하지만 요즘 남자 간의 섹스에 크게 신경 쓰는 사람은 없다. 법에 어긋나고 차별적인 특정 관행에만 복잡한 암호와 비밀이 필요할 뿐.

"언제 갤러리에 한번 오지."

"가고 말고요."

나는 그에게 직통번호가 적힌 명함을 주었다.

"다음주에 전화하게."

페니가 투덜대며 끼어들었다.

"여기서 너무 일 얘기만 하잖아. 신사분들이 왜 이러실까. 다들 나가, 나가라고. 곧 위층에서 진짜 예술이 펼쳐질 테니까."

그녀가 옳았다. 우리는 그들을 따라 이제는 사람이 꽉 찬 넓은 방으로 올라갔다. 그곳에서 페니는 포로수용소 소장처럼 무대 위에 올라 여장한 루 리드와 영혼을 교감하며 벨벳 언더그라운드의 노래를 몇 곡 불렀다.

같이 온 갤러리 아가씨들은 세 잔째 마시고 있었고 덤보에서 온 남자 예술가 둘과 함께였다. 그들은 사람이 가득 찬 공간 너머로 일제히 손을 흔들고 고개를 끄덕였다. 첫 번째 세트리스트의 곡들이 끝나자 호건은 이만하면 충분하다고, 내일 전화로 계획을 세우자고 말했다. 그 말은 나는 계속 폴과 사이좋게 있어야 한다는 뜻이었다. 불안한 예감이 들었다.

하지만 지금 나는 자리에 앉아 있는 브루클린 미술계 사람들의 술값을 꼼짝없이 몽땅 내기 전에 내 술값을 계산하고 비위를 잘 맞추는 멋쟁이들에게 여자들을 넘겨줘야 했다. 신용카드를 돌려받으려고 기다리는 동안 나는 기둥에 기대 껴안고 있는 레즈비언 커플과 바이인 구겐하임 큐레이터를 지나 빨간 불이 켜진 비상구로 요리조리 빠져나가는 호건을 지켜보았다.

발퇴스 클럽

폴은 갤러리에 처음 왔을 때 작품 견본을 들고 왔다. 그 사람들은 늘 그런다. 평소 같으면 그의 앞에 놓인 게 무엇이든 거들떠보지 않았을 것이다. 있고 싶지 않은 자리이기 때문이다. 그들의 작품에 지나치게 반응을 보이지 않거나 부정적인 기색을 내비치면 영혼을 짓밟을 위험이 있다. 그렇다고 너무 긍정적으로 반응하면 그저 피상적이기만 한 관계에 그치고 만다.

내 사무실은 갤러리 뒤쪽 오목하게 밀어넣은 공간에 있었다. 벽면에는 아트북이 줄줄이 꽂혀 있었다. 이곳으로 들어온 폴은 비디오에 테이프를 밀어넣었다. 잠시 파란 화면이 나오더니 갑자기 도심의 이미지가 줄줄이 터져나왔다. 클럽, 바, 갤러리 장면, 보이스오버로 흘러나오는 대화하는 소리, 이따금 튀어나오는 시각적 내러티브 등등. 글래드스톤 갤러리의 디렉터가 등장해 바셀린 조각과 알몸으로 암벽등반을 하듯 갤러리 천장을 올라가는 행위예술로 엄청나게 주목 받으며 뉴욕 미술계에 데뷔한 젊은 아티스트에 대해 이야기했다. 첼시 부두에서 온 복장도착 매춘부가 등장하더니 이 탁자 저 탁자로 기어 다니며 이탈리아제 신발을 신은 발에만 입 맞춘 볼트의 성 노예에 대해 열변을 토했다. 《아트》잡지에 기고하는 작가는 붐의 바에 기댄 채 쿠퍼 유니언에서 시행한 뉴미디어 설문조사에서 드러난 '포스트휴먼'의 의미를 반복해서 이야기했다.

나는 이 영상을 어디서 어떻게 촬영했는지 물었다.

"진짜 운이 좋았죠. 뉴욕대를 졸업하고 나니까 아는 사람들은 프라하나 베를린 같은 곳에서 시간을 보내며 데뷔를 노리려고 떠나기 시작하더라고요. 거기가 쿨한 씬들이 었거든요. 난 뭔가 다르게 하고 싶었어요. 그때 카오 팽을 만났는데, 저를 상하이로 데려갔어요. 천국 같은 2년이었죠."

"자네 같은 사람한텐 틀림없이 그랬겠지."

"중국에 대해 좀 아세요?"

"말하자면 길어. 슬픈 이야기지."

"네, 그럼 별말 필요 없겠네요. 팽의 친구들은 내 스타일을 좋아했고, 난 그들이 주는 게 좋았고요."

"어떤 것들이었지?"

"원하는 건 뭐든지요. 싸구려죠."

화면에서 위그스톡* 참가자들이 톰킨스 스퀘어 파크에 설치된 무대에서 모타운 노래를 불렀다.

"그래서 그렇게 퍼포먼스 아트와 영상작업을 시작하게 된 건가?"

영상은 경찰이 판지로 만든 나무 아래 쉼터에서 노숙자들을 쫓아내는 장면으로 바뀌었다.

"중국에서 전문적인 취향을 좀 키웠죠."

음흉한 생각이 다시 춤을 췄다. 폴이 말하는 취향이라는 게 오

* Wigstock. 매년 야외에서 열리는 드랙 축제 ─ 역주.

리 혀구이나 매운 육수에 새우를 산 채로 담가먹는 것 따위는 아닐 터였다.

"거긴 그럴 만한 곳이지."

"여행을 하면 배우는 게 있죠." 폴은 미소 지었다. "이상한 짓을 해도 예술이라는 이름을 붙이면 부끄럽지 않게 된다는 걸 배웠네요."

"돈도 되고 말이야." 내가 말했다. "내 성공 비결 중 하나지."

"바오 젱이라고 아세요? 파격적인 예술가죠. 공연을 녹화한 해적판 테이프를 길거리에서 파는데, 보니까 살아 있는 돼지의 살점을 먹고 3일 동안 가는 관을 통해 호흡하며 은행 금고 안에 갇혀 있고 그런 걸 해요. 광저우 트리엔날레에 갔다가 만났는데 '기록된 행동은 꿈처럼 강해진다'고 하더라고요."

PS1에서 본 작품으로 미루어보건대 폴의 꿈은 네버랜드에 흐르는 악취 나는 배수로 같았다. 폴이 애나에게 마음을 쓰고 있다는 바이킹의 말을 봐도 그 꿈이 얼마나 위험한지 짐작할 수 있었다. 내 직감을 시험해보려고 폴이 갤러리에 도착하기 전 발튀스의 그림에 관한 책을 꺼내두었다. 테이프가 끝나고 탁자 위의 램프를 켜자 불빛이 책 표지 그림을 은은하게 비추었다. 소녀가 자신보다 약간 나이 많은 여자의 무릎을 베고 누워 있고 여자가 소녀의 치마를 들치고 있는 그림이었다. 폴의 눈길이 책을 향했다가 급히 멀어지는 게 보였다.

"공부는 어디서 했지?"

"미국으로 돌아와서 칼 아츠에 다녔어요."

"영화 학교를 택하지 않았군?"

"그 생각도 해봤는데, 내 전문 분야를 가르치지 않더라고요. 그 래서 뉴욕으로 와서 3년 동안 묵묵히 이 갤러리 저 갤러리 찾아다 녔어요. 사실 전시 좀 하게 해달라고 애원하러 다닌 거죠. 어떻게 돌아가는지 잘 아실 거예요. 평범한 조각가가 갤러리에 들어가서 조명 위에 슬라이드를 30초 동안 펼쳐놓으면 갤러리에서는 '훌륭한 작품입니다만 우리 갤러리와는 맞지 않네요'라고 말하겠죠. 그건 그나마 운이 좋은 거죠. 어느 화요일 오후에 딜러에게 20분짜 리 영상 작품을 보여주려 한다고 생각해보세요. 어림도 없는 일 이죠. 결국 불편한 진실에 눈을 뜨고 직접 제작사를 차리기로 결심했어요. 다른 사람들이 카메라를 향해 몸부림치도록 놔두자고 생각했죠. 편집은 제가 하면 되니까요."

"뮤직비디오나 텔레비전 광고 같은 걸 찍으면 돈을 훨씬 많이 벌 수 있을 텐데?"

"관심 없어요. 제아무리 몸 파는 사람이라도 아무나 받지는 않 는 법이죠."

"하지만 분명 뭐랄까, 사치를 어느 정도 좋아하는 것 같은데."

"물론이에요. 우리 모두 밤새도록 할 재미있는 것들이 필요하 잖아요. 저는 마이너*한 취향이지만요."

그의 말장난은 은밀한 노크 내지 암묵적인 동조를 구하는 악수 같았다.

"그런 경우라면 내 친구들 몇 명을 만나고 싶어 할지도 모르겠 군. 그림과 가끔은 개똥철학에 관해 취미 수준으로 편하게 토론 하는 모임이 있어. 밤에 남자들끼리 모여 놀기도 하고. 우리끼리

* 'minor'는 '미성년자'를 뜻하기도 함 – 역주.

는 발튀스 클럽이라고 부르지."

"기대되는 이름인데요." 폴은 여전히 비밀을 간직한 듯 말했다. "비록 화가지만 난 그 늙은 변태 영감탱이 작품이 마음에 들어요."

"이걸 한번 보지." 나는 그가 못 견디게 펼쳐보고 싶어 할 것 같은 그 책을 들이밀었다. 우리는 정성 들여 천천히 책장을 넘겼다. 가짜 백작이 그린 황홀한 그림에는 나른하고 관능적인 10대 소녀들이 등장했다. 비스듬하게 비쳐든 햇살이 방 안을 가득 채우는 가운데 반쯤 벌거벗은 소녀들이 고양이처럼 늘어져 있었다. 반바지 차림의 소녀들이 알프스 산길의 위압감 넘치는 바위틈 사이로 하이킹하는 그림도 있었다.

"제대론데요. 진짜 잘 그렸어요. 하지만 전 그림보다는 사진 쪽이에요."

"누굴 좋아하지?"

"다음번엔 벨머 사진을 같이 보시죠."

폴은 내게 생각할 거리를 남겼다. 한스 벨머 작품에 등장하는 성인 여자 등신대 인형은 머리도 없이 계단에 묶이거나 처박혀 있거나 뒤집힌 채 나무에 매달려 있었다. 자신의 연인을 묘사한 그의 작품들은 나치에게 멸시 받았고, 지옥에서 온 열어보지 않은 선물처럼 반으로 접힌 채 살에 주름이 잡힐 정도로 끈으로 꽉 얽매여졌다. 그는 결국 자살했다.

모마

그 주 목요일에 호건과 나는 모마*에서 열린 안젤름 키퍼 전시회 오프닝에 참석했다. 이 행사에서 정상적으로 활동하는 필립을 다시 볼 수 있지 않을까, 호건이 난해한 독일 놈의 진지해 빠진 전시회를 즐길 수도 있지 않을까 생각했다.

나의 두 가지 기대는 다 들어맞았다. 밀짚으로 뒤덮인 거대한 풍경화, 나치에 경의를 표한 사진, 납으로 만든 거대한 책이 놓인 받침대들 사이를 요리조리 빠져나가는 동안 우리는 뉴욕 미술계의 주요 인사를 최소한 절반은 마주쳤다. 모마가 작품을 판매하기 전 더 낡고 좁고 좋았던 시절에 이곳에 모이던 사람들이다.

"키퍼라는 사람 말이야. 배짱이 끝내주게 두둑한 것 같은데."

호건은 내 가설을 뒷받침하듯 이렇게 말했다. 범죄해결 능력이 있는 사람이 남성성 넘치는 작품을 보면 예리하게 비평한다는 가설이었다.

우리는 모마에서 나왔고 때마침 필립과 그의 두 번째 장모의 껄끄러운 만남을 보게 되었다. 키가 크고 전반적으로 귀족적인 분위기를 풍기는 체구의 리비니아 윈게이트는 흰 재킷을 입은 케

---

* MoMA, 뉴욕현대미술관 – 역주.

이터링 업체 직원들이 임시로 만든 바 앞에서 친구들과 이야기를 나누고 있었다. 몸에 딱 붙는 검은색 디올 드레스가 틀어 올린 은 발과 티어드롭 다이아몬드 목걸이 덕분에 돋보였다. 어쩐 일인지 필립은 어깨를 드러낸 클라우디아보다 두 걸음 앞서 있었다. 검은 드레스에 붉은 태피터 숄을 두른 아름다운 여인은 어느 판화 작가 의 인사에 답하려고 잠시 멈춰 섰다. 이 작가는 빛바랜 블랙진에 검은 린넨 재킷을 걸치고 있었는데, 무슨 속임수를 써서 미술관 후원자들을 대상으로 한 시사회에 참석했는지 모를 일이었다.

클라우디아가 귀띔해주지 않았는데도 필립은 리비니아가 아는 사람임을 알아차린 것 같았다. 물론 왜, 어떻게 그녀를 아는지는 확신하지 못했지만. 그는 리비니아에게 곧바로 다가가 말했다.

"안녕하세요, 필립 올리버입니다. 아내를 살해했다고 믿고 있죠."

리비니아의 친구들은 들리지는 않아도 짐작할 수 있는 헉 소리 를 내며 반 발짝 물러섰다. 윈게이트 여사는 눈 하나 깜빡하지 않 고 비난하는 기색도 일체 없이 필립을 마주했다.

"다행이군. 죄를 고백할 용기 있는 남자들이 더 많아야 할 텐데."

필립은 조금 정신없어 보였지만 그녀의 반응이 반가운 것 같았다.

"어맨다를 아시나요?"

"그래, 필립. 자네 아내가 내 딸이니까."

필립은 이 말을 잠시 곰곰이 생각했다.

"동시에 두 가지 존재라니. 놀랍지 않습니까? 사람은 참 복잡 해요."

"그렇다네. 최고의 사람들이 그렇지. 최악의 사람들도 그렇고."

그 순간 클라우디아가 불쑥 끼어들어 연신 사과했다.

"실바 양, 걱정 말아요." 리비니아가 퉁명스럽게 말했다. "딱한 필립이 내뱉는 혼란스러운 진실을 듣는 편이 더 나아요. 그가 끼고 다니는 이탈리아인 갈보한테 무의미한 변명을 줄줄이 듣는 것보다."

클라우디아는 리비니아의 옛스런 표현이 무슨 뜻인지 헷갈려서 잠시 머뭇거렸다. 노부인의 경멸 어린 말이 누구를 가리키는지 정확히 알지 못했다. 잠시 후 의미를 파악한 클라우디아가 이탈리아어를 내뱉었다. 나는 알아듣지 못했지만 호건은 놀라서 반쯤 코웃음을 쳤다.

"뭐라고 했지?" 리비니아가 물었다.

"어맨다가 누굴 닮았기에 필립이 떠났는지 이제야 일겠군요."

"필립을 떠나게 만든 건." 위풍당당한 부인이 말했다. "네가 입은 그 드레스로도 막을 수 없을 거야. 필립은 너 역시 버릴 거야. 그게 쪼그라들고 늘어지면."

윈게이트 가문 여자들은 다들 이랬다. 똑똑하고 현명했지만 그런 점으로 남편을 집에 붙들어두지는 못했다.

"여보, 당신은 날 속일 수 없어." 언젠가 어맨다는 필립에게 이렇게 말했다. "난 당신에게 환상 따윈 없으니까. 당신이 가여운 앤젤라를 떠나던 날 아주 분명해진 사실이지. 당신은 몸을 파는 한심한 남자고 난 당신을 바꿀 수 없다는 걸 알아. 하지만 당신이 바람을 피워도 내 손바닥 안에 있게 만들 수는 있어."

쾰른의 어느 오후, 나와 맨디가 미술관을 둘러보는 동안 필립은 너무 대놓고 루트비히 미술관의 새 큐레이터와 함께 우리를 앞서 갔다. 맨디는 큐레이터를 위아래로 훑어보더니 고개를 돌리며 말했다.

"대학원 졸업한 지 얼마 안 됐네."

"대단한 인재야."

"잭, 내가 싸워야 하는 상대는 다른 여자가 아니라 필립의 사는 방식 전체야."

"그런데 왜 그걸 다 참는 거야?"

"난 모든 행동을 예측할 수 있으니까. 필립이 일관성은 있거든."

"그럼 더 쉬워져?"

필립이 가까이 와도 맨디의 말은 날카로워지기만 했다.

"싸우기 쉬워지냐는 질문이라면 맞아. 적어도 필립은 솔직하게 말하거든. 특히 나이에 대해서는. 잭, 내 남편은 정말이지 막돼먹은 얼간이야. 지루할 정도로 한결같이. 하지만 그 한결같음이 위안이 되기도 해. 결혼생활이 편해지거든."

"어떤 느낌인지 알아."

"내가 모르는 무언가를 오랫동안 예행 연습하는 것 같아. 대본이 있는 것처럼 똑같은 말다툼이 반복되면 협박이나 최후통첩을 던지는 기술을 제법 잘 갈고닦을 수 있게 되지."

"결혼생활을 유지하는 한 가지 방법이겠군."

"부부가 같이 살거나 헤어지는 이유를 누가 알겠어?"

모마 2층 층계참에 서서 호건과 술을 마시는 동안 어맨다의 어머니가 유난스럽게 예의를 차리며 우리에게 다가왔다. 빠져나갈 구멍이라곤 없었다. 우리는 공들여 차려 입은 미술관 이사 후보들에게 잡혀 있었다. 후보들은 대부분 남자였는데 필립처럼 아주 잘 팔리는 사업 아이디어 하나로 빠르게 성장한 이들이었다.

"안녕, 잭슨." 리비니아가 말했다. "이 끔찍한 사람들에게서 벗어나 정원으로 내려가지."

그녀가 벗어나고 싶어 하는 사람들이 필립과 격 떨어지는 클라우디아인지, 고급 턱시도를 입고 젊고 매력적인 후처를 짱박아 둔 문화계의 새로운 책략가들인지 알 수 없었다. 내가 호건을 소개하자 리비니아는 번스타인이 사건을 열심히 조사할 사람을 고용했다는 사실을 알게 되어 매우 기뻐하는 듯했다.

"경찰이 곧 필립을 체포할까요?"

"아무나 함부로 잡아넣을 수는 없습니다. 다른 사람에게서 그럴듯한 단서를 찾지 못해 사건 담당 경찰들이 엄청나게 좌절하고 있어요."

"저런 무능한 사람들을 봤나. 이렇게 분명한 문제라면 제아무리 바보라도 해결할 수 있을 텐데요."

"그 바보가 되고 싶어 하는 경찰은 아무도 없어요."

"바보가 되고 싶어 하는 아내도 없죠."

나는 둘 사이로 몸을 숙여 윈게이트 부인의 술잔을 바꿔 주었다. "리브, 필립이 그랬다고 생각하지는 않는 거죠?"

"필립은 비열해. 하지만 살인을 저지를 위인은 아니야. 사람을 죽이려면 당당하게 일어나서 희생자의 눈을 똑바로 바라봐야 한다고 생각하거든."

"이 세계의 방식은 아니죠."

"그래, 문자 그대로의 의미가 아니라 원칙적으로 그렇다는 거야. 그리고 필립에게는 항상 원칙이 없었어."

우리는 리비니아와 함께 에스컬레이터를 타고 내려가 아름다운 정원으로 나갔다. 밤공기는 따뜻했고 웨이터들은 오르되브르와 와인잔이 담긴 쟁반을 들고 오갔다. 우리는 아치형 다리를 건너 하나씩 놓인 조각이 어우러진 풍경이 보이는 작은 나무 아래 탁자에 앉았다. 흰 천을 덮은 탁자에는 짤막한 초가 하나씩 켜져 있었다. 미술관 유리벽 너머로 출입문 근처에 모여 서성이거나 에스컬레이터를 타고 오르내리는 사람들이 보였다.

"필립이 그런 말을 했다고 해서 탓할 수는 없어. 딱하기도 하지." 리비니아는 한숨을 쉬었다. "배우자를 총으로 쏜다는 건 분명 흔히들 품는 소망이야. 내 남편 해리도 그런 생각을 해봤을 테지. 누가 그이를 탓할 수 있겠나? 난 가끔 그이가 정신과 검진을 받으면 좋겠다고 생각했지." 그녀는 먼 곳을 바라보았다. "아무튼 하나뿐인 자식을 묻고 살아가는 것만큼 나쁜 일은 없어."

내가 이해할 수 없는 영역이었다. 우리는 잠시 말없이 앉아 있었다.

"상당수의 살인사건이 상상에서 시작됩니다."

"그래요, 그럴 테지요. 하지만 4,800킬로미터나 떨어져 있던 필립이 그럴 수는 없었겠죠. 어쨌든 직접 말이에요."

"필립이 그렇게 멀리 있었던 게 확실해요?" 내가 물었다.

"사건이 있던 날 오후에 필립이 내게 전화했어. 최근에 전화를 자주 했지. 머릿속이 망가지고 그 클라우디아라는 사람과 어울린 뒤로 말이야. 몇 번이나 전화해서 자기가 못된 놈이라고 사과했어. 사고를 치고 나서 자기가 바보처럼 빌었던 걸 기억하지 못하는 개구쟁이 소년 같았어. 용서 받고 싶었던 것 같아. 하지만 내가 할 수 있는 거라곤 멀리서 작게 흐느끼는 그의 목소리를 듣는 것뿐이었지."

"필립이 실제로 얼마나 먼 곳에 있었는지는 확실히 알 수 없었 겠군요." 호건이 말했다.

"내 통화 기록을 보면 알 수 있겠지요. 새로 산 내, 뭐라고 부르더 라? 아, 내 휴대전화로 전화를 걸었으니까요. 통화마다 기록이 남아 있어요. 당신 지인이라는 경찰 맥퀸 씨가 목록을 보여줬어요."

"그래서 5월 4일 기록은요?"

"분명 로스앤젤레스에서 걸려온 전화였어요. 시그널빔인가 타 워사이트인가 뭔가와 관계가 있다고 했는데."

"맥퀸이 통화 목록 사본을 줬나요?" 내가 물었다.

"잭, 내가 통신사에서 내 개인정보를 알아낼 수 없다고 생각하 는 건 아니겠지? 그것도 해리 소유나 마찬가지인 통신사에서?"

리비니아는 정원에서 전시위원회 사람들을 만났다. 기부금 규 모나 개인 소장품의 중요도 때문에 그녀는 10년이 넘는 세월 동 안 그 위엄 있는 기구의 회장을 맡았다. 가문과의 관계나 남편의 어마어마한 재정적 공로를 감안할 때 죽을 때까지 회장을 맡을 가능성이 높았다. 미술계 사람들은 미망인이 된 여왕에게 하듯 리비니아에게 아부했고, 야심가 필립 올리버는 한때 그런 사람들 중 최고봉이었다. 어맨다와의 결혼으로 그는 미술관 이사직을 보 장받았다. 따라서 어맨다를 떠나 클라우디아에게 간 것은 일종의 사회적 자살행위였다. 둘의 결별은 미친 욕정 또는 막 시작된 뇌 질환의 산물이었다. 둘 사이에 어떤 기능적인 차이가 있는지는 모르겠지만.

노부에서의 구토

호건과 나는 필립이 어떤지 보려고 미술관 위층으로 돌아왔다. 저녁이 깊어질수록 점점 많아지는 사람들 틈에 필립과 클라우디아가 있었다.

"이 부자 인간들은 어떻게 서로를 견뎌?"

"그들 방식에 익숙해질 거야. 그들에게 기대를 많이 하지 않는다면."

"양심 같은 거?"

"호건, 돈 많은 사람들은 염치가 없어. 특히 돈에 대해서라면. 그래서 다들 필립과 그 밑에 있는 회계광 때문에 당혹스러워 하는 거지."

호건이 내 어깨 너머로 시선을 던졌다. 위협이 다가오는 걸 지켜보는 것 같았다.

"아니, 외팔이 해적 잭 아니야?"

익숙한 목소리가 내 뒤에서 들려왔다. 나는 몸을 반쯤 돌려 폴레트 메이슨을 향해 미소 지었다. 그녀는 카프탄 스타일의 적갈색 실크 드레스를 입고 있었는데 역시 세월은 못 속였다. 한때 화려했던 딜러는 얇디 얇은 값비싼 실크로 늘어진 살을 꽤나 감추

207

고 있었다.

"두 사람, 필립이 쓰러지기를 기다리는 자칼 같은데. 젊고 탐스러운 클라우디아를 잽싸게 채가시려나보네."

호건은 신경을 곤두세웠다. 그녀가 말 많은 범인이기라도 한 양 달려들 본새였다.

"진정해. 원래 유머감각이 형편 없는 친구야. 알고 지낸 지 아주 오래됐어."

오래전 갤러리에서 수습직원으로 일하던 시절 나는 폴레트의 침대에서 일어나 아침을 맞이하는 날이 많았다. 우리는 '챔피언의 아침식사'를 함께 먹었다. 샴페인, 크루아상, 마리화나, 커피를 조합한 한 끼였다.

"잘 지냈어?" 나는 옛 직장 상사에게 인사를 건넸다. "요즘 괜찮은 위조품은 좀 파셨고?"

그녀는 콧방귀를 뀌었다. "어쩌면. 하지만 뭐가 뭔지는 절대 말하지 않을 거야. 진실을 아는 것과 그걸 아무에게나 말하는 건 다른 일이잖아. 안 그래?"

"어련하겠어, 폴레트. 당신의 뛰어난 거짓말과 무자비함은 늘 존경스러울 따름이야."

"현명해. 내가 가진 류의 천박함은 과소평가되지. 가장 순수하게 사는 방법일 수도 있는데 말이야. 천박함이 있으면 의미 있는 척 바보처럼 가식 떠는 데서 자유로워져."

"그래, 일은 좀 어때?"

"생각하기도 싫어." 폴레트는 밝은 색의 스카프를 한쪽 어깨 너머로 넘겼다. "잭, 미술품 거래 따위는 지옥에 가버린 지 오래야."

"그렇군. 그럼 전엔 어딨었는데?"

폴레트는 히죽히죽 웃으며 눈을 굴렸다. "단언컨대, 사람들에게 더 이상 도덕관념 같은 건 없어. 사교적인 수완도 없고. 사람들은 걸핏하면 가장 무례한 순간에 불쑥 진심을 말해버리지. 우리의 우스꽝스러운 필립처럼 말이야. 그는 현대인의 병에 걸린 거야. 저 꼴을 좀 보라고."

필립은 미소 지으며 잘 훈련된 로봇처럼 왔다갔다 하며 오랜 친구들과 낯선 이들을 가리지 않고 모두에게 똑같은 방식으로 인사를 건넸다. 그 사이 폴레트는 최근 미술계에 퍼진 소문을 알려주었다. 지금 여기 모인 사람들은 필립의 기이한 언행에 관심을 쏟고 있었다. 그가 정말 범인일지 궁금해하면서 말이다. 이 재계의 거물은 오테크가 대금청구서를 받는 시점과 전자송금이 완료되는 시점 사이의 아주 짧은 시간 동안에도 빚을 진다는 생각 때문에 두려워했다. 앤드류스 일당은 필립의 그런 점 때문에 화가 많이 난 것 같았다.

나와 거래하는 부유한 고객들을 비롯해 대부분의 사업가들은 일반적으로 현금이 회전하는 시간을 유동기간이라고 생각했다. 실제로 이 기간에는 다른 사람의 돈을 무이자로 빌려 쓸 수 있다. 하지만 요즘의 필립은 그렇지 않았다. 통상적으로 만기일 이전에 대금을 지급했고, 회사의 자산이 언제나 부채보다 많았음에도 막무가내였다. 어떻게 해도 마음의 평화를 느낄 만큼 빠르고 안전하지 않았던 것이다.

"상상이 돼?" 폴레트가 말했다. "이제 여기는 물론이고 이스탄불에 있는 딜러들까지 다들 필립을 고객으로 삼고 싶어서 안달이야."

그녀의 말에 따르면 필립은 사생활에서 레스토랑 음식 값을 현금으로 미리 지불하고 저녁식사가 끝날 때 계산서가 아닌 거스름돈을 받는 지경에 이르렀다. 그렇게 하지 않으면 돈을 내지 않은 음식이 접시에 담겨 있거나 뱃속으로 들어갔다는 생각에 도둑이 침입하기라도 한 듯 괴로워했다. 이런 불안 때문에 노부 레스토랑에서는 식탁 옆 화분에 구토까지 했다고 한다. 오직 현금만이 그를 달래주었다. 그는 구매와 실제 지불 사이에 끝없이 지연이 생긴다는 이유로 수표와 신용카드를 매우 두려워했다. '이러는 동안 내가 죽을 수도 있겠어.' 필립의 신음이 들리는 듯했다.

클라우디아는 곤란한 일이 생기지 않도록 하려고 나름대로 마음을 단단히 먹었다. 그닐 저녁 미술관에서 그녀는 비틀거리는 연인 곁에 서서 다가오는 친구의 이름을 알려주기도 하고 중요한 순간에 끼어들어 그가 대화를 이어갈 만한 간단한 각본을 제공하기도 했다.

"안녕, 존. 우리 지난 여름에 타키의 배에서 만났잖아. 그동안 당신과 대프니는 어떻게 지냈어?" 이런 식의 힌트였다.

이렇게 정신적으로 도움을 받은 덕분에 필립은 짧고 가벼운 대화를 그럭저럭 해나갈 수 있었다. 가끔 모든 것이 완벽하게 예전처럼 돌아오는 때가 있었는데 그럴 때면 필립은 상황에 따라 유쾌하거나 매력적이거나 내성적인 사람이 되었다. 오래전 영화에서 본 것 같은 사건을 이야기하면서 상상력을 동원해 자신을 그 이야기 속 인물로 등장시키고 큰 불행 없이 이야기를 마치는 것은 분명 그에게 매우 흥미로운 오락거리였을 것이다. 누가 봐도 크게 아파 보이는 필립이었지만 기회가 있을 때마다 재정이나 윤리와 관련된 질문을 던졌다.

"제대로 투자한 건가요?" 그는 모든 사람에게 이렇게 물었고 그동안 칼 마르크스는 그의 뒤에서 말없이 서성댔다. "당신이 얼마나 부자인지 알고 있나요? 어제보다 오늘 더 부자가 됐나요?"

필립의 치매에서 가장 이상한 점은 완전히 불합리하지만은 않다는 것이었다. 이를테면 우편으로 끊임없이 수표가 들어왔다. 딱히 그의 노력 혹은 노력하지 않음에 대한 대가도 아닌 거액의 수표들이었다. 재정 자문들은 자금을 할당했고 그는 여전히 부를 쌓고 있었다. 이를 두고 필립은 자신이 거대 범죄 조직의 일원이거나 자신을 둘러싸고 우주적 오류가 발생하고 있다는 명백한 증거라고 생각했다. 분명 어맨다의 죽음으로 이익을 얻은 관계자들도 많았다. 빈틈없는 칼이 끊임없이 알려주듯 돈은 계속 쏟아져 들어오고 있었다.

그리하여 필립의 망가진 사고방식에 따르면 그는 희대의 사기 또는 거대한 음모에 휘말렸다. 그가 정말 살인을 저질렀든 아니면 집안에서 살인을 저질렀다는 누명을 썼든, 그런 종잡을 수 없는 짓을 계속하는 한 그 보상은 두둑했다. 따라서 그가 고용한 사립탐정은 비밀리에 간접적으로 조사를 진행해야 했다. 그는 밤낮을 가리지 않고 때때로 내게 전화를 걸어 몰래 질문을 했다. 맨디를 살해함으로써 이득을 보는 사람이 누구이며 그 이득은 얼마나 될까? 왜 그렇게 음험한 방법을 선택했을까? 어떻게 그에게 그렇게 악랄한 생각이 떠올랐을까?

시그램 빌딩 지하

두 시간 뒤, 호건이 점점 안절부절 못했기 때문에 우리는 미술관에서 나와 시그램 빌딩 지하에 새로 생긴 거창한 디자인의 레스토랑으로 걸어갔다. 그곳에 들어가려면 레스토랑에서 식사하는 사람들이 보고 즐기도록 설치한 긴 경사로를 내려가야 했다. 쭉 뻗은 허벅지 위로 엉덩이를 연신 흔들어대며 걷는 로라 같은 사람과 함께 들어갈 때는 괜찮았지만 체크무늬 재킷에 갈색 윙팁 구두를 신은 호건과 함께 들어가자니 그다지 즐겁지가 않았다.

바 위쪽에 한 줄로 매달린 비디오 화면에서는 1층에 있는 회전문을 드나드는 손님들을 촬영한 타임랩스 이미지 시퀀스가 흘러나왔다. 장면장면이 한 화면에서 옆 화면으로 차례로 넘어가다가 결국 사라져갔다. 내 친구와 나는 바에 있는 화려한 스툴에 앉았다. 미드타운에 있는 젊은이들의 헌팅 장소와는 끔찍하게 어울리지 않는 의자였다. 호건은 자기가 마실 위스키 스트레이트와 내가 마실 진토닉을 주문하고는 몸을 앞으로 기울여 비디오 영상을 유심히 보았다.

"가는 데마다 카메라가 있군. 여기 소호에 말이야. 징글맞게 오만 데 다 있다고. 네 건물만 빼고."

"내 마케팅 전략은 얘기했을 텐데?"

"보헤미안 시크? 하지만 네 건물 세입자들이 숨길 게 너무 많은 인간들이라는 말은 안 했어. 그 인간들 매일 촬영하면 막장 드라마 같을 텐데."

"이제 필립을 용의선상에서 제외하는 데 영상까지 필요 없겠어. DNA, 앤젤라와 리비니아와의 통화. 그걸로 필립의 혐의는 벗겨졌다고."

"하지만 그가 사람을 보냈을 가능성은 여전히 있어."

"호건, 이 말은 꼭 해야겠는데, 난 이제 그 가능성은 없다고 생각해. 필립은 예리한 사업가야. 옛날 얘긴지도 모르지만. 하지만 똑똑한 사람들이 대부분 그렇듯 사랑에 있어서는 등신이지."

"얼마나 등신인데?"

"한번은 필립이 바람을 피울수록 맨디와 더 가까워지는 느낌이라는 식으로 말한 적이 있어. 옆길로 새는 건 맨디가 얼마나 특별한지를 깨닫는 데 도움이 될 뿐이래. 마음이 평온해지고 더 감사하게 생각하면서 맨디에게 돌아가 원하는 건 뭐든 해줄 준비가 된다나 뭐라나."

"까고 있네. 그래서 넌 뭐라고 했는데?"

"그런 식이라면 차라리 아무것도 해주지 말라고 했지."

우리는 술잔으로 시선을 돌렸다.

"받아들이는 쪽에서 평온하고 감사하는 마음을 퍽이나 느끼겠다, 그렇게 말해줬어야지."

"필립에게 너무 엄격한 잣대를 들이대지 마. 돈만 많지 평범한 남자라고."

"정신 좀 번쩍 들게 해줘야 할 이유가 또 생겼네."

나는 호건과 눈을 마주치고 싶지 않아 애꿎은 술잔만 노려보다가 말했다. "기대치가 너무 높은데."

"내가?" 호건은 버번을 길게 한 모금 마셨다. "잭, 바람피우는 것도 일종의 살인이야. 믿음을 죽이는 거지. 그런 일이 있고 나면 자신은 물론이고 다른 사람에게도 가치가 없어져. 네 아내가 너한테 한 짓을 생각해봐."

호건은 나탈리와 그녀의 프랑스식 결혼관에 별 관심이 없었다. 나는 정확히 설명할 수 없었다. 어떻게 그 키 크고 다루기 힘든 여자를 상대하고, 싸우고, 배신의 횟수를 세는 일로 내가 세상에 혼자가 아니라는 위안을 느낄 수 있었는지. 왜 내가 그런 위안을 위해 그런 비싼 대가를 기꺼이 치렀는지도.

"나탈리는 죄책감을 믿지 않았어. 죄책감은 도덕적 에너지를 낭비하는 거라고 생각했지. 회한 같은 건 더 중요한 명분을 위해 아껴뒀지. 차드 난민이나 뭐 그런 걸 위해서."

"정말 편리하군." 호건은 자기 술잔을 보았다. "그래서 널 황폐한 결혼생활의 상대로 선택한 건가?"

"황폐하진 않았어. 적어도 나탈리 없이 사는 것에 비해서는."

호건은 일어섰다. "물 좀 빼고 올게."

그가 젊은 중역 무리를 뚫고 화장실로 가는 동안 예전에 우리 부부가 어쩌다 '실용적인' 합의에 이르렀는지 생각했다. 애인을 사귀는 일은 내 아내의 주장에 따르면 세상을 받아들이는 방식일 뿐이었다.

"만약 내가 다른 사람이랑 자면 말이야." 나탈리가 물었다. "내가 자기를 덜 사랑하게 될 거라고 생각해?"

"아니." 나는 그녀가 듣고 싶어 하는 대답을 했다. "당신이 정신없이 빠져들지만 않으면. 파리지앵 나부랭이가 당신 영혼을 훔쳐가지만 않으면."

"그럼 자기 생각은 어때? 지금 우리가 사는 것처럼 자유롭고 합리적으로 살 때 그런 일이 일어날 가능성이 높을까, 아니면 우리가 서로를 소시민의 오두막에 가뒀을 때 일어날 가능성이 높을까? 잭, 난 당신을 알아. 당신은 살림해줄 사람이 필요해서 나와 결혼한 게 아니잖아."

"정말 그렇게 생각해?"

"당연하지. 사실 자기가 나를 고른 건 담배와 시니컬한 태도, 《리베라시옹》 출장 취재, 생 제르맹 스타일 옷들, 집안에서 펼쳐질 약간의 멜로드라마 같은 거 때문이잖아. 음울하고 지적인 매력, '아모르'라고 부를 사람, 그러면서도 옆에 어린 여자들 몇 명 더 끼고 다닐 정도의 여유. 당신은 이런 게 제법 세련되다고 생각하지?" 그녀는 담배 연기를 천천히 길게 내뿜었다. "정말 미국적인 시각이야."

나탈리는 나를 알았고 자기가 어떤 사람인지도 알았다. 하지만 호건은 그때나 지금이나 그런 것들을 별로 좋게 여기지 않는 것 같았다. 언젠가 그는 아주 직설적으로 나를 다그치면서 나탈리 곁의 가식적으로 상냥한 사람들을 나와 그녀의 인생에서 쫓아내라고 했다.

"잭, 그냥 박차고 일어나." 그가 말했다. "개구리 같은 망할 프랑스 놈들을 계단 밑으로 걷어차버리라고. 나탈리도 그걸 원하는 거야."

그때는 그의 말을 믿지 않았다. 나는 그저 맥 빠진 소리 밖에 할 수 없었다.

"나탈리에게 억지로 시킬 수는 없어."

"잭, 나탈리가 아니라 네가 문제구나."

그날 밤은 길었다. 내 안에는 투지가 남아 있지 않았다.

"호건, 이건 신념 같은 게 아니야. 난 그저 주변에서 본 대로 얘기하는 거라고."

"네가 본 게 뭔데? 네 그 똑똑하고 사랑스러운 친구들이 뭘 보여줬는데?"

"우리 타고난 그대로의 모습."

"그게 어땠는데?"

"절망적이었지."

호건은 살짝 물러섰는데, 그 모습이 마치 권투선수가 카운터펀치를 날릴 준비를 하는 품이었다.

"웃기고 있네." 그가 말했다. "그렇게 약해 빠진 등신처럼 굴지 마. 잭, 뭐라도 해. 오쟁이 지고 사는 건 죄야. 아무것도 하지 않은 죄라고. 게을러터진 죄."

"난 노력했어. 배신 당하는 걸 알면서도 그 여자를 사랑하는 게 어떤 건지 알기는 해? 사랑하는 여자가 열심히, 차분하게 거짓말을 하고 있는데, 그 눈을 들여다보는 게 어떤 건지, 그 와중에도 무자비한 매력을 느껴서 전부 없었던 일로 하고 싶어지는 게 어떤 건지 말야. 혐오감과 수치심이 드는데도. 다 알고 있는데도."

말을 뱉자마자 아차 싶었다.

"알다마다. 너와 나 사이에 여지껏 남아 있는 얼마 안 되는 공통점 중 하나지."

우리는 더 이상 말하지 않았다. 물론 호건은 알고 있었다.

그를 기다리는 동안 바를 둘러보자니 내가 술에 취했는지도 모른다는 생각이 들었다. 모마에서 이미 마신 술을 생각할 때 그럴 수도 있을 것 같았다. 술을 마실 때 내 유일한 문제는 의식이 완전히 사라질 때까지 생각이 맹렬하게 질주한다는 것이다. 흥미로운 시합이었다. 나는 가짜들이 으스대는 미드타운의 술집에서 술에 취해 중대한 사안을 생각하고 있었다. 그리고 결론을 내렸다. 불륜은 계속될 수도, 용납될 수도 없다고. 그렇다. 우리는 정신적으로 박해 당했다. 정말이지 이런 일은 남자를 미치게 만들거나 술을 퍼마시게 하기에 충분했다. 술에 취할수록 성욕이란 신의 더러운 장난 같다는 생각이 더 들었다. 우리는 지속성, 깊이, 유대감을 원한다. 그러면서도 자유와 어쩌다 찾아올지 모르는 게임도 원한다. 우리는 병을 치료할 수 없고 증상을 다스릴 수 있을 뿐이다. 어떤 때는 제대로, 또 어떤 때는 서툴게.

그래서 호건이 성당을 찾았는지도, 우리의 정신적 분열을 피비린내 나게 상징하는 십자가 앞에 무릎을 꿇었는지도 모른다. 해병 출신 사립탐정에게는 더 현실적인 해결책이 있으리라 생각할 수도 있다. 하지만 그는 십자가에 매달린 그리스도를 찬양했다. 십자 모양 기둥 가운데 못 박힌 채 서로 충돌하는 두 계명 즉, 하늘을 향해 눈을 들어 온 마음과 온 힘을 다해 순결하시고 많은 것을 요구하시는 하느님을 사랑하라는 계명과 그러면서도 팔을 벌려 혼란스럽고 죄 많은 네 자신과 같은 속세의 이웃을 포용하라는 계명 사이에서 괴로워하던 그리스도를. 이러한 내적 갈등으로 괴로워하지 않은 사람이 있을까? 죽은 사람뿐이겠지.

술이 한 잔 더 필요했다. 주문하려고 카운터에 몸을 기대자 내 왼쪽에 앉아 있던 여자가 몸을 반쯤 돌려 나를 보았다. 표정은 약간 냉정해 보였지만, 날렵한 목선이 인상적이었고 곱슬곱슬하고 풍성한 갈색 머리 아래쪽이 제법 매력적이었다. 어쨌든 이 장소와 시간에 충분히 어울릴 만큼 매력이 있었다. 우리는 서로 고개를 까딱했다.

"수트가 멋있네요."

"고마워요." 나는 그녀의 금팔찌와 검은색 불가리 핸드백을 보았다. "멋에는 돈이 많이 들기도 하지요."

여자가 미소를 짓자 드러난 이가 새하얀 것이 마치 등대 불빛 같았다. 바다에 있는 듯한 기분이 들었다. "그 정도 여유는 돼 보이시는데요."

"제가요?" 나도 미소 지었다. "그런 모양이죠."

갑자기 어떤 남자가 우리 사이에 끼어들었다. 월 스트리트 스타일의 젊은 남자가 재킷은 벗고 넥타이를 한쪽 어깨 너머로 넘기고 있었다.

"뭘로 마실래?" 그가 여자에게 물었다.

"글쎄. 김릿 한 잔 더?"

주식을 만지는 덩치 좋은 패션 테러리스트가 여자의 데이트 상대인지 그냥 지나가던 남자인지 알 수 없었다. 알아낼 가치도 없었다. 해가 갈수록 고급 매춘부와 그냥 즐기고 싶어 하는 여자들을 구분하기가 힘들어졌다. 그 여자들은 손에 쥔 패를 제대로 쓰기만 하면 터무니없이 비싼 맨해튼의 레스토랑에서 저녁식사를 하고 고급 보석 몇 개를 손에 넣을 수 있었다. 어쩌면 일등석에 앉아 유럽 여행을 갈 수도 있었다. 나는 이런 것들 모두 괜찮았다. 어떤 식으로든 지불한 만큼 받는 법이니까. 대개 매춘부들은 그보다 돈이 덜 들었고 덜 귀찮게 굴었다.

호건이 바로 돌아와 자기 잔에 담긴 얼음을 달그락거렸다.

"이 올리버 사건 아주 짜증나. 폴 모스와는 어떻게 돼 가?"

"잘. 고급 포르노로 친해졌지."

"그럼 그걸로 그 기분 나쁜 놈이 살인자라는 걸 알 수 있겠어?"

"그럴지도. 미술계에서는 모든 게 연결되어 있으니까."

호건은 천천히 술을 마시며 기다렸다. 나는 어맨다가 자기 애인이 끔찍하게 역겨운 개자식이자 학교 운동장에 출몰하는 변태라는 사실을 알았더라면 어떻게 반응했을지 생각해보라고 그를 재촉했다. 그런 다음 내게 폴과 가까워질 특별한 방법이 있다고 말했다. 호건은 내 말을 끝까지 들었다.

"그게 그놈에게 접근하는 최선의 방법인 게 확실해?"

"내가 할 수 있는 건 그런 거야."

"확실하군."

"뭐가?"

"너한테 그런 성향이 있다는 게."

"눈물 나게 고맙네."

"그럼 그동안 나는 올리버 부부 집 근처 아파트 건물과 가게들을 확인해보지. 한 군데쯤은 길에 보안카메라를 설치했을지도 몰라. 어쩌면 이상한 놈들이 떼로 맨디 집 문을 드나드는 걸 보게 될지도 모르겠군. 그 중에 우리가 찾는 살인범이 있겠지."

"그 이상한 놈들은 내 친구들과 고객들일 텐데."

"그래." 호건이 말했다. "그 사람들로서는 다행스러운 일이지. 죄는 지었지만 그게 모두 범죄는 아니니까."

"하지만 그 중 하나는 명백하게 범죄지. 그걸 내가 파헤쳐야 하고. 흠, 미시 도움 좀 받아야겠군."

호건은 빈 잔을 내려놓았다.

"내가 알 필요가 없는 건 얘기하지 마. 사립탐정 자격증은 지켜야 하니까."

"그래. 너하고 거리를 두도록 해보지."

"그렇게 해줘. 잭, 난 발뷔스 클럽이라는 게 존재하는지도 모르는 거야."

페이야드 카페

계획을 제대로 실행하려면 멜리사를 내 편으로 만들어야 했다. 그 아이에게는 어맨다, 필립, 클라우디아, 폴, 앤젤라가 복잡하게 얽힌 어른들의 세계에서 누구의 편에 서야 좋다는 개념 같은 것이 아직 없었지만.

그 주 토요일, 나는 약속대로 브래드포드 스쿨 근처에 있는 페이야드 살롱에 멜리사를 데려가려고 갤러리에서 일찍 나왔다. 내 어린 이웃은 그곳의 호사스러운 페이스트리와 사라져가는 옛 의식이 되어버린 늦은 오후의 격식 차린 티타임을 좋아했다.

멜리사를 데리러 아래층에 들렀을 때 어쩐지 그 애가 매우 다른 피조물 같았다. 텔레비전에서 나오는 뮤직비디오가 방을 쿵쿵 울렸다. 멜리사는 무릎 길이의 검은색 치마와 그에 어울리는 스웨터를 단정하게 차려 입었지만 가죽재킷과 거기에 딱 맞는 백을 챙기러 달려가는 모습에서 팝 리듬이 뚜렷하게 느껴졌다.

"미시가 이런 음악을 들을 줄은 전혀 몰랐는데." 우체국에 가려고 나서는 앤젤라에게 말했다.

"잭, 당신은 모를 거야. 아주 어릴 때부터 시작된다고."

"뭐가?"

"여자애들이 끼 부리는 거. 당신은 애들이 서서히 여자가 되는 줄 알 거야. 애들에게 여성스러워지는 법을 미묘한 방식으로 가르칠 수 있다고 말이야. 하지만 애들은 돌진해서 당신을 돌아보며 손을 흔들지. 꽉 막힌 노처녀가 된 느낌이 들게 해준다고."

사실 나는 멜리사에게 일어난 작은 변화를 이미 알아차렸다. 나른한 여름 석 달은 그 또래 소녀들이 변하기에 충분한 시간이었다. 이제 멜리사는 옷맵시가 달라졌고 여자처럼 다리 꼬는 법을 익혔다.

"남자의 관심을 받을 수 있다는 걸 깨달은 단계야." 앤젤라가 말했다. "소년들의 어수룩한 시선을 넘어섰지."

"정말? 멜리사는 자기가 어떤 행동을 하는지 아는 것 같아?"

"친구들과 함께 있는 걸 봐야 해. 내가 감시하지 않으면 다들 스트리퍼처럼 몸을 훤히 드러내고 우쭐대면서 소호를 활보할 거야."

"그냥 장난이나 좀 치는 거 같던데."

"잭, 당신은 정말 바보 같은 남자야. 그게 매력이지만."

"별일 아닐 거야. 성장하는 과정이겠지."

"그래, 긴 과정이지. 난 아직도 성장 중인 것 같은데."

"그건 다르지."

"그럴까?"

앤젤라는 내 다친 팔을 잡더니 로프트 뒤편 멜리사의 방으로 데려갔다. 열린 문으로 옷이 어지럽게 쌓인 침대가 보였고 서랍장 위에 놓인 휴대용 텔레비전은 번쩍거리며 요란한 소리를 냈다. 화면에서 이름이 한 단어로 된 젊은 여가수가 벨리댄스를 추고 있었는데 3.5초마다 배경이 새롭게 바뀌며 그때마다 노출이

심한 옷으로 갈아입고 꿀렁거렸다.

"멜리사, 텔레비전 끄기 전에 잭 삼촌에게 배운 걸 보여주렴."

"엄마, 그렇게 영국사람 티 좀 내지 말아줄래요?"

"그래, 알았어. 어서 보여주기나 해."

멜리사는 한숨을 내쉬며 가방을 내려놓고 양손을 옆구리에 갖다 댔다. 똑바로 선 그 토르소에서 작은 움직임이 일어났다. 한 손씩 양손이 골반을 잡자 무게중심을 옮기며 윤곽이 날렵한 골반이 앞뒤로 흔들렸다. 한 발을 들어 알아차리기 힘들 만큼 살짝 앞으로 내밀자 다리가 길어 보였다. 엉덩이가 점점 크게 움직이더니 유연하게 회전하기 시작했다. 멜리사는 눈 한번 마주치지 않고 손을 위로 올려 천천히 비틀었다. 얼굴에 미소가 돌았고 눈빛이 진지해졌다. 그 애는 음악에 빠져 우리 앞에서 몸을 흔들며 빙빙 돌았다.

"이제 그만." 앤젤라가 텔레비전을 끄며 말했다. "카페 가서는 잭 삼촌이랑 얌전하게 있어야 해."

마법이 덜컥 깨졌다. 멜리사는 어깨를 으쓱하며 가방을 집어 들더니 말했다. "내숭덩어리."

우리는 눈부신 햇살이 비치는 밖으로 나와 택시를 잡아탔다. 토요일이라 쇼핑하러 몰려든 사람들 덕에 길거리가 빽빽했다.

"가장 멋있는 부분은 보여주지도 못했어요."

"그게 뭔데?"

멜리사는 여유롭게 입술을 핥더니 양 볼을 홀쭉하게 하며 촉촉해진 입술을 내밀었다. "지방시 이리지스터블." 아이는 모델처럼 낮고 허스키한 목소리로 말했다. "향수 그 이상."

나는 억지로 웃었다. "제법인데. 이건 어때?"

나는 한쪽 눈썹은 가만히 둔 채 다른 한쪽 눈썹을 홱 치켜 올렸다. 어린 시절 혼자 터득한 음흉한 뱀파이어 표정이었다.

"윽, 그만해요. 너무 징그럽잖아요."

원목 느낌으로 인테리어를 한 페이야드의 실내에 앉자 내 동행은 훨씬 숙녀답게 행동했다. 의자에 꼿꼿하게 앉아 사립학교에서 배운 최고의 매너를 뽐내며 웨이터에게 아주 또렷하게 말했다. 그리고 재킷은 벗어두고 어깨를 똑바로 폈다. 우리는 차를 마시고 작은 샌드위치를 먹은 뒤 윤기가 흐르는 커다란 페이스트리를 하나씩 먹었다. 음식을 다 먹어가자 멜리사는 점점 심각해졌다.

"여름에 삼촌이 멀리 가 있는 동안 삼촌 생각이 많이 났어요."

"왜 안 그랬겠어. 계속 생각났겠지."

"정말, 정말 진짜로요. 매일매일 생각났어요. 일기장에도 썼는걸요."

"무슨 얘길?"

"안 알려줄 거에요."

웨이터가 와서 접시를 치우고 마지막 남은 차를 따라주었다.

"이름을 다르게 쓰긴 했어요. 엄마가 내 비밀을 알아내려고 훔쳐보더라도 짐작할 수 없게요."

"엄마에게 숨기는 게 많아?"

"중요한 일만요. 지금은 별로 없지만 곧 생길 거예요."

"왜?"

"왜냐하면 그렇게 되게 돼 있어요. 책도 안 읽어요? 사람은 나이를 먹을수록 비밀이 많아져요."

224

"조심하렴. 사람들이 이야기책을 쓴 데는 별별 나쁜 이유가 있거든."

"오, 예를 들면요?"

"보통은 어떤 남자가 자기를 변명하고 싶거나 실제보다 일을 더 잘 해낸 체하고 싶을 때지."

"현실에서는 안 그렇고요?"

"왜 아니겠니. 그게 사람들이 주로 하는 일이야." 나는 억지로 웃었다. "세상이 얼마나 한심한지 알겠지?"

"그렇게 엉망인 것 같진 않은데요."

"아직 제대로 된 이야기들을 못 읽어봐서 그래."

멜리사는 얼굴을 찡그렸다.

"아니에요. 난 정말 똑똑하단 말이에요."

"그래? 그럼 최근에 무슨 똑똑한 생각을 했는지 말해보렴."

"이번 여름에 줄곧 우리에 대해 생각했어요. 그리고 삼촌이 내 첫 번째 어른 남자친구가 되어야 한다고 결론 내렸죠."

나는 쨍그랑 소리를 살짝 내며 찻잔을 내려놓았다.

"미시, 그건 똑똑한 생각이 아닌데. 재미있지도 않고."

"똑똑하고 재미있는 생각이죠. 가만히 내버려두면 진짜로 일어날 수 있는 일이에요. 하지만 우선 삼촌이 그렇지 않은 척을 정말 열심히 해야 해요. 그게 모든 일의 첫 단계예요."

"넌 그게 무슨 말인지 이해도 못 하잖니."

"아니요, 이해해요. 난 나이에 비해 아주 성숙하거든요."

"넌 나이와 상관없이 아주 성숙해. 그렇다고 이게 옳은 일이 되지는 않아."

"삼촌은 뭐가 옳은지 항상 알고 있어요?"

"아니, 거의 몰라. 그래서 항상 천천히 생각해야 해. 그동안 눈치 못 챘어?"

"남자들은 너무 멍청해요. 생각도 너무 좁고요." 멜리사는 과장되게 한숨을 내쉬고는 다루기 힘든 인형을 보는 아이의 눈빛으로 나를 보았다. "삼촌은 스스로 많이 안다고 생각하지만 아니에요."

나는 가슴에 총 맞은 시늉을 했다.

"윽, 들켰네. 적어도 그거 하나는 너랑 나랑 의견이 같구나."

다행히 그날 밤 나는 디너파티에 참석해야 했다. 우리는 시내에서 택시를 탔고 둘 다 말이 없었다. 소호에 도착해 멜리사를 건물 입구까지 데려다줬다. 그 애가 4층 초인종을 누르자 앤젤라가 대답했고 윙 소리가 나며 문이 열렸다. 미시는 로비로 들어가면서 재빨리 돌아보았다.

"데이트 고마워요. 즐거웠어요."

메이플소프

발튀스 클럽 작전은 아주 순조롭게 진행되고 있었다. 내심 스스로 리얼리즘 작가라고 믿었던 폴은 그림에서 사진으로 주제를 바꾸자 훨씬 좋아하는 것 같았다. 매주 월요일 갤러리가 문 닫을 시간이 되면 그는 뒤쪽 사무실로 나를 찾아왔고 우리는 같이 사진을 감상했다. 한 주 두 주 지나면서 메이플소프, 조크 스터지스, 샐리 만을 차례로 감상했고 루이스 캐럴의 사진도 골라서 보았다. 폴은 가끔 마리화나를 피웠는데 그동안 나는 고급 코냑을 마시며 클래식 음악을 들었다. 이런 즐거운 시간을 몇 차례 갖고 나자 마침내 폴은 내게 마음을 열었다. 자신의 두 번째이자 더욱 전문화된 PM비디오 쇼에 대한 이야기를 할 정도였다. 〈처녀의 희생〉이라는 제목의 쇼는 인터넷을 통해 비정기적으로 방송되었다.

이 쇼는 이 집 저 집 돌며 여는 하우스 파티의 뉴미디어 버전이라고 할 수 있었는데 파티를 여는 사람이 선택하기만 하면 언제든 라이브 피드가 나타났다. '초대 받아서 쇼를 보는' 방식이라는 것을 알고 나자 어떤 사람들이 이 쇼를 볼지 떠올랐다. 던전 앤 드래곤 게임을 하면서 간간이 이 사이버섹스 리얼리티 쇼를 즐기는 컴퓨터 폐인들, 귀여운 미성년자가 결박당한 요정으로 변신하는 모습을 보고 싶어 애가 닳은 일본 월급쟁이들이겠지. 접속 암호는 이메일을 통해 회원들에게 비정기적으로 발급되었다. 폴의 권유에 따라 나는 어느 날 밤 혼자 침실에서 〈처녀의 희생〉 에피소드 하나에 접속했다.

번쩍거리는 포르노 광고창들이 둘러싼 가운데 라이브 액션 프로그래밍이 나타났는데 중요 콘셉트는 쇼의 제목에 나타나는 그대로였다. 영상의 수준은 크게 중요하지 않았다. 기본적으로 누군가의 지하실에서 열린 마약과 음악이 난무하는 파티가 배경인 듯했고 마지막에 저속한 첫 경험이 추가되는 방식이었다. 이 의식에는 언제나 확실한 처녀가 등장했는데 이번 에피소드에는 중학생 정도로 보이는 날씬한 갈색머리 아이였다.

"이놈의 미술계 인간들 진짜 알아줘야 돼요." 며칠 뒤 미술관 도록을 함께 살펴보다 폴이 말했다. "밥맛 없는 것들. 주제는 똑같은데 난 감옥에 갈지도 모르고 자기네들은 ICP*에서 회고전을 열잖아요."

"다르지."

"어떻게요? 조명을 잘 쓰면 법망을 피해갈 수 있기라도 한가 보죠?"

"너는 그 사람들보다 너무 멀리 나가."

"그래요?" 폴은 어깨를 으쓱했다. "그거야 내가 솔직해서죠. 그런 걸 좋아한다는 사실을 숨기지 않으니까."

"ICP가 좋아하는 작가들은 숨기고?"

폴은 고개를 끄덕였다. "별 이유도 없이 이런 것들에 기분 나빠

* 국제사진센터, 뉴욕 맨해튼 소재 – 역주.

하는 사람들, 그거 왜 그런지 알아요? 자기에게 있는 어른 콤플렉스를 거꾸로 아이들에게 투사하는 거라고요. 정작 애들은 하나도 신경 쓰지 않는데 말이죠."

"정말 그렇게 생각하나?"

"어쨌든 그 귀여운 아이들은 몇 년만 지나면 다들 환장하고 달려들 거예요. 고등학생 중에 안 하는 애들이 있을 것 같아요? 있으면 말해봐요."

"모르겠어."

"거봐요. 그냥 자연스러운 거라니까요. 내 말을 믿어요. 어릴 때 시작할수록 더 잘 알게 되는 법이죠. 태국이나 캄보디아 애들한테는 섹스가 놀이에요. 그러니까 계속 웃으면서 내일 또 오라고 하죠."

"그건 연기일지도 모르지."

"직접 가서 해보고 난 다음에 얘기해요."

나는 폴이 그런 얘기를 그만했으면 싶었다.

"저 사진집에 실린 아이들을 봐요. 열 살이나 열두 살쯤 됐겠죠. 저런 뿌루퉁한 표정이랑 포즈가 우연히 나왔다고 생각해요?" 그는 웃음을 터뜨렸다. "설마. 누군가가 카메라를 갖다 댄거죠. 연출한 거라고요. 인터넷에서는 좀 더 투박하고 천박해 보이도록 만들어요. 그래야 팔리니까."

"타깃 마케팅인가?"

"네, 사이버 세상의 판타지죠."

"현실은 뭔데?"

"대부분은 애들이 그냥 재미있게 놀고 있는 거죠."

"그럼 왜 있는 그대로 촬영하지 않는 거지?"

"아실 거 아녜요, 그건 예술이 아니라는 거. 난 홍보에 써먹을 나만의 트레이드마크를 만들었어요. 외설은 돈이 돼요. 맥아더상은 못 받겠지만."

"그럼 네 작품과 이 작품들이 차이가 없다고 생각하나?"

나는 쌓여 있던 사진집들을 가리켰다. 하나같이 공들여 만든 것이었다.

"이 예술이니 개술이니 하는 것들을 보는 머저리들이 눈이 먼 게 아니라면요. 엄밀히 따지면 설정은 똑같아요. 예쁜 애들을 찾아서 옷을 반쯤 벗기고 섹시한 포즈를 요구한 다음 나머지는 보는 사람들에게 마음대로 생각하도록 맡기는 거죠. 추리닝 바람으로 타임스 스퀘어의 스트립쇼 부스에 가는 사람이 보든 브리오니 정장을 빼입고 메트로폴리탄 미술관 전시 프리뷰에 가는 사람이 보든 다 똑같이 낡아 빠진 장치라고요."

"하지만 자넨 그걸 상상에 맡겨두지 않았어. 전부 아주 적나라하게 드러냈지."

"솔직한 것도 죄가 되나요?"

"주제에 따라서는."

"대체 당신 같은 노친네들은 왜 그러는 거죠? 왜 섹스를 죽고 사는 문제처럼 다루냐고요."

"그런 문제 아니었어?"

"이 애들한텐 아니에요. 같이 놀고 비디오 게임도 하고 서로 흥분시키기도 하죠. 그게 뭐 대단한 일인가요?"

가망이 없었다. 내가 무슨 말을 하든 폴은 자기 영상이 현실에서 생생한 피해를 끼친다는 사실을 이해하기는커녕 피해 같은 것이 생긴다는 생각조차 하지 못했다. 그에게는 모든 것이 멋들어진 가상현실 게임 같았다.

우리의 의견이 다른 부분은 또 있었다. 나는 미장센이 온화한 사진을 좋아했다. 이를테면 눈이 맑고 관능적인 해변의 소녀들이나 진하게 화장을 하고 목욕타월을 두른 아이들 사진 같은 것이다. 반면 폴은 더 강렬하고 날것의 느낌을 좋아했다. 알몸의 젊은 남자가 발기된 채 역시 알몸인 채 묶여 있는 여자 위로 몸을 숙여 총을 겨눈 사진 〈Brother and Sister〉나 실제든 연출이든 중요하진 않지만, 10대 불량배들이 거울 앞에서 강간하는 모습을 담은 〈They Found Her in Bryant Park at 8 A.M. and Took Her Home〉 같은 작품들이 그가 제일 좋아하는 것이었다.

"래리 클라크." 폴이 나지막이 말했다. "그는 제게 신이에요."

바로 그때 나는 작전의 다음 단계를 실행할 용기가 생겼다.

"클럽 회원들 중에 인터넷에서 영상을 본 사람들이 있더군. 하지만 내 고객들이 보기에는 전반적으로 과정이 너무 어렵고 복잡해. 원하는 게 바로 손에 들어오는 데 익숙한 사람들에겐 짜증나는 일이라고."

"하이라이트 테이프를 사실 수 있어요."

"뭘 산다고?"

"시즌마다 최근 영상의 하이라이트를 모아서 비디오테이프로 만들거든요. 인터넷에서도 팔고 아시아 여기저기 길거리에서도 팔아요."

"현금 다발이 들어오겠군."

"돈 들어오는 속도가 세는 속도보다 빠르다던데요."

"하지만 거기 나오는 것도 가상 행위인 건 마찬가지겠지?"

"그럼 어떤 걸 원하는데요?"

나는 진지하다는 것을 보여주려고 일부러 1, 2초 정도 뜸을 들인 뒤에 대답했다.

"진짜로 하는 거. 라이브로."

폴은 움찔했다. "그건 너무 전위적인데요."

"돈이 되기도 하지. 발튀스 클럽 회원들과 그들의 친구들은 직접 참여할 수만 있다면 값은 크게 쳐줄 거야. 벤처투자가, 헤지펀드 매니저, 기업 중역인 사람들이야. 미술관 자선행사에서 자리 하나에 1만 달러를 내고 사. 자기 쇼는 그보다 좀 더 재미있을 테고."

탐욕 때문에, 포르노 장사꾼 윗선들 앞에서 영웅이 될 수도 있다는 생각 때문에 폴의 반감이 점점 약해지고 있는 것이 보였다.

"인원이 어느 정도인데요?"

"클럽 회원은 스무 명 정도야. 회원들마다 이런 데 관심 있는 친구들이 적어도 두어 명씩은 있을 테고."

"인원 수는 관리하기 수월할 만큼 적은데 돈은 크게 쓰신다?"

"바로 그거지."

이상하게도 모스는 우리 대화가 특이하다고 생각하지 않았다. 그의 관심은 온통 내가 전시회를 열어주는 일과 발튀스 클럽 회원으로 자신을 추천해주는 일에만 쏠려 있었다. 그는 머릿속으로 이미 클럽 회원들을 상대로 영업질을 하고 있었다. 나머지 일은, 그러니까 돈 많은 문화 애호가 양반들이 직접 보는 앞에서 카메라를 설치하고 미성년자를 범하는 일은 비누 광고를 찍는 것만큼이나 평범한 일이었다. 폴은 큰 돈을 벌 생각에 흥분했고 기술적인 도전에 강한 흥미를 느꼈으며 그러면서도 예술적 결정권은 지키겠다고 결심했다. 희생양에게 마약을 먹인 효과가 최대로 나타나도록 지금처럼 친밀감을 느낄 수 있는 좁은 공간에서 촬영하겠다는 것이다. 다른 생각은 머릿속에 없었다.

"윗분들한테 말해볼게요." 마침내 폴이 말했다. "새로운 시각을 좋아할지도 몰라요."

"벌어들일 돈다발을 생각하면 더욱 그렇겠지."

"그래야 할 텐데요. 장난질이 아니니까요. 새미를 설득해주셔야 할 거예요. 일을 더 진행하려면 그 사람이 아이디어를 승인해줘야 하거든요."

나는 래리 클라크 사진집을 책장에 다시 꽂아놓고 돌아서서 폴을 보았다.

"걱정하지 마. 여기 있는 작품들을 본 적이 있나? 난 뭐든 팔 수 있다고."

"그럼요." 폴은 웃음을 터뜨렸다. "소호 사람들은 다 알죠."

이제 넘어야 할 중요한 장애물이 딱 하나 남았다.

"그 사람이 발튀스 클럽 회원인 걸 혹시 알고 있나? 네가 못 믿을 만한 사람이 있는데."

"누구요?"

"그 미친 친구 있잖아. 호건이라고, 우리가 만난 날 페니 레인의 분장실에 같이 있었던 사립탐정 말이야."

"젠장, 그 짜증나는 놈한테 무슨 돈이 있다고요?"

"그는 회비 면제야. 단속반의 옛 동료들에게서 우리를 보호해주거든."

"그 개자식한테 구린 데가 있을 줄 알았어요. 그날은 왜 그렇게 시랄을 떨었대요?"

"네가 겁에 질리는지 보려고. 올리버 사건을 조사 중인데 지지부진하거든. 필사적인 몸부림이었던 거지."

"그런 짓거리는 불법이어야 하는데 말이죠."

"아마 그럴걸. 그 친구 수법이 좀 그래."

"이번 일에 그 사람이 껴야 되나요?"

"우린 그가 필요해. 덕분에 우리 모두 감옥에 가지 않을 수 있으니까."

"그놈을 보증할 수 있어요?"

"호건은 우리 사람이야. 발튀스 클럽의 우수 회원이지. 다른 말이 필요한가?"

"믿는다고 확실하게 말해봐요."

"내 목숨이라도 걸지."

폴은 나를 잠시 재보는 듯했다. "새미와 일이 잘 안 풀리면 바로 그 목숨을 내놔야 할 거예요."

그런 협박은 효과가 있었다. 멜리사가 폴과 그의 뒷배를 직접 만날지도 모른다는 위험이 없었다면, 더 나아가 필립과 맨디에게 진 우정의 빚이 아니었다면 나는 거기서 멈췄을 것이다. 아직은 안전하고 나만 외면하면 되는 그 지점에서.

"잘못될 일은 없어. 호건은 특별 거래를 할 때 수도 없이 도와줬어."

"그래서 그놈을 참아주는 거예요?"

"그럴 수밖에. 예술작품을 창의적으로 거래하려고 할수록 보호가 필요한 법이니까."

폴이 내 이야기를 다 믿는지 자신할 수는 없었지만 도박을 좋아하는 그의 피가 솟구치는 건 확실히 느낄 수 있었다.

"좋아요. 어떤 작자인지 한번 보죠."

발타자르

폴과의 만남에서 거둔 첫 번째 성과는 일주일 뒤에 나타났다. 그때 나는 멜리사를 데리고 발타자르로 저녁식사를 하러 갔고 앤 젤라는 작업실에서 전시회 작품을 마무리하고 있었다. 멜리사는 옷을 세 번 갈아입은 뒤에야 심플한 검은색 원피스를 입기로 마음을 정했다. 프랑스풍 작은 식당에서 언제라도 영화배우 크리스 토퍼 워컨을 만날 수 있다고 확신했기에 캐주얼하고 도시적인 세련된 느낌을 제대로 갖추고 싶어 했던 것이다.

"요새 폴 모스와는 어떻게 지내?"

우리는 벽에 붙은 긴 의자에 앉았는데 그 덕에 멜리사에게 동굴 같은 방이 잘 보였다.

"그 오빠 정말 미친 거 같아요. 맨디 아줌마 노트북을 꼭 빌리고 싶다는 얘기만 해요. 그래야 테이프를 기록할 수 있다면서요."

나는 표정을 숨기려고 안간힘을 다했다. "너한테 맨디의 노트북이 있어? 맨디가 침대 옆에 놔두고 쓰던?"

"음, 네." 멜리사는 틈틈이 벽에 걸린 커다란 앤틱풍 거울을 흘끔대며 유명인들이 있지 않은지 계속 주위를 살폈다. "그게 잘못한 거에요? 폴 오빠가 나보고 그 노트북을 빌리라고 했어요. 그 일로 얼마나 오랫동안 날 괴롭혔는지 몰라요."

"언제부터?"

"올 여름부터요." 멜리사는 앙심을 품기라도 한 눈으로 쌀쌀맞게 나를 보았다. "삼촌이 멀리 유럽에서 놀고 있을 때였죠."

"폴은 노트북이 왜 필요하대?"

"모르죠. 처음에는 그냥 내가 그걸 갖고 있으면 좋겠댔어요. 온라인에서 같이 놀자고요. 밤에 채팅도 하고요."

"그거 말고 다른 건?"

"뭐 농담도 하고 바보 같은 사진도 보고 그런 거겠죠."

나는 가까스로 평온한 목소리를 유지했다. "그런데 갑자기 자기도 그 노트북을 쓰고 싶다고 했다고? 너희 집에 갈 구실을 찾는 것 같은데."

"맞아요. 맨날 그랬어요."

"웨스트체스터에 살 때?"

"거기서도 그랬고 소호에서도요. 트라이베카에 있는 자기 로프트로 날 초대하기까지 했어요."

"그래서 갔어?"

"아니요, 삼촌 생각하느라 정신이 없었어요. 우리에 대해 생각하느라고요."

"드디어 나도 쓸모가 좀 생겼구나."

"아주 조금요."

"폴이 뭐라고 하면서 노트북을 빌려오라고 했어?"

"자기 소원이래요. 그냥 내 방에 잘 놔두면 됐댔어요. 어맨다 아줌마한테는 학교 현장학습 갈 때 필요하다고 둘러대랬고요."

"노트북을 가져온 건 언제니?"

멜리사는 먼 곳을 보았다.

"아줌마가 총에 맞기 전 주말이었던 것 같아요."

"그때 아줌마는 어땠어?"

"괜찮았어요. 아빠가 떠나서 굉장히 안절부절 못했던 것만 빼고요. 저한테 '미시, 남자들은 절대 집에 오래 머물지 않는단다. 남자들은 죄다 집 공포증이라도 있나봐. 너도 익숙해지는 게 좋을 거야'라는 말도 했고요."

"맨디가 화난 것 같았어?"

"평소랑 비슷했어요. 아줌마는 화를 잘 내잖아요."

"그런데 맨디가 궁금해하지 않았어? 네가 노트북을 왜 빌리는지. 넌 노트북이 없니?"

"데스크톱밖에 없어요. 그리고 아줌마는 항상 뭔가를 빌려주거나 선물해줬어요. 내가 아줌마를 싫어하지 않도록 말이에요."

"맨디의 작전이 효과가 있었어?"

"어느 정도는. 지금은요."

"맨디가 죽어서?"

"네. 그게 이상해요?"

"아니. 죽은 사람은 언제나 산 사람보다 사랑하기 쉬운 법이지."

멜리사는 물어보고 싶은 게 있는 듯한 눈길로 나를 보았다.

"덜 싸우기도 하고. 노트북을 빌려오고 난 다음 폴을 집으로 부른 적 있어?"

"없어요. 벌써 백만 번은 말했잖아요. 아니라고요."

"폴이 넌 특별하다고 말한 적은?"

멜리사는 머뭇거렸다. "음, 난 특별하잖아요. 아니에요?"

"아주 특별하지." 나는 눈을 떨구고는 괜히 메뉴판을 만지작거렸다. "마지막으로 폴을 만난 게 언제야?"

"일요일에 같이 센트럴파크에 갔어요. 교복 입은 내 모습을 몇 장 찍던데요."

"하지만 너희 집에는 안 갔고?"

"말도 안 돼. 안 갔어요. 그 호건이라는 아저씨가 며칠마다 찾아와서 엄마에게 질문을 해대며 괴롭히는 것만으로도 우리 집은 충분히 상황이 안 좋아요. 진짜로 질문만 하고 있는 건지는 모르겠지만요."

"그렇게 자주 만난다는 얘기는 못 들었는데."

"뻥 치지 말아요, 명탐정 삼촌. 그러길 바랐던 거 아니에요?"

"넌 진짜 의심이 많구나."

"그게 아니라, 엄마의 데이트 상대라는 사람들이 시도 때도 없이 나타나는 거에 질렸을 뿐이에요."

"질투하는 거야?"

"엄마를요?" 멜리사는 웃음을 터뜨렸다.

"폴의 제안을 받아들일 만큼 질투가 났을지도 모르지."

"윽, 그만 좀 해요. 왜 그렇게 꼬치꼬치 캐물어요?"

"네가 안전하다는 걸 확인하고 싶어서 그래."

멜리사의 눈빛은 나에게 정확하게 집중되었다가 부드러워졌다. "알겠어요, 그럼 나한테 다정하게 대해줘요. 원래 그래야 하는 거예요."

"우리가 가끔 자기 얘기를 한다는 걸 폴에게 말한 적 있어?"

아이의 눈빛이 다시 위축되었다. "삼촌이 말하지 말라면서요. 그래서 안 했어요."

"잘 했구나."

"난 언제나 삼촌 말대로 한다고요."

"정말이니? 왜?"

"우린 이제 커플이니까요. 바보."

"아, 그렇지. 내가 그걸 어떻게 잊어버리겠니?"

멜리사와 함께 음식을 먹는 동안 나는 계속 다른 주제로 대화를 유도했다. 미시의 거짓말을 정면으로 반박하기에는 아직 너무 일렀다. 호건이 조사 중이므로 머지않아 누가 누구를 지키려 하는지 밝혀질 것이다. 멜리사는 사건이 일어나기 전 주말에 절대 노트북을 빌릴 수 없었을 것이다. 살해당하던 날, 그러니까 수요일 아침 맨디가 내게 이메일을 보냈기 때문이다. 그녀는 필립이 소중히 여기는 데스크톱을 사용하진 않았을 것이다. 암호가 너무 복잡해 필립도 표시해가면서 확인해야 할 정도였으니까. 그보다 혹시라도 누가 노트북을 우연히 발견했을 때를 대비해 폴이 멜리사에게 날짜를 앞당겨 말해주었을 가능성이 높았다. 그 말인 즉 맨디가 살해당하기 전이 아닌 후에 그녀가 아닌 폴이 미시에게 노트북을 주었다는 뜻이다. 아니면 미시가 다른 누군가를 보호하려고 자기 마음대로 말했거나.

멜리사는 좋아하는 후식인 크렘 프레슈를 곁들인 타르트 타탱을 먹은 뒤 내 왼팔에 손을 올렸다. 나는 반사적으로 뿌리쳤다. 호기심에 찬 멜리사의 손가락에 그 팔의 장애가 얼마나 생생하게 느껴질지 알았기 때문이었다.

"그러지 말아요. 느껴보고 싶단 말이에요."

"멀쩡한 팔을 만져봐. 진짜 단단한 근육을 느낄 수 있을 거야."

"싫어요. 이쪽 팔이어야 해요. 이 팔도 삼촌의 일부인 걸요."

멜리사는 납작해진 내 팔꿈치를 잡더니 죽은 것과 다름없는 팔을 앞으로 당겨 식탁 위에 올려놓았다. 그런 다음 쓸모없는 팔뚝을 손가락으로 천천히, 세밀하게 만지며 올라오다가 갑자기 홱 움직여 망가진 관절과 어깨 사이의 살을 잡았다.

"여기는 할머니 팔 같아요. 스펀지 같은 느낌이 맘에 들어요."

"취향이 독특하구나. 그런 말을 한 사람은 아무도 없었어."

"사람들이 몰라서 그러는 거예요."

오른손으로 뺨을 가볍게 꼬집자 멜리사는 얼굴을 찡그렸다. 이윽고 아이의 손은 내 팔뚝으로 미끄러졌다.

"원래 이랬어요?"

"아니, 어릴 땐 양팔 모두 건강했어. 다른 바보 같은 남자애들처럼 말이야."

"무슨 일이 있었는데요?"

"내가 어른이 됐지."

"농담하지 말고요."

"그 얘기는 그만하자. 별로 재미없어."

"내가 정할 거예요. 이제 난 삼촌의 가장 친한 친구잖아요. 잊었어요?"

멜리사가 하도 뻔뻔하게 요구하는 바람에 지루한 옛날이야기를 할 수밖에 없었다. 갤러리 업계에 뛰어든 초창기 시절 나와 폴레트 메이슨은 어느 오스트레일리아 조각가의 전시를 준비하고 있었다. 그의 작품은 두께 10센티미터의 화강암 판석들이 비스듬하게 서로를 떠받치며 외팔보 형태의 뚜렷한 기하학적 구조를 하고 있었다. 작품을 구성하는 판석은 정확한 순간에 정확한 순서대로 정확한 위치에 배치되어야 했다. 그렇게 배치된 결과물은 삐딱하게 비대칭을 이루어 위태로운 모습으로 고정되었는데, 그 고정된 상태에서도 보여지는 위태함이 그 작품의 힘이자 신비였다. 그리고 판석들 간의 균형이 안정과 불안정, 질서와 혼돈 사이에서 털끝 하나 차이로 유지된다는 것이 우리가 작품을 팔 때 내세운 포인트였다.

설치 담당자들이 도르래 장치, 잭, 윈치를 가지고 3일 동안 작업해 모든 준비를 마쳤다. 목요일 개막을 앞둔 수요일 밤, 폴레트가 로스앤젤레스에서 온 고객과 저녁식사를 하러 나간 뒤 나는 남아서 팩스를 보내고 선적 지시서와 보험 양식을 복사했다. 9시쯤 갤러리에서 나가려던 참에 높이 약 2.1미터, 무게 약 544킬로그램짜리 돌무더기 작품인 〈Stone Assemblage #6〉의 부품 사이 바닥에 떨어진 포장 테이프 조각이 보였다. 나는 쓰레기를 집으려고 무심코 손을 뻗다가 미끄러졌다.

"아, 젠장." 멜리사가 말했다.

그 뒤는 잘 기억나지 않지만 아무튼 조각이 무너졌고 나는 바닥에 깔렸다. 판석은 쾅 소리를 내며 떨어져 깨졌고 그러면서 내 팔의 위아래 뼈를 모두 부러뜨렸으며 팔꿈치를 가루로 만들었다. 그나마 운이 따랐다면 무거운 돌이 임시로 지혈대 역할을 했다는 것 정도랄까. 팔이 너무 꽉 눌리는 바람에 목숨이 위험할 만큼 출혈이 있지는 않았다.

"소리 질렀어요? 울었어요?"

"모르지 뭐. 잠깐 기절했거든. 정신이 들었을 땐 확실히 미친 듯이 소리를 질렀어. 뭐라고 말을 하긴 했는데 듣는 사람이 아무도 없었어."

경비원이 갤러리 문을 확인하러 온 시간은 12시 30분이었다. 그때까지 나는 돌무더기에 깔린 채 똑바로 누워 많은 생각을 했다. 주로 통증에 대해 생각했지만 내 모든 사고와 감각이 끝장나서 존재하지도 않았던 것처럼 완전히 빈 상태로 맞이하는 죽음이 얼마나 아름다운가 하는 생각도 조금 하기는 했다. 고통이 덜한 순간에는 나탈리와 파리의 길모퉁이에서 비를 맞으며 택시를 기다리던 때를 떠올렸다. 우리가 함께 한 모든 시간 중 열정도, 싸움도, 수많은 파티도 없던 때는 그때뿐이었다. 라 사마리텐 백화점 앞 루브르 강변에서 그때 우리 둘은 비에 젖어 깔깔대며 웃고 있었다.

다시 살고 싶은 지극히 평범한 순간들의 목록도 만들어봤다. 커피와 아침에 먹는 브리오슈, 건조기에서 꺼낸 양말, 뉴욕 지하철 회전문에 토큰 떨어뜨리기, 책 읽을 때 앉는 의자 옆 스탠드 켜기, 호건의 대머리, 이륙 직전에 도장을 찍어주는 에어프랑스 탑승권… 경비원이 오지 않았다면 목록은 끝도 없이 이어졌겠지.

"팔이 멀쩡하던 때가 그리워요?"

"아니, 이젠 아니야."

"그럼 다행이네요."

멜리사는 아주 영리했기에 이제는 그 상실감이 내 이름만큼이나 자연스러운 내 일부라는 것을 이해했을지도 몰랐다. 나는 처음부터 끝까지 계속 그런 식으로 뭐가 좋고 나쁜지 따지지 않고 살아왔으니까.

"어떻게 보면 그 사고 때문에 내 인생이 폈지. 폴레트가 가입한 보험사에서 나한테 엄청 큰돈을 줬거든. 그 돈으로 내 갤러리를 차렸고 폴레트의 고객 3분의 1을 빼왔어. 그녀는 여전히 날 용서하지 않았어. 지금도 나를 욕하고 다니지."

"너무 못됐어요."

"하지만 그녀가 했던 말 중에 맞는 말도 하나 있지. 그 사건으로 내가 변했다는 거. 나 스스로도 못 알아볼 만큼."

"어떻게 바뀌었는데요?"

"내 머릿속이 바뀌었어."

미시는 어리둥절한 채 생각에 잠겨 나를 보았다.

"다치면 소리를 지르잖아. 소리를 안 지르면 흐느끼게 돼. 호건이 가르쳐줬지. 나중에 사람들이 이야기하고 싶어 하지 않는 건 바로 그 흐느낀 일이야."

"음, 삼촌의 지금 모습이 좋아요. 안 그랬으면 별로 다정하지 않았을 테니까요."

"어째서?"

"대부분의 남자들은 안 그렇대요. 엄마가 그랬어요." 멜리사는 뒤로 기대 앉으며 목소리를 낮춰 속삭였다. "잔뜩 만나봤으니까 당연히 알겠죠. 밤에 집에도 안 들어오고, 항상 느끼한 남자들이 얼쩡대게 만들고."

"그런 말 하지 마. 멜리사, 엄마는 싱글이잖아. 즐거운 시간을 보낼 권리가 있어."

"아빠가 우리랑 같이 있었을 땐 그렇지 않았겠죠. 가끔은 아빠한테 화가 나서 미칠 것 같아요."

"왜 화가 나니?"

"우릴 버렸잖아요. 그래서 엄마가 창녀처럼 살게 만들었잖아요."

맨디의 노트북

우리가 우스터가로 돌아왔을 때 앤젤라는 여전히 작업에 열을 올리고 있었다.

"어서들 와. 거의 끝나가니까 둘이 잠깐 놀고 있어."

앤젤라는 주사기로 작품의 작은 조각들을 붙이고 있었다. 그녀가 그런 주사기로 실물 크기 조각에 진짜 머리카락을 붙이는 것을 본 적이 있었다. 방진마스크를 쓴 그녀는 수술실 간호사 같았다. 다행히 합성수지에서 나오는 연기를 위로 빨아들여 지붕으로 내보내는 환기팬 정도는 자기 돈으로 설치해놓았다.

"노트북은 어디 있어?"

"내 보물상자에요. 보실래요?"

우리는 작업실의 냄새와 눈부신 빛에서 벗어나 멜리사의 방으로 갔다. 방문을 닫자 빛이 절반으로 줄었다. 아이는 어수선한 침대에 털썩 앉더니 침대 밑으로 손을 뻗어 노트북을 꺼냈다.

"여기 와서 앉아요. 안 물어요."

나는 그 옆에 앉아 부팅 중인 노트북 화면을 보려고 몸을 가까이 숙였다. 멜리사는 '내 편지함' 아이콘을 클릭하며 말했다.

"이게 삼촌이 찾는 부분인 것 같아요."

"이번에도 정답인데."

"놀리지 말아요. 감언이설에 대해선 지난주에 다 배웠어요."

나는 손을 뻗어 키보드를 두드린 다음 스크롤을 내렸다.

"네가 맨디네 집에서 노트북을 가져왔다고 한 시점이 틀린데. 온라인에서 맨디 행세를 한 거니?"

멜리사는 웃음을 터뜨리더니 노트북을 닫았다. 화면을 닫는 사이에 원피스 끝자락이 무릎 위로 살짝 올라갔다. 검은색 옷감은 날씨에 비해 너무 얇았고 멜리사의 방처럼 현실과 약간 어울리지 않았다.

"폴 오빠가 시킨 대로 했을 뿐이에요."

"조심하렴." 나는 멜리사의 관자놀이 언저리에 흘러내린 머리카락을 뒤로 넘겨주었다. "미시, 널 굳게 믿는다."

"그래야죠. 난 믿을 만하거든요."

"폴이 노트북을 보겠다고 마지막으로 요구한 게 언제지?"

"며칠 전이요. 엄마가 없을 때 집에 오겠다고 계속 그랬지만 허락하지 않았어요."

"잘 했구나."

"그 오빠는 매력 있고 다정하지만 어쩐지 좀 역겨워요."

"네가 아는 것 이상으로."

멜리사는 기대에 찬 눈으로 나를 보았다.

"폴 얘기는 나중에 하자. 지금은 노트북이 필요해."

"좋아요. 다른 사람한테 말하지만 말아요."

"이건 우리 둘만의 작은 비밀이야. 넌 비밀을 좋아하지?"

"가끔은요. 그런데 폴 오빠도 그런 걸 물어봤어요."

"그래? 멜리사, 만약에 폴이 정말 나쁜 짓을 했다면 내가 그를 잡도록 도와주겠니?"

"얼마나 나쁜데요?"

"그건 아직 말할 수 없어."

"상관없어요. 난 뭐든 삼촌 말대로 할 거니까요. 다정하게 부탁하기만 하면요."

나는 일어나 노트북을 검은색 커버에 넣으며 가야겠다고 말했다.

"왜요? 같이 놀고 싶지 않아요?"

"나도 그랬으면 좋겠네."

"그럼 그렇게 해요. 게임 같은 거 엄청 많단 말이에요." 아이는 새로 손톱을 손질한 손으로 내 소맷자락을 잡았다.

"사실 지금 노는 건 좀 아닌 것 같구나."

"말도 안 돼. 왜요? 내일 학교 가는 날이라서요?"

"그래, 비슷해."

"숙제는 벌써 다 했어요."

"잘 했구나. 나도 이제 일해야겠다. 이 노트북으로."

"딱 한 시간만 더 있다 가요. 삼촌은 어른이니까 원하는 대로 다 할 수 있잖아요."

"아니야, 미시. 어른이라서 할 수 없는 거야."

"겁쟁이."

"그래, 맞아. 가끔은 두려움이 우리에게 있는 것들 중에 가장 좋은 것일 수 있단다."

날 배웅하길 한사코 거부하며 아이는 다리를 끌어안고 앉아 미소 지었다.

"가끔이지 늘 그런 건 아니죠?"

멜리사는 여러 가지로 날 겁나게 했는데 거짓말을 쉽게 하는 점이 특히 그랬다. 그것도 어쩌나 아름답게 거짓말을 하던지 감동받을 정도였다. 그 애의 거짓말은 잘 고른 단어 몇 개만으로 당신이 원하는 대로 현실을 바꿀 수 있다는 가능성을 내비치는 식이었다.

"이번에는 두려움이 이겼어."

미시는 한숨을 내쉬었다. 나는 돌아서서 재빨리 로프트를 가로질러 앤젤라를 향해 살짝 손을 흔들고는 밖으로 나갔다.

론 애시

노트북을 건네받은 뒤로 호건은 어맨다의 남자친구에게 집중하기 시작했다. 운 좋게도 얼마 지나지 않아 폴은 P.S.122에서 열린 론 애시의 공연에 우리를 초대했다. 이스트 빌리지의 엘리베이터도 없는 건물에 있는 대안 공간에 임시 무대가 설치되었고 무대 맞은편에 접이식 의자가 놓였다. 공연이 시작되기 전부터 사람들은 술렁이고 있었는데, 모든 관객들이 입장에 앞서 서약서에 서명할 때까지 대기 장소에서 기다려야 했기 때문이었다. 이제 곧 보게 될 '의식'에 피가 나오고 자발적으로 느끼는 고통이 포함되었음을 이해한다는 내용의 한 장짜리 서류였다. 이 작품에 정부 기금을 사용하지 않았다는 것을 확인하는 내용도 있었다.

"이 헛소린 대체 뭐야?" 호건이 궁금해했다.

"이 예술가가 예전에 미니애폴리스에서 시의원인가 하는 사람과 논란이 있었던 적이 있어. HIV 바이러스에 감염된 피로 공중보건을 위협하고 변태적이고 신성모독적인 예술에 세금을 낭비한다는 거였지. 알잖아, 중부 지역 사람들 보수적인 사고방식. 애시는 그 야단법석에 크게 스릴을 느낀 게 확실해. 이제 작품에 대한 경고가 공연의 일부가 됐어. 관객을 애태우는 거지."

야구모자를 거꾸로 쓴 폴이 비디오카메라를 들고 관객들 사이를 다니면서 당황스럽지만 단호하게 냉정을 유지하려는 그들의 얼굴을 촬영했다.

"와주셔서 좋네요." 폴은 카메라를 끄지 않고 말했다. "론은 대단해요. 그리고 호건 씨도 PM비디오에서 어떤 걸 보여주는지 맛보기로 볼 수 있을 거예요."

그 다음 폴이 눈에 띈 것은 호건과 내가 줄을 서서 객석으로 들어갈 때였다. 그는 뒤쪽에 삼각대를 놓고 무대를 향해 카메라를 고정하고 있었다. 자리에 앉자 호건이 최근에 조사한 내용을 되는대로 알려주었다.

"윌리엄스버그에 있는 클라우디아 집에 다시 갔어. 이웃집들도 다 조사했고."

"뭐라도 나왔어?"

"충분히. 같은 건물 두 층 아래 작업실에서 일하는 젊은 남자가 있더군. 클라우디아를 짝사랑하고 있어. 먼 발치에서."

"그런 사람이 건물 전체에 한 명뿐이라고?"

"이 남자는 특별해. 맨해튼에서 어맨다 올리버가 살해당한 바로 그 시간에 브루클린에서 클라우디아와 점심을 먹었거든."

"확실해?"

"5월 4일. 이 남자는 몇 주 동안이나 그 순간을 계획했어. 자기 열정을 표현하고 싶었던 거지."

"그래서 표현은 했고?"

"응. 그리고 클라우디아가 이렇게 말했대. '정말 고맙지만 난 애인이 있어요.' 남자는 마음이 무척 아팠지만 그 와중에도 잊지 않고 영수증을 챙겼어. 식당 가운데 큰 연못이 있는 타이 음식점이었는데 날짜, 시간, 메뉴까지 영수증에 찍혀 있더라고."

"그 남자는 왜 영수증을 가지고 있었지? 세금 때문에?"

"아니. 일기장에 테이프로 붙여놨더라고. 그 옆에 짝사랑 이야기를 서사시 수준으로 구구절절 적어놨고. '5월 4일. 그토록 기다린 클라우디아와의 점심. 내 간절한 사랑을 전했지만 거절당함. 이제 인생은 무의미하다… 온통 암흑' 뭐 이딴 식으로."

"아주 감동적이구만."

"그런데 말야. 나도 클라우디아와 비슷한 경험이 있어."

불이 꺼지자 관객들의 소리가 잦아들더니 완전히 사라졌다.

"그 이웃 남자가 클라우디아에게 그만큼 미쳐 있다면 아무리 일기라고 해도 전부 거짓말일 수 있어."

"맞아." 호건이 고개를 끄덕였다.

공연은 애시가 홀로 등장해 퍼포먼스를 펼치는 것으로 시작되었다. 30대 초반에 체격이 다부진 그는 머리를 밀고 정교한 문신을 했다. 얇은 천으로 몸을 감싼 채 연단에 근엄하게 서있던 그는 직접 녹음한 근본주의 설교가 나오자 모자 고정핀 모양의 긴 바늘 네 개를 자기 종아리와 허벅지에 천천히 찔러 넣었다. 또 다른 탐침으로는 한쪽 볼을 찔러 혀 위를 지난 다음 반대편 뺨으로 나오도록 했다.

간단한 워밍업이 끝나자 다른 공연자들이 한 사람씩 등장했다. 어떤 사람은 검정 가죽 부츠 한 짝을 어루만지며 이 절박한 페티시 때문에 친구가 몇 번이나 두들겨 맞고 이른 나이에 병으로 죽었다고 탄식했다. 어떤 여자는 낚싯바늘로 몸에 작은 종을 매달고 딸랑딸랑 소리 내면서 춤을 췄다. 가장 인상 깊었던 사람은 목욕가운을 입고 나온 마르고 키 큰 남자였다. 그는 정맥주사 스탠드를 굴리며 무대 중앙으로 발을 끌며 걸어 나왔다. 그리고 그곳에서 가운을 열어 식염수가 음낭으로 곧장 주입되는 모습을 보여주었다. 음낭은 중간 크기의 자몽 정도로 크고 단단하게 부풀어 있었다. 그는 뭔가 애처로운 사연을 주절거렸다.

주역인 애시는 몇 차례 다시 등장했다. 한 번은 덩치 큰 흑인의 등을 꼼꼼하게 절개해서 피가 그려낸 무늬를 종이타월로 찍어낸 다음 무대 양쪽을 빙 둘러 달아놓은 빨랫줄에 널었다. 그 다음에는 끝부분에 다시 등장해 여자 셋과 결혼식을 올리고 공연단 전원이 피부에 종을 매달고 모여 춤추는 것으로 막을 내렸다.

나는 어느새 아버지의 심정으로 그들의 열정과 젊음과 진지한 마음을 축복하고 있었다. 이들은 어떤 면에서는 찬탄을 받아야 마땅했다. 모두 진심으로 열심이었고 나름대로 매우 대담해 보였다. 이들이 고행을 하며 흘린 피보다 고등학교 미식축구 연습시합에서 흘리는 피가 더 많겠지만.

"정말 대단하지 않아요?" 공연이 끝나고 폴이 궁금한 듯 물었다. "애시는 강력한 메시지를 전달했어요."

"그렇더군." 호건이 대답했다. "여기저기 대주다 보면 인생이 고달파진다는 메시지겠지. 나도 이의 없어."

폴은 자신 없게 웃으며 물러나 관객들의 반응과 평을 촬영하러 갔다.

"그럼 용의자를 갖고 노는 형사는 어떤데?"

"내가 모스를 갖고 노는 걸 두고 하는 얘기야?"

"아니, 앤젤라."

호건은 잠시 말이 없었다.

"상관없잖아. 난 너와 달라. 여기 있는 이상한 사람들과도 다르고."

"다르다고?"

"난 섹스 때문에 판단이 흐려지지는 않아."

"그래? 어떻게 그렇게 자신하는데?"

"잭, 내 일은 내가 잘 알아. 난 내가 하는 일을 예술이나 집단치료라고 부르지 않는다고."

"그래도 그만해줄래?"

"그럴 수 있을 때." 그는 말을 잠시 멈추었다. "아니면 그래야만 할 때."

"그게 언제야? 네가 충분히 얻어냈을 때?"

"아마도. 섹스보단 살인사건이 더 중요해." 그는 외투를 입고 주머니에 손을 깊이 찔러 넣었다. "우린 용의자에게 다가가는 방식이 달라. 적어도 성인 여자와의 섹스는 합법적이잖아."

나는 목소리를 낮췄다. "설마 내가 폴의 파티 게임을 정말 좋아한다고 생각하는 건 아니겠지?"

"누가 뭘 좋아하는지 내가 어떻게 아나? 난 얼굴에 바늘을 찌르고 거시기에 소금물을 집어넣는 일에는 관심 없어." 그는 주위의 관객들을 살펴보았다. "조심해, 플래시. 네가 어울리는 이 사람들 말이야… 현실감각 잃기 딱 좋아." 그는 나를 다시 보더니 눈을 가만히 들여다보다 말했다.

"아무것도 믿지 않으면 아무것에나 속아넘어가."

첼시

개인적으로 나는 클라우디아가 살인범이 아니라는 사실을 알게 되어 기뻤다. 살인을 저질렀다면 그 재능이 아까울 뻔했다. 그러니까 사교적인 재능이.

애시의 공연이 끝난 지 얼마 지나지 않아 그녀는 첼시에 있는 패트리시아 놀스 갤러리에서 전시회를 열었다. 거침없이 붓질한 캔버스 아래 부러움에 찬 작가들이 삼삼오오 모여들어 붐볐다. 많은 사람들이 무료 음료를 내놓는 바에 몇 번씩 들렀는데 그곳에는 미술관 큐레이터, 잡지 에디터, 이름난 평론가, 컬렉터 등 미술계 실력자들이 언제나처럼 뭔가를 노리고 주위를 어슬렁대는 사람들과 일반 시민 관객들 속에 뒤섞여 있었다.

클라우디아는 기막히게 아름다웠다. 보헤미안의 유니폼이라 할 만한 블랙진과 검정 가죽 재킷을 입어 몸매를 별로 드러내지 않았는데도 미모를 감출 수 없었다. 필립도 그녀와 함께 있었다. 아니 적어도 같은 공간에는 있었다. 누군가가 그에게 어두운 색 재킷을 입혀 안마당과 주요 전시 공간 사이에 세워둔 뒤로 계속 혼잣말을 중얼거리고 있었다. 그는 가까이 오는 사람마다 말을 걸었는데 다가가는 사람은 거의 없었다.

앤젤라도 이 자리에 왔다. 그게 비록 클라우디아일지라도 예술가의 상업적, 비평적 성공이라는 것을 직접 보고 싶은 마음을 거스를 수 없었던 것도 있었겠지만, 이른 나이에 노망이 난 필립을 점점 무관심해지는 젊은 애인 품에 내버려둘 수 없었을 것이다. 앤젤라를 탓할 수는 없었다. 그녀는 다들 바라는 전 부인의 모습으로 서서히 변하고 있었다. 한때 무분별한 섹스로 그녀에게 모욕을 주었더라도 사랑하는 남자가 엇나갈 때 그를 버리지 못하고 헌신적으로 돌봐주는 그런 사람으로.

"필립은 어때?"

"그 지긋지긋한 말을 끝없이 지껄이고 있어. '내가 어맨다를 죽인 것 같아요'로 시작되는 거 있잖아."

그 불쌍한 개자식이 어떤 일을 겪고 있는지 알 것 같았다. 나 역시 아내가 죽기를 바랐다고 믿을 뻔한 시절이 있었다. 다른 남자 품에서 몸부림치는 나탈리를 떠올릴 때면 그녀가 나에게만은 죽은 사람이기를, 차라리 나와 상관 없는 사람이거나 애초에 태어나지도 않은 사람이기를 진심으로 바랐다.

나는 필립에게 인사하러 갔다.

"내 계좌는 제대로 있나?"

그가 나를 보자마자 물었고, 그것을 비롯해 온갖 질문을 쉴 새 없이 반복하는 데 짜증이 난 칼 마르크스는 얼마 전 그를 떠났다. 하지만 필립은 칼이 없다는 사실을 알아차리지 못한 것 같았다. 아니, 노트북을 들고 다니며 자료를 계속 보여주던 회계사가 언제나 자기 옆에 붙어 있던 적이 있었다는 사실조차 기억하지 못하는 것 같았다.

"다 잘 있어. 걱정 안 해도 돼."

"내가 얼마나 부자야?"

"엄청나게. 우리보다 천 배는 더."

"그걸로 충분할까?"

나는 그가 가슴팍 주머니에서 뽑았다가 되는대로 쑤셔 넣은 행커치프를 잘 펴주었다.

"그래야만 해. 우리에겐 대안이 별로 없거든."

"그럼 내 딸은? 사랑하는 내 딸 멜리사는? 그 애는 잘 있어?"

"걱정 마, 필립. 내가 돌봐주고 있어."

"착한 아이야. 가끔 이해할 수 없기는 해도 정말 착한 아이지."

"집안 내력인 것 같은데."

클라우디아가 상기된 표정으로 다가왔다. 그녀 뒤로 추종자 한 무리가 쫓아왔는데 여자도 두어 명 섞여 있었다.

"챠오, 잭. 오프닝에 와 줘서 정말 고마워요. 게다가 내 외로운 애인까지 살펴주다니요."

필립은 멍하지만 만족스러운 표정으로 우리를 유심히 바라보았다. 낯설고 아름다운 여인이 어깨를 어루만져주니까 기분이 좋아진 게 틀림없었다.

"필립은 그렇게 외롭지 않아. 좋은 친구들이 아직 있잖아."

"그렇죠. 하지만 단둘이 있을 때는, 그러니까 필립이 윌리엄스버그의 우리 집으로 찾아올 때는 슬프기만 한 걸요. 매일 밤 그는 집안을 돌아다니며 어맨다를 찾아요. 잘 자라는 인사를 하겠다면서요. 아내는 없다고, 죽었다고 수없이 말해봤자 '그래, 나도 알아'라는 대답만 해요. 그러고는 다시 물어보죠. 계속. 잭, 당신은 정말 모를 거예요."

"아마 그렇겠지."

클라우디아는 고개를 돌려 필립을 다정하게 바라보며 어깨에 묻은 보풀을 털어주었다.

"그를 절대 버리지 않을 사람들도 있지."

"네, 그건 분명해요." 그녀의 말투가 안도감을 간절히 바라는 투로 바뀌었다. "그나저나 어디 말해봐요. 내 전시 어땠어요?"

"작품이 아주 잘 팔릴 것 같은데."

클라우디아는 모든 감각이 살아 있는 내 성한 팔 가까이 몸을 숙이며 속삭였다. "비밀 지켜주세요. 이미 다 팔렸답니다. 오프닝 전에 전부 다요."

"축하해."

"그라치에. 뒤풀이에 오세요."

"당연하지. 어디서 하지?"

"길버트 로우의 집이요."

뒤풀이에서도 클라우디아는 사람들에게 둘러싸였다. 게이들이 그녀를 무리 지어 쫓아다녔고 여자들이 불러댔으며 유부남들은 굶주린 시선을 보냈다.

주인공이 사람들 속으로 점점 깊이 끌려들어가는 사이 앤젤라는 어리둥절해 하고 있는 필립을 향해 다가갔다. 그리고 곧 그의 곁에 서서 이것저것 알려주고 주의를 돌리고 즐거운 시간을 보내도록 해주었다. 나중에 그녀는 잠깐이지만 옛날로 돌아간 기분이었다고 말했다. 이번엔 그녀가 주도했다는 점만 빼고. 필립은 그녀의 이름을 기억했고 어렴풋이 아는 사람 정도로 생각하며 반겼다. 하지만 10년 동안 함께 한 결혼생활, 자기가 저지른 불륜, 이혼은 전혀 기억하지 못했다. 그럼에도 불구하고 앤젤라는 그의 삶에 다시 끼어들기로 마음먹은 듯했고 즐거워 보였다.

"고통의 세계에 제 발로 들어간 거 아니야?"

"어쩔 수 없는 것 같아. 우습게도 난 아직 필립을 사랑하는걸. 그 모든 걸 알면서도."

필립은 우리의 대화를 의식하지 못한 채 그녀 옆에서 셔츠 커프스를 가지고 호들갑을 떨며 웃고 있었다.

"그렇게 우습지 않아. 이곳에서 유일하게 우습지 않은 일인지도 모르지."

뒤풀이 자리는 왜 굳이 집을 나와 여기 왔을까 싶은 기분이 드는 분위기였다. 유명 예술가들, 유명 디자이너들, 《베니티 페어》 독자라면 알아봄직한 건축가, 힘 좀 있는 딜러, 패션모델, 큐레이터를 비롯해 동부와 서부에서 모두 성공을 거둔 사람들이 사방에 널려 있었다.

파티를 연 길버트 로우는 지난 10년 사이 그야말로 어마어마한 성공을 거두었다. 덩치도 크고 동작도 거창한 로우는 기하학적인 강철 조각 연작에 납을 녹여 쏟아 붓는 요란한 야간 퍼포먼스로 하룻밤 사이에 세계 미술계의 중심으로 밀고 들어왔다. 미국과 유럽의 모든 문화 출판물들은 그를 '혜성 같은 신예'라고 추켜세웠다.

"잭." 그가 나를 노래하듯 불렀다. "여기서 보니 정말 반가운데요. 우리 다음 주에 다 같이 시드니 비엔날레에 갈 건데 같이 가시죠. 표를 보내드리라고 제니스에게 일러둘게요. 제니스가 근사한 호텔을 찾았는데, 평소에 브루나이 술탄을 위해 객실 한 층을 전부 빼놓는다지 뭡니까. 그 다음에는 캠핑카를 타고 오지로 갈 거예요. 거기서 텐트 쳐놓고 캠핑하면서 샴페인 좀 마시는 거죠."

"옛날 보이스카우트 시절이 생각나는데."

"그럼 같이 가시죠. 딱히 할 일도 없으실 텐데. 다시 흙과 자연을 만나는 거예요."

나는 고맙다고 하면서 일정을 확인해보겠다고 했다. 그러고 나서 카나페를 하나 집은 다음 동료들, 낯선 사람들, 친구들이 군데군데 모여 수다를 떨고 있는 사람들 사이의 빈 공간을 혼자 돌아다녔다.

그날 밤 집에 돌아온 나는 나탈리의 사진 옆에 놓인 탁상 스탠드를 켜는 실수를 저지르고 말았다. 사진을 보자 멜리사가 처음이 오래된 사진을 보고 했던 말이 떠올랐다.

"정말 매력적인데요. 좀 못된 쪽으로요." 그 어린 소녀가 오만하게 고개를 들었다. "난 저렇게 되고 싶어요."

"너무 그렇게 생각하지는 마. 그 아름다움 때문에 나탈리는 결국 모든 걸 잃었으니까."

호건이 보낸 상자에는 맨디가 발송한 이메일을 모두 출력한 종이뭉치가 들어 있었다. 내가 할 일은 미술계 관계자나 올리버 부부와 가까운 친구만 해석할 수 있는 내용을 확인하는 것이었다. 출력물은 거의 가족과 친구, 정치인, 문화계 유력인사, 미술관 이사, 큐레이터들에게 보낸 이메일이었다. 신용카드 회사, 케이터링 업체, 가게 매니저, 재단사, 가정부, 요리사, 수리공들에게 보낸 것도 있었다. 내용은 대체로 이런 식이었다.

더는 서로 얼굴 붉힐 일 없도록 하자고요. 우리 회계사 말에 따르면 나는 그쪽과 매년 X달러 규모의 거래를 하고 있어요. 이 정도면 특별하게 대우해줘야 하는 거 아닌가요? 나는 '우대고객'(그쪽에서는 이걸 뭐라고 부르죠?)에 합당한 자격이 있어요. 내가 지불한 돈으로 그쪽은 임대료를 내고 있으니까요. 그러니까 독촉하지 마세요. 내가 치러야 할 돈은 모두 절차에 따라 지불되니 다음 분기 지출 시점에 일정에 맞춰 전액 지급될 거예요. 일 년에 네 번이면 충분하지 않나요?

복에 겨운 불평 같았다. 지불해야 할 것들이 이렇게 연체되고 있다는 사실을 필립이 알았다면 분명 몹시 불안해했을 것이다. 울프심 증후군을 앓는 요즘의 필립이라면 더더욱. 하지만 그게 살해동기가 될 수 있을까? 의욕 넘치는 검사라면 동의할지도 모른다. 운이 좀 좋으면 판사의 동의까지 얻어낼지도 모르고. 이런 식의 짧은 메시지들은 한 번에 수십 개 이상 읽기는 힘들었다. 매일 그 메시지들을 더 샅샅이 살펴보았다. 2주 정도 띄엄띄엄 읽다 보니 무료한 밤 시간을 메꾸는 새로운 소일거리가 되었다.

시간 순으로 이메일을 훑어보던 중 어맨다가 폴 모스에게 보낸 이메일을 여러 통 발견했다. 사랑이 넘치거나 외설적이거나 필사적인 내용이었다. 그들은 작년 12월 아트 인 제너럴에서 열린 자선 경매에서 만난 뒤 연인이, 적어도 섹스 파트너가 된 것 같았다. 두 사람이 초창기에 주고받은 이메일은 비밀스럽게 뭔가를 꾸미는 듯했고 감상적이었으며 황홀감에 빠져 있었다. 언제 어떻게 만날지 몰래 계획을 세웠는데 주로 저녁 6시에서 8시 사이 어

느 갤러리에서 만난 다음 트라이베카에 있는 폴의 집에서 '저녁식
사'를 했다.

우리 둘 다 시내에 산다는 게 너무 좋지 않아? 가끔은 소호와
두에인가 사이에 넓은 바다가 펼쳐진 것처럼 너무 멀다는 생
각이 들지만. 밤마다 자기를 얼마나 원하는지 몰라. 낮에도 마
찬가지야. 파티를 준비할 때나 크리스티나에게 청소를 시킬
때나 언제나 당신 생각이 떠나지 않아.

맨디는 폴을 '나의 번갯불'을 비롯해 여러 애칭으로 불렀다. 두
사람은 열정적이었다. 하지만 6주 정도 지나자 한탄과 질책이 이
어지기 시작했다. 폴은 약속대로 전화하지 않거나 맨디의 아파트
에서 느닷없이 떠나기도 했다. 밤늦게 맨디가 침실에서 살짝 나
가 전화했을 때 집에 없기도 했다. 마지막 순간이 다가오자 두 사
람은 거의 비난만을 주고받았고 이따금 터져나온 자기 연민, 야
단스러운 애정 표현, 모욕적인 말이 섞여 있었다.
　내가 보기엔 맨디도 그렇게 중병을 앓은 것 같았다. 필립이나
앤젤라, 또는 나만큼이나 상태가 좋지 않았다. 어쩌면 나탈리만
큼 좋지 않았는지도 모른다. 그 불길한 병은 우리는 물론이고 뉴
욕의 거의 모든 사람이 앓고 있었다. 에이즈도, 매독도 아니었다.
이런 질병들은 그 병의 그림자에 불과했다. 그 엄청난 저주는 유
혹하고 헤어지고, 사랑하고 배신하는 우리의 충동이자 눈 먼 열
정이었다. 우리는 최고의 섹스 파트너를 찾아다니느라 녹초가 된
다. 그 다음에는 무엇을 헛되이 바라는 것일까? 늙음이나 죽음을

잠시나마 부정하고 싶은 걸까? 진심 어린 사랑이 주는 지루함, 안정감, 엄청난 고난에서 일시적으로나마 벗어나고 싶은 걸까?

맨디는 무엇보다 폴의 PM비디오 작업을 경멸했다. 그 일을 한답시고 폴은 가장 외로운 시간에 그녀 곁을 떠나 '외설적이고 쓸데없는 것'을 만들었다. 이 때문에 폴은 다른 사람이 되었다. 아니면 다른 모습이 드러난 것이든지. 어쨌든 그는 맨디에게 더 이상 젊고 광휘에 찬 존재가 아니었다. 관음증이 있는 파리한 남자이자 불법 영상을 유포하는 일종의 포주였다. 맨디는 최악의 사실을 알았다고 생각한 바로 그때 〈처녀의 희생〉 에피소드를 보았다. 그 후로 그녀의 말투는 완강하고 날카로워졌으며 가끔은 신경질적이었다. 그녀는 폴이 '그 역겨운 테이프와 혐오스러운 프로그램과 범죄자들'에게서 벗어날 때까지 가만히 있지 않을 작정이었다.

그런 다음 맨디는 자기 죽음을 예상하기라도 한 듯 살해당하기 바로 전 날 밤 '경찰에 신고하는 한이 있더라도, 무슨 수를 써서라도 이 일을 막을 거야'라고 썼다. 일어나 술을 가지러 갔다. 이제 죽음은 숨어 있는 도둑처럼 내 방에 와 있었다. 맨디가 살해당한 날 아침, 그녀를 찾아가 팔을 활짝 벌리고 웃으면서 머릿속으로는 침대 옆 서랍에 있는 총을 생각하는 폴이 떠올랐다.

내가 술을 마시는 동안 맨디는 이메일 속에 살아 있었다. 그녀의 쾌활한 험담을 읽는 일은 파스칼의 《팡세》에 꽂힌 나탈리의 쪽지를 발견했을 때의 암울한 경험과 매우 달랐다. 그 쪽지가 꽂혀 있던 페이지에는 파스칼의 그 유명한 성찰이 쓰여 있었다. '이 무한한 우주의 영원한 침묵이 나를 두려움으로 몰아넣는다.' 밑줄

그은 문장 옆 여백에 아내는 딱 한 단어를 써놓았다. '겁쟁이.' 나에게 보내는 쪽지에는 그보다 일상적인 내용이 적혀 있었다. 평소 감정, 집안일, 나열된 숫자들 등 결혼생활에서 매일 벌어지는 소소한 일들을 엘리트다운 필체로 우아하게 쓰고는 맨 아래 서명을 남겼다.

그녀의 이름을, 알아보기 힘든 그 필적을 물끄러미 바라보았다. 문득 이상한 기분이 들었다. 나는 이 여자의 몸 안에 들어가기도 했고 수많은 집안일과 위기를 함께 겪었다. 열이 나고 메스꺼울 때는 그녀의 간호를 받고 깊은 밤에 싸우기도 했다. 그녀가 찬란함과 아름다움을 잃는다는 생각만으로 마음 아파하기도 했다. 그 나탈리의 이름이 사멸된 언어로 쓴 단어처럼 생명력을 잃은 채 내 앞에 놓여 있었다. 그제야 나는 나탈리가 정말 이 세상에 없다는 것을, 돌이킬 수 없다는 것을 깨달았다.

호건에게 전화를 걸자 그가 사무적으로 대꾸했다.

"내일 어맨다가 폴에게 받은 답장을 살펴볼게. 이제 그만 자. 3시가 다 됐어."

다음날 아침 10시 호건은 그 결과를 알려줬다.

"찾았어. 그 기분 나쁜 놈이 이렇게 답장했더라고. '얘기 좀 해. 내일 낮 12시 전에 당신 집으로 갈게.'"

마레 지구

다음날 밤, 내 삶은 달라졌다. 그것은 미묘하고 돌이킬 수 없는 변화였다. 한때 자유롭고 품위 있던 내 존재는 조금씩 달라지고 있었다. 처음 잠깐 동안은 감지하지 못했지만, 그 변화는 꼬맹이에게 너무 많은 것을 말해버린 결과였다. 멜리사는 나를 너무 잘 알게 되었다.

그날 저녁 집으로 돌아와 책 읽는 의자에 앉자 전화기의 메시지 수신을 알려주는 빨간 불빛이 깜빡거리는 게 보였다. 그 중에는 앤젤라가 남긴 메시지도 있었다. '잭, 10시 전에 이 메시지를 들으면 우리 집으로 내려와줄래? 필립이 입원해서 병원에 가봐야 하는데 멜리사를 집에 혼자 둘 수 없어서.'

아래층으로 내려가자 앤젤라는 초가을의 쌀쌀함에 어울리는 가벼운 레인코트를 입고 외출 채비를 하고 있었다. 멜리사는 타이츠에 티셔츠 차림으로 주방 의자에 앉아 긴 다리를 턱 밑에 당겨 끌어안고 있었다.

"필립이 쓰러졌대. 클라우디아가 가 있는데 혼자 감당이 안 되나봐. 나한테 부탁했어. 어맨다가 없으니 내가 그 다음으로 가까운 필립의 가족이나 마찬가지잖아."

"걱정 말고 가봐. 미시와 난 여기 잘 있을 테니. 필립에게 안부 전해주고."

"지금은 못 알아들을 거야."

"그냥 그렇게 말이나 해줘."

앤젤라는 내 뺨에 입 맞췄다. "당신은 정말 좋은 사람이야. 이 끔찍한 상황이 끝나는 대로 당신에게 드로잉을 하나 주고 싶어. 당신이 고르는 건 뭐든." 그녀는 멜리사를 보았다. "삼촌이랑 잘 지내고 있으렴. 아빠에게 사랑한다고 전해줄게."

"직접 말하고 싶은데."

"나중에. 상황이 좀 괜찮아지면."

멜리사는 문 옆으로 다가와 엄마가 나가는 동안 힘없이 서 있었다. 아이의 표정이 멍했다.

"미시, 뭐 할까? 비디오 볼래?"

"전부 다 봤어요. 시시해요."

그러고는 말없이 로프트 뒤편으로 성큼성큼 걸어가더니 자기 방이 아닌 앤젤라의 방으로 들어갔다가 금세 다시 나왔다.

"정말 병원에 간 모양이네요."

"왜 그런 말을 해?"

"엄마가 데이트하러 나갈 때 드는 가방이 방에 있어요. 휴대용 칫솔과 페서리가 들어 있는 가방 말이에요."

"엄마 방을 훔쳐보면 안 돼."

"왜요? 엄마는 맨날 내 방을 훔쳐보는데요."

"엄마는 널 지켜주려고 그러는 거잖니."

"저도 엄마를 안전하게 지키고 싶어서 훔쳐보는 거라고요. 그

방에서 별 걸 다 찾았어요. 아무도 알면 안 되는 것들이요."

"예를 들면?"

"그건 삼촌이 상관할 일이 아니에요. 아무한테도 말 안 할 거예요. 절대."

"왜 그러니? 사람들이 너한테 질문을 너무 많이 해서 그래?"

"네. 삼촌, 내 친구들, 엄마 친구들, 폴, 심지어 그 멍청한 호건과 경찰이라는 맥퀸까지 뭐가 그렇게 궁금한지."

"그 두 사람은 뭘 알고 싶다던?"

"어맨다 아줌마가 살해당한 날 엄마와 내가 뭘 했는지요. 하루종일 뭘 했는지 꼬치꼬치 물었어요. 그래서 계속 대답해줬죠."

"뭐라고 했는데?"

"엄마랑 요가를 하고 쿠키를 구웠다고요. 진저브레드 스물네개요. 과자 만드는 데 시간이 얼마나 걸리는지에 아저씨들이 그렇게 집착하는 건 처음 봤어요."

"그 사람들은 모든 일이 딱 맞아 떨어지게 해야 하거든. 시간순서대로 말이야."

"왜요?"

"그래야 누가 어맨다를 쐈는지 알아낼 수 있을 테니까. 그리고그게 너한테도 좋지 않을까? 아빠를 생각하면 말이야."

"아마도요." 멜리사의 표정이 어두워졌다. "난 누가 맨디 아줌마를 쐈는지 별로 상관 안 해요. 아줌마 때문에 요즘 엄마가 이난리잖아요. 맨날 돼지 같은 남자들이랑 잠이나 자고."

"그런 말 하지 마. 넌 그저 엄마를 보살피고 싶은 거 아니야"

"아빠가 떠났으니까 엄마가 전부잖아요. 이 세상에 엄마와 나

둘뿐이라고요. 삼촌을 빼면요.”

“난 별로 믿을 만한 사람이 아니야.”

“나탈리 아줌마가 그렇게 말했어요?”

“여러 번.”

멜리사에게 〈화니 걸〉을 보자고 말하기까지는 시간이 좀 걸렸다. 그것 말고 내가 뭘 했어야 할까? 제 아빠가 다시 정상으로 돌아올 수 있다고, 그런 말이라도 해야 했을까? 사실은 정반대라는 것을 우리 둘 다 알고 있는데.

“지금은 영화가 재미있는지는 별로 중요하지 않아. 그냥 단순하고 밝은 영화가 좋겠어. 보면 알 거야.”

멜리사는 바닥에 앉았고 나는 인체공학적으로 설계된 안락의자에 기댔다.

“내 옆에 앉아요.”

“난 여기가 더 편한데.”

“이기적이야.”

“내가?”

그 후 두 시간 동안 멜리사는 이따금 나를 노려보았는데 뮤지컬 곡이 나올 때 특히 더했다. 내가 아이들의 취향을 전혀 몰랐던 것이다.

“드디어 끝났네요. 옛날 영화는 너무 감상적이에요.”

“그럼 학교 얘기 좀 해줘. 요즘엔 뭘 배우니?”

“쓸데없는 거 한 가득이요. 있잖아요, 대수학 같은 거.”

“브래드포드 스쿨이 내가 다녔던 학교보다 좀 더 수준이 높지 아마도.”

"그렇겠죠. 애들이 전부 다 부자거든요. 흑인이랑 아시아 애들 몇 명 빼고요. 걔네들은 엄청 똑똑해서 장학금을 받아요."

"넌 무슨 과목을 좋아하는데?"

"프랑스어일 걸요?"

"잘 해?"

"당연하죠. 반에서 일등이에요. 들어볼래요?" 멜리사는 프랑스어 동사 변화를 놀라운 속도로 완벽하게 말했다.

"훌륭한데. 센 강으로 돌아간 것 같아."

"센 강에 살 때요? 칫, 그럼 나탈리 아줌마가 생각나겠네요."

"꼭 그렇진 않아. 그때를 생각하면 네 또래의 딸이 있었을 수도 있겠다 싶지."

"왜 안 낳았는데요?"

"어떻게 하다 보니까."

"바보 같았네요. 아이를 원했다면 말이에요." 미시는 셔츠를 무릎 위로 끌어당겨 내렸다.

"나탈리는 원했지."

"삼촌은요?"

"난 내가 뭘 원하는지 몰랐고."

"그래서 아무것도 안 한 거에요?"

"때로는 그런 식으로 일이 일어나기도 해. 일어나지 않기도 하고. 정신이 딴 데 팔려 있는 거야. 다른 일이 생겨서."

"예를 들면요?"

내 목소리가 낮아졌다. "우선, 우린 가난했어. 그리고 바빴지. 그 다음에는 나탈리가 죽었어."

멜리사는 말 없이 침울한 표정을 짓고는 내 눈을 피했다. 나도 다른 곳을 보았고 그러다 문가에 놓인 상자 하나를 발견했다. 반쯤 열린 뚜껑에서 작은 팔과 다리가 튀어나와 있었다.

"저건 뭐지?"

"바보 같은 인형들이요. 버리려고 했는데 엄마가 쓰레기통에서 꺼내 왔어요. 그 인형들이 '영감'을 준다나 뭐라나."

나는 상자 앞으로 다가가 뒤죽박죽 섞인 플라스틱 몸통과 팔다리를 내려다보았다.

"인형을 험하게 가지고 노는구나."

"얌전히 굴지 않아서요. 싫증나기도 했고요. 이제 인형 가지고 놀기엔 너무 컸어요."

머리와 팔이 뽑힌 여자아이 인형 몸통이 여러 개 있었다.

"뭔가에 화가 났었니?"

"아니요, 그냥 재미로요. 변화를 준 거죠. 그 작고 성질 고약한 인형들을 앉히고 옷 입히는 걸 몇 번이나 할 수 있을 것 같아요?"

아이의 빠르고 격한 태도 전환이 놀라웠다. 멜리사는 의자에서 일어나 내 손을 잡았다. 붐비는 대로를 건널 때 늘 그러듯.

"이리 와요. 좀 걷게."

우리는 로프트 뒤쪽으로 가다 중간쯤 놓인 안락의자와 소파에 둘러싸인 커피 탁자로 갔다. 멜리사는 나를 쿠션 쪽으로 끌고 갔다.

"앉아요."

멜리사는 찬장에서 술을 꺼내 보드카 토닉을 만들고 긴 잔에 소비뇽 블랑 와인을 따랐다. 그러고는 내게 보드카를 건네고 내 발 언저리의 바닥에 앉아 긴 의자에 기댔다.

"건배."

"도대체 뭐하는 거지?"

"와인 좀 마시게요. 수업 열심히 들었으니까 상 받아야죠. 삼촌
은요?"

"네가 술을 마시게 둘 순 없어."

"날 못 말릴걸요. 엄마가 없을 때만 조금 마셔요."

"넌 너무 어려."

"나도 숨 좀 쉴게요. 유럽에서는 내 또래들이 늘 와인을 마신다
고요. 그 얘기 해준 게 삼촌이잖아요. 내가 학교 식당에서 애들이
랑 엑스터시를 하는 게 낫겠어요?"

"난 네가 어린 아이로 있어주면 좋겠구나."

"그러기엔 너무 늦었어요."

멜리사는 와인을 조금 마시고는 입술을 핥았다. 무력하고 허를
찔린 기분이었다. 그래서 잔을 들어 술을 마셨다. 얼음덩어리가
짤랑거렸다. 토닉을 너무 많이 넣어 메스꺼울 정도로 달았다. 미
시는 바닥에 양반다리를 하고 앉은 채 너무 예쁘고 너무 많은 것
을 아는 듯한 표정으로 나를 향해 미소 지었다.

나 역시 10대 시절 몰래 훔쳐 마시는 즐거움으로 술을 시작했
다. 그래도 결국 잘 컸지 않은가? 물론 지금 멜리사는 내가 술을
시작했을 때보다 몇 살 더 어리기는 하지만. 창밖에서 희미한 가
로등 불빛이 들어왔고 실내등은 하나만 켜놓은지라 나는 그림자
들에 둘러싸였다.

"나탈리 아줌마랑 사는 건 어땠어요?"

"기억이 잘 안 나."

"진짜 거짓말쟁이. 항상 생각하잖아요. 말해줘요. 궁금해요."

"완전한 느낌이었지."

멜리사는 다시 와인을 마셨다.

"그럼 왜 더 오래 같이 살지 않았어요? 아니, 왜 같은 대륙에 살지 않았어요?"

"우리는 그 느낌을 망치고 싶지 않았거든."

이상한 말이지만 가장 진실에 가까운 말이었다. 지금껏 찾은 답 중에서는.

멜리사는 고개를 끄덕였다. "어쨌든 망친 거죠?"

"그래, 둘이 같이. 어쩌면 각자."

"삼촌이 바람피웠어요?"

"그건 요점에서 벗어난 얘긴데."

"나탈리 아줌마가 그렇게 생각했어요?"

"그렇게 얘기하긴 했어. 난 그 말을 받아들였고. 스스로를 속이는 일이야말로 우리가 제일 잘 하는 거였지. 나탈리는 절대 질투하지 않기로 굳게 마음먹었어. 이렇게 말했지. '순진해 빠진 미국인처럼 섹스 갖고 바보 같이 굴지 말자'고. 그래서 우린 그렇게 했어. 똑똑한 프랑스인처럼 바보 같이 굴었지."

만사가 무척이나 고상하고 교양 있었다. 아내와 나는 라신의 희곡 속 등장인물처럼 대화하면서 뒤로는 원숭이처럼 행동했다. 그 때문에 죽을 것 같다는 생각이 들기도 했다. 우리가 살던 파리 아파트에서 다른 남자의 전화를 받던 나탈리가 내게 조용히 하라고 한 적도 있었다. 그녀는 조용히 하라고 손가락 하나를 입술에 갖다 대고 살금살금 움직이라고 손짓했다. 내 아내가 현지 애인

중 한 명과 전화로 소곤대는 동안 나는 내 집에서 육신이 있는 유령이 돼야 했다. 그 후 나탈리와 나는 지쳐 떨어질 때까지 말다툼을 했다. 결국 나는 이렇게 말했다.

"내가 할 수 있는 일은 할 수 있는 동안 할 수 있는 만큼 당신을 사랑하는 것뿐이야. 그리고 더 이상 견딜 수 없게 되면 안 할 거야. 싸우지 않고 떠나버릴 거야."

나탈리는 소파에 앉아 나를 쳐다보기만 했다. 그때만큼은 말없이. 물론 나는 한 번도 그렇게 용감하지 못했다. 나는 나름대로 섹스 파트너와 여자친구들을 찾았고 우리는 계속 그렇게 지냈다. 하나의 삶을 함께 했고 두 삶을 따로 살았던 것이다. 나는 미국인치고는 그 게임을 놀라우리만치 잘해냈다. 불륜과 위트, 보르도 와인 고르기와 두둑한 수입. 이것들은 젊은 시절 막바지에 선택한 마약이었다. 지금의 내가 파리에 살던 시절로 돌아간다면 예전에 마레 지구에서 어울리던 사람들에게 해줄 신랄한 아포리즘들이 많다. '간경변으로 죽는 사람이 있듯 나탈리는 세련 떨다가 죽었어' 같은. 그들은 병실에서조차 세속적이고 빈정거리는 태도를 보였다.

내 아내가 고통스러워하다 죽은 원인이 생 제르맹의 양성애자 무대 디자이너에게서 옮은 혈액질환이라고 한들 누가 신경 쓰겠는가? 그 남자는 아무것도 아니었다. 원인은 중요하지 않았다. 치료도, 배신도 중요하지 않았다. 나탈리가 쇠약해지고 머리가 벗겨지고 의식이 혼미해진 뒤로는.

"나탈리 아줌마가 그리워요?"

"난 그런 얘기는 잘 안 해."

"왜요?"

"사람들은 으레 내가 슬퍼할 줄 알거든. 그러니 그런 얘기를 하는 게 무슨 의미가 있겠어?"

미시는 내 시선을 피해 들고 있던 술잔을 보았다.

"가끔 삼촌은 그 아줌마랑 얘기할 수 있기를 바라는 것 같아요. 내가 아빠와 얘기하고 싶어하는 것처럼요."

"얘기 나누는 건 도움이 되지. 그게 대부분 거짓말이라는 걸 알 때도 말이야."

"그것 봐요."

정말 그랬다. 멜리사처럼 나탈리도 위선의 대단한 가치를 이해했다. 그녀는 이상적인 사랑을, 우리가 이루지 못한 완전무결하고 실현 불가능한 사랑을 빈정대는 의미로 내게 가벼운 속임수를 썼다. 그녀의 계략은 우리 결혼을 지키고 내 정신을 보호하기 위한 것이었다. 실제로 그녀의 말이 나를 속인 적은 없었고 그럴 의도가 있던 적도 없었다. 아니, 나탈리의 거짓말은 어쩔 수 없이 무슨 일이 일어나더라도 우리의 특이하고 불완전한 유대를 위해 그녀가 나를 가장 먼저 가장 중요하게 챙긴다는 확신을 심어줄 뿐이었다.

나는 뺨이 달아오른 금발의 멜리사를 내려다보았다.

"끝이라는 건 처음으로 잊어버린 순간에 실감하게 돼. 이를테면 전화를 걸었다가 그녀가 없다는 사실을 문득 깨닫게 되는 거야. 죽은 자는 답이 없어. 전화기를 손에 들고 바보처럼 서 있는 거야. 그러다 알게 되지. 그녀가 다시는 말을 걸 수 없다는 걸. 여기뿐 아니라 어디서도." 나는 술을 몇 번에 나누어 천천히 마셨다. "적어도 네 아빠는 아직 우리 곁에 있잖니. 아빠가 말도 안 되는 소리를 하더라도 목소리는 들을 수 있잖아."

"그걸로 충분하다고 생각하는 거예요?"

"아니, 그렇진 않아. 하지만 의미가 있지."

침묵 속에서 내 머리가 열심히 굴러갔다. 마지막으로 나탈리를 만나러 갔을 때 수간호사가 괜찮겠느냐고 물었고 나는 그럴 거라고 답했다. 그 착한 간호사가 내 소맷자락을 잡으며 먼저 잠시 이야기를 나누고자 했지만 나는 그녀를 뿌리치고 병실로 들어갔다.

병상은 모니터, 산소탱크, 스탠드에 달린 투명 비닐백에 둘러싸여 있었다. 의료기기에서 나온 온갖 관과 선이 몇 겹으로 덮인 이불 속으로 이어졌다. 이불 아래는 곧 무너져 내릴 듯한 사물 같은 형체가 누워 있었다. 나는 이 상황이 틀림없이 장난이라고 생각했다. 머리카락은 두개골에 딱 붙어 있었다. 머리는 둥글고 축축했고 턱은 튀어나와 있었다. 이따금 모니터에서 삐 소리가 났다. 두 뺨은 무너져내렸고 이를 드러내며 웃던 입가의 피부는 아래로 늘어졌다.

"부인께서 목소리를 들을 수 있을 거예요." 간호사가 말했다.

그래서 어쩌라고? 나는 여기 집중치료 병동에 죽기 직전 마지막으로 건넬 마법 같은 메시지를 전하러 온 것도 아닌데. 아니, 아무 생각도 들지 않았다. 나는 병상 난간에, 뼈만 남은 나탈리가 굴러떨어지지 않게 달려 있는 그 금속 막대에 손을 얹었다.

"음, 사랑하는 자기." 마침내 내가 말문을 열었다. "결국 우린 이렇게 됐네."

반응하는 기색이 없어서 나는 더 크고 또렷하게, 다시 더 크게 말했다.

"제기랄. 결국 우리가 빌어먹게 이렇게 됐다고."

수간호사가 달려오고 뒤이어 의사가 들어왔다. 나는 몇 번이고 "우리가 이렇게 됐어. 우리가 이렇게 됐다고"를 되뇌었다. 그들은 침착하게 내 어깨를 잡고 진정하라고 말하며 나를 병상에서 떼어 놓았다.

"진정해, 침착해." 나는 멜리사에게 낮은 목소리로 말했다. "그 말이 맞아. 그런 상황에선 누구나 항상 차분하고 침착해야 하지. 어떤 현명한 프랑스 사람이 그러더라."

그 애는 고개를 저었다. "삼촌은 정말 엉망진창이군요. 하지만 나아질 수 있어요."

"날 고칠 방법을 아니?"

"삼촌을 돌봐줄 어리고 착한 누군가가 필요한 건지도 몰라요."

"난 나이 많고 돈 많은 쪽이 더 좋은데."

"그만해요. 예의 좀 지켜줘요." 미시는 콧잔등을 찡그리더니 프랑스어로 말했다. "삼촌은 항상 날 놀려요." 그러고는 벌떡 일어나 술을 마저 마셨다. "삼촌, 왜 그래요? 너무 못됐어요."

멜리사는 소파로 다가와 내 무릎 위에 앉았다.

"얘기 하나 해줄게요. 재미있는 얘기예요."

그 애가 내 가슴팍에 머리를 기대자 갑자기 두근거리는 심장 근처에서 목소리가 들려왔다. 날 위로한답시고 자기가 위로 받으려는 게 분명했다. 하지만 나는 위로 받았다기보다 혼란스러웠다. 멜리사가 듣기 좋은 파리 식 프랑스어로 나지막이 말하자 우습게도 나는 소리 없이 울기 시작했다. 아니 내가 먼저 울고 그 다음에 멜리사가 말했는지도 몰랐다. 그날 밤 일은 아직도 내 머릿속에 뒤죽박죽 엉켜 있다.

멜리사는 긴 다리로 내 허리를 감쌌다. 나를 안으려고 움직이자 그 애의 허벅지 안쪽이 곡선을 그렸다.

"옛날 옛날에 어린 소년이 있었는데…."

그 애는 프랑스어로 어느 소년의 이야기를 들려주었다.

그리고 그때 덜컥 문이 열리는 소리가 나더니 미시의 엄마가 가쁜 숨을 몰아쉬며 들어왔다.

앤젤라

"둘이 잘 있었어?"

앤젤라가 입구 통로 벽장에 코트를 걸면서 물었다. 그녀는 정신이 없어 보이는 동시에 안심한 것 같았다.

"안녕, 엄마. 아빠는 어때요?"

아이는 부드럽게 일어나 빈 술잔 두 개를 싱크대로 가져가 뜨거운 물로 재빨리 헹궜다.

"괜찮아. 네 가여운 아빠는 함께 있어줄 사람이 필요했을 뿐이야. 지금은 쉬고 있어. 곧 나아질 거야."

앤젤라가 이렇게 서투르게 거짓말하는 건 처음이었다. 중압감과 피로에 짓눌린 게 분명했다. 그 공허한 거짓말이 실패했다는 것을 알 수 있었다. 멜리사는 진실을 파악했고 충격을 받았다. 아빠가 곧 죽으리라는 것을 복부와 말초신경에서 느끼고 이해한 것은 처음이었을 것이다.

"그 짜증나는 클라우디아는 왜 아무것도 하지 않는 거죠?"

"클라우디아도 아직 어리잖니. 바쁘고 아름답게 살아갈 날이 아직 창창해. 너처럼 말이야. 게다가 이런 일을 함께 헤쳐 나가겠다는 서약도 하지 않았고."

"그럴 거면서 아빠는 왜 우릴, 아빠를 정말 걱정하는 사람들을 떠난 거예요? 왜 그 속물 같은 어맨다랑 도망갔냐고요. 이번에는 예쁘기만 하고 머리는 텅텅 빈 클라우디아고."

앤젤라는 고개를 저었다.

"잭, 당신이 설명 좀 해줘. 남자에 대해서."

나는 양자물리학의 정리를 명료하게 설명해달라고 부탁 받은 기분이었다. "나도 이해가 안 되는걸. 난 그냥 사는 거야. 대부분은 아주 형편없게."

"뻥 치지 말아요. 남자들이란."

"바로 그거야." 앤젤라가 다가가 멜리사를 안으려 하며 말했다. 멜리사는 허리에 손을 얹고 뻣뻣하게 서 있었다.

"이제야 이해하기 시작하는구나."

"남자들은 전부 너무 바보 같아요." 멜리사가 큰 소리로 말했다. "난 자러 갈래요." 아이는 몸을 돌려 종종걸음으로 로프트 뒤쪽 자기 방으로 갔다.

"잘 자. 잭 삼촌에게도 인사 전할게."

잠시 후 앤젤라는 내게 낮은 목소리로 부드럽게 말했다. "하여간, 호들갑 떠는 건 알아줘야 해. 하지만 이번에는 정말 화난 것 같아. 오늘 내가 너무 많은 걸 알려준 걸까?"

"앤지, 우리 얘기 좀 해."

"나도 알아. 당연히 저 가여운 아이에게도 말해야겠지. 아빠를 잃고 나면 애가 완전히 엇나갈까 겁나. 이제 막 브래드포드에 적응하고 남자애들에 대해 생각하기 시작했는데."

"그건 잘 된 일이네." 결정을 내리지 못한 채 내가 말했다. "그래도 아이를 속이려고 해서는 안 돼. 필립은 진짜 어떤 거야?"

앤젤라는 입을 벌려 대답하려 했지만 입술이 뻣뻣하게 굳어 소리가 안 나오는 것 같았다. 마치 말을 꺼내다가 중풍이라도 맞은 것 같았다. 그녀가 고개를 가로젓자 나는 가까이 다가갔다.

"완전히 망가졌어."

그 말이 사실이 아니기를 바랐다. 아직 살날이 많아야 했다.

"뭔가가 필립을 갉아먹고 있어. 무시무시한 속도로 뇌를 먹어 치우고 있다고."

"당신을 알아봐?"

"이젠 못 알아봐. 자기가 누군지도 모르는걸. '신경 쓰이게 해서 미안합니다만 내가 순간적으로 내 이름을 깜빡했다는 게 믿어져요?'라고 말했어."

"그래도 어떤 면에서는 옛 모습이 남아 있는 것 같은데."

지난번에 본 필립에게는 능글맞은 유머 감각이 아직 있었다.

"아니야. 더 이상은 필립이 아니야. 필립이지만… 필립이 아니야." 그녀는 이렇게 말하면서 박자를 맞추듯 나를 치기 시작했다. "필립이다. 아니다. 필립이다. 아니다."

나는 말리지 않았다. 그녀는 곧 말이 나오기도 전에 내 몸을 계속 때리고 가슴팍과 어깨를 북처럼 마구잡이로 두드렸다.

"빌어먹을." 그녀는 때리던 손길을 멈추고 눈물은 흘리지 않은 채 내게 힘없이 쓰러졌다. "잭, 가끔은 내가 죽고 싶어. 그 편이 더 좋고 깔끔하지 않을까?"

"멜리사에게는 아니지."

"맞아."

앤젤라는 잠시 말을 멈추고 정신을 수습하더니 눈을 감고 한 단어씩 침착하게 말했다. "멜리사를 위해서는 안 돼. 잭, 고마워."

우리는 다시 거리를 두었다. 나는 앤젤라를 소파로 데려가 앉히고 와인을 마시겠느냐고 물었다. "화이트 와인 한 병 따 놓았어. 아까 내가 한 잔 마셨거든."

앤젤라는 듣지 못한 것 같았다. "최악이야." 그녀가 맥 빠진 목소리로 말했다. "집에 필립이 없으니 아무도 없는 것 같아."

"내가 있잖아."

"그래, 잭, 당신이 있지. 당신 나름의 방식으로." 그녀는 나를 보지도 않고 말했다. "물론 다른 남자들도 있어. 옆에 있을 때는 도움이 되지만 계속 머무는 사람은 없어. 이럴 땐 부부가 헤어지려고 찾아내는 온갖 이유들이 정말 무의미해 보여. 특히 바람피워서 헤어진다는 건 말도 안 돼. 그게 서로에게 뭐 그리 놀랄 일이라고? 그냥 참고 견디면 된다고. 홀로 되는 것만 아니면 다른 건 그리 중요하지 않아."

"다시 누구 부인이라도 된 거야?"

"그래, 잭. 난 진정한 결혼을, 진정한 짝을 원해. 그게 날 아무리 비참하게 만들어도 말이야. 내겐 그게 필요해."

"그래서 그게 지금도 필립이었으면 좋겠어? 또 필립이야?"

"나도 내가 미숙하기 짝이 없다는 거 알아. 하지만 요즘 그런 생각을 계속 했어. 병상에 누워 있는 필립을 보면서. 그런 생각이 멈춰지지가 않아."

나는 그녀에게 그보다 더 안 좋은 생각도 할 수 있다고 말했다.

"알아. 웬만큼 다 생각해봤거든."

하이라이트 비디오

집으로 돌아온 나는 폴의 하이라이트 비디오를 봐야 했다. 그가 보낸 꾸러미는 꼼꼼하게 포장한 우편 폭발물처럼 식탁 위에 놓여 있었다. 조심스럽게 위장한 것 같고 삐딱한 게 딱 내가 좋아하는 스타일이었다. 갈색 종이와 셀로판지를 뜯어내자 검은색 플라스틱 상자가 모습을 드러냈는데, 거기에는 오테크 로고와 '마이크로회로 시퀀스 시스템: 기본편'이라는 문구가 박혀 있었다. 오른쪽 위에 표시된 작은 빨간색 X표와 'PM비디오'라는 글자가 여기 담긴 영상의 정체를 넌지시 알려주었다.

비디오테이프를 꺼내자 그 정체가 더 확실해졌다. 〈처녀의 희생, 라이브 3편〉이라는 제목 라벨이 바로 눈에 들어왔다. 판지로 만든 테이프 케이스는 상하이의 날림 복제 공장에서 일하는 열정 넘치는 그래픽 디자이너가 추가로 제작한 모양새였다. 아시아, 특히 일본 시장을 염두에 둔 이들은 가장 어린 축에 드는 소녀들의 사진을 잘 보이는 곳에 배치한 다음 저속한 한자와 이를 영어로 괴상하게 번역한 자극적인 문구를 넣었다.

테이프가 시작되자마자 폴이 법을 어기는 쾌감을 노렸다는 것을 금세 알 수 있었다. 영상은 전부 별도의 조명 없이 현장의 불빛만으로 촬영되었고 움직이는 인물들은 초창기 비디오 아트에서처럼 유령 같은 느낌이었다. 술병과 마약이 놓인 낮은 탁자 주변으로 U자 모양의 소파를 빙 둘러 놓은 인테리어도 눈에 익었다. 근처에는 춤을 출 수 있는 너른 공간이 있었고 그 너머에 출입문이 있었다.

촬영 시점의 이동에 따라 시청자들은 입구로 들어가 짧은 복도를 내려간 다음 작은 방으로 들어갔다. 방 중앙에는 아동용 간이 수영장이 있고 그 안에는 타피오카와 진흙을 섞어 만든 듯한 배설물 같은 끈끈한 물질이 가득했다. 내용이 본격적으로 전개되면 파티를 좋아하는 순진한 아이들과 10대 초반의 가출한 아이들 위주의 여자아이들이 바로 이곳에서 서로 빠뜨리고 구르기도 했고 '동키'가 뒤에서 그들을 덮치고 올라타기도 했다.

옷에 엘 부로*라고 수를 놓은 이 땅딸막한 히스패닉계 남자는 마흔 살쯤 되어 보였고 주로 영상의 절정인 '희생' 부분을 맡았다. 처음에는, 그러니까 그가 권투용 가운 같은 것을 입고 서 있는 모습을 보았을 때에는 별명이 무슨 의미인지 이해하지 못했다. 그러다 첫 번째 소녀에게 약을 먹이고 남자 서너 명이 그녀를 어루만지며 애무하고 키스하여 삽입할 준비를 거의 마치자 엘 부로는 극장의 장막처럼 가운을 열었고 나는 그제야 당나귀라는 별명의 의미를 이해하게 되었다.

편집된 영상은 유혹하는 과정을 빠르게 지나 뻔한 행동으로 접어들었다. 처음에는 다정한 말과 가벼운 손길로 소녀를 꼬드긴 다음 술과 마약을 먹였다. 그리고 다 같이 춤추고 만지고 전희를

* El Burro. 당나귀 - 역주.

283

약간 한 다음 다시 술과 마약을 먹었다. 그런 다음 환호 속에 뒷방으로 가서 온갖 섹스에 열을 올렸다. 카우보이가 등장해 소녀한 명을 데리고 혼자 전 과정을 하는 영상도 있었다. 그는 못 봐줄 정도로 다정하게 행동했다가 완강하게 밀어붙이고 은근히 협박하기도 했다. 또 어떤 영상에서는 어린 희생양을 이 남자 저 남자에게 돌리다가 마지막에 엘 부로에게 넘겼다.

이야기가 반복되는 짧은 드라마라서 자칫 단조로워질 위험이 있었지만 신체 유형, 순진한 정도, 까칠한 척하는 말과 행동, 술이나 대마초나 남자의 벗은 신체 부위를 보았을 때의 반응, 성적인 행동에 대한 망설임이나 적극성이 모두 다른 다양한 소녀들이 등장해 전개-급상승-후퇴 구조를 계속 만들어냈다. 그래서 영상을 보면 마치 오랫동안 행해온 가혹한 성인식의 장면들 같았다.

영상을 보는 감정가들은 리모컨으로 (내 손에도 하나 있지만) 일시정지하거나 프레임 단위로 보거나 뒤로 돌아가거나 좋아하는 부분을 슬로모션으로 반복 재생할 수 있었다. 시각적 자극만 있는 것을 좋아하거나 당황하고 애처롭고 가끔은 과하게 열심인 처녀들의 소리를 듣고 싶지 않아 하는 사람은 쉽게 음량을 조절할 수 있었다. 눈물을 흘리는 소녀들은 사실 극소수뿐이었다.

쇼가 끝나자 나는 침대에 한참을 누워 아무것도 나오지 않는 파란 화면을 바라보면서 윙윙 찰칵찰칵 하며 테이프가 되감기는 소리를 들었다. 기계가 계속 소리 내며 돌아가는 동안 이미지를 다시 떠올려보았다. 빠른 속도로 되감기를 해보기도 했다. 그러자 쓸쓸해 보이는 소녀들이 우스꽝스러운 속도로 움직였다. 그들은 침범 당하기 전 원래의 상태로 회복되어 다시 쓰러질 준비를 하는 것 같았다. 나는 폴에게 전화를 걸었다.

"대단하지 않아요?"

"그런 부분이 있더군."

"빨간 머리 영계가 나오는 거 봤어요?"

"전부 다 봤어."

나는 차분하지만 다급한 기색이 느껴지도록 폴에게 그의 제작자들을 위한 사업 전망이 있다고 말했다. 그러면서 발튀스 클럽 회원들 사이에 비디오를 유통하는 것보다, 그들이 두당 3,000달러를 내고 녹화장에 배석하는 것보다 더 큰 수익을 올릴 수 있는 전략을 제시했다. 나는 PM비디오의 해외 판매와 그에 따른 수익도 곱절로 만들어줄 수 있다고 했다.

"그건 내 소관이 아니에요. 난 마케팅 계획에는 관여하지 않거든요."

"그럼 누가 결정권자지?"

"말했잖아요. 내 뒤를 봐주는 새미라고요. 그리고 그가 아는 중국인이 하나 있어요."

"그럼 그 사람들한테 줄을 대줘. 그런 거 잘 하잖아? 이번 건에 대해 사업가 대 사업가로 만나보고 싶군."

"만나자고 하면 당신이 어떤 사람인지 먼저 확인할 거예요. 전부 다요. 호건에 대해서는 내가 이미 얘기했어요."

"뭐라고 해?"

"호건 같은 사람을 다루는 법을 잘 안대요. 여러 가지로."

"좋아. 그럼 같이 돈 좀 벌어보자고."

전화를 끊은 뒤 나는 욕실로 가서 세수할 만큼 물이 따뜻해지기까지 영접 같은 시간을 기다렸다. 고개를 숙이고 서서 비디오 테이프 유통사업 제안을 머릿속에 확실하게 넣으려고, 시처럼 간결하고 우아하게 기억하려고 했다. 수면제를 꺼내려 약장을 열다가 약장 문에 달린 거울에 스쳐 지나가는 내 얼굴을 흘끗 보았다. 무슨 생각을 하는지 알 수 없었다. 나는 고개를 돌렸다.

시엘로 아주로

폴은 약속을 미리 정할 수 없다고 했다. 새미가 만날 준비가 된 날, 약속 시간을 조금 앞두고 전화하겠다는 말만 남겼다. 다행히 그는 그나마 덜 바쁜 날에 나를 찾았다. 로라가 2등급으로 분류된 고객들을 만나는 동안 나는 뒤쪽 사무실에서 수많은 전화와 서류를 처리하고 있었다.

"스프링가에 있는 시엘로 아주로라고 알아요?" 폴이 다짜고짜 물었다.

"물론. 거기서 먹어본 적은 없지만 알고는 있지."

"쿨한 복고풍 레스토랑이죠."

"그랬던 것 같군. 거기 사람들은 자기들이 복고풍인지 모르겠지만."

폴은 모던한 트라토리아* 디자인의 뉘앙스를 논하고 싶지는 않은 모양이었다.

"새미가 거길 좋아해요. 1시에 거기서 만나고 싶대요."

"음, 새미 기분을 잘 맞춰야 할 텐데."

"난 원래 잘 맞춰요. 당신도 그래야 하고요. 거기에 가면 새미

---

* 간단한 음식을 파는 이탈리아 식당 – 역주.

가 너그러워져요."

"그나저나 새미는 성이 어떻게 되지?"

"들어본 적 없어요. 그 편이 좋은 것 같아요."

"왜?"

"모르는 게 약이잖아요."

체크무늬 식탁보가 깔린 시엘로 아주로는 내 갤러리와 가까운 곳에 있었다. 거리에 가득한 햇살이 쇼핑객들을 명품 브랜드 쇼윈도에 있는 그 어떤 물건보다 고운 가을빛으로 물들였다. 공기가 선선했지만 아무도 신경 쓰지 않는 것 같았다. 사람들은 갤러리와 부티크를 찾아 소호에 왔지 날씨 때문에 온 게 아니었으니까.

30미터쯤 떨어진 곳에 폴이 보였다. 그는 바짝 세운 금발머리를 번쩍이며 레스토랑 문 앞에서 왔다갔다하고 있었다.

"새미는 안에 있어요." 그는 인기 있는 학교 선배에게 나를 소개해주려는 학생처럼 말했다. "기다리는 걸 싫어하죠."

문지방 너머에는 어둑하고 마늘 냄새 나는 방이 하나 있었다. 낡은 나무 바 옆에 놓인 주크박스에서 토니 베넷의 〈부서진 꿈들의 대로〉가 흘러나와 식당 안에 울려 퍼졌다. 목둘레가 넓은 스웨터와 슬랙스 바지를 입은 체격 좋은 남자가 그 큰 덩치로 작은 탁자를 압도하며 앉아 있었다. 목에 걸린 성 유다 목걸이만 빼면 '정통' 이탈리아 식당에서 점심식사를 하려고 교외에서 뉴욕으로 나온 전형적인 관광객의 모습이었다. 우리가 다가가자 그는 벽돌벽 옆 의자에 앉아 있다가 일어났다.

"새미." 폴이 그를 불렀다. 목소리가 아부하듯 떨리며 미묘하게 달라졌다. "이쪽은 잭이에요. 새로운 잠재고객이요."

"여, 만나서 정말 반갑군요." 새미가 내 손을 꽉 잡았다. "너무 급하게 연락해서 불편 끼치지 않았나 모르겠군요."

"전혀요."

인사를 나누는 동안 새미는 활짝 웃었고 왼손으로 내 등과 오른팔 옆쪽을 쓸어내리며 다독거렸다. 그런 다음 잡고 있던 손을 놓고 내 눈을 바라보며 왼쪽 팔에도 똑같이 했다.

"재킷이 정말 좋은데요." 그가 말했다. "내 재단사가 캐시미어는 언제나 옳다고 하더군요. 난 섬세하고 좋은 옷감을 고르는 사람은 믿을 수 있다고 생각해요. 그런 사람은 계약의 핵심을 더 섬세하게 이해하거든. 구구절절 떠들어대지 않아도 말이죠."

"똑똑한 재단사를 두셨군요." 나는 잠시 말없이 서서 귀를 기울였다. "음악은 직접 고르셨나요?"

"아니요. 카를로가 고른 거죠. 여기 주인인데 내가 뭘 좋아하는지 잘 알아요. 토니를 넘어설 가수는 없지 않겠습니까?"

"시나트라의 기량에는 못 미치죠."

새미는 양손을 허리에 얹고 권투선수처럼 나를 쳐다보았다.

"시나트라는 죽었잖소."

나는 반박하지 않았다. 새로 알게 된 이 사람은 죽음이 도덕적 흠인 양 말했다. 자칫하다가는 나도 그 흠을 갖게 될 것 같았다.

새미는 손을 뻗어 내 왼팔을 꽉 잡더니 팔꿈치에 손을 얹었다.

"이 팔에는 무슨 일이 있었던 겁니까?"

"사고를 당했었죠."

"운이 없으셨구만. 다른 데는 괜찮은 거요? 다른 데가 이렇게 쪼그라들었다고는 생각도 하기 싫구만."

"다행히 괜찮습니다. 다른 데는 아직 쓸 만해요."

"잘 됐군요. 앉아요. 와인이나 한 잔 합시다."

웨이터가 와서 와인을 따랐다. 나는 이 레스토랑에 있는 와인 빈티지를 이미 알아두었다.

"피노 그리지오군요." 내가 말했다. "페스토 같은 역할을 하는 이탈리아 와인이죠."

새미는 폴을 보았다. "어이 학삐리, 이 사람 지금 농담한 거지?"

"맞아요." 폴이 대답하기 전에 내가 말했다. "친구들과 하던 농담이에요."

새미는 나를 향해 잔을 들었다. "그럼 당신 건강을 위해 건배합시다. 살루테." 그는 와인잔 테두리 너머로 차분하게 나를 보았다.

나는 와인을 한 모금 마셨다. 폴의 보스는 옛날 갱스터 영화를 너무 많이 본 게 틀림없었다. 그 영화들에서 행동거지를 배웠을 성 싶었다. 하지만 나는 그 얘기를 꺼내 새미를 놀릴 생각은 없었다. 언젠가 호건은 똑똑한 척하는 사람이 가장 위험하다고 말했다. 증명할 것이 많기 때문이다.

"그나저나 어떻게 불러드리면 될까요?"

"새미라고 부르시오, 잭."

그는 폴을 흘끗 보았다. "난 누가 이름으로만 불러주는 게 왜 이렇게 좋은지 몰라. 그냥 좋아."

"친근해서겠죠."

새미는 나를 보더니 미소 지으며 말했다. "잘 아시는군. 난 친근한 사람이오."

우리는 분위기를 띄울 말을 계속 생각하면서 말없이 와인을 마셨다. 폴은 일을 진행할 생각에 초조해 보였다.

"새미, 잭은 인맥이 아주 좋아요. 우리가 유럽의 큰 시장을 놓치고 있다고 생각하더군요."

새미는 그에게 몸을 기울였다. "긴장 풀어, 폴리. 여기 있는 잭이 훌륭한 사업가라는 건 잘 알겠으니까. 보라고. 얼마나 침착해? 넌 그런 걸 배워야 해. 일단 와인 좀 마신 다음에 간단히 점심을 먹을 거야. 얘기가 나오면 하는 거고."

"어떤 메뉴를 추천해주시겠어요?" 내가 물었다.

"메뉴 걱정은 하지 말아요. 카를로가 알아서 해줄 테니까. 당신한테는 파스타와 송아지 피카타 * 가 나올 거요. 너무 무겁지 않게. 폴리한테는 아마 닭 요리나 좀 나올 테고." 새미는 약간 킬킬댔다. "내 건 아마 올리브를 넣은 푸짐한 샐러드일 거요. 심장에 좋은 거지."

"무슨 문제라도 있나요?"

"콜레스테롤이 높답디다. 의사가 심장을 잘 관리하라고 하더군요. 그래서 카를로가 날 챙겨주고 있죠."

새미는 심장은 물론이고 마음에도 문제가 많을 것 같았다. 그렇게 잠시 화기애애하게 와인을 마시는 동안 음식이 나왔다.

"듣자하니." 새미가 오일을 듬뿍 뿌린 초록 채소가 담긴 커다란 그릇을 쿡쿡 찌르며 말했다. "사립탐정 친구가 있다면서요."

"어릴 때 친굽니다." 나는 어깨를 으쓱했다. "어쩔 수 없는 노릇이죠."

새미는 목구멍에서 이상한 소리를 냈다.

* 고기를 얇게 썰어 튀긴 다음 소스, 레몬, 파슬리를 곁들인 요리 – 역주.

"무슨 말인지 알죠. 내게도 어릴 때 같은 동네에 살던 오랜 친구들이 있거든. 지금은 경찰로 일하는 애들도 있고 변호사나 판사도 있고. 그 친구들은 괜찮아요. 이 비싼 동네에서 사는 게 얼마나 힘든지 이해하거든. 나도 그렇고 자기들도 그렇고 다들 힘들다는 걸. 과하지 않게 한몫 달라고 하는 애들도 있긴 하지."

"호건은 실리를 잘 챙기죠. 눈 감는 게 이득인 일은 눈을 감아요. 간단한 계산이죠. 돈 좀 쥐어주면 입 다물고 있을 겁니다."

"난 더 싸게 사람들을 입 다물게 하는 법을 알고 있소만."

"호건은 뉴욕경찰국 친구들도 잘 처리해줄 겁니다. 단속반이 궁금해하면 좋은 방패막이도 되어 주고요. 전 그를 오랫동안 써먹었죠."

"이런 일에?"

"가끔은요. 호건은 당신과 내가 재미삼아 뭘 하든 전혀 개의치 않아요."

"분별 있는 사람이군."

"그냥 생각하시는 값어치만큼 좀 쥐어주시면 됩니다. 돈값은 할 거예요."

"전에 사립탐정을 몇 써본 적이 있어요. 그런 부류를 잘 알죠." 그는 허공에 빈 포크를 들고 멈췄다. "내가 잘 모르는 건 당신 같은 부류요. 당신은 어떤 사람일까나? 예술 쪽 일을 하는 사람, 음, 그렇겠죠. 폴리 말이 이 동네에 아파트도 몇 채 가지고 있다던데, 미술품 딜러이자 빈틈없는 부동산 중개업자와 사업을 한다는 건 악마와 거래하는 것이나 마찬가지인 것 같소만."

잠시 당황스러웠다. 캐주얼한 니트를 입은 포르노 장사꾼에게

도덕성을 의심 받다니, 흔한 일은 아니지 않은가.

"우리가 이 대화를 계속하는 유일한 이유는 폴리가 당신은 그런 부류들과 다르다고 했기 때문이지."

"그런 부류요?"

"왜 그런 사람들 있잖아요. 이 동네로 이사 와서 옷이나 빼입고 돈이나 펑펑 써대면서 동네를 망쳐 놓은 사람들."

새미는 빵 조각을 뜯더니 주변을 손으로 가리켰다. "보입니까?" 그는 짙은 색 나무 바, 주크박스, 작은 사각 탁자, 그의 등 뒤 벽돌 벽에 걸린 고만고만한 유명인들의 사진을 가리켰다. "예전에는 이 동네 전체가 이랬어요. 사람들도 좋고 음식도 제대로였지. 밤에 여기 와서 술 몇 잔 마시면 근심걱정이 사라졌죠." 그는 빵을 입에 넣고 두어 번 씹더니 잔에 담긴 와인을 천천히 마셨다.

"좋은 인생이군요."

"바로 그거요. 천국에서 편히 쉬고 계시는 우리 어머니는 설리번가에 사셨어요. 프린스가의 베수비오에서 빵을 사고 조스 데어리에서 치즈를 사셨죠. 토요일 오후엔 길가에 접이식 의자를 내놓고 친구들과 둘러앉아 가족 이야기를 했고요. 일요일이면 파도바의 성 안토니오 성당으로 미사를 드리러 갔어요. 언제나 날 위해 촛불을 밝히셨지요. 저녁이 되면 창밖으로 몸을 내밀고 왼쪽 집의 시뇨라 카사노와 오른쪽 집의 시뇨라 프란젤라와 이야기를 나누었고요. 이건 전부 다 예술한다는 어중이떠중이들이 이 동네로 몰려들고 돈만 밝히는 어린 놈들이 뒤쫓아오기 전 일이지. 이제 우리에게 뭐가 남았는지 압니까? 매년 2주 동안 열리는 산 제나로 축제뿐이지."

"안타까운 일이네요."

"그 중 최악은 이곳을 그렇게 만든 인간이 동네 사람이었다는 거요. 겉멋만 든 카스텔리라는 놈이 갤러리를 열더니 터무니없이 비싼 정장을 걸치고 유럽 출신 여자친구들을 만나고 다녔지. 뭘 하면서? 점잔 빼는 예술가들을 데리고 매일같이 메초조르노에 들락거리더니 고객들을 데려왔어요. 돈들이 어찌나 많은지 그림 한두 점 사는 걸로는 성이 안 차서 온 동네를 사들이더군. 그 다음으로는 식당들이 빌어먹을 물 한 병에 10달러를 받질 않나, 어떤 집주인 놈은 우리 어머니를 아파트에서 내쫓으려고 하질 않나. 글쎄 임대료를 여덟 배나 올리겠다지 뭡니까. 그 추잡한 집주인 놈은 나랑 장기 세입자의 장점에 대해 가벼운 대화를 좀 하고나서 제법 빨리 정신을 차리긴 했지. 하지만 모든 집에 나처럼 협상에 능한 사람이 있는 건 아니잖소. 많은 사람들이 안 좋은 꼴을 당했어요. 이제는 주말에 이 동네에 오면 걷기도 힘들 정도로 길이 붐비죠. 엄청나게 많은 사람들 때문에요. 그 뭐냐, 폴리, 그들을 뭐라고 했지?"

"역YUC. 젊은 도시 소비자들이요." 폴이 천천히 또렷하게 말했다.

"그래 그 역한 놈들. 쓰레기 중독자 같은 옷을 미친 가격에 사고 거지 소굴 같은 아파트에 어마어마한 돈을 때려붓고 밤마다 술집에 와서 서로 악을 써대고 있지."

"새미, 진정해요." 폴이 조심스럽게 말했다. "시대는 변하는 거잖아요."

"너 같은 양아치들 때문에 시대가 변하는 거지. 더 좋은 쪽으로 변하지도 않았고."

리틀 이탈리아

테스토스테론만 잔뜩 분출한 채 미팅이 끝날까 걱정스러웠다. 하지만 다행히 그 순간 어떤 키 큰 사람이 다가와 새미의 어깨에 손을 올렸다.

"어떻게 지내?"

새미는 그를 보고는 흥분을 가라앉히고 편안하게 앉았다.

"잘 지내지. 카를로, 여기는 내가 데리고 다니는 폴리."

폴은 4분의 3쯤 어정쩡하게 일어나 고개를 까딱했다.

"이쪽은 잭. 부동산 임대업자인데 그렇다고 나쁘게 보면 안 돼. 미술품 거래도 해. 그리고 우리처럼 젊음에 특별한 관심이 있지."

나는 일어나 카를로에게 손을 내밀었다. 그는 친근하면서도 힘 있게 손을 잡았다. 구릿빛 피부에 배우 뺨치게 잘생긴 그는 오픈 칼라 셔츠와 가격이 900달러쯤 되는 이탈리아제 스웨터를 입고 있었다.

"미술품? 조각이나 벽에 걸린 그림 같은 거 말입니까?"

"그런 것들 중 일부죠."

"우리도 여기 뭘 좀 갖다놔야 할 것 같은데." 카를로가 활짝 웃 으며 말했다. "손님들에게 특별하고 근사한 걸 주고 싶거든요."

"안타깝지만 제가 파는 작품은 여기를 장식하기엔 적합하지 않을 것 같군요. 보통 사람들이 편하게 즐기기 힘든 것들이라서요."

"봤지?" 새미가 손을 뻗어 내 다친 팔을 토닥거렸다. "잭은 싹싹한 사람이라니까."

카를로는 나를 향해 미백한 치아를 다시 드러내며 웃었다. "잭, 다음에 오면 날 찾아요. 왕자처럼 대접받게 해드리죠."

그는 다시 새미를 보았다. "병원에서는 뭐래?"

새미는 고개를 저었다. "도대체 그걸 누가 알겠어? 풀떼기나 먹고 하루에 30분씩 걸으라는데. 걸으라니, 그게 뭐야? 그런 건 콘타디니*나 하는 거야."

"우리 할아버지가 콘타디니셨지." 카를로가 말했다. "너한테 건강해지는 법 말고도 뭔가 더 가르쳐주실 수 있었을 텐데."

"그래. 하지만 너네 아버지는 소작농이 아니셨잖아. 고급 차를 몰고 나처럼 좋은 정장을 매일 입으셨지. 정말 위대한 나라야. 안 그래? 모든 세대가 더 살기 좋아졌지. 날 봐. 뉴저지 출신 치과의사 같지 않아?"

"아니, 파에자노.* 그 정도로 품위 있지는 않아."

카를로는 내게 윙크하더니 폴에게 고개를 끄덕여 인사를 하고 바로 돌아갔다.

"다들 빌어먹을 코미디언이라니까." 새미가 말했다.

나는 카를로가 미로처럼 놓인 탁자 사이를 유연하게 지나가는 모습을 지켜보았다. 웨이터가 와서 시선을 낮추고 남은 파스타를

* contadini, 소작농 – 역주.

* paesano, 촌뜨기 – 역주.

치우고 얇게 썬 송아지고기를 가져왔다.

"잭, 이제 얘기해봐요. 여기 뭐하러 왔소?"

"정당한 대가를 위해서죠. 전 욕심이 많지 않습니다."

"어떤 대가요?"

"여자와 돈이요. 그보다 나은 게 있을까요?"

"없지요. 하지만 내겐 이미 둘 다 많은걸. 그러니 내가 왜 당신 일에 신경 써야 하죠?"

"지금은 둘 다 꽤 가진 정도겠지만 훨씬 많이 갖게 해드릴 수 있습니다."

새미는 목소리를 낮췄다. "더 많이? 내겐 지금 당장에라도 명단을 뽑을 수 있는 온라인 유료 회원이 20만 명이나 있어요. 6주 간격으로 우리가 파티를 열 때마다 영상 하나에 12달러를 지불할 준비가 되어 있는 사람들이지. 그리고 1년에 두 번 내는 하이라이트 테이프는 아시아에서 개당 10달러에 수십만 개가 팔려요. 그걸 더 늘려줄 수 있다고?"

"제가 보기엔 유럽, 라틴아메리카, 중동이라는 큰 시장을 놓치고 있으신 것 같아서요."

"그 문제는 미스터 주와 이야기해요. 해외 일은 그쪽 사람들이 처리하니까."

"그 중국인은 아시아 빼면 적당한 연줄이 없을 텐데요."

"그 염병할 중국놈 이야기는 꺼내지 말아요. 그놈들이 시내를 몽땅 접수했지. 멀버리가 딱 한 군데만 빼고. 그 사기꾼 같은 황인종 개자식들은 사업하는 방법을 제대로 알고 있습디다."

"하지만 자기들 인맥을 벗어나지 못하죠."

"당신은 가능하고?"

"코펜하겐, 파리, 베를린, 이스탄불, 리야드, 부에노스아이레스에서 투자자도 끌어올 수 있죠."

"왜 우리가 투자자를 원한다고 생각하시지?"

"투자를 받으면 간접비가 사실상 없어지니까요. 그 사람들한테는 해외 판매 수익 상승분에서 빼서 되갚아주면 되고요. 추가 수익에 비하면 투자금은 아주 적은 지분이죠. 거기서 운송비와 뇌물이 빠질 테고요. 나머지는 전부 주머니로 들어가는 겁니다."

"그럼 거기서 당신이 얻는 건?"

"약간의 커미션이죠. 당연히 새로운 사업에 한해서만요. 비율은 정해 주시죠. 당신 같은 분이라면 공정하다는 믿음이 가네요."

새미는 팔꿈치를 탁자에 괴고 몸을 앞으로 숙였다.

"정말요? 왜죠?"

"경험이죠."

"나 같은 놈들이랑 사업을 해보셨다?" 새미는 희미하게 미소 지었다. "당신은 그런 타입으로는 안 보이는데."

"그래서 지금 제가 감방이 아니라 소호의 근사한 레스토랑에 앉아 있는지도 모르죠."

새미의 눈빛이 차가워졌다. "도대체 무슨 말인지 모르겠군요." 그는 기대앉더니 일부러 무덤덤한 표정을 지으며 나를 보았다.

"그러시겠죠. 바로 그래서 우리가 함께 일해야 하는 겁니다. 새미, 내 고객들 중 절반은 당신 같아요. 대부분 당신만큼 정직하지는 않지만요."

새미는 웃음을 터뜨렸고 폴이 따라 웃을 때까지 그를 계속 쳐다보았다.

"빌어먹을 맞는 말이군."

"내 몫은 새로운 수익의 15퍼센트 정도가 어떨까 싶은데요. 나중에는 비율을 더 낮춰서 당신이 정해요. 그땐 내가 할 일이 없을 테니까요."

"전혀 없지요."

"새미, 바로 그겁니다. 정말 간단하지 않나요?"

"그렇군요. 하지만 잭, 잘 들어요. 난 뱉은 말은 지키는 사람이오. 그게 내 친구들을 지키는 방법이고."

"당연히 그렇겠지요. 친구가 곧 돈이죠. 이해합니다. 미술품 거래에서도 똑같으니까요." 나는 와인을 한 모금 더 마셨다. "어쨌든 제가 당신의 회계장부를 검토하게 해달라는 식의 부탁을 하는 건 아니잖아요?"

"잭, 날 웃기는군요."

나는 미소 지었다. 술 덕분에, 그리고 두려움이 섞여 나는 대담해졌다. 어쩌면 무모했을지도.

"그 투자자라는 사람들은 누구요?"

"제가 아는 컬렉터들이요. 발뛰스 클럽 회원들이죠. 걱정 마세요. 난처한 질문을 할 사람들은 아니니까. 숫자만 맞으면 말이죠."

"뭘 보고 그렇게 확신하실까?"

"저는 그들의 구매 이력을 잘 알고 있어요. 가끔 딱히 팔려고 내놓지 않은 미술품을 사기도 하지요."

새미는 눈썹을 둥그렇게 추켜세웠다.

"그러니까 이 신사들은 가격과 상관없이 고급을 원한다는 얘깁니다." 내가 설명했다. "저는 그 사람들을 대신해 몇 가지 문의를 드리는 거죠. 한 달쯤 뒤에 알고 지내는 여자 딜러를 만날 예정인데, 보통은 취리히의 어느 호텔에서 만나요. 그녀가 제게 작품을 보여줄 테고 저는 진품 여부를 감정해요. 미리 물어봤던 작품들이죠. 희귀하고 시장에 새롭게 등장한 작품들이에요. 며칠 전까지만 해도 지방 박물관이나 낡은 교회나 쓰러져 가는 궁전 같은 곳에 있었으니까요."

"그 컬렉터라는 사람들이 당신에게 수수료를 넉넉히 줘야겠군요."

"덕분에 괜찮게 살고 있지요."

새미는 잔을 내려놓고 미소 짓더니 폴에게 말했다. "난 이 사람 마음에 들어. 재미있어."

"말씀드렸잖아요. 잭은 정말 괜찮은 사람이라고요."

"정말 재미있는 사람이야." 새미는 탁자 너머로 팔을 뻗어 내 한쪽 뺨을 가볍게 툭툭 치더니 반대편 뺨에도 똑같이 했다. "똑똑하고 옷도 잘 입었고 일을 너무 심각하게 받아들이지 않는 점이 마음에 들어."

"고맙습니다. 어깨가 으쓱해지네요."

새미는 잠시 나를 보더니 어깨 너머에 대고 말했다. "여기 그릇 좀 치우고 에스프레소 갖다줘." 그리고 나를 보았다. "돌체* 좀 먹겠소?"

"디저트 말씀이시라면 괜찮습니다."

새미는 환하게 웃었다. "잭. 우린 서로를 이해하는군요. 밥을

* dolce. 단 것 - 역주.

같이 먹어서 좋소. 난 항상 같이 어울리는 걸 좋아하거든. 그래야 어떤 사람과 함께 일하는 건지 알거든. 이렇게 얼굴을 마주해야 거래가 잘 풀려요. 다들 친해지고 속았다고 느끼는 사람도 없고."

웨이터가 쟁반을 가지고 돌아와 식탁보에 눈을 고정한 채 커피를 내려놓고 물러갔다. 새미는 자기 잔에 인공감미료를 두 봉지 넣었다.

"그럼 다음 할 일은 뭐죠?"

"잭, 실은 당신 스스로 자신을 증명해야 해요."

"저를 증명한다고요? 어떻게요?"

새미는 내 얼굴을 뚫어지게 쳐다보았다.

"폴리가 그러는데 자기가 마음에 들어 하는 섹시한 꼬마가 당신과 정말 친하다던데."

"그래요? 그게 누구죠?"

"멜리사 올리버."

나는 대답하지 않았다.

"열두 살이죠." 폴이 말했다. "속은 거의 서른 살 같고요."

역시 대답하지 않았다.

"우리에겐 어린 편인데." 새미가 말했다. "하지만 폴이 잠재력이 대단하댔소. 직접 가르치려고까지 했지."

"그래서 그렇게 했나요?" 마침내 내가 입을 열었다. "무슨 일이 있었죠?"

"실패했어요." 폴이 씁쓸하게 대답했다. "얼마나 애를 태우던지. 게다가 망할 엄마에게서 오래 떼어놓을 수가 없어서 진도를 나갈 수 없었어요." 그는 입술을 깨물었다. "하지만 그 애는 최상

급이에요. 몰랐다고 하지 마요."

새미는 빈 잔을 내려다보았다. 에스프레소잔은 그의 두툼한 손가락 때문에 작은 골무 같았다.

"폴리는 우리 중 최고의 모집책이죠. 폴리가 스타감이라고 하니 난 쓰고 싶네요."

"여자아이들은 준비가 되면 언제나 작은 신호를 보내요." 폴이 아까보다 자신 있게 말했다. "눈길을 던진다든지 농담을 한다든지 머리카락을 홱 넘긴다든지 천천히 기지개를 켠다든지 달라붙는 옷을 입는다든지요." 말하는 모양이 무슨 열정 가득한 전문가라도 되는 듯 했다. "광고판만큼이나 분명한 신호들이죠. 그걸 읽는 걸 겁내지만 않으면 돼요."

"그래요, 잭." 새미가 내 눈을 보며 말했다. "준비됐소? 다음 촬영 때 와보지 그래요?"

"기꺼이요."

"좋아." 새미는 계속 나를 보았다. "그럼 그 애를 데려와요."

나는 입이 좀 말랐다. 호건이 지금 내 옆에 있었으면 하고 간절히 바랐다.

"알겠어요."

"그러니까." 새미가 낮은 목소리로 설명했다. "당신이 진짜 우리 사람이라는 확신이 필요하다고. 꿈만 크거나 말만 하는 사람들은 많아요. 하지만 실행하는 건 다르죠."

나는 고개를 끄덕였다.

"자, 어때요? 잭, 해보겠소? 작업에 낄 거요?"

"돈이 맞으면요."

새미는 끙 하고 앓는 소리를 냈다. 그러고는 외설 행위 메뉴에 있는 항목을 거침없이 차례로 읊으며 가격을 불렀다. 멜리사가 연기를 잘 하면 각 항목마다 내 몫의 돈이 상당히 많아졌다. 멜리사가 카메라 앞에서 진짜로 하면 돈은 두 배가 되었다.

"적당한 것 같군요." 내가 말했다.

"오면 당신도 하는 겁니다."

"그럼요."

"굉장한데요." 폴이 끼어들었다.

"한 가지만요. 멜리사 차례가 됐을 때 그 애가 다치면 안 됩니다."

"걱정 붙들어 매요." 새미가 말했다. "복숭아처럼 소중하게 다뤄줄 테니까."

"좋아요. 촬영은 언제죠?"

"우리 쪽 상황이 괜찮고 준비가 되면 먼저 폴이 당신을 데리고 미스터 주를 만나러 갈 거요. 그 중국놈이 당신을 마음에 들어 하면 폴리가 언제 어디로 가야 할지 알려줄 거요."

그 말을 끝으로 새미는 자리에서 일어났다. 폴과 나도 일어나 탁자 옆에서 머뭇거렸다. 아무도 계산서를 가지고 오지 않았다. 우리는 새미의 뒤를 따라 출입문 가까이에 있는 바로 갔다.

"난 여기 좀 더 있을 거요. 카를로와 의논할 일이 좀 있어서."

새미는 내게 손을 내밀었다. 그는 아주 가깝게 서 있었다. 그의 넓은 어깨와 불룩한 배가 느껴지고 그가 피우는 수입 시가의 상표까지 알아맞힐 수 있을 정도였다. 나와 멜리사가 지독한 냄새가 나는 그 육중한 몸에 깔려 험한 일을 당하면 어떨까 하는 무시무시한 상상을 잠깐 했다.

"내 딸이 그 비싼 브래드포드 스쿨에 가고 싶어 했죠."

"최고의 학교니까요."

"맞아요. 그런데 잘 안 됐어요."

"유감이군요."

"질문을 어찌나 많이 해대던지."

나는 최선을 다해 공감하는 척했다.

"잭, 이걸 좀 봐요."

새미는 주머니에서 사진 한 장을 느릿하게 꺼냈다. 그가 사진을 들어올렸을 때 보인 것은 예상과 달리 그의 딸이 아니었다. 새로 산 재킷, 체크무늬 치마, 무릎까지 오는 양말 등 브래드포드 스쿨 교복을 입은 멜리사가 손으로 브이를 하고 센트럴파크에서 엉덩이를 삐딱하게 내민 채 서 있는 사진이었다. 폴이 그토록 좋아한다는 일요일 출사 때 찍은 사진이 분명했다.

"부탁해요."

새미의 눈은 와인 때문에 약간 충혈돼 있었다.

"물론이지요."

"같이 재미 좀 봅시다."

"좋으실 대로요."

"그 올리버 녀석이 교복을 입고 오면 내가 큰 거 한 장 더 얹어 드리지."

차이나타운

도덕관의 변화는 나이 드는 것과 비슷하다. 변화는 깊은 곳에서 미묘하게 일어나며 손상은 차곡차곡 쌓인다. 그걸 감지할 방법은 없다. 있다면 그저 시계를 보며 시간이 지난 것을 확인하듯 멀리 눈을 돌렸다가 다시 들여다보는 것뿐이다.

폴 모스도 마찬가지였다. 한때 그는 그림과 책, 늦은 밤에 있는 허세 부리는 모임, 대학원 세미나에서 악마의 꽃에 넋을 빼앗긴 미술 전공 석사과정생이었다. 하지만 떨어져 나간 대부분의 중산층 학생들과 달리 폴은 자신의 나쁜 남자 판타지를 진지하게 좇기 시작했다. 학계라는 수사적 거품을 치우고 미술 비평과 주말 밤 이스트 빌리지에서 벌어지는 소규모 마약 거래를 뛰어넘은 채. 비디오는 그를 본격적인 어둠의 세계로 이끌었고 그는 그곳에서 사랑을 쏟을 만한 악덕을 발견했다. 그로부터 몇 년이 지난 지금 그는 이렇게 나를 이끌고 소호의 거리를 지나 〈처녀의 희생〉 스튜디오로, 그 너머 차이나타운과 미스터 주에게로 향하고 있었다.

"지난주에 보니 새미가 너를 제법 거칠게 대하더군."

크로스비가에서 남쪽으로 걸어가며 내가 말했다.

"그 사람 방식이 그래요. 새미나 미스터 주를 보통 사람과 같은 잣대로 판단할 순 없어요. 그 사람들은 그런 거와는 아주 거리가 멀죠."

폴은 블록 중간쯤부터 길 끝 모퉁이까지 이어진 지저분한 흰색 건물 맞은편에 멈춰 섰다. 큰 창문이 줄줄이 달린 6층 건물이었는데 창문은 대부분 쌓여 있는 상자에 가려져 있었다. 폴은 거리에 접한, 그래피티로 표시된 철문을 향해 고갯짓했다.

"저기가 촬영할 곳이에요. 4층이죠. 초인종을 누르면 돼요."

우리는 멀버리가 쪽으로 길을 건넜다. 가로등에는 반짝이는 빨간색과 초록색 장식이 달려 있었고 가게와 음식점에서는 관광객을 위해 틀어 놓은 음악이 흘러나왔다. 차이나타운에 먹히지 않고 마지막으로 남은 리틀 이탈리아 구역이었다. 우리의 걸음은 커낼가에서 쇼핑 인파를 만나는 바람에 느려졌다. 사람들은 길거리 음식을 먹을 때도 짝퉁 명품 핸드백을 살 때도 기운 넘치게 서로 밀쳤다.

우리는 모트가에서 다시 남쪽으로 방향을 틀어 생선과 채소 가판대, 값싼 비취 장신구 가게, 싸구려 딤섬 음식점이 들어찬 보도에 접어들었다. 폴은 키가 자기 어깨까지 오고 어두운 옷을 입은 검은 머리 쇼핑객 무리를 뚫고 계속 열심히 걸어갔다. 그의 금발은 느릿하게 흐르는 강물에 띄운 등불처럼 쉼 없이 남쪽으로 떠내려가는 것 같았다. 음식점마다 사람이 가득했고 조명이 지나치게 밝았다. 우리는 장난감과 장식품을 파는 가게 해피 로드를 지나갔다. 가게에는 비디오 게임과 처량하게 춤추는 장난감 닭이 있었는데 탁자 위에 놓인 진열용 유리상자에 갇혀 이리저리 헤매는 모습이 비운을 예고하는 듯했다.

마침내 폴은 창문에 아시아 포르노 잡지와 CD 포스터 여러 장이 어수선하게 붙어 있는 가게 앞에 섰다. CD 포스터에는 저마다 남녀 가수들의 모습이 담겨 있었는데 모두 반짝이는 검은 눈망울에 젊고 아름다웠다. 내가 알아들을 수 없는 언어로 사랑에 멍든 슬픔을 노래하는 유명 가수들이었다.

"여기예요. 친하게 보여야 해요. 미스터 주를 만날 때까지는 아무 말도 하지 말고요."

안으로 들어가자 20대로 보이는 점원 둘이 딱히 하는 일 없이 있었다. 화면에서 홍콩 게임쇼 테이프가 상영되고 있었다.

"니하오." 폴이 말했다. "주 동 씨 초대로 왔어요. 2시에 위층에서 게임하기로 했거든요."

점원 둘이 서로 쳐다보더니 한 명이 가짜 롤렉스 손목시계를 보았다.

"알겠습니다. 올라가세요."

나는 폴을 따라 카운터를 돌아 잡지 더미에 반쯤 파묻힌 좁은 층계참으로 이어지는 문으로 들어갔다. 좁은 계단은 사다리처럼 가팔랐다. 점원은 우리를 데리고 두 층을 올라갔다. 층계참마다 철망으로 울타리를 쳐놓았다. 두 번째 층을 지날 때 문 하나가 열려 있었는데 문턱에서 대형 스탠드 선풍기가 좌우로 돌아가고 있었다. 방 안은 천장의 형광등 때문에 눈이 부셨고 긴 탁자에 여자들이 빽빽이 들어 앉아 재빠른 손놀림으로 재단과 바느질을 하고 있었다. 점원이 세 번째 층계참에 달린 버저를 누르자 눈 처진 남자가 문을 열었다.

"비디오 만드는 사람이에요." 폴이 말했다. "친구 빅 새미를 위해 '처녀' 쇼를요."

남자가 고개를 홱 움직여 문을 가리키자 점원이 우리를 데리고 널찍한 방으로 들어갔다. 방안에는 화려한 샹들리에가 달려 있었고 벽에는 거대한 한자가 붉은 색으로 선명하게 장식되어 있었다. 스무 개 정도 되는 원탁이 방 안 여기저기에 놓여 있었는데 탁자마다 여섯 명에서 여덟 명이 앉아서 작은 타일 더미와 큰 돈다발을 놓고 도박을 하고 있었다. 그들은 일순 조용해지더니 담배 연기 사이로 우리를 보았다. 이곳에 백인은 폴과 나뿐이라는 사실이 강하게 인지되었다.

방 건너편에서 마흔가량의 잘생긴 남자가 느긋하게 걸어 나오며 우리를 맞이하자 다시 왁자지껄해졌다. 옥스퍼드 셔츠와 베이지색 면바지 차림의 그는 포스트 마오쩌둥 시대의 로터리 클럽 회원처럼 손을 내밀었다.

"어이 폴, 어떻게 지냈나?"

나중에야 알게 된 사실이지만 이국적인 느낌을 주는 미스터 주는 시티 컬리지에서 6년을 보냈다. 그는 우리를 데리고 방 한 구석에 있는 작은 사무실로 빠르게 걸어갔다. 젊은 남자가 백주 한 병을 갖다주고 조용히 나갔다. 미스터 주가 술을 따랐다.

"새미가 네가 올 거라고 하더라고." 그가 말했다.

우리는 소나무 향이 나는 맑은 독주를 다 같이 마셨다.

"이 사업은 처음이시라고요?"

"네, 비디오 사업은 처음이죠. 전반적인 거래나 그쪽이 다루는 제품은 처음이 아니고요."

"그렇군요. 사실 사업이라는 게 전부 거기서 거기죠. 난 MBA

를 받고 월 스트리트에서 일했는데 우리 할아버지의 국수가게와 별반 다르지 않더군요."

"왜 떠나셨죠?"

"사업을 해서 돈을 더 빨리 벌기로 했거든요. 광둥 사람들의 꿈이랄까요."

그는 자기가 한 말이 진짜 재미있다는 듯이 웃었다. 어쩌면 이 농담을 지난 10년 동안 일주일에 한 번씩은 했을지도 모를 일이었다.

"지금은 주로 어떤 사업을 하시나요?" 내가 물었다.

"수출입이죠."

"뭘 수출하는지는 알고 있습니다. 그래서 여기 왔고요. 그런데 미국으로는 어떤 걸 수입하시죠?"

"당신은 뭘 좋아하죠?"

미스터 주는 입을 꾹 다물고 차분하게 나를 보았다. 그러더니 갑자기 환하게 미소 지었다. 그의 치아는 중국 본토 사람들 대부분이 그렇듯 상태가 안 좋았는데 차와 니코틴 때문에 시커멓고 틈이 벌어지기 시작했다.

"제 목표는 사업과 재미를 합치는 겁니다. 당신처럼요."

"나처럼은 아니지요. 난 '재미' 자체가 사업이니까요. 차이가 아주 크죠."

"모든 사람이 그렇게 운이 좋지는 않죠."

"지금 하시는 일이 마음에 안 드나요?"

"뭐랄까요. 공장 조립 라인 속 인생 같다고나 할까요?"

미스터 주는 씩 웃더니 술을 다시 따랐고 나는 백주잔을 들고 말없이 그와 건배했다.

"사실." 내가 다시 말을 꺼냈다. "제법 즐거워요. 제 돈벌이 말입니다. 당신 사업과 그리 다르지 않죠."

"그래요?"

"해마다 봄이 되면 명문 미술학교 몇 군데의 졸업작품 전시회에 가죠. 가서 작가 한둘을 골라 작품을 삽니다. 1, 2년쯤 뒤에는 그들에게 전시회를 열어주고요. 잘 되면 수익의 절반을 제가 가져가요. 사놓은 작품의 가격이 오르면 인상분은 고스란히 제 몫이 되고요."

"제대로 고르는 경우겠죠."

"잘 고르는 게 제 일이자 특출한 재능입니다. 게다가 열에 한 번 정도만 제대로 하면 되지요."

"아주 매력적인 확률이군요."

"작가 한 명만 제대로 떠도 오른 가격이 나머지를 모두 메꾸고도 남죠."

"두 배 정도?"

"5년쯤 지나면 20배, 10년이 지나면 50배 정도예요."

"그렇군요. 카지노보다 나은 거 같은데요."

"작가가 계속 활동하는 한 몇십 년씩 가기도 하지요. 2년 뒤든 20년 뒤든 그들이 활동을 중단하면 버리는 거고요."

"늙은 창녀처럼 말이죠."

"정확하네요."

미스터 주는 웃음을 터뜨렸다. "좋아요. 그럼 폴의 테이프로 뭘 할 생각이죠?"

나는 시엘로 아주로에서 새미에게 했던 제안을 다시 설명했고 미스터 주의 날카로운 질문에 대답하면서 여러 세부 내용을 추가했다. 30분 동안 질문과 술잔이 이어졌다.

"생각이 어떠신지 말씀해주시죠."

"한 잔 더 마셔야겠는데요. 공식적으로 도장을 찍는 의미로."

우리는 백주를 한 잔씩 더 마셨다.

"당신 인맥이 훌륭하다면 모두에게 좋은 일이겠죠."

"제 인맥은 자기들이 좋아하는 걸 잘 알아요. 전달만 잘 해주시면 우리 모두 짭짤한 수익을 거둘 겁니다. 확실하고 안전하죠. 스위스 은행처럼요."

내 새로운 동업자는 폴을 보았다. "정말 운 좋은 만남이군. 고마워 친구. 잊지 않을게."

"좋아요." 폴이 말했다. "그런데 유럽에서 테이프를 복제할 방법을 알아봐야 할 것 같은데요."

"문제없어." 미스터 주가 말했다. "벨빌로 잘 하는 사람들을 보낼 수 있어."

폴은 별다른 반응이 없었다.

"파리에도." 내가 그에게 말했다. "차이나타운이 있어. 유럽의 중심부라 위치가 아주 좋지."

술잔이 다시 채워지자 나는 나탈리와 벨빌에 있는 어느 식당에 마지막으로 갔을 때를 떠올렸다. 나탈리가 러시아의 아프가니스탄 침공 중단에 관한 스트레이트 기사를 막 다 쓴 참이었다. 2주 동안 그녀는 산속에서 무자헤딘과 함께 다니며 그들이 미국 무기상에게 받은 견착식 미사일로 좁은 길목에서 러시아 탱크를 폭파

311

시키는 장면을 지켜보았다. 나탈리는 기분이 좋아 프랑스 친구들에게 목숨을 건 매복 공격에 대한 이야기를 자세하게 쏟아냈다. 그러고는 내게 말했다.

"당신네 CIA가 어쩌다 제대로 일 한 번 했네."

나는 미스터 주에게 프랑스에 오래 있었는지 물었다.

"쇼팽 묘지를 찾아가느라 파리에 며칠 있었던 게 전부죠."

"쇼팽을 좋아하나요?"

"나요? 아니요, 난 베토벤파예요. 아버지가 쇼팽을 많이 좋아하셨죠. 피아노 선생님이셨는데 교양 있고 제자도 많았어요. 문화대혁명 때 오지로 추방당해 멀리 신장 변경까지 가서 두 마을을 연결하는 쓸데없는 도로를 건설했고요. 3년 반 동안 매일 삽질을 하셨죠. 음악도 책도 없이요. 아버지는 일하는 동안 미치지 않으려고 머릿속으로 쇼팽의 전곡을 반복해 떠올리셨대요. 처음에는 모든 음이 기억났지만 몇 달이 지나자 조금씩 잊기 시작하셨죠. 나중에 내가 중국을 떠날 때 아버지는 쇼팽의 무덤에 가서 사과하고 싶다면서 언젠가 그곳에 데려간다고 약속하라고 하셨고요."

내 옆에 있던 폴은 좀이 쑤셔 보였다. "저는 곧 스튜디오에 가봐야 해요. 물건을 출하하기 전에 편집할 게 있어서요." 그는 반쯤 애원하는 눈빛으로 미스터 주를 보았다. "여기서 촬영할까요? 잭이 올리버의 딸을 데려오면요."

"상황을 보자고." 미스터 주가 대답했다. "중국에서는 거래하기 전에 이렇게 먼저 술을 마셔요. 바보처럼 나중에 후회할 짓을 제 발로 하는 거죠. 노래방 기계로 노래도 부르고. 그 후엔 다 같이 섹스하러 가죠."

"난 그런 의식에 익숙해요."

"서로 취한 모습을 보는 거죠. 음악과 여자가 있는 데서 더럽게 노는 걸 서로 보는 거예요. 그 후 싹 잊어버리죠. 그래야 믿음이 생기고 사업을 같이 할 수 있어요."

"이곳도 별반 다르지 않죠. 하지만 오늘은 그걸 모두 할 시간이 없을 것 같군요."

"맞아요. 지금 노래는 좀 그렇고… 오늘은 술 마시고 여자랑 뒹구는 것까지만 하죠."

폴은 불안해 보였지만 나는 지금 미스터 주의 제안을 거절하면 거래가 틀어진다는 것을 알았다. 그는 반쯤 일어나 술을 또 따랐고 우리는 또 잔을 부딪쳤다. 백주가 더 이상 독하게 느껴지지 않았다.

라오와이, 베이비

문이 열리더니 알록달록한 스니커즈를 신은 열여덟에서 열아홉쯤 돼 보이는 남자아이 둘이 슬쩍 들어왔다. 미스터 주가 그들에게 광둥어로 간단한 지시를 내리자 아이들의 얼굴에 능글맞은 웃음이 스쳤다. 우리는 모두 계단을 내려갔다.

1층 음반 가게에서 한 층 더 내려가자 상자가 미로처럼 쌓여 있었다. 아이들은 상자 사이로 요리조리 움직이며 우리를 안내했다. 길가 쪽 벽에는 철제 선반들이 설치되어 있었다. 그들이 선반을 젖히자 뜻밖에도 잠긴 나무문이 나왔다. 미스터 주가 열쇠로 문을 열고 들어갔고 우리는 그를 따라 모스가 아래로 난 어둑하고 축축하고 냄새 나는 터널을 지나 넓은 지하 로비로 갔다.

로비에는 노부인이 책상 앞에 앉아 있었는데 그 뒤로 벽에 베니어판을 붙여놓은 복도가 두 개 있었다. 복도에는 몇 미터 간격으로 일정하게 문이 있었는데 어떤 문은 열려 있고 어떤 문은 닫혀 있었다. 여기저기서 하나같이 예쁘고 어린 중국 여자들이 우리를 내다보았다. 책상 맞은편에는 계단이 있었는데 미용실 뒷방으로 이어지는 것 같았다. 위쪽에서 여자들의 수다 소리와 헤어드라이어 소리가 계속 들렸다.

"펄 고모에게 어떤 걸 좋아하는지 얘기해주면 됩니다." 미스터 주가 이렇게 말하며 노부인을 향해 고개를 끄덕였다. "내 손님들이니까요."

폴은 매우 안절부절 못했다. "감사하지만 저는 정말 몸이 안 좋아서요. 잭만 가야 할 것 같은데요."

"폴, 진정해. 오래 안 걸릴 거 아냐. 내가 널 아는데."

미스터 주는 그렇게 말하고는 펄 고모에게 재빨리 뭐라 지시했다. 그러자 노부인은 숫자가 적힌 사각형 플라스틱이 달린 열쇠를 꺼냈다. 헬스클럽 사물함 열쇠와 비슷했다. 이윽고 20대 초반으로 보이는 여자 둘이 의자에서 일어나 다가오더니 폴의 팔을 잡았다. 둘 다 매우 귀여웠고 밝은 색 튜브톱에 워싱한 청바지를 골반에 걸치고 하이힐을 신고 있었다. 손과 작은 발에는 매니큐어를 칠했다.

"링이라고 해요."

양팔에 여자를 하나씩 낀 폴은 자기 의지와 상관없이 사형장에 끌려가는 사람처럼 왼쪽 복도를 걸어 내려가기 시작했다.

"난 후이에요." 두 번째 여자가 걸어가면서 말했다. "나 예쁘지 않아요?"

폴은 어깨 너머로 내게 절망적인 눈빛을 마지막으로 던진 뒤 좁은 방 한 곳으로 사라졌다.

"마음에 드는 아이를 찾았나요?" 미스터 주가 물었다.

나는 어깨를 으쓱했다. "다 좋은데요. 고맙습니다."

"그렇죠." 그가 몇 마디 하자 남자아이들이 오른쪽 복도로 갔다. 한 아이가 자기보다 두 살쯤 어려 보이는 눈이 큰 10대 여자

아이를 데려왔다.

"애는 어때요?"

"오늘은 안 되겠군요."

거절한 것은 실수였다. 이제 미스터 주는 체면을 잃을 위기에 처했다. 그가 신호하자 노부인이 카운터에서 나왔다.

"5분만 기다리세요. 예쁘고 더 어린 아이를 데려오죠. 이런 오래된 생선 같은 게 아니라 싱싱한 걸로요. 마음에 드실 겁니다."

"지금도 좋은데요." 나는 재빨리 주위를 둘러보았다. "저기 계단 옆에 날씬한 여자가 마음에 드는군요. 상하이에 있는 친구가 생각나요."

"하! 친구 누구요? 늙어 빠진 집주인 말인가요?" 펄 고모가 웃음을 터뜨렸다. "쟤는 나이가 아주 많아요. 손님에게 어울리지 않죠. 서른 살쯤 됐을 걸요. 왜 할머니를 찾아요?"

"난 배우는 걸 좋아하거든요."

미스터 주는 내 생각이 인상적이었던 모양이다.

"좋습니다. 저 여자는 경험이 아주 많아요. 나도 좋아하지요. 비법을 가르쳐줄 겁니다."

그는 자기 상품을 잘 알았다. 창문 없는 좁은 방으로 들어가자 여자는 신이라고 자신을 소개했다. 그녀는 손놀림이 재빠르고 능숙했다. 딱 한 번, 맨살이 드러난 내 팔을 보고 머뭇거렸다.

"전쟁에서 다쳤어요?" 그녀가 놀란 듯, 어루만지는 듯한 목소리로 물었다.

"아니. 일하다가."

그녀는 내 대답이 만족스러운 것 같았다. 내가 어딘가에서 거래를 날려먹고 미스터 주 같은 사람과 싸운 게 아닐까 생각한 모양이었다. 그녀가 쉽게 떠올릴 수 있는 장면이기는 했다.

그 후 나는 딱딱하고 좁은 매트리스에 누웠고 그녀가 날 기분 좋게 해주려고 하는 것들을 그냥 하게 내버려두었다. 사실 모든 게 틀린 건 아니었다. 신은 아주 노련했는데 여배우라고 해도 손색이 없을 정도였다. 캄캄한 것과 다름없는 공간에서 나는 하마터면 그녀의 열정이 진심이라고 믿을 뻔했다. 그녀가 내 몸 위에서 머리카락을 늘어뜨리고 천천히 흔드는 모습이 어렴풋이 보였다. 숨결은 반쯤 신음처럼 터져 나왔다. 그녀는 나를 '라오와이,*베이비'라고 부르며 연신 신음 소리를 냈다. 다양한 체위, 리듬, 탄식과 신음 모두 흠잡을 데 없이 흘러갔다. 그 후에는 내 뺨을 한동안 다정하게 어루만졌다. 무엇을 더 해달라 하겠는가? 그 순간만큼은 그 누구보다 나를 깊이 아끼는 것 같았다. 나는 고마운 마음에 팁을 50달러 주었다.

밖으로 나오자 폴은 이미 의자 하나에 앉아 있었다. 창백하고 고통스러운 표정이었다. 여자 둘은 패션 잡지를 읽고 있었다. 신이 어둑한 복도에서 나와 그들에게 다가갔고 세 사람은 잡지를 넘기며 웃음을 참으려 손으로 입을 막기도 하며 베이징어와 광둥어를 섞어 나지막하고 빠르게 이야기를 나누었다.

"젠장." 주저앉아 있던 폴이 목소리를 낮추지도 않고 말했다. "그동안 중국놈들이랑 거리를 두려고 그렇게 애썼는데."

내가 기분이 나쁘지 않다는 사실에 나 스스로 약간 짜증이 났다. 내 영혼 또는 그와 비슷한 무언가를 위해 이런 종류의 일을

---

* 老外, 외국인을 속되게 이르는 중국어 - 역주.

끊겠다고 맹세했기 때문인 것 같았다. 물론 일 때문에 사람들과 어울리다 보면 어쩔 수 없을 때도 있었다.

"진정해. 너의 비밀은 지켜줄 테니."

사실 차이나타운에서 누가 무엇을 하든 관심이 없었다. 커낼가의 남쪽에서는 모든 것이 빠르게 뒤섞였고 다른 언어로 말했다. 이 짧은 중국식 탈선이 뭐가 대단한가. 소호의 일반적인 기준에서 볼 때 요즘 내 사생활은 성인군자나 마찬가지였다.

마침내 미스터 주가 자기 여자 둘을 이끌고 나타났다. 하나는 머리를 빨간색으로 염색했고 다른 하나는 아까 그 여고생이었다. 지나쳐 가던 여고생이 짓궂은 눈빛으로 나를 쏘아보았다. 그녀는 가쁜 숨을 몰아쉬며 몸을 떨었지만 엷은 미소는 계속 그대로였다.

"즐거운 인생이죠?" 미스터 주가 씩 웃으며 물었다.

폴이 초조해하며 일어났다. "네. 이제 가봐야겠어요."

미스터 주가 내 귀에 대고 말했다. "폴은 아시아 여자에게 빠질까 겁나는 모양이군요. 안타까운 놈이에요."

"어리잖아요." 내가 말했다. "자존심을 지키는 법을 아직 배우지 못한 거죠."

"그렇죠. 이해하시는군요. 새미에게 당신이 함께 일하기에 좋은 사람이라고 말할 생각이에요."

"기대하고 있습니다, 미스터 주."

"주 밥이라고 불러요. 친한 사이에서 부르는 이름이죠."

"조 밥과 비슷하군요. 미국 시골 출신 같은 이름인데요."

"그러게요. 광둥 출신 인종차별주의자 멤피스 마피아라⋯." 그가 호탕하게 웃었다. "사업할 땐 주 동이지만 놀 땐 조 밥인 거죠."

"아이디어 훌륭한데요. 한 사람으로만 사는 건 너무 지루하죠."

우리는 펄 고모에게 고개를 숙여 감사 인사를 했다. 그녀가 여자들에게 뭐라고 큰 소리로 말하자 그들은 의자에서 일어나 미소 지으며 터널 문을 나가는 우릴 향해 이렇게 말했다.

"안녕히 가세요. 감사합니다. 조만간 또 오세요."

마크 상

폴과 나는 쨍하게 내리쬐는 늦은 오후의 햇살 속으로 나가서 어색하게 서로를 흘깃 보았다.

"매력적인 친구들을 뒀군." 내가 말했다.

"미스터 주는 괜찮은 사람이에요. 모든 걸 제 마음대로 휘두르고 싶어 하는 것뿐이죠."

"그건 흔한 욕구지."

시계를 보니 3시 35분이었다. 조금 있으면 멜리사를 데리러 학교에 갈 시간이었다. 전시회 때문에 준비할 것이 더 남아 있는 앤젤라가 일주일에 한 번 멜리사를 피아노 레슨에 데려가달라고 부탁했던 것이다.

77번가의 지하철역 밖으로 나오자 공기가 시원했다. 검은색 캐시미어 옷을 입은 나는 새로운 사람이 된 기분이었고 타운하우스와 전쟁 전 지어진 아파트 건물 사이에 서자 마음이 편해졌다. 매디슨 애비뉴로 걸어가는 동안 경비원들이 지나가는 내게 고개를 까딱하며 인사했다. 브래드포드 스쿨의 네오고딕 양식 파사드에 다가가자 멜리사가 학교 안뜰 건너편에 친구들과 함께 있는 모습이 보였다. 그 애가 미소 지으며 친구들에게 뭐라고 말하자 다들 웃음을 터뜨렸다. 갈색 헤링본 코트를 입은 도프먼 부인이 그들을 지켜보다가 나를 발견하고는 경비원에게 들여보내라는 신호를 보냈다.

"늦어서 죄송합니다." 내가 말했다. "업무 회의가 늦게 끝나서요."

"이제 막 걱정되기 시작하던 참이었어요." 도프먼 부인이 대답했다. "얘들아, 멜리사의 삼촌 와이어스 씨에게 인사하렴."

꼬마 숙녀 여덟 명이 주름이 깊게 잡힌 체크무늬 치마와 흰색 블라우스와 남색 재킷으로 된 교복을 입고 서서 인사를 건넸다.

"안녕하세요, 와이어스 씨. 만나 뵙게 돼 무척 반갑습니다."

그러더니 몸을 숙이고 킥킥댔는데 재킷 무더기와 단정하게 빗질한 머리카락 사이로 반짝이는 눈길들이 나를 흘깃거리는 게 보였다. 아이들은 느닷없이 도프먼 부인과 내게 들리지 않도록 자기들끼리 이야기를 쏟아냈다. 몇 명은 얼굴이 빨개지기도 했다.

"얘들아." 도프먼 부인이 그들을 꾸짖었다. "예의 바르게 행동해야지."

멜리사가 애원하는 눈빛으로 나를 보았다.

"괜찮습니다. 저희는 이만 가봐야 해요. 미시의 피아노 선생님이 기다리고 계셔서요. 프랑스어 과외 수업도 있고요."

이 말에 킥킥대는 소리가 커졌다. 결국 친구 하나가 앞으로 나왔다. "미시가 그러는데 와이어스 씨께서 언젠가 우리에게 이상한 미술에 대해 얘기해주실 거라던데요."

"이상하다니 어떤 걸 말하는 걸까?"

"동물 신체 부위라든지 망가진 자동차 같은 거요. 데 쿠닝이 죽은 뒤로 지금은 그런 게 없잖아요." 그녀는 조로가 칼을 휘두르듯 손으로 허공을 갈랐다. "있잖아요. 난도질 당한 못생긴 여자들이요."

"제시카, 그만하거라." 도프먼 부인이 말했다. "사실 와이어스 씨가 조만간 전후 미술에 대한 수업을 해주실 거야. 뉴욕파 그림에 대해서는 2월에 와이어스 씨의 수업을 듣고 나서 토론하는 게 좋겠어."

아이들은 내 수업 소식에 신난 모습이었다. 멜리사가 웃고 있는 친구들 사이에서 나와 내 손을 잡으며 속삭였다.

"삼촌, 가요. 어른스러운 대화를 나눌 수 있는 곳으로요."

우리는 택시를 타고 공원을 가로질러 어퍼 웨스트 사이드로 향했다.

"친구들이 날 재미있는 사람이라고 생각하는 것 같던데."

"걔들은 멍청이들이에요."

"유지비가 많이 드는 멍청이들 말이지?"

"사실 걔들은 삼촌이 되게 멋있다고 생각해요. 삼촌이 진실을 알고 싶어 하는 것 같아서 말해주는 거예요."

"난 늘 진실을 알고 싶어 하지. 그게 저주라 좀 그렇지만."

어두운 택시 안에 이따금 반사된 빛이 비쳐올 뿐이었지만 멜리사가 눈을 굴리는 게 보였다.

"가끔 삼촌은 어린애 같아요."

알고 보니 멜리사의 피아노 선생님은 용돈벌이를 하는 줄리아드 학생이었다. 성실해 보이는 청년으로 금속테 안경을 꼈고 학생의 박자를 맞춰줄 때 과시하듯 독일어로 숫자를 셌다. 깔끔한 소형 아파트에는 책이 즐비했다. 멜리사는 적어도 매끄럽게 연주했다. 주 동의 아버지도 인정할 것 같은 느낌이었다.

소호로 돌아와 저녁을 먹으러 설리번가에 있는 마크 상에 들렀다. 식당 안 조명이 막 켜지고 있었다. 흐린 가을날, 땅거미가 질 무렵이었다. 가게 주인은 동쪽 벽 근처로 우리를 안내했다. '아가씨가 밖을 내다보고 밖에서도 아가씨를 볼 수 있는' 자리라면서.

"이 멋진 곳에 올 때마다 마음이 편안해져요." 멜리사가 주인장 마크에게 프랑스어로 말했다.

마크는 언제나처럼 과장되게 감동한 티를 내며 즉시 영어에서 프랑스어로 바꾸어 말했고 두 사람은 저녁 메뉴에 대해 몇 분 동안 농담을 주고받았다. 멜리사가 추천한 대로 나는 오리 콩피를 주문했다.

"새로운 상대가 생겼구나." 호리호리하고 머리가 곱슬곱슬한 젊은 주인이 주방으로 돌아간 다음 내가 말했다. "굉장한데."

"아니에요. 코팡*은 한 사람으로 족해요."

"그건 프랑스 스타일이 아닌데."

"상관없어요. 난 삼촌만 바라보기로 마음먹었어요. 요즘 같아서는 한 사람만 보는 게 더 대담한 거 같지 않아요?"

"난 잘 모르겠는데."

"익숙해지면 알게 될 거예요."

"뭐에 익숙해지면?"

"내 일편단심에요."

"귀엽구나. 네 친구들이 항상 그렇게 즐거워하는 게 당연하겠어."

"걔네들이 웃는 건 내가 우리 얘기를 했기 때문이라고요."

"뭐라고 했는데?"

* copain. 남자친구 - 역주.

"이제 삼촌이 내 남자친구라고요."

"미시, 이건 재미삼아 하는 장난이지만 조심해야 해."

"왜요?"

"아주 둔한 사람들은 네가 진지하다고 생각할 수도 있거든."

"난 진지해요."

"그만하라니까."

"이건 삼촌 맘이 아니에요. 내가 결정했다고요."

"혼자서는 안 돼. 두 사람 모두 동의해야 하는 거야."

"삼촌도 동의했잖아요. 인정하지 않으려는 것뿐이에요."

어린잎 샐러드 두 접시와 바구니에 담긴 빵이 나오는 바람에 멜리사의 말이 끊겼다. 아이는 음식을 곰곰이 바라보았다. 그리고 눈을 들어 나를 보며 아주 신중하게 말했다.

"난 삼촌에게 솔직하기로 마음먹었어요. 그렇게 하지 않으면 모든 게 망가진다는 걸 잘 아니까요."

"뭐가 망가진다는 거지?"

"예를 들면 삼촌과 나탈리 아줌마의 결혼이나 우리 아빠의 인생 같은 거요." 멜리사는 눈을 깜박이지도, 시선을 피하지도 않았다.

"네 아빠는 누구나 그렇듯 실수를 좀 한 것뿐이야."

"그리고 이제 반쯤 미쳐버렸죠. 섹스 때문에 생긴 병균이 뇌를 갉아먹고 있거든요. 엄마가 그랬어요. 근데 엄마도 자기가 난잡하다는 걸 알아야 해요."

"미시, 엄마를 모욕하지 마."

"삼촌이 엄마에 대해 뭘 안다고 그래요?"

"네 엄마가 멋진 여자이자 훌륭한 엄마라는 것. 널 삶의 전부로 여긴다는 것도.”

“남자랑 눈 맞아서 나는 홀랑 잊어버릴 때 빼고요. 엄마가 집에
서 나가는 게 정말 오프닝에 가는 건지 작업실이나 다른 데 가는
건지 역겨운 남자들이랑 놀아나러 가는 건지 모르겠다고요.”

“미시, 엄마한테 버릇없이 구는구나.”

“그럴지도 모르죠. 하지만 내 기분이 그런 걸요. 그래서 삼촌과
새롭게 시작하고 싶어요.”

“난 최악의 선택일걸.”

“어쩌면요. 그래도 상관없어요. 삼촌이 뭘 하든 신경 안 써요.
난 내 감정에만 신경 쓴다고요. 그래서 삼촌에게 충실하기로 했
어요. 삼촌이 아주 나이들 때까지, 쉰 살쯤 될 때까지요. 그런 다
음 난 돈 많은 의사랑 결혼해서 삼촌이 몸이 아파 걷지 못하거나
할 때 그 사람이 삼촌을 돌보게 할 거예요.”

“이렇게 다정할 데가. 그런 짓을 왜 하려고 하니?”

“지금 날 잘 챙겨주는 사람은 삼촌뿐이니까요.”

“어떻게 그런 말을 할 수 있어? 많은 사람들이 널 챙겨주잖니.
특히 엄마가.”

“가끔요. 하지만 나도 엄마를 챙겨주는 걸요.”

“어떻게?”

“딸이 할 수 있는 특별한 방식으로요. 삼촌한텐 안 알려줘요.”

“영원히?”

“우리가 결혼하면 알려줄게요.”

나는 와인을 길게 한 모금 마시고 나서 멜리사의 공상을 웃음
으로 얼버무리려 했다.

"미시, 착각하지 마. 네가 어른이 되면 내 이름도 기억 못할 거야."

"내가요?"

"장담하지. 첫사랑이 마지막 사랑이 되지는 않아. 언젠가는 이 말을 이해할 거야."

"삼촌은 이해해요?"

"아니, 아직."

감당이 안되기 시작했다. 웨이터를 간절히 찾았지만 허사였다.

"삼촌은 뭐가 그렇게 어려워요?"

"잘 들어봐. 미시, 넌 멋진 아이야. 하지만 난 네 남자친구가 될 수 없어."

"왜 안 돼요?"

"난 나이가 너무 많잖아."

"아니에요. 삼촌이 너무 두려워하는 것뿐이에요."

"그 둘은 거의 같은 거야."

멜리사는 오른손 집게손가락으로 탁자 끄트머리를 두드리며 잠시 생각에 잠겼다.

"삼촌은 왜 나한테 항상 나이 들었다는 얘기를 해요?"

"다른 건 다 거짓말이 될 테니까."

"나한테는 나이 들어 보이지 않아요. 내 또래 같은데요."

"예전에 배운 속임수야."

"그 속임수 마음에 들어요. 마법 같아요."

"너한텐 그럴지 몰라도 다른 사람에겐 안 그래."

"거 봐요. 내가 삼촌한테 얼마나 잘 맞는지 알겠죠?"

뉴 뮤지엄

뉴 뮤지엄에서 열린 밥 플래너건의 생일 기념 퍼포먼스에서 우연히 폴을 만났다. 거기서 그는 〈처녀의 희생〉 다음 촬영에 대해 말해주었다.

낭포성섬유증을 앓고 있는 플래너건은 몇 주 동안 미술관 본관에 병원 침대를 갖다놓고 편히 누워 있었다. 가슴팍까지 덮개를 덮고 손님들을 맞이해 조용히 이야기를 나누다 시간이 되면 일어나 온몸을 노출시켰다. 그리고 몇 시간마다 알몸으로 발목에 밧줄을 묶은 다음 윈치를 이용해 천장을 향해 거꾸로 섰다. 그렇게 매달려서 두 팔을 뻗어 십자가상을 거꾸로 한 듯한 자세를 취했다. 자신의 예술을 형상화하고 폐에 쌓인 가래를 배출시키려는 의도였다. 이 캘리포니아 출신 예술가는 난관에 도전하는 나이인 마흔둘을 맞이해 오늘밤 전대미문의 무언가를 보여주겠다고 약속했다.

엄청난 인파가 찾아와 작가의 입주 프로젝트를 비롯한 작품들 사이를 서성댔다. 앞쪽에는 낮은 탁자와 의자, 아동 잡지와 동화책, 장난감, 낮게 쌓은 블록을 놓아 소아과 대기실과 똑같이 만든 설치 작품이 있었다. 장난감 상자에는 음란한 섹스 도구가 그려져 있고 블록은 강박적일 정도로 반복해서 S와 M 모양으로 배열되어 있었다. 작품을 다시 한번 보아야 알 수 있긴 했지만. 가까이에 있는 검은색 스툴 위에는 끝이 뾰족한 항문용 딜도가 놓여져 있었다. 한쪽 벽에는 플래너건의 회고록과 신조를 적은 긴 글이 가득했는데 전시 공간 전체를 에워싸며 반복해 적어놓은 '병에는 병으로 싸우라'라는 캐치프레이즈에서 절정을 이루었다.

미술관 뒤쪽에는 비계가 설치되어 거기에 모니터 여섯 대가 십자가 모양으로 달려 있었다. 한 화면은 밥의 머리를, 다른 화면들은 그의 손, 발, 사타구니를 비추고 있었다. 마지막 화면은 그가 고행을 자처하는 모습을 비추고 있었는데, 화면 속에서 그는 검정 가죽 티팬티로 자신의 성기를 꽉 묶고 음경 포피에 탐침을 찔렀다. 못이 음낭을 뚫고 나무판에 박혀 있었다. 비계 한쪽에는 꽃으로 장식한 관을 열어 놓았다. 그 안에는 하얀 새틴 쿠션에 비스듬히 받친 화면이 있었는데 화면에서는 작가의 현재 얼굴을 보여주는 영상이 나왔다.

밥은 검정색 티셔츠와 블랙진을 입고 허리춤에 작은 산소통을 끈으로 단 채 손님들 사이를 돌아다녔다. 그는 농담을 하고 몸짓도 하며 코 밑에 테이프로 붙인 투명한 플라스틱 관의 도움으로 숨을 쉬었다. 그는 모든 사람들이 편안하게 즐기도록 최선을 다하며 행사의 호스트 노릇을 훌륭하게 해냈다.

폴 모스는 그의 뒤에서 그가 움직일 때마다 함께 움직였다. 플래너건을 그림자처럼 따라다니느라 어깨에 받쳐든 익숙한 카메라에 예쁘장한 얼굴이 가려졌다. 그는 'PM비디오'를 위해 조명을 환하게 켜고 오늘 행사를 촬영하고 있었다.

방 안에 사람들이 가득 차자 밥은 커튼 뒤로 사라졌다. 곧 조수들이 남자 성기 모양의 거대한 케이크를 바퀴 달린 수레에 얹어 끌고 나왔다. 그리고 케이크를 잘라 플라스틱 잔에 담긴 와인과 함께 사람들에게 나누어주었다. 마침내 밥이 다시 나타났다. 그는 못이 잔뜩 박힌 환자 이송용 바퀴 달린 들것 위에 알몸으로 누워 있었다. 머리 위에 달린 트랙 조명에 그의 윗입술에 맺힌 작은 땀방울이 비쳤다. 그가 불편하다는 것을 알리는 유일한 신호였다. 몇 분 뒤 그는 일어나 마이크를 들고 자기 생일을 기억할 만한 특별한 날로 만들어줘서 고맙다고 우리 모두에게 인사했다.

나는 안면이 있을까 말까 한 어느 예술가와 눈이 마주쳤고 그는 내게 천천히 다가왔다. 이 젊은 예술가는 머리를 밀고 닥터 마틴 부츠를 신고 있었다. 내게 말을 걸어보려고 용기를 쥐어짜낸 것 같았다. 자기 작품을 봐달라는 이야기만 아니기를 바랐다.

"잘 지내셨어요?" 젊은 예술가가 물었다.

"그럼요. 햄프턴에서 막 돌아왔어요. 모든 것이 아주 시크했지요. 손님들이 앞마당 잔디밭에 헬리콥터를 타고 도착한다든지 그런 거 있잖아요."

나는 사소한 선의의 거짓말을 즐겼다. 보헤미안 스타일의 예술가들은 언제나 소호 딜러들이 번쩍번쩍한 삶을 산다고 생각했고 그런 환상은 내 이름값에 도움이 되었다.

"혹시." 그가 지루한 표정으로 말했다. "행사 끝나고 어디 재미있는 데라도 가시나요?"

"아니요, 재미있는 곳이라면 이제 질렸어요. 그쪽은 안 그래요?"

"아, 물론이죠." 그의 눈이 반짝거렸다. "사실 재미없는 게 더 고상하죠. 담백함이 중국 문화의 본질이라고 말하는 어떤 새로운 프랑스 이론가처럼요."

"그런 말이 있나요?" 나는 와인을 마저 마셨다. "그가 쓰촨성에서 밥이라도 먹어본 적이 있는지 궁금하군요. 아니면 상하이에 여자친구가 있다든지요."

바로 그때 폴이 우리 사이로 조금씩 끼어들었다. 그 순간에는 하늘에서 그를 보낸 것만 같았다. 그는 내 어깨 너머로 마지막 컷을 찍으려고 비집고 들어왔다.

"완벽해요." 카메라와 조명을 끄고 그가 말했다. "밥을 지켜보는 일은 질리는 법이 없어요."

갑자기 강렬한 조명이 꺼지자 모든 것이 대수롭지 않아 보였다. 사람들이 다시 재잘대는 가운데 폴이 조용히 말했다. "며칠 뒤에 새로운 '희생'을 촬영할 거예요. 준비됐어요?"

"물론. 새미가 그걸 가치 있는 일로 만들어주기만 한다면."

"그럴 거예요. 멜리사는 준비됐나요? 당신을 믿어요?"

"그 이상이야. 날 아주 좋아한다고."

"굉장한데요." 폴은 약간 상처 받은 것 같았지만 힘주어 말했다. "걔네 엄마는요?"

"전혀 몰라."

"정말 무시무시해질 수 있어요. 어떤 엄마들은 말이죠."

"앤젤라는 슬론-케터링에 버려진 전 남편에게 나이팅게일 노릇을 하느라 바빠."

"그럼 정말 정신없겠네요." 폴은 크로스비가에 있는 건물에서 소규모로 모이게 될 것이라고 말했다. "미시한테는 뭐라고 할 거예요?"

"폴 오빠랑 그 친구들과 함께 재미있는 댄스파티에 갈 거라고
해야지."

"좋아요. 그런 설정 마음에 드네요."

"그럴 줄 알았어."

루미스 갤러리

촬영장에 가겠다고 한 뒤로는 다른 일들이 모두 시간 낭비처럼 느껴졌다. 앤젤라의 전시 오프닝은 당연하게도 별다른 감흥을 주지 못했다. 하지만 그녀의 실패 덕분에 나는 다음 계획을 실행에 옮길 수 있었다.

마이클 루미스 파인 아츠는 넓지 않았는데도 몇 안 되는 변변찮은 손님들 사이로 공간이 텅텅 비었다. 그나마도 그 중 대부분은 앤젤라의 친구들이었다. 다들 그녀의 외떨어진 조각상들처럼 외로워 보였고 다만 조금 덜 뒤틀렸을 뿐이었다. 술도 제공되지 않았다. 그래서 이번만큼은 뒤풀이가 시작될 때까지 술이 아니라 정보에 취했다. 그날 저녁 로라는 젬마 강 스커트를 입고 죽여주게 매끈한 몸매를 드러내고 있었다.

"앤젤라에게 뭐라고 해야 할까?"

"평론가들은 호평을 할 거라고 말해주세요."

"그 말이 무슨 뜻인지 알 거야."

"그럼 인지도가 쌓이는 데 시간이 걸린다는 얘기를 잘 만들어 보세요. 앞으로 몇 개월 동안 마이클이 뒷방에 있는 작품들을 팔 거라는 얘기도 꾸며보고요."

"난 친구야."

"그럼 친구 노릇을 하든지요." 로라는 내 맥없는 반응에 얼굴을 찡그렸다. "잭, 왜 좋은 사람들에게 진실을 말하려고 해요? 세상에는 슬픈 일이 이미 충분히 많은데요."

전시장을 둘러보았다. "혹시나 했는데. 필립을 볼 거라고 말야." 바보 같다고 느끼며 말했다. 내 친구가 절망적인 상태라는 걸 똑똑히 봤으면서도 그 사실을 받아들이려면 아직 갈 길이 멀었다. 로라는 우리의 옛 고객이 병원을 절대 떠나지 못할 것이며, 매일 필요한 일을 스스로 해낼 수 없고 아주 간단한 의사 교환 말고는 대화도 불가능하다는 현실을 일깨워주었다.

"너무 이상해요."

"뭐가?"

"섹스, 나이, 질병이 기본적으로는 똑같은 방식으로 작동한다는 게요." 로라가 말했다. "어떤 지점을 넘어서면 몸이 제멋대로 돌아가는 걸 막을 수가 없잖아요."

나는 아직도 그 말뜻을 제대로 이해하지 못했다. 내가 나탈리를 잃었을 때만 해도 필립은 매우 이성적이고 분별력 있었다. 하지만 불과 2년 반 전, 아주 사소한 실수를 시작으로 그는 무너지기 시작했다. 이메일 끝에 '곧 만나'라고 쓰지 않고 '만나 곧'이라고 쓴 일이었다. 이후 그의 증상은 급속도로 악화됐다. 과거의 재계 거물은 이제 사람이라 부르기도 어려워졌다. 지난 몇 달 동안 기억 상실은 세포를 죽이는 낯선 물질처럼 점점 빠른 속도로 그의 뇌를 침입했고 한때는 민첩했지만 지금은 망가져버린 지력이 완전히 사라져버릴 때까지 널리 퍼졌다. 필립의 사고는 갑자기 단순하고 더 행복한 차원으로 넘어갔다. 불꽃을 뚫고 들어가 잃어버렸던 베아트리체를 끌어안은 단테처럼.

필립이 언제부터 죄책감의 흔적을 보이지 않았는지, 그러니까 죽은 아내의 이미지와 우리가 회한이라고 부르는 기이한 정서를 이어준 마지막 시냅스가 언제 망가졌는지 정확히 아는 사람은 아무도 없었다. 결국 필립은 되돌릴 수 없는 병적인 행복 상태에 접어들었다. 이제 그는 범죄와 처벌에서 아주 멀어졌고 선과 악마저도 넘어섰다.

전시가 끝나고 로프트에서 뒤풀이가 열렸다. 분위기는 고통스러울 정도로 가라앉아 있었다. 앤젤라는 오랜 지인들을 초대했는데 대부분 삼류 예술가들이었고 미술관의 하급 직원들도 몇 있었다. 케이터링 음식을 차린 테이블에는 로프트에 있는 인원 수의 두 배가 먹어도 충분할 만한 훈제연어, 치즈, 와인과 술이 가득했다. 참석자들 몇 명은 어색하게 거리를 두고 서로 지나쳤다. 사체가 있는 현장에 썩은 고기를 먹으러 와 서로 불신하는 동물들 같았다. 술기운이 돌고 나서야 대화가 늘고 목소리도 높아졌다.

앤젤라가 어떤지 보러 갔더니 역시나 아주 형편없었다. 주방에 혼자 서서 필요하지도 않은 얼음을 은색 통에 퍼넣고 있었다.

"잘 안 풀리네."

"뭐가?"

"이 망할 파티도, 전시도, 내 커리어라는 것도."

"마이클에게 기회를 줘. 당신은 한동안 활동을 안 했잖아."

"너무 오래 안 했다는 거 알아." 그녀는 쌓여 있는 얼음을 물끄러미 바라보았다. "어떨 때는 왜 그리 미술이 싫은지."

"진심은 아니잖아. 미술은 우리가 가진 전부인걸. 우리와 닮았기도 하고."

"그래서 최악이야. 필립이 떠났어도 일이 내 삶을 다시 멋있게 만들어줄 줄 알았어. 그런데 아니더라. 지금 이게 뭐야? 난 당신 친구 호건처럼 기도할 수도 없어. 내가 기껏 보여줄 수 있는 건 저 빌어먹을 유리섬유로 만든 마녀들뿐이야."

"그 정도면 대단한 거야. 진짜."

앤젤라는 고개를 저었다. "크기만 컸지 형편없는 인형 열두 개가 내게 뭘 알려줬는지 알아?"

"뭔데?"

"미술은 살아 있는 사람한테 상대가 안 된다는 거야. 사랑만이 사랑을 대신할 수 있어. 필립만이 필립이라고."

나는 문득 그녀를 만지고 싶었다. 성한 오른팔로 그녀의 허리를 안고 싶었다. 우리 옆에 있는 냉장고가 낮게 윙윙대고 있었다. 하지만 그럴 용기가 없었다.

"그 녀석 맨디를 만난 다음부턴 당신에게 다정하지도 않았잖아. 게다가 지금 그는 필립이라고 할 수도 없고."

"그래, 다정하지 않았어. 막판에는."

"다정한 적은 있었어?"

"처음 몇 년 동안은 엄청나게. 말도 못할 정도였어. 하지만 결국 자기가 가진 최고의 것을 내팽개쳤지. 가끔은 그게 우리 모두를 계속 살아가게 하는 방법인가 싶기도 해."

"그럼 왜 당신은 필립을 뒤로 하고 새출발하지 않았어? 다른 방향이 없었던 것도 아니었잖아."

앤젤라는 천천히 아주 약하게 고개를 저었다. "그가 암덩어리인 것마냥 내 영혼에서 도려내려고 애썼어. 암세포가 전이됐다는 걸 나중에야 깨달았지."

"앤젤라, 그 정도로 힘들었던 거야?"

"아주 끝도 없이. 필립에게 느꼈던, 그리고 지금도 느끼는 감정은 내가 제어할 수 있는 게 아니야."

"난 당신이 그런 끔찍한 일을 두 번 겪는 걸 보고 싶지 않아."

그녀는 앞을 똑바로 보았다. 나를 넘어, 모든 것을 넘어 먼 곳을 바라보았다.

"잭, 희망 없는 인생은 지옥이야."

"알지."

앤젤라의 목소리가 낮아져 속삭임이 되었다. "난 필립이 그렇게 살길 바라지 않아. 그러니까 내게도 바라지 말아줘."

"알겠어. 당신 뜻대로 할게."

그녀의 눈빛에 힘이 돌아왔다. "난 제대로 된 실제의 것을 원하는 것뿐이야. 다른 건 바라지 않아. 나머지 것들은 전부 다 진절머리가 나. 게다가 상처가 너무 심해서 더 이상 싸울 수도 없어. 죽기 직전이야."

"당신은 원하는 건 뭐든 할 자격이 있어."

"잭, 나 바보 아니야. 언젠가, 아니 그리 오래 지나지 않아 이 말도 안 되는 고통이, 이 미친 생각과 감정이 서서히 사라지리라는 걸 알아. 난 다시 내가 되겠지. 차분하고 이성적이고 약간 따분한. 하지만 지금은 그것들을 생각하고 느껴야 해. 정신 차리는 데는 지름길이 없어. 이런 과정을 겪지 않을 수 없다고."

"그렇지. 별 수 없겠지." 나는 술을 마저 마시고 잔을 싱크대에 올려놓았다. "적어도 당신에겐 멜리사가 있잖아."

"그래, 내겐 딸이 있지." 앤젤라는 다시 원래의 모습을 찾은 것 같았다. "우리에겐 서로가 있어. 누가 뭐래도 우리 둘이 있지."

그녀는 얼음통을 집어 들더니 얇은 입술로 사교용 미소를 지었다. "그나저나 미시가 당신을 찾았어. 뒤쪽에 있는 오디오 옆에서 기다리고 있어. 중요하게 물어볼 게 있다던데."

"재밌네. 미시는 내 대답을 그다지 좋아하지 않던데."

로프트 뒤쪽으로 가자 멜리사가 바닥에 양반다리를 하고 앉아 엄마의 오래된 사진첩을 뒤적거리고 있었다.

"이건 뭐예요? 점토판 같은 건가요?"

"전혀 못 알아보겠어?"

"엄청 오래됐잖아요."

"나랑 이야기할 게 있다면서."

"기다리고 있었어요."

"왜?"

"그냥 연습해두는 거죠. 우리 미래를 위해서요."

"맞다. 내가 잊고 있었네."

"오늘 내 생각 조금이라도 했어요?"

"항상 했지."

"아니잖아요. 거짓말쟁이. 가식쟁이."

"내가?"

"사기꾼, 돈밖에 모르는 사기꾼."

"내가 그런 사람이면 그건 우리 둘 다를 위해 더 좋은 거야." 나는 멜리사 가까이에 있는 오토만에 걸터앉았다. "사실 난 오늘 우리가 함께 떠날 모험에 대해 생각했어. 비밀 파티. 마음에 들어?"

"생일선물로 받은 원피스 입어도 돼요?"

"아니. 교복 입은 모습을 보고 싶대."

"누가요?"

"폴과 폴 친구들이. 네가 춤을 추면 좋겠다네."

"그 사람들한테 내가 지난번에 춤췄던 거 말했어요? 그날은 삼촌만 보라고 춘 거였는데."

"알지. 하지만 폴이 그 춤을 좋아하게 만들면 맨디를 죽인 사람이 누구인지 찾을 수 있을지도 몰라. 그럼 네 아빠는 더 이상 곤란한 일이 없을 테고."

"경찰이 엄마를 괴롭힐 일도 없고요?"

"맞아."

"폴 오빠는 왜 내가 춤을 춰야 우리를 도와준대요?"

"좀 제멋대로잖아."

"그건 그래요."

"너한테도 제멋대로 군 적이 있니?"

"음, 색다른 키스에 대해 말한 적이 있어요. 남자들이 정말, 정말 좋아하는 거라면서요."

"그냥 말만 했어, 아니면 보여줬어?"

"같이 인터넷에 있는 사진을 봤어요. 난 너무 더럽다고 생각했고요."

"폴은 그런 종류의 비디오 쇼를 만들어. 그래서 네가 자기 친구들 앞에서 춤추기를 원하는 거고. 난 그놈들이 잡혀가게 만들 거야. 그럼 경찰이 맨디에게 정말 무슨 일이 있었는지 털어놓도록 처리할 거야."

"폴 오빠는 감옥에 가나요?"

"아마도. 우리가 충분히 알고 나면."

멜리사는 그 가능성을 깊이 생각해보는 것 같았다. 그동안 로이 오비슨의 노래가 흘러나왔다.

"그 오빠 친구들이 나를 좋아할지 어떻게 알아요?"

"남자들이잖아. 좋아할 수밖에 없을 거야."

그날 밤 집에 돌아오니 다행이다 싶었다. 갤러리 오프닝에서 빠져나왔고 아래층의 지루한 파티장에서도 벗어났으며 멜리사마저 제 방에 자리 들어갔기에. 침대에 몸을 눕혔지만 잠이 들지 않았다. 나탈리와 셀 수 없이 미친 듯한 사랑을 나눈 곳도, 그녀가 떠난 뒤로 내 몸이 멈추기를 바라며 뜬눈으로 누워 있던 곳도 바로 이 침대였다. 여기 누워 야단스럽지 않게 고통 없이 빨리 죽고 싶었다. 안타깝게도 폭력 없이는 세상에서 자신을 지워낼 수 없었다. 인간의 의지가 아무리 강해도 폐를 무력하게 만들거나 호흡이며 맥박을 멈추게 할 수는 없었다. 병에는 병으로 싸울 수 있었지만 삶에는 삶으로 대항할 수 없었다. 아니, 그러려면 더 강한 독이 필요했다.

어둠 속에서 우스운 생각이 떠올랐다. 호건이 믿는 전능하신 하느님이 앤젤라의 전 남편처럼 살짝 맛이 가면 어떻게 될까? 그 결과는 지금 우리가 아는 이 세상일 것 같았다. 호건이 뭐라고 하든 상관없다. 우주에는 결함이 있고 그 이름은 죽음이다. 이 얼마나 심오한 생각인가? 아니 신성모독이려나? 맙소사, 이제 수면제와 보드카에 취해 신학을 다 하고 앉았네 하는 생각이 들었다. 여호와는 호건과 마찬가지로 이렇게 가장 요상한 순간에 떠오른다. 놀랍지도 않다. 이 둘은 함께 생각날 때가 많았으니까.

한때 나탈리에게 순수함을 제외한 모든 것이 있다고 생각했다. 이제 내게는 믿음을 제외한 모든 것이 있었다.

호건은 내게 용기가 없다며, 이미 잃어버렸고 더 이상 믿지 않는 순수함을 위해서라면 기꺼이 싸우고 죽음까지 감수해야 할지도 모른다고 했다. 그것이 군인 같은, 기독교인 군인 같은 생각이라며. 그는 믿음이 부조리하다는 점, 곧 논리와 실증을 멀리한다는 점에서 믿음이야말로 비논리적인 세상을 향해 할 수 있는 유일한 정상 반응이라고 했다. 아니 그 반대였던가?

어쨌든 호건에게 그리스도는 조서를 완성할 수 없는 범죄자와 비슷했다. 신은 이성에 대한 범죄였다. 호건이 유일하게 용납하는 범죄. 그의 이론은 말이 전혀 안 되지만 완전히 이해할 수 있었다. 가끔 나는 미시를 그런 식으로 생각했으니까.

아내들

다음날 아침 너무 일찍 잠에서 깼다. 하루를 시작하는 조용한 시간에 마음을 가라앉히려고 침대 위에 맨디의 이메일을 펼쳐놓고 아무거나 골라 읽었다. 그러면서 옛 생각에 빠지기도 하고 즐거워하기도 하고 반가운 나른함도 느꼈다. 하지만 맨디가 살해당하기 6일 전인 4월 28일에 앤젤라에게 보낸 이메일을 우연히 읽고 나자 상황이 달라졌다. 어찌된 일인지 그동안 나는 어맨다가 폴과 주고받은 이메일에 정신이 팔려 길고 지루한 이메일 목록에 올라 있던 두 문장을 지나쳐버렸던 것이다. 올리버의 전 부인과 현 부인은 멜리사의 학교 일정, 웨스트체스터 집의 세금, 보험 문제로 옥신각신하고 있었다. 어맨다는 이메일 말미에 이렇게 썼다.

당신 말이 옳아요. 필립을 통해 문제를 해결하려고 하는 건 의미가 없어요. 그 헤픈 이탈리아 여자가 그를 완전히 뒤흔들어서 다른 사람으로 만들어놓았으니까요. 멍청한 사람 같으니라고. 우리 만나서 얘기해요. 전화 줘요. 다음주에 필립이 출장 간 동안 날을 잡아보자고요.

나는 멜리사가 학교에 갈 시간까지 기다렸다가 모닝커피나 하자는 구실로 앤젤라 집에 들렀다.

"어젯밤에 도와줘서 고마웠어."

"내가 뭘 한 게 있다고."

"내 얘기를 들어줬잖아. 그 정도로 마음 쓰긴 힘들지."

"그 정도는 해야지. 요즘도 그렇고 그동안 당신이 필립에게 베푼 천사 같은 자비에 비한다면."

앤젤라는 고개를 저었다. "요즘엔 필립을 보면 죽음만이 진정으로 친절한 행위가 아닐까 싶기도 해."

"이제 무례한 얘기를 좀 해야겠어."

"그래? 무슨 일인데?"

"어맨다가 살해당한 주에 그녀를 만났는지 꼭 물어봐야겠어."

앤젤라는 손가락 끝으로 커피의 온도를 확인했다. 그러고는 찍어낸 커피 방울을 입술로 가져가 신중하게 음미했다.

"아니. 난 자학을 즐기는 사람이 아니야." 그녀는 커피를 조심스레 한 모금 마셨다. "도대체 왜 그런 생각을 한 거야?"

"요즘 맨디의 이메일을 읽고 있거든."

"요령이 좀 없는 거 같네."

내가 앤젤라를 기다리게 할 차례였다.

"내가 다시 파일을 확인해서 당신이 정확하게 뭐라고 답장했는지 봐야겠어?"

"번거롭게 그럴 필요 없어. 전화로 답했으니까. 미시 학교 전학 문제 때문에 같이 처리할 일이 있었거든. 미시의 상속 문제도 얘기해야 했고."

"맨디가 그걸 달가워했어?"

"아니었을걸. 돈 문제는 고사하고 어떤 이유로든 나와 이야기하는 게 딱히 신나지는 않았겠지."

"만나서 무슨 얘기 했어?"

"안 만났어. 맨디가 보러 오라고 했지만 전시 준비하고 카토나 미술관 자선행사 때문에 너무 바빴거든."

"그렇군. 집에 미시를 혼자 두고 싶지도 않았을 거고."

"당연하지."

"그런데 보모랑 같이 있지 않았나?"

"그때 일하던 보모와는 단둘이 두고 싶지 않아. 엠마누엘만큼 믿을 수 있는 사람이 아니었거든. 당신도 기억할 거야. 몇 년 전 필립이 고용한 프랑스인 오페어.* 예쁜 여자였지. 프랑스어도 가르칠 수 있고. 하지만 미시에게 좋은 롤모델은 아니었지. 그 후로 지금까지 믿을 만한 보모를 못 찾았어."

나는 고개를 끄덕이며 커피잔 너머로 그녀를 바라보았다.

"요즘 같은 때는 정말 조심해야 해."

"맞아. 세상이 너무 끔찍해."

"특정한 때와 사람들은 더 조심해야 할 거야."

"특별히 떠오르는 사람이라도 있어?"

"폴 모스."

"그 쓰레기."

앤젤라는 속마음이 튀어나왔다는 것을 알아차린 듯 말을 뚝 끊었다.

* 입주 보모로 일하며 언어를 배우는 젊은 외국인 여성 – 역주.

"폴에게 무슨 문제라도 있어?"

"몰라서 묻는 거야? 당신은 남자잖아."

"난 당신이 그 사람을 좋아하는 줄 알았는데."

"미시랑 그 애 친구들이 그 사람에게 정신이 팔리기 전까지는 그랬지. 애들은 폴 같은 '메스꺼운 놈'에게 연락을 한다니까. 그런 사람들은 어디나 있어. 그 개 같은 자식은 미시에게 접근하려 필립까지 이용하려고 했어. '이리 와서 가까이 앉아 봐. 구글에서 네 아빠 이름을 검색해보자. 검색 결과가 엄청나게 많을걸.' 이러면서 말이야. 다행히 미시는 그 말에 넘어가지 않았지만."

"호건의 지켜준다는 말에 넘어간 당신과는 다르게 말이야?"

앤젤라는 놀란 표정으로 나를 쏘아보았다.

"무슨 큰일이라도 났어?"

제법 괜찮은 질문이었다. 내 침묵에 초조해진 앤젤라는 말을 이었다.

"이 도시에 사는 우릴 봐. 서로 어떻게 어울리는지 보라고. 우리 모두 좋은 시간을 보낸다는 미명 하에 서로 죽이고 있어."

"당신은 그걸 그렇게 부르나봐?"

"가끔은. 물론 좋은 시간이지. 아니면 더 나은 무언가를 하는 법을 모르거나."

"감정적으로 서로 죽이는 면은 있지." 내가 말했다. "진짜로 죽이기도 하고."

"내 말은 마음 아파서 죽는다는 뜻이었어. 한때는 당신이 그쪽으로 달인이었잖아. 기억 나?"

"기억이 희미한데."

"그럼 말해봐. 그동안의 연애와 가짜 로맨스에서 얻은 좋은 점을 하나만 말해봐." 그녀는 나와 눈이 마주치기를 기다렸다. "못할걸."

기억을 뒤졌지만 안타깝게도 찾기가 어려웠다.

"재미." 마침내 내가 답을 내놓았다. "그건 대단한 거야. 오랫동안 난 악의 없는 웃음을 주고받았어. 그 이상 좋은 게 있을까?"

"우리 자신을 넘어서는 무언가가 있겠지."

"그건 호건과 이야기해봐. 전문가니까."

앤젤라는 커피를 음미하면서 잔 너머로 나를 보았다.

"잭, 그런데 당신은 왜 아이를 낳지 않았어?" 그녀의 목소리가 부드러워졌다.

"그럴 마음이 없었어."

"그렇게 얼버무리지 말고. 나탈리는 아이를 간절히 원했잖아."

"나탈리가 원한 건 엄청 많았지. 안타깝게도 그 모든 것들이 서로 잘 맞지는 않았지만."

"아직 늦지 않았어. 당신은 남자잖아. 물론 아이로 인한 엄청난 혼란을 원해야 가능하겠지."

"왜 그걸 원해야 해?"

"글쎄, 우리 실수를 만회하기 위해서? 계속 나아가는 게 우리를 구원하거든. 그리고 아이가 있으면 무슨 일이 있더라도 묵묵히 나아갈 수밖에 없게 돼. 웃을 일도 생기고. 그 작고 무지막지한 녀석들이 모든 걸 방해하더라도."

"고맙군. 오늘 밤에 잠들기 전에 생각해볼게."

그날 오후 호건과 전화로 어맨다가 앤젤라에게 보낸 '만나자'는 이메일에 대해 이야기했다. 아버지가 되는 문제는 의논하지 않았다. 그는 〈처녀의 희생〉을 유통하는 집단의 비밀 정보를 알려주었다.

"마스터 테이프는 뉴저지에 있는 창고에서 출고돼. 오테크 교육용 비디오와 함께 포장해서. 네 말처럼 그 테이프를 다른 것과 구분하는 표시는 라벨 오른쪽 상단 구석에 있는 빨간색 X 표시뿐이야."

"그게 어디로 가는 거야?"

"일단은 상하이에 있는 올리버 인더스트리 지사. 거기서 뒷구멍으로 빼내 짝퉁시장 뒤에 있는 해적판 비디오 공장으로 가."

"샹양시장* 말이지? 거기에 그런 공장이 있었군."

"어쨌든. 중국인들은 하룻밤이면 뭐든 복제할 수 있어. 복제된 테이프는 오테크 화물에 섞여 아시아 전역으로 퍼져."

"이걸 전부 마거릿이 알려줬다고?"

"내가 매력이 좀 많아야지. 그리고 앤드류스에게 정말 넌덜머리를 내더군. 아예 연을 끊었어."

"앤드류스가 거래를 성사시키는 사람인가?"

"폴 모스가 아이디어를 떠올리고 물건을 만들어내고 나면."

"그럼 필립은?"

"결백해. 적어도 이 문제에서는. 음란물 보따리장사를 하기에는 너무 좋은 아빠 같던데."

"아니면 소비자 쪽일지도?"

"잭, 친구에 대해 퍽이나 좋게 말하는군."

* 襄陽市場, 중국 상하이에 있었던 모조품 거래 시장으로 2006년 철거되었다 ─ 역주.

"난 잠이 부족하면 머리가 이상하게 돌아가. 직업병인가봐."

"어떤 일을 말하는 거야?"

"둘 다. 미술품 중개와 부동산 일 모두 정신 건강에 안 좋아."

호건은 딱히 동정해주지 않았다.

"옆에 아내가 있으면 푹 잘 수 있는데."

"지겨워서?"

"재밌냐? 됐다. 너야 어차피 결혼에 별 기대가 없을 테니까. 네 결혼이든 다른 사람 결혼이든."

"네가 뭘 안다고 그래. 나도 한때 일부일처제를 이해하려 안간힘을 써봤다고."

"그래? 몰랐네."

"말을 안 했을 뿐이야."

헨리 다거

전화를 끊고 갤러리 업무를 보면서도 앤젤라에 대한 우울한 추측을 애써 계속했다. 왜 전에는 폴 모스를 욕하지 않았을까? 폴 모스에 대해 제대로 알게 된 게 언제였을까? 중요한 정보를 알려준 사람이 정말 멜리사였을까? 그때 앤젤라의 반응은 어땠을까? 그녀가 브롱스빌의 간호사에게 어떻게 했는지 떠오르자 정신 차리게 해준답시고 폴 모스를 찾아갔을지도 모른다는 생각이 들었다. 이런 일은 호건이 하게 놔두는 게 상책일 것 같았다. 그가 제대로 생각할 수 있을 정도로만 앤젤라의 침대를 멀리한다면.

로라는 이번 시즌 두 번째 전시로 믹 타커워를 선택했다. 나는 갤러리에 잘 어울릴 만한 사진 세 장을 고르는 데 집중했다. 식료품점 진열대가 형광등 불빛 아래 줄지어 늘어선 사진을 넣을까 말까? 사슬에 묶인 콘도르 사진은? 후크시아 꽃 색깔 머리를 하고 입에 공갈 젖꼭지를 문 일본 10대들 사진은?

신중하게 고민하던 중 앤젤라가 전화로 필립의 소식을 알려주었다. 그녀는 다른 이야기는 하고 싶어 하지 않았다. 오프닝도, 파티도, 작업도, 폴 모스도. 지금 그녀의 관심사는 오로지 환자를 돌보는 일뿐이었다.

"필립을 호스피스 병동으로 옮긴대."

"그 정도로 안 좋아?"

"가망이 없어. 의사들은 더 이상 손을 쓸 수 없고 필립은 간호 사들 짜증만 돋우고 있어. 똑같은 질문을 또 하고 또 하거든. 모든 비용을 미리 지불했는지 알고 싶어 해."

나는 잠시 필립이 살아온 방식과 죽어가는 방식에 대해 생각했다.

"그렇다고 해줘. 모든 비용을 미리 완전히 지불했다고."

그에게는 지금 이 상황이 정말 이상할 것 같았다. 맨디가 살해 당하기 전에도 뇌세포가 빠른 속도로 사라지고 있기는 했지만 필립에게는 흠잡을 데 없이 사랑스러운 배우자, 번창하는 사업, 수 많은 친구들, 마법처럼 쉴 없이 밀려드는 부가 있었다. 어떤 면에 서는 대단한 성취를 이루었고 행복이라는 문제를 해결했다고 볼 수 있었다. 울프심 증후군은 깨어나지 않는 중독이자 효과가 떨어지지 않는 마약 같았다. 물론 죽음은 예외다.

하지만 어맨다가 살해당하자 잔혹한 미스터리가 내 친구를 괴롭히기 시작했다. 사랑하는 아내를 잃었고 사업은 손에서 벗어났으며 친구들은 대부분 동정하는 듯했고 돈은 미적분 공식처럼 추상적이었다. 괴로움의 원인을 기억할 수 없는 그는 묻고 또 묻는 수밖에 없었다. 좋아하던 강아지가 왜 없어졌는지 설명해달라고 아버지에게 몇 번이고 애원하는 소년 같았다.

"아, 잭. 아침에 이야기 즐거웠어. 아무때나 편하게 모닝커피 마시러 내려와."

"귀찮게 하고 싶지는 않은데."

"전혀 귀찮지 않아. 사실 마음을 터놓고 이야기할 수 있는 사람이 있어서 좋았어. 알다시피 애들은 따지기만 하고 철이 없잖아. 멜리사를 학교에 보내놓고 일을 하려면 어른이랑 대화를 해야 해. 기분 전환이 되거든."

"도움이 되었다니 기쁘네."

"게다가 위층에서 당신 혼자 돌아다녀봤자 의미 없잖아."

"그렇지. 앤젤라, 정말 친절하군 그래."

"그렇지? 요새 내가 무슨 바람이 불었는지 모르겠어."

폴의 연락을 기다리다 보니 안달이 나기 시작했다. 그즈음 불안을 달래고 내 어린 이웃에게 한 턱 내기 위해 멜리사를 데리고 아메리칸 포크아트 미술관에서 열린 헨리 다거 전시회에 갔다. 미시에게 노트북과 관련된 진실에 대해 물어볼 기회이기도 했다.

조명이 떨어지는 받침대 위에 오래된 수동 타자기가 고이 놓여 있었다. 정신 질환을 앓던 잡역부 출신 작가 다거는 이 타자기로 《비현실의 왕국에서》라는 열다섯 권 분량의 서사시적 장편 소설을 집필했다. 아동 노예제도에 항거하는 웅대한 전쟁과 비비안 자매라고 알려진 어린 공주 일곱 명의 운명을 담은 내용이었다. 작가가 드로잉하고 트레이싱하고 황홀하게 채색한 길고 접을 수 있는 일러스트레이션 여러 점이 벽에 전시되었다. 유리함에 넣어 복잡한 이야기 속 장면을 양면 모두 볼 수 있도록 하기도 했다.

"남북전쟁 같아요." 멜리사가 말했다. "귀여운 금발 소녀들, 커다란 꽃, 폭풍, 날아다니는 괴물만 더해졌을 뿐이에요."

"이 이야기 속에서는 다른 행성에서 전쟁이 일어나기 때문에 무슨 일이든 있을 수 있지."

"누가 싸우는 거예요?"

"기독교인과 꽤나 닮은 아비에니아인들이 글란델리니아인들을 막으려고 하는 거야. 글란델리니아인들이 어린 아이들을 마구 잡아다 노예로 만들고 싶어 하거든."

"애들은 일을 잘 못할 텐데요."

"못한다고? 왜? 너처럼 기운이 넘치는데."

"일은 어른들이 하는 거예요. 실패한 어른들이요."

우리는 시골풍 정원이 전쟁터와 처형장으로 변했다가 다시 정원으로 바뀌는 삽화를 자세히 들여다보았다.

"작가가 아이들을 그린 방식이 마음에 드니?"

"네. 많은 아이들이 죽어요. 목이 졸리고 칼에 베이고 교수형을 당해서요. 머리에 총을 맞기도 하고요."

"하지만 비비안 자매는 아니지. 그들은 늘 탈출하잖아."

"나처럼요."

"그래? 넌 지금 위험한 상황이야?"

"당연하죠. 남자들 때문에요. 엄마가 그렇게 말했어요."

"삼촌 같은 남자들 말이야?"

"이런, 퍽이나요."

우리는 계속 걸었고 지나가는 동안 강렬한 그림이 펼쳐졌다. 아무 말도 하지 않았는데 이는 내가 즐겨 쓰는 전략이었다. 내 우울한 생각에서 나오는 격한 행동을 가장 두려워해야 한다는 사실을 오래전 깨달았기에, 그런 생각을 깊숙이 잘 숨기는 법을 배웠던 것이다. 침묵 속에, 일 속에, 정감 어린 농담 속에, 음흉한 이야기 속에. 아, 물론 술과 섹스에 특히 잘 숨겼다.

"왜 그림에 페니스가 있는 여자아이들이 있어요?"

"그거야 아무도 모르지. 다거는 단칸방에서 혼자 살았거든. 퇴근한 뒤에야 상상한 걸 쓰고 그렸어. 시카고에서. 그가 죽을 때까지 책의 존재를 아무도 몰랐어."

"폴 오빠가 페니스는 재미를 위해서만 있는 거랬어요. 하지만 난 그렇게 생각하지 않아요. 여자들은 그런 역겨운 물건이 없어도 재미있게 지낼 수 있으니까요."

"너무 확신하지는 마."

멜리사는 인상을 찡그렸다. "하하하. 삼촌 참 재미있네요. 그런 농담 싫증나지도 않아요?"

"그럼 이제 진지해지자."

"좋아요."

우리는 벤치에 앉았다. 다거가 '글란데코-안젤리니아 전쟁의 폭풍'이라고 부른 장면이 주위에 펼쳐졌다. 미시는 흰 칼라가 달린 심플한 검정색 원피스를 입고 어른용 향수를 뿌렸다. 미시와 함께 있으면서 그 애의 맑은 목소리를 듣자 나는 우리가 눈을 돌릴 수 있는 환상의 제국이 있어야 하는 이유를 이해할 수 있었다. 그것이 호건의 천국처럼 밝은 곳이든 폴의 비디오 지옥처럼 어두운 곳이든. 아니면 다거처럼 둘 다일수도 있다.

"맨디의 노트북에 대해 사실대로 말해보렴."

"무슨 뜻이에요?"

"맨디가 마지막으로 이메일을 보낸 날짜를 너도 봤을 거야. 누가 노트북을 가져갔든 그녀가 살해당한 날 가지고 갔다는 뜻이지. 그게 너일 거라고 생각하진 않아."

"네. 그냥 가져간 척했을 뿐이에요. 폴 오빠가 시킨 대로요."

"아주 그럴듯하던데."

"그럼요. 난 뭐든 꾸밀 수 있거든요."

"하지만 지금 말한 건 사실이지?"

"당연하죠."

"그럼 폴이 어맨다에게서 노트북을 가져간 건 확실해? 혹시 다른 사람이 그랬다면 지금 말해줘야 해."

멜리사는 난처한 표정을 지었다. "음." 아이는 양 볼에 흘러내린 머리카락을 넘겼다. "삼촌, 감옥에 있는 사람들에겐 무슨 일이 일어나죠?"

"좋은 일은 하나도 없지."

멜리사는 무릎에 올린 손으로 주먹을 쥐었다 폈다 하면서 오래도록 대답을 생각했다. 그리고 단호하게 말했다. "분명히 폴 오빠였어요. 자기를 위해 노트북을 맡아달라고 했어요."

"그게 언제였어?"

"그 끔찍한 일이 벌어지고 며칠 뒤요."

"이상하다고 생각하지 않았어?"

"그 오빠 모든 면에서 좀 이상하잖아요."

"폴이 뭐라고 했니?"

"그냥 연락하고 지낼 수 있게 노트북을 가지고 있으라고만 했어요. 엄마나 다른 사람에게 말하지 말라면서요. 맨디 아줌마가 노트북을 새로 사서 원래 가지고 있던 걸 나한테 주라고 했대요. 그 오빠가 아줌마 집에서 나올 때까지 아줌만 괜찮았고요."

"그리고 살인사건이 일어났고 며칠 뒤 폴이 너한테 노트북을 줬다는 거지?"

"네."

"확실한 거지?"

나는 담담한 어조로 천천히 부드럽게 물으며 멜리사의 얼굴을
뚫어지게 쳐다보았다.

"혹시 노트북을 엄마 방에서 발견했다거나 그런 건 아니지?"

아이의 얼굴이 빨개졌다.

"아니라고 했잖아요. 바보처럼 그러지 말아요. 아니라고요."

"미시, 나랑 약속하는 거다?"

"난 삼촌한테 거짓말 안 해요. 우린 결혼한 사이나 마찬가지니
까요."

"이미 거짓말했잖니. 날짜 말이야."

"그건 달라요."

"뭐가?"

"그건 누구든 곤란해지는 게 싫어서 그랬던 거예요."

크로스비가

며칠 뒤 나의 도덕 교사 호건에게 전화를 걸었다. 이번에는 좀 급했다. 폴 모스가 보안 이메일을 보냈기 때문이다. 다가오는 금요일 저녁 6시에 〈처녀의 희생〉 다음 편 촬영이 예고돼 있었다.

"가야 할까?"

"여자애는 준비됐어?"

"그런 것 같아. 어떤 면에서는 준비된 것 이상이지."

"잭, 이번 일은 네 본능을 따라야 해. 거기서는 내가 도와줄 수 없는 거 알지?"

"눈물 나는데. 본능 좇다 지금 내가 어디까지 왔는지 보고도 그런 말이 나와?"

"이번에는 더 고차원적인 본능을 따르라고, 플래시."

"아, 그러셔요? 그냥 기도나 해라. 저 자식한테 그런 거 보내달라고."

"그 기도야 매일 하지."

그 주 화요일, 앤젤라의 집에 들러 주말에 멜리사를 데리고 오프닝에 가겠다고 말했다.

"정말 잘 됐다. 난 가여운 필립과 시간을 좀 보내야 해서." 앤젤라는 멜리사의 침실을 향해 외쳤다. "딸, 금요일에 잭 삼촌이랑 미술작품 보러 가고 싶지 않니? 삼촌이 정말 친절하게도 같이 가자고 하는구나."

잠시 후 복도 끝 반쯤 그늘진 곳에 멜리사가 나타났다. 평소와 달리 가라앉은 분위기였고 허벅지 중간 정도까지 내려온 하얀색 터틀넥을 입고 나를 보았다.

"좋아요. 갔다 와서 삼촌 집에서 영화 봐도 돼요?"

"물론이지. 정말 재밌겠지?"

금요일 저녁에 가보니 앤젤라는 서둘러 나갈 준비를 마쳤다. 짐 가방에는 필립에게 읽어줄 책이 잔뜩 들어 있었다. 그녀가 나가자마자 체크무늬 치마를 입고 무릎까지 오는 양말을 신은 멜리사가 방에서 나왔다. 양말 윗부분과 치마 끝자락 사이에 맨살이 많이 드러나 있었다. 내가 어색하게 말하는 동안 그 애는 목이 V자로 깊이 파인 흰색 블라우스와 스웨터 위에 브래드포드의 남색 재킷을 입었다. 나는 우리가 가는 곳과 거기서 해야 할 일을 설명했다. 멜리사는 주춤하는 기색 없이 고개를 끄덕였다.

"내키지 않으면 안 가도 돼. 네 뜻이 제일 중요해."

"걱정 말아요. 난 연기를 잘하니까. 스타를 못 알아보시네."

"그래, 믿을게. 그럼 가자. 우릴 기다리고 있어."

"잠깐만요."

멜리사는 로프트 뒤쪽으로 가더니 잠시 후 짙은 보라색 코트를 입고 작고 새빨간 백팩을 메고 나왔다. 에나멜 가죽 소재의 하트 모양 배낭은 그녀의 양쪽 어깨 사이에서 매혹적으로 반짝거렸다.

"뭘 가져가는 거야?"

"그냥 여자들에게 필요한 거요. 삼촌은 몰라도 돼요."

우리는 밖으로 나가 보도를 걸었고 멜리사는 한 차례 몸을 떨었다.

"추워?"

"괜찮을 거예요."

부티크 쇼윈도를 지나 동쪽으로 걷다 브로드웨이를 지났다. 음침한 교차로를 건너자 뜬금없이 프렌치 레스토랑 두 곳이 나타났다. 나는 멜리사의 손을 잡고 크로스비가를 향해 천천히 걸어갔다. 해가 일찍 진 바람에 5, 6층쯤 되어 보이는 낡은 건물 앞에 쌓인 쓰레기봉투와 종이 다발이 서늘한 잿빛에 휩싸였다.

"가게라도 있으면 좋을 텐데. 이 거리 말이에요."

"곧 생기겠지. 네가 고등학생이 되기 전에 스타벅스가 생길지도 몰라."

"'지금' 뭐가 있으면 좋겠어요."

나는 어두운 출입구 몇 곳을 지나가면서 앞을 살폈다.

"저쪽에 작은 타파스 가게가 있어. 가끔 음악도 틀지. 기타를 치기도 하고, 바 옆에 리놀륨을 깐 좁은 공간에서 무용수들이 플라멩고를 추기도 해."

"스페인 음악을 듣기에는 너무 추운데요."

"오늘 같은 날이 스페인 음악이 가장 필요할 때야."

"그래도 난 별로예요. 설마 스페인 여자처럼 춤춰야 하는 건 아니죠?"

"네 마음대로 추면 돼."

다시 한 블록을 지나자 폴이 말한 커다랗고 낡은 빌딩이 갑자기 솟아오른 듯이 나타났다. 우리는 임시로 버저를 달아놓은 출입구에 도착했다.

"준비됐어?"

"삼촌이 됐으면요."

나는 '차이나 럭 트레이딩'이라는 손글씨 라벨이 붙은 4번 버튼을 눌렀고 잠시 후 스피커에서 새미의 목소리가 들렸다.

"누구세요?"

"잭입니다. 멜리사도 같이요."

말이 끝나기가 무섭게 본 적이 없는 덩치 큰 사람이 문을 열어주었다. 그는 검정색 슬랙스 바지와 검정색 티셔츠를 입고 금목걸이를 하고 있었다.

"당신이 그 미술품 딜러?"

"맞아요."

"들어와요."

문지방을 넘을 때 그는 멜리사를 향해 미소 지으며 친절하게 말하려고 애썼다. "안녕, 꼬마 아가씨. 우리 모두 기다리고 있었어."

"고맙습니다." 멜리사가 대답했다.

문지기를 지나갈 때 그는 전에 새미가 했던 것과 똑같이 손을 뻗어 나를 툭툭 쳤다. 그는 형광등이 켜진 현관에서 멜리사를 흘끔 보았지만 아무 말도 하지 않았다. 무슨 일이 벌어질지 알았기에 멜리사의 몸을 수색할 필요가 없었다. 대신 그는 우리를 오래된 엘리베이터로 안내한 뒤 엘리베이터의 아코디언식 문을 쾅 닫았다. 그가 조작 레버의 나무 손잡이를 밀어젖히자 엘리베이터가 천천히 올라가기 시작했다. 우리는 잠겨 있는 몇 층을 지나 천천히 올라갔다. 4층에 도착하자 그는 엘리베이터를 세우고 올렸다 내렸다 하면서 멜리사를 위해 높이를 맞춰주었다.

"틈이 있으니 조심하렴, 예쁜이." 그는 엘리베이터 문을 닫고 다가와 우리 가까이에 섰다.

폴과 새미가 멜리사를 맞이하려고 기다리고 있었다. 폴은 쌀쌀한 날씨에도 유명 브랜드 청바지에 얇은 하늘색 셔츠를 입고 셔츠 맨 위 단추를 풀고 있었다. 새미는 교외에 사는 사람들 특유의 복장 대신 진회색 카날리 정장을 입었다. 이미 유행이 지난 스타일이었지만 그의 큰 덩치에 잘 맞았다.

폴은 멜리사의 양 볼에 입을 맞췄다. "드디어 왔구나. 어서 와."

미시가 코트를 벗는 동안 새미의 눈이 말 조련사처럼 그 애를 흘끔댔다.

"멜리사." 폴이 말했다. "이쪽은 내 친구 새미 삼촌이야."

미시가 손을 내밀자 새미는 몸을 살짝 앞으로 숙이며 그 애의 손을 들어 올려 손등에 입을 맞췄다. "만나서 영광이군요."

"정말 정중하시네요." 멜리사는 미소 지었다. "잭 삼촌, 좀 보고 배워요."

"교복이 아주 멋지네요." 새미가 덧붙였다. 그는 나를 향해 살짝 고개를 끄덕였다.

"흔해 빠진 교복인데요. 어른들은 왜들 그렇게 이 교복을 좋아하는지 모르겠어요."

"우리 딸은 브래드포드 스쿨에 들어가려고 아주 열심이었어요."

"몇 학년인데요? 제가 알지도 몰라요."

"입학은 못했어요."

"왜요?"

"행정상의 문제가 있어서요. 내가 그걸 바로잡고 있는 중이죠."

폴은 미시를 데리고 큰 방으로 갔다. 10대 소녀 두 명과 방금 로스앤젤레스 아이돌 오디션에서 우승한 듯한 외모의 젊은 남자가 백팩을 움켜쥔 미시를 반겼다.

"와우." 젊은 남자가 말했다. "폴 말이 맞네. 너 정말 인형 같구나. 난 데이빗."

미시는 당황하지 않고 긴 의자로 가서 여자들의 가슴을 두근거리게 하는 이 자상하고 잘생긴 남자와 폴 사이에 앉았다.

"이게 다 뭐죠?" 멜리사가 물었다.

커피 탁자 가까이에 마이크 몇 개와 불 꺼진 조명, 꺼진 카메라 두 대가 놓여 있었다. 그 뒤쪽으로 방 중간쯤 있는 선반에는 눈에 띄지 않게 카메라가 놓여 있었다. '켜짐' 표시에 들어온 빨간불이 또렷하게 보였다. 캐비닛 너머에는 어둑한 복도로 이어지는 출입구가 있었다. 폴의 하이라이트 비디오에서 본 문이었다. 나는 그 문이 어디로 통하는지 알고 있었다.

"촬영 좀 하고 있었어." 폴이 별 뜻 없이 말했다. "MTV 같은 거야."

"멋진데요." 멜리사가 대답했다.

"하지만 문제가 있어." 데이빗이 말했다. "댄서들이 뒤에서 춤추는 걸 도와줄 사람이 필요해."

'댄서들'이란 노출이 심한 의상에 목욕가운을 두른 20대 여자 둘이었다. 그들은 쟁반을 가지고 들어왔는데 하나에는 얼음통에 담긴 샴페인이 한 병 놓여 있었고 다른 하나에는 쿠키가 담긴 큰 접시가 놓여 있었다. 한껏 미소를 짓는 모습이 바람을 잡고 애들이 할 일을 하도록 꼬드기려 온 프로가 분명했다. 샴페인을 든 여자가 내게 가까이 다가왔다.

"스미스 씨?"

"어쩐지 그래야 할 것 같네."

"셰릴이에요. 오빠 너무 멋있다." 그녀는 내 눈을 계속 바라보았다. 실핏줄이 터진 자국이 좀 있었지만 매력적인 얼굴이었다.

"이것 좀 열어줄래요? 펑 터지는 소리는 언제나 무섭거든요."

쿠키를 든 여자가 쟁반을 내려놓고 긴 샴페인잔을 가지러 간 동안 나는 병을 땄다. 셰릴이 옆에 바싹 붙어 서 있는 바람에 움직이는 내 오른쪽 팔꿈치 언저리에서 그녀의 성형한 가슴이 계속 맴돌았다. 닿지는 않았지만.

"이걸 좀 잡아줘야겠는데."

"얼마든지요, 스미스 씨."

"에드라고 불러."

그녀는 양손으로 병을 힘주어 잡았다. 코르크를 비틀어 열자 기분 좋은 퐁 소리가 났다. 셰릴은 웃음을 터뜨렸고 나는 병을 들어 거품이 이는 떼땅져를 차례로 잔에 따랐다.

"오늘밤 멋진 춤을 위해." 폴이 건배사를 했다.

우리는 잔을 부딪치고 술을 마셨다. 바람잡이들은 미성년인 소녀들에게 아직 아무것도 제안하지 않았다. 술자리에서 소외된 아이들의 눈이 질투로 반짝이기 시작했다. 바람잡이들은 매우 노련했고 매끄럽게 작전을 펼쳤다.

"에드 오빠, 내 옆에 앉아요." 셰릴이 말했다. 우리는 멜리사

맞은편에 앉았고 그 자리에서 나는 멜리사와 폴이 점점 다정하게 구는 모습을 전부 확인할 수 있었다. 오디오에서 록 음악이 울려 퍼지기 시작했다.

"우리 오빠 팔 많이 아프겠다. 사고로 다친 거?"

"미술품 때문에 생긴 사고였지."

"저런." 셰릴은 온화하게 미소 짓더니 내 무릎을 만졌다. "나랑 재미 좀 볼 거죠?"

"그럼."

그녀는 몸을 뒤로 기대더니 여자아이 한 명에게 팔을 둘렀다. 가출 청소년 특유의 우울한 표정에 가짜 금발을 한 열네 살쯤 돼 보이는 아이였다.

"에드 오빠 정말 재미있는 사람이야." 셰릴이 말했다. "네가 아주 상냥하게 부탁하면 틀림없이 샴페인을 줄 거야."

"당연하지." 내가 말했다. "다 같이 파티를 즐기자고."

셰릴은 아이에게 샴페인을 따라줬고 아이는 진저에일을 마시듯 재빨리 반 잔을 비웠다. 폴은 이미 두 번째 샴페인을 따서 멜리사에게 따라주고 있었다. 그 애는 한 손에 샴페인잔을 들고 다른 한 손에는 쿠키를 든 채 셰릴을 불쾌하게 쳐다보았다. 폴이 재미있는 이야기를 하기 시작했다.

"오빠, 나 이뻐?" 셰릴이 내게 물었다.

"물론. 아주 귀여운데."

아이들은 폴의 말도 안 되는 이야기에 웃음을 터뜨리고 있었다.

"그런데 새미는 나보고 나이를 너무 먹었대. 춤은 잘 추지만."

"그 사람이 뭘 알겠어?"

"새미는 엄청난 제작자예요. 에이, 잘 알면서."

셰릴은 그렇게 말하고는 가출 소녀의 어깨를 만지며 이번에는 그 아이를 향해 말했다. "넌 어때? 춤추는 거 좋아해?"

"그럴걸요."

"그럼 보여줘."

셰릴은 아이의 손목을 잡고 일으켜 세웠다. 두 사람은 음악에 맞춰 천천히 몸을 흔들고 꼬기 시작했다.

청바지와 스웨트 셔츠를 입은 가출 소녀는 놀랍도록 우아했다. 두 손을 머리 위로 올리며 셰릴의 동작에 맞춰 춤을 췄다. 약간 변화를 주기도 하고, 셰릴이 몸을 흔드는 것과 대조를 이루도록 즉석에서 동작을 만들어내기도 했다. 누군가가 조명을 낮추자 여자아이들이 모두 아름다워 보였다. 남자들은 때때로 환호하며 응원했다.

셰릴의 파트너가 다른 아이를 일으켜 세웠다. 이제 성인 여자 두 사람은 동작을 바꾸어 무대용 춤을 추었고 가출 소녀들은 똑같이 따라했다.

"이걸 촬영해야겠어." 데이빗이 말했다. 그는 자리에서 일어나 핸드헬드 카메라 한 대를 켜고 여자아이들 사이로 들어가 가까이에서 이리저리 움직이다가 다시 뒤로 물러났다.

"이걸 찍어요." 두 번째 아이가 이렇게 말하더니 데이빗을 향해 엉덩이와 어깨를 가볍게 흔들었다.

"그렇게 하는 게 아니야." 셰릴의 친구가 말했다. "그걸 데이빗에게 갖다 대야지." 그녀는 웃으면서 옛날 고고댄서들의 춤을 췄다.

마리화나 한 대가 돌기 시작했고, 나는 폴이 그걸 멜리사에게 건넬 때 그의 손이 체크무늬 브래드포드 스쿨 치맛단 바로 아래 드러난 허벅지에 불필요하게 그리고 부드럽게 머무르는 모습을 보았다. 멜리사는 벌떡 일어서더니 잔에 남은 샴페인을 다 마셨다. 폴이 잔을 채우려고 몸을 숙이자 그 애는 폴 앞에서 몸을 흔들기 시작했다. 엉덩이를 실룩거리며 돌자 치마가 흔들렸다.

셰릴은 몸을 숙여 내 얼굴을 어루만졌다. 그녀의 가슴이 훤히 드러났다.

"오빠 어때?"

"아주 좋아."

"즐기고 있어요?"

"엄청."

사실 나는 그 즐거움 때문에 조금 혼란스러워지기 시작했다. 자리에서 일어나자 심장이 두근거리고 머리가 어지러웠다.

"내 자리 좀 맡아줘. 피날레를 놓치고 싶지 않으니까."

습격

나는 길게 늘어선 창가로 가서 넓은 창턱에 주저앉았다. 그러다가 새미와 눈이 마주쳤다.

"잠깐 얘기 좀 할 수 있을까요?"

새미는 여자아이 한 명의 어깨를 토닥거리며 무리에서 빠져나와 나를 향해 느릿느릿 다가왔다.

"뭐지?"

"돈 얘기예요."

"좋아요. 돈이 어쨌는데?"

"내가 얼마를 갖는지 다시 얘기해줘요."

"거래 내용은 알고 있을 텐데. 이제 와서 장난질 치지 마시지."

"인터넷에 올리고 하이라이트 비디오에 들어갈 영상은 이미 찍기 시작했나요?"

"모두 진행 중이지. 잭, 쇼 비즈니스 쪽은 내게 맡겨둬요. 뭐가 잘 팔리는지 내가 아니까."

"확실히 믿고 있죠."

"저 멜리사라는 아이, 정말 화끈하던데. 느낌이 옵디다."

"그렇죠. 아주 끼가 넘치는 애에요. 제 엄마를 닮았어요."

새미는 이해하지 못한 표정이었지만 즐거워 보였다.

"이제 돈은 어떻게 할 건가요?"

"돈이 있는지 확인을 해야겠다는 거요?" 새미가 투덜댔다. "빌어먹을, 그거야?" 그는 지폐 뭉치를 꺼내더니 내 옆 탁자에 소리나게 던졌다.

"좋아요." 내가 말했다. "나도 낄게요."

"젠장, 당연히 그래야지."

새미는 돌아서서 한껏 흥이 오른 파티장을 향해 다시 걸어가기 시작했다. 그때 내가 다시 한번 더 크게 외쳤다. "나도 낀다고요."

새미는 걸음을 멈췄다. 잠시 후 그의 얼굴이 야비하게 실룩대더니 문득 다 알겠다는 표정을 지었다. 바로 그때 문에서 쾅 소리가 났다. 경첩에서 빠진 금속 조각이 날아가 벽에 부딪쳤다. 문부수는 망치의 앞부분이 열린 틈으로 불쑥 밀려들어왔다 바닥에 떨어졌다.

"야 이 개새끼야." 새미가 소리쳤다.

멜리사는 작은 빨간색 배낭을 만지작거리고 있었다. 그녀 옆에 있던 폴이 일어서려 했다. 반쯤 몸을 일으켰지만 로프트에 잔뜩 들이닥친 검거반 경찰 둘이 그를 바닥에 때려눕혔다. 상기된 얼굴로 나타난 맥퀸이 포르노 두목 새미의 머리에 총을 겨눈 채 벽에 바싹 밀어붙였다.

"어디 변명이라도 해보시지." 맥퀸이 말했다. "입만 뻥긋해봐. 네 놈 얼굴을 저쪽 구석까지 날려버릴 테니까." 그는 새미의 목을 손으로 꽉 눌렀다. 사방에서 경찰이 〈처녀의 희생〉 팀에게 수갑을 채우고 있었다. 멜리사를 제외한 여자아이들은 모두 울고 있었다. 내가 다가가 끌어안자 멜리사는 격하게 매달렸다.

경찰 둘이 폴을 일으켜 세웠다. 45구경 자동권총을 손에 든 호건이 그에게 다가가 날카롭고 낮은 목소리로 말했다.

"발뤼스 클럽에 온 걸 환영하네, 형제여."

"이런 좆같은."

제복을 입은 경찰관 하나가 폴 옆에서 몸을 기울여 그에게 귓속말을 했다.

"말도 안 돼." 폴이 말했다. "내 거 아니라고."

"뭐가 아니라는 거야?" 호건이 물었다.

경찰이 한쪽 구석에 있던 비닐봉투를 들어올렸다. "놈의 옆에 있던 소파 쿠션 사이에서 이걸 발견했습니다." 봉투 안에는 아주 묵직하고 고약한 섹스토이가 담겨 있었다.

"네 게 아니라고?" 호건이 말했다. "그럼 누구 건데?"

"모르죠. 저 여자애, 멜리사가 준 거예요."

"그럼 네 지문이 나오는지 보면 되겠군."

"저 애가 억지로 들이밀었어요. 내가 뭐가 뭔지 알기도 전에 손에 쥐어줬다고요."

"정말? 저 여자애가 널 속였다고?" 호건은 코웃음을 쳤다. "그게 말이 된다고 생각하나? 네가 그걸 저 아이에게 만져보라고 했겠지. 아니면 우리가 들이닥치는 걸 보고 숨기려고 줬든가."

"아니에요. 맹세해요."

호건은 그 매끈하고 꼬여 있는 형상의 물건을 자세히 보았다.

"뭔지 알겠네. 동키가 일을 끝내면 이걸 저 아이한테 쑤셔 넣으려던 거 아냐?"

"맹세해요. 처음 보는 거라니까요."

"잘 들어, 모스. 네 놈이 가게 될 곳에선 말야, 황소만 한 강력
범들이 너 같은 애송이를 제대로 다뤄줄 거야. 아이들을 건드리
는 놈들은 아주 뼈도 못 추리게 당하지. 진짜 자주, 진짜 심하게.
어떤 건지 생각하고 싶지도 않을걸."

폴은 다리를 떨었다. "씨발, 아니라고."

"닥쳐." 호건은 총을 권총집에 넣더니 한 손으로 폴의 턱을 움
켜쥐었다. "내가 충고 하나 해주지. 애티카 교도소에서 친구들에
게 환영 받고 싶으면 경찰서에서 조사 받을 때 맥퀸에게 잘 협조
하는 게 좋을 거야."

"하지만 난⋯."

"닥치라니까. 입 열지 마."

"저 여자애, 멜리사가⋯."

"하지 말랬지." 호건은 그의 턱을 놓아주었다. "듣기만 해. 넌
이제 어맨다 올리버 살해 용의자야. 아주 유력하지. 그러니 모조
리 자백해. 차라리 그 혐의로 유죄 선고를 받는 게 교도소에서 존
중 받고 사는 데 도움이 될 거야."

"정말 맹세해요. 난 맨디를 죽이지 않았어요."

"그래, 그렇겠지. 맨디가 누군지도 모르시겠지."

"그냥 섹스만 했을 뿐이에요."

"그녀가 총에 맞은 날에도?"

"뭐라고요? 그게 그러니깐, 맞아요. 그날 아침에 맨디가 쇼핑
하러 나가기 전에 빨리 한 번 했어요. 난 그녀의 할 일 목록에 있
는 항목일 뿐이었다고요."

"모스, 헛소리는 집어치워." 호건은 기다리고 있던 경찰관에게 고개를 끄덕였다. "네 놈이 경찰차 뒷좌석에 앉아서 연행되는 길에 '안타까운' 일이 생기기를 바라지는 않으니까."

폴은 홱 끌려가면서 멜리사를 의심의 눈초리로 한참 쳐다보았다. 멜리사는 내 어깨에 기댄 채 고개를 돌렸다. 나는 말없이 무표정하게 폴을 마주봤다.

"괜찮아?" 호건이 물었다.

"이제는 좀 괜찮아요. 아저씨가 오고 나니까 말이에요."

멜리사는 몸을 떨었다. 나는 성한 오른팔로 멜리사를 꼭 안고 호건에게 도대체 왜 이렇게 오래 걸렸느냐고 물었다. 길 건너편 창문에서 경찰이 사용하던 라이플 마이크에 문제라도 있었던 건가?

"아무 일도 없었어. 전부 테이프에 기록되고 있는지 맥권이 확인하느라."

나머지는 통상적인 절차대로 진행되었다. 로프트가 정리되자 멜리사와 나는 구체적인 진술을 하기 위해 경찰차를 타고 관할 경찰서로 갔다.

조사실은 좁았다. 다행히 사건이 많은 날이었기 때문에 맥권에게서 풍기는 술 냄새가 지독한 수준은 아니었다. 그는 그날 밤 사건에 대한 내 진술을 곧바로 녹음했다. 크로스비가 습격에 호건을 껴준 일로 분명 뉴욕경찰국의 여러 규정을 어겼을 테지만, 이 무기력한 경찰은 오로지 그렇게 함으로써 필요한 것을 얻어낼 수 있었다. 술 마실 시간을 뺏어갈 장시간의 수사가 필요 없는, 혐의가 확실한 범죄자를 일곱 명이나 체포한 것이다.

나는 맥권에게 폴 모스, 새미, 미스터 주에게서 수집한 정보를 모두 넘겼다. 그는 갑자기 즐겁고 너그러워져 연신 미소를 지어 댔다.

"배짱이 필요한 일이었어요."

"그랬나요? 그런 느낌은 아니었어요."

"그럼 어떤 느낌이었는데요?"

"반드시 해야 하는 일이라는 느낌?"

조사실에서 나가자 경찰복 외투로 몸을 감싼 멜리사가 천장에 위태롭게 달린 조명 아래 벤치에 앉아 나를 기다리고 있었다. 여자 경찰과 함께였다.

"경찰에게 폴 오빠 이야길 했어요." 내가 가까이 가자 미시가 말했다. 아이는 휘청거리며 일어나 나를 안았다. "그가 뭘 원했는지에 대해서요."

"잘 했구나."

"노트북 얘기도 했고요."

"정말 잘 했어."

"멜리사는 대단했어요." 여자 경찰이 말했다. "아주 분명하고 정확하게 자세한 내용을 얘기했어요. 날짜까지도요."

경찰이 멜리사가 둘렀던 외투를 가져갔다. 나는 아이가 입고 왔던 보라색 코트를 덮어주고 빨간색 하트 모양 백팩을 제대로 멜 수 있게 도와주었다. 우리는 호건에게 인사하고는 경찰서에서 나와 차가운 밤공기를 맞으며 우스터가의 로프트를 향해 말없이 걸었다.

멜리사

집에 들어가기가 무섭게 멜리사는 벌컥 화를 내며 씩씩댔다. 결혼생활이 다시 시작되기라도 한 줄 알았다.

"파티 하나도 재미없었어요. 여자친구를 원래 늘 이런 식으로 대해요?"

"요즘엔 여자친구가 없어서."

"그럴 만도 하네요."

"미시, 사실 지금 내 사랑은 너뿐이야."

"그러시겠죠. 어쩌나, 내 마음은 바뀔 것 같은데."

"어떻게 하면 마음이 풀릴까?"

"마실 거나 좀 줘요."

"자몽주스? 스프라이트?"

"내가 뭘 마시고 싶어하는지 알잖아요."

"여긴 유럽이 아니잖니."

"삼촌은 유럽에 있잖아요, 마음속으로는. 하루에 반은 가 있으면서."

"이제 내 마음까지 읽게 된 거야?"

"한참 됐거든요." 멜리사는 쿠션에 기대 애원하는 눈빛으로 나를 보았다. "삼촌, 재미없게 왜 그래요? 난 어린애가 아니에요. 오늘 일을 생각해봐요."

"그런 것 같기도 하네. 그래, 한 잔 줄게."

우리 둘 모두에게 힘든 날이었다. 나는 주방으로 가서 스카치 위스키를 따르고 멜리사에게 줄 화이트 와인을 작은 잔에 따랐다. 원래 멜리사를 집에 데려다주고 밤에 아이 엄마에게 어렵지만 차분하게 설명하려고 했다. 그런데 앤젤라가 '가여운 필립이 너무 불안해하고 있다'면서 그의 곁에 늦게까지 있겠다는 메시지를 남겼다. 미시를 계속 돌봐달라는 부탁과 함께.

로프트 앞쪽으로 돌아가자 미시는 거실 한복판에 서서 숨죽여 울고 있었다. 몸이 격렬하게 떨릴 정도였다. 나는 술잔을 내려놓고 어깨를 감싸 안았다. 내 셔츠 앞섶이 눈물로 빠르게 젖었다.

"폴 오빠는 죽는 거예요?"

"어쩌면. 아주 오랫동안 감옥에 있을 확률이 더 높아. 호건은 노트북과 섹스테이프로 폴이 어맨다를 죽였다는 걸 증명할 수 있다고 생각하거든."

"잘 됐네요. 그럼 아빠를 내버려두는 건가요?"

"완전히."

"엄마도 더 이상 괴롭히지 않고요?"

"그래. 그럴 이유가 없잖아."

소파에 앉은 멜리사는 다시 눈물을 쏟기 시작했는데, 구마 의식을 당한 악령처럼 아예 울부짖었다. 좀 진정이 되자 나는 르 코르뷔지에 의자에 앉아 아이를 마주보며 와인잔을 건넸다. 멜리사는 천천히 와인 한 모금을 마셨다.

"폴은 몇 번을 죽어도 싸요."

나탈리가 마지막으로 사귄 병든 애인에게 내가 느꼈던 감정과 똑같았다.

"한 번으로도 괜찮을 거야. 그 죽음이 아주 고통스럽다면."

그날 저녁 우리는 오랫동안 이야기를 나눴다. 한 시간쯤 지났을까, 위스키를 두어 잔 마신 나는 약간 정신을 놓기 시작했다. 멜리사는 검정 가죽 소파에 다리를 뻗은 채 반쯤 비스듬히 누워 내 옆 탁자에 놓인 액자 속 사진을 들여다보았다. 늘 그렇듯 멜리사는 나탈리에 대해 궁금해했다.

"삼촌이랑 아줌마랑 행복했어요?"

"행복? 그건 너무 거창한 말인데."

"행복했어요?"

"행복이 눈에 보이긴 했어. 아주 멀리 있었지만."

그건 맞는 말이었다. 사막에서 길을 잃고 헤매던 남자가 물이 솟는 샘과 푸른 나무 그늘을 보았지만 알고 보니 아름다운 신기루였던 것과 같았다. 호건이 신을 믿듯 행복을 믿어보려 했지만 내게는 그런 요령이 없었다.

"그러니까 정말 행복하지는 않았던 거네요. 그런데 왜 결혼생활을 계속했어요?"

"나탈리가 원했거든."

"삼촌은 뭘 원했는데요?"

"나탈리가 원하는 건 뭐든. 아니면 거의 다."

"아줌마가 삼촌한테 잡혀 산 거 아니었어요?"

"뉴욕의 촌동네에서 자란 시골뜨기가 시크한 파리지엔느 아내를 어떻게 잡고 살았겠니?"

밤이 깊어갔다. 소파 옆 스탠드를 켜려고 일어나 멜리사 위로 몸을 숙이자 아이는 괜히 내 오른손을 잡고 손가락에 입을 맞췄다.

"이런, 간지럽잖아."

"재미없어. 이러면 욕망에 타올라 미쳐야 하는 거잖아요. 〈세븐틴〉에서 읽었단 말이에요."

"10대끼리만 통하나보네."

"폴 오빠한텐 통했는데."

"그러지 마."

"뭘요?"

"그런 농담하지 말라고."

"농담일 수도 있지만 아닐 수도 있어요."

그런 일을 떠올리기 싫었지만 상상은 멈춰지지 않았다. 한참 동안 의자에 앉아 폴과 미시가 했을 법한 모든 시나리오를 몇 번이고 생각해보았다. 이윽고 밤이 깊어지자 멜리사의 고개가 끄덕거리기 시작했다. 결국 아이는 소파에서 다리를 굽힌 채 반쯤 앉은 자세로 선잠에 들었다.

의자에 꼼짝 않고 앉아 불과 2미터 앞에 있는 멜리사를 지켜보았다. 스탠드 불빛에 비친 얼굴에는 12년이라는 짧은 세월을 산 아이답게 평온함이 가득했지만 그렇다고 근심이 전혀 없지는 않았다. 머리는 헝클어졌고 고개는 한쪽으로 기울여졌다. 부드럽고 희미한 불빛에 목선이 드러났고, V넥 블라우스 단추가 시작되는 곳까지 드러난 살결은 비수처럼 매끈했다.

앉은 자세를 바꿔가며 시선을 돌리려 최선을 다했지만 내 눈은

374

이미 멜리사의 몸을 훑고 있었다. 목을 타고 내려가 긴 상체로, 짧은 치마로, 다리의 굴곡으로 처음에는 재빨리, 그러다 찬찬히.

술을 한 잔 더 마시면서 녹아가는 얼음들이 쨍그랑 부딪히는 소리와 스카치위스키의 시큼털털한 스모크 향에 억지로 집중하려 했다. 가당치 않았다. 밤이 깊어질 때마다 나탈리와의 추억을 떠올리고 있는 내가 소파에 누워 있는 어리고 나긋나긋한 멜리사와 단둘이 있다니. 가당치도 옳지도 않은 일이었다. 더 이상 견딜 수 없어 그만 일어났다. 성한 오른팔로 멜리사를 안아 올리자 아이는 바싹 파고들며 체중을 실었다.

"이제 방에 가서 자렴."

멜리사의 대답은 작지만 또렷했다. "알겠어요."

계단을 올라가야 하는 것도 아니었고 휑한 공간을 비틀대며 조금만 지나가면 침실이었다. 침실 문에 이르자 실내는 동굴처럼 캄캄했고 상한 팔로는 조명 스위치를 누를 수 없었다.

"좀 도와줄래?"

하지만 멜리사는 내게 몸을 더 밀착하기만 했다.

"싫어요. 난 어두운 게 좋아요."

멜리사를 안고 침대로 가서 나란히 털썩 앉았다. 아이는 내 목을 끌어안았고 잠시 후 한 손으로 내 뺨을 어루만지더니 다른 한 손으로 반대쪽 뺨을 쓰다듬었다.

"너무 까끌까끌해요, 삼촌."

아이의 뺨에 입을 맞춰주었다. 일부러 맡고 싶지 않았지만 머리카락에서 달콤한 향기가 풍겼다. 나는 그 향기를 들이마시며 일어섰다.

"오늘 댄스파티 무서웠어요."

"나도 무서웠어."

"삼촌 이상하던데요. 그리고 내 눈에 잠시 동안 삼촌은 안 보이고 폴 오빠만 보였어요."

나는 어둠 속에서 손을 뻗어 멜리사의 머리칼을 만지고, 헤집었다.

"이제 난 가서 죄를 뉘우쳐야겠다."

"아직 가지 마요."

나는 축복이라도 하듯 아이의 머리에 손을 얹고 기다렸다.

"착하게 내 옷 좀 벗겨줘요."

"바보 같은 소리 하지 말고 어서 자."

"이 더러운 옷을 입고 잘 순 없잖아요. 오늘밤 이걸 입고 어딜 갔다왔는지 생각해봐요. 부탁이에요."

"넌 남자가 옷을 벗겨주기엔 너무 커버렸어."

앞뒤가 맞지 않는 말이었다.

"아무 남자가 아니라 삼촌이잖아요."

"안 돼. 그건 네 엄마가 할 일이야."

"지금 엄마가 없잖아요. 아빠도 없고. 그러니까 제발요. 정말 자고 싶단 말이에요."

나는 짙은 어둠을 방패삼아 손을 내렸다. 그러고는 멜리사의 스웨터 끄트머리를 찾아 머리 위로 들어올려 벗겼다. 아이는 팔을 올렸다가 내렸다. 방의 캄캄한 그림자 가장자리는 덜 어두웠고 내 눈은 멜리사의 쭉 뻗은 몸매를 구분할 수 있을 정도로 어둠에 익숙해졌다. 이윽고 아이의 머리를 쓰다듬은 다음 블라우스

단추를 풀었다. 어깨 아래로 옷을 내리다가 실수로 주니어용 브래지어와 그 안의 자그마한 가슴 위로 손이 미끄러졌다.

"뭐 하는 거예요?" 멜리사가 졸린 목소리로 물었다.

"잘 자라고 옷 벗겨주고 있지."

"아, 그래요?"

허리띠를 풀자 멜리사가 짧은 체크무늬 치마를 내릴 수 있도록 똑바로 누워 엉덩이를 들어주었다. 치마를 벗기고 다시 돌아간 내 손에 서늘하게 느껴진 맨살은 상상하거나 떠올릴 수 있는 그 어떤 것보다 매끄러웠다. 나는 마지막으로 남은 교복인 양말을 한 짝씩 차례로 내렸다.

"추워요."

"이불 속으로 들어가렴."

담요를 들추자 멜리사의 다리가 면 시트 속으로 휙 들어가는 소리가 들렸다.

"삼촌은 어디서 자요?"

"요즘엔 잠을 거의 안 자."

"불쌍한 삼촌. 그건 건강에 너무 안 좋아요."

"나는 한 잔 더 마시고 네 엄마를 기다릴 거야."

침대 옆에 서 있자니 이불 속에서 미시가 부스럭대는 소리가 들렸다.

"삼촌, 굿나잇 키스해줘요."

"싫은데. 안 하는 편이 좋겠어."

"왜요?"

"나도 잘 모르겠구나. 그냥 말 그대로야."

"굿나잇 키스 안 해주면 못 잔단 말이에요."

그것은 교묘한 작전이었다. 입술을 향해 몸을 숙이는 순간 멜리사는 내 목을 끌어안겠지. 내 몸 아래서 그녀의 몸이 물결치는 걸 느끼며 끌어당겨질 거야. 그럼 나는 꼼짝도 못하게 될 테지.

"삼촌 어딨어요?"

나는 속삭이며 대답했다. "네 옆에 있지."

"어디요?"

멜리사에게 몸을 숙이려는데 무언가가 달라졌다. 어찌된 노릇인지 바보처럼 호건이 떠올랐다. 베이사이드의 자기 집 안락의자에 앉아 도로시와 이야기를 나누는 그의 모습이 보였다. 왜 그런지 몰라도 그 가정적인 부부의 모습과 호건의 머리카락 없는 정수리가 모든 것을 망쳐버렸다.

"이제 가야겠다. 푹 잘 수 있을 거야."

"나한테 뽀뽀하기 싫어요?"

"응."

멜리사는 과장되게 한숨을 내쉬었다.

"바보."

도덕적인 포주

나는 침실에서 나와 창가에 있는 의자로 돌아왔다. 스탠드 불빛이 희미하게 비치는 가운데 나를 둘러싼 벽에 걸린 그림들이 살아 있는 듯 보였다. 그림은 조상들의 영혼처럼 내 주변에 모여들었다. 이 작품들을 팔아 나탈리가 뉴욕에서 치료 받도록 할 수도 있었다. 하지만 그녀는 프랑스 의료진을 선호했고 나는 그녀가 어쩌다 그렇게 비참한 병에 걸리게 되었는지, 그 병이 어떤 병인지 알고 분개했다. 그래서 작품들은 이렇게 남게 되었다.

나탈리는 프랑스 의료체계를 높이 평가하기도 했고 자기에게 무엇이 좋을지 가장 잘 알았을 것이다. 그녀는 파리에서 그 병에 걸렸다. 파리 7구의 한 클리닉에서 그렇게 진단을 받았고, 거기서 치료하는 수밖에 없어 보였다. 담당 의사는 예후를 설명하며 나탈리와 둘이서 필터 없는 담배를 피워대거나 길고 지루한 치료 과정에 기품을 더한답시고 시도 때도 없이 문학 작품을 인용했을지도 모른다. 나탈리는 적어도 자기가 나고 자란 곳에서 병을 받아들이기로 한 듯했다.

그렇게 정맥주사와 환자용 변기, 카테터와 MRI로 점철된 2년을 보낸 후 나탈리는 그토록 소중한 고향에서 프랑스인답게 오만

하게 죽었다. 끝이 다가오자 그녀는 죽음이란 자신을 낯설고 미개한 나라로 끌고 가려는 불쾌한 침입자이자 외국인이라고 말했다. 프랑스 친구들이 장미를 한 송이씩 뿌린 관을 묻고 나서 나는 뉴욕으로 돌아와 살았다. 라이먼과 스컬리의 초기 작품에 둘러싸인 채. 지금 어렴풋이 보이는 그들의 세련된 추상화는 흰 벽에 걸린 채 소리없이 나를 꾸짖는 것 같았다.

그때 필립은 내가 나탈리를 잊고 한동안은 제멋대로, 조금은 방탕하게 살아야 한다고 생각했다. 그는 내 결혼생활이 끝난 데 대해 그다지 탄식하지 않았고 나를 진정으로 이해하지 못했다. 당연했다. 나탈리는 최악이자 나쁜 년이었으니까. 하지만 최악일지라도 내 여자였고 나는 그녀를 사랑했다. 어쩌면 그녀가 그토록 나쁜 사람이라서 사랑했는지도 몰랐다. 그녀가 준 괴로움은 내가 세상에서 가장 간절히 원했던 것인지도 몰랐다. 그러면 적어도 살아 있다는 기분을 느낄 수 있었으니까. 지금은 꽤 오랫동안 내가 죽었는지 살았는지도 모르는 상태였다.

위스키를 한 잔 더 마시고 옆 건물의 처마 돌림띠를 스치는 바람 소리에 귀를 기울였다. 우스터가에서 들리는 밤의 소리를 가만히 구별하고 있자니 노숙자가 쓰레기봉투를 뒤지느라 부스럭대는 소리, 늦게까지 술 마시고 택시 잡는 사람들의 혀 꼬인 말소리가 들려왔다.

그렇게 앉아 있는 내내 나는 잠든 금발 소녀에게 매우 깊이 집중했다. 그러면서 다시 로프트를 가로질러 가서는 안 된다고, 나와 멜리사 사이에 놓인 좁고 어설픈 문 가까이 가서는 안 된다고 스스로에게 말했다.

그리고 놀랍게도 정말 가지 않았다.

대신 캄캄한 창가에 앉아 아주 공들여 천천히 술을 마셨다. 얼마나 오래, 얼마나 많이 마셨는지는 기억나지 않는다. 흐릿한 어느 시점에 멀리서 내 이름을 웅얼거리는 멜리사의 목소리가 들린 것 같았다. 하지만 그건 필시 극심한 열망이나 두려움이었으리라. 마침내 눈이 서서히 감길 무렵 앤젤라에게서 전화가 왔다.

"잭, 별 일 없지?"

"응. 멜리사는 자고 있어."

"너무 끔찍한 하루였어. 필립이 나 말고 다른 사람이 음식을 먹여주는 걸 거부해. 난 몇 시간째 책을 읽어주면서 그가 다시 배고파지기를 기다렸다고."

"애석한 노릇이네."

"아니야. 몹시 지치지만 기분은 좋아. 난 여기에 두어 시간 더 있어야 해. 멜리사가 악몽을 꾸지 않는지 좀 봐줄래?"

"악몽을 자주 꿔?"

"어맨다 일 이후로 가끔."

"애들은 상상력이 지나쳐."

"시내로 이사 오고 나서 더 심해졌어."

"멜리사가 깨면 어떻게 해줘야 해?"

"그냥 말을 해줘. 다정하게 말하면서 달래줘."

"아기 달래듯이?"

"그래."

"진짜 그래?"

"확실해. 멜리사는 인정하지 않지만 무서워할 때 누가 안아주는 걸 좋아해."

"그게 멜리사가 원하는 거라고?"

"내가 잘 알아. 잭, 난 걔 엄마야. 내 딸에게 뭐가 제일 좋은지 잘 안다고."

"그래, 그래야겠지."

"안아주면 품 안에서 잠들 거야."

"그럼 알겠어. 지금 확인해볼게."

"당신은 정말 좋은 사람이야."

전화를 끊고는 잠시 빈 방 한 가운데에 서 있었다. 위스키가 관자놀이에 모여 뇌 깊숙이 스며들기 시작하는 느낌이었다. 잠시 후 나는 로프트 건너편 영원을 향해 걸어갔다. 손님방 문 앞에서 멜리사의 숨소리를 들어보려 했으나 그러기에는 나무문이 너무 두꺼웠다. 문을 열자 복도의 희미한 불빛이 방 안에 들어왔다. 침대 아래쪽에 미끈하게 빛나는 맨다리 하나가 이불 위로 쭉 뻗어 있었다. 가슴팍은 규칙적으로 오르내렸다. 이불을 다시 덮어줘야 했다.

내가 다가가자 그녀의 호흡이 달라졌다.

그녀를 내려다보며 이건 어디까지나 지켜보고 보호해주는 것이라고 생각했다. 하지만 술을 너무 많이 마셔서 자신이 없었다. 손을 뻗어 심연을 지나 멜리사의 이마에 손을 얹고 왼쪽 눈과 뺨을 가린 흘러내린 고운 머리카락을 넘겨주었다. 멜리사는 나지막이 낑낑 소리를 내다가 잠결에 한 마디 내뱉었다.

"아빠?"

"아니." 내가 숨죽여 대답했다. "아니란다. 잭 삼촌이야."

"아, 그렇구나. 꿈 꾼 게 아니었어요. 삼촌 맞구나."

"엄마가 들여다보라고 해서."

"엄마가요? 삼촌은 와보고 싶지 않았어요?"

"정말 와보고 싶었지."

나는 어둠 속을 더듬어 뒤엉킨 이불과 시트를 찾았다. 그리고는 오른손으로 반듯하게 펴서 멜리사의 다리를 덮어주었다.

"느낌이 좋아요."

"이불이?"

"삼촌 손길이요."

"난 이제 갈게."

"아무도 내 곁에 있어주지 않아요. 왜죠?"

"언젠가는."

"언젠가는 삼촌이 옆에 있어주겠다는 건가요, 아니면 언젠가는 삼촌이 왜 옆에 없었는지를 알 거라는 건가요?"

"둘 중 하나겠지." 그렇게 말하고 물러서서 멜리사가 깊게 숨쉬는 소리를 들었다.

"잘 자요." 그녀가 말했다. "뽀뽀해줘요."

내 호흡이 느려졌다.

"아까 했어." 거짓말이었다. "벌써 잊어버렸구나."

"그랬어요? 미안해요. 한 번 더요."

멜리사는 잠이 완전히 깬 상태가 아니라서 나는 굳이 더 설명하지 않았다. 뭐라고 더 할 말도 없었다.

"삼촌, 부탁이에요."

이 부탁을 마지막으로 멜리사는 잠에 빠졌다. 나는 돌아서서 침실 문을 닫고 어둑한 거실로 나왔다. 기진맥진한 채 의자에 앉아 위스키를 한 잔 더 따르고는 얼음이 녹아 호박색 술에 물드는 모습을 지켜보았다. 한 모금 마실 때마다 독한 가스를 들이마시는 것 같았다. 이 세상, 멜리사가 자고 있는 이 세상에는 넘지 말아야 할 경계선이 있어야 한다는 생각이 들었다.

나는 그 선을 넘지 않았다. 물론 다른 선들도. 잭, 진실을 직시해. 이 만남이 어떻게 이어질지, 무엇을 보게 될지, 금단의 행위가 주는 느낌이 얼마나 좋을지, 얼마나 아름답고 흥분될지 생생하게 상상하는 순간 선을 넘는 게 시작되는 거야. 그건 죄악이야. 설령 예술가일지라도, 나처럼 예술가의 포주일지라도.

게다가 난 최악은 아니었다. 나는 〈처녀의 희생〉 시청자들을 떠올렸다. 간절한 마음으로 절정의 순간을 기대에 찬 눈으로 지켜보고 엘 부로가 엉겨붙는 결말 장면으로 테이프를 빨리감기 하는 변태들을. 적어도 나는 폴과 같은 병을 앓는 사람들이 잘되기를 응원하지 않았고 그런 폭력행위가 일어나기를 기쁜 마음으로 바라며 기다리지 않았다. 나를 섣부르게 판단했을지 모를 이들을 비롯해 어떤 이들의 말과는 달랐다.

술을 몇 잔이나 마셨는지 잊어버렸다.

이상하게 들리겠지만 그날 저녁 술에 취한 것은 나의 작은 도덕적 승리였다. 그 덕에 주의를 다른 데로 돌릴 수 있었다. 무엇보다 큰 유혹을 느꼈지만 불순한 마음에서 비롯된 최악의 충동에 무릎 꿇지 않았다. 그런데 어떤 행동을 하지 않는 것에 도덕적이라는 평가를 내릴 수 있는 걸까? 아무것도 하지 않는 것, 즉 태만은 죄가 되기도 하지 않는가? 한 가지는 확실했다. 그때 나는 참아냈고, 고통스러웠다. 아무도 그 사실을 모르겠지만. 그게 그렇게 대단한 성취였던가? 언급할 가치가 있을까? 아마 아니겠지. 하지만 그 덕분에 나는 내 삶을 극도의 혐오감 없이 돌아볼 수 있었다.

방안을 서성대며 손에 걸리는 작은 물건들을 만지작거렸다. 멜리사에게 다가가지 않기 위한 몸부림이었다. 창가에 서서 밖을 내다보았지만 아무것도 보이지 않았다. '사람의 마음은 만물보다 더 교활하여 치유될 가망이 없으니 누가 그 마음을 알리오?'* 호건이 이메일로 보낸 망할 성경 구절이었다. 검정색 가죽으로 둘러싸인 그의 성경은 어찌나 많이 읽었는지 손만 대도 바스라질 것 같았다.

나는 답을 알고 있었다. 지독하게 부도덕한 내 마음을 알 수 있었다. 어둠 속에 홀로 누워 잠 못 이룬 수많은 밤을 보낸 뒤 내 마음의 약점과 별난 점에 속속들이 익숙해졌다. 나는 교활한 내 마음을 아주 잘 알았다.

잭, 너의 작은 도덕적 승리들을 목록으로 만들어보는 게 좋겠어. 나중에는 안 돼. 지금 당장.

당연히 그런 것들이 조금은 있었다. 어디 보자. 아내와의 관계는 형편없었지만, 내가 그녀에게 어떤 행동을 하거나 하지 못한 이유는 상처 받은 감정 때문이었을 뿐 악의는 없었다. 지난 몇 년 동안은 맨디, 앤젤라, 멜리사 같은 사람들을 위해 호건과 함께 올바른 일 한두 가지도 용케 해냈다. 나는 필립의 기준을 충족할 수 있을 것 같았다. 내 장부는 흑자도 적자도 없이 딱 맞아 떨어졌으

* 《예레미야》 17장 9절

니까.

그뿐이었다. 그럼에도 내가 사는 세상 사람치고는 합당한 기록인 것 같았다. 거대한 도시에서 믿을 수 없는 연인들과 사기꾼들 사이를 홀로 표류하는 흠 있는 남자치고는. 아니, 그 창가에 서서 눈이 내려 축축하게 젖은 거리를 보며 앤젤라를 기다리는 동안에는 그렇게 생각했다. 돌아서서 크고 어두운 방을 가로질러 다시 걷기 시작했을 때 문 두드리는 소리가 들렸다.

파넬리

앤젤라는 밤늦게 얼굴이 잿빛이 되어 로프트로 들어오더니 재빨리 주위를 살폈다.

"오늘밤엔 멜리사가 조용한가봐? 다행이야."

그녀는 멜리사가 앉았던 소파 자리에 앉았다.

"이제 내가 필립을 전부 챙기고 있어. 클라우디아는 필립을 버린 셈이나 마찬가지고 그의 늙은 어머니는 쓸모가 없어. 그 망할 성가신 노인네는 자기 남편과 마찬가지로 이들을 곧 먼저 보내야 한다는 걸 도통 이해하지 못해."

"받아들이기 너무 힘든 일이잖아."

"내가 모르겠어? 그렇다고 넋 놓고 있는 건 비겁하다고."

앤젤라는 마지막 잔을 든 나와 함께 술을 마시며, 비통한 마음을 몇 번이나 털어놓았다. 요즘은 찾아와주는 사람도 거의 없어서 그녀는 잠시도 숨 돌릴 틈이 없었다. 클라우디아도 찾아오는 횟수가 점점 줄었고 와서도 정맥주사 받침대와 모니터 사이에 무기력하게 서서 이따금 필립의 손만 부여잡은 채 말도 못하고 울기만 했다. 그녀는 전 부인이 뼈가 앙상한 필립의 엉덩이를 들어 변기를 대어주는 모습을 입을 굳게 다물고 지켜보았다. 앤젤라는 클라우디아를 위로했다. 그러면서 망가진 그녀의 애인이, 아니 그들 '두 사람'이 사랑하는 사람이 하루 종일 한 말 중 그나마 조리있는 몇 마디를 클라우디아에게 전했다. 그리고 걱정하지 말라고, 필립은 클라우디아가 자기 삶을 살고 계속 일하기를 원할 것이라고 말했다.

한참 뒤에야 알았지만 클라우디아는 그의 재산을 하나도 받지 못했다. 필립이 유언장 내용을 추가로 작성하기 전에 치매가 시작되었기 때문일 수도 있고, 그가 장부 숫자를 딱 맞추려고 그렇게 하기를 원했기 때문일 수도 있다. 그의 애인은 자기 힘으로 잘 살았다. 클라우디아의 가족에게는 돈이 좀 있었고 올리버 사건으로 언론의 주목을 받는 바람에 몇 년 동안 그녀는 출세 가도를 달렸다. 그녀의 작품은 독일부터 일본, 호주까지 여러 나라의 감정서 목록에 올랐다. 그러다 차츰 미술 언론과 갤러리는 물론이고 비평가들의 의식에서도 멀어졌다. 그녀는 훗날 토리노의 유명한 자동차제조사 대표의 아내가 되었다.

"멜리사는 어때? 오늘 둘이 즐거운 시간 보냈어?"

"응."

"마음이 놓이네."

그녀의 표정을 읽을 수 없었다. 무슨 일이 있었는지 말해야겠다고 굳게 결심한 나는 폴이 그녀의 짐작보다 훨씬 나쁜 놈이라는 말로 해명을 시작했다. 폴과 어맨다의 관계, 발튀스 클럽, 〈처녀의 희생〉, 그리고 그가 멜리사를 상대로 세운 계획까지 모두 말했다. 끝으로 크로스비가에서 있었던 파티까지 설명했다.

"잭, 어떻게 그럴 수가 있어? 미시를 그런 식으로 이용했다니 믿을 수 없어."

"그런 게 아니야."

"아니라고? 그 애를 구슬려서 맨디의 노트북을 가져가고 폴 앞에 살아 있는 미끼로 매달았는데도?"

"어떻게 들릴지는 알아. 하지만 진짜로 멜리사를 이용하지는 않았어. 혹시라도 그런 일이 있었다면 그 애가 이용 당하지 않도록 막았을 거야."

앤젤라는 너무 기진맥진하고 격분해서 반박할 수 없었다. 실패한 전시회, 필립의 암울한 상태, 딸의 일까지 이 모든 것의 무게가 그녀를 짓이기고 있는 듯했다. 붉게 충혈된 피곤한 눈이 나를 뚫어지게 바라보았다.

"잭, 당신은 아빠가 돼 본 적이 없지. 절대 이해 못할 거야."

"그래, 못하겠지."

"나한테 이건 장난이 아니야. 이 빌어먹을 소호의 삶 말이야. 난 당신 같은 집시가 아냐. 키워야 할 자식이 있다고. 그게 지금 내가 살아가는 이유야."

앤젤라는 그 순간 완전히 버려진 느낌이었을 것이다. 멜리사는 혼자 잘났다며 점점 독립적으로 변해갔고, 사랑하는 필립은 두 번째이자 마지막으로 그녀의 삶에서 사라질 판이었다. 게다가 오늘은 친구라는 사람에게 어쨌든 결과적으로 배신까지 당한 셈이었다.

그 후 몇 달 동안 필립은 구토, 척추 통증, 환각, 모르핀의 순서를 반복하는 투병생활을 질질 끌며 앤젤라에게서, 삶에서 서서히 빠져나갔다. 의사들의 예상보다는 빨랐지만 그렇다고 아주 빠르지도, 느리지도 않았다. 병은 그의 존재를 집어삼켰고 그는 온갖 신체적 치욕을 겪어야만 했다. 오트밀을 가슴팍에 흘렸고 알약이 담긴 컵을 엎었으며 자꾸 자기 몸에 배설물을 묻혔다.

그럼에도 내 친구는 그럭저럭 용감하게 죽음을 맞이할 수 있었다. 나는 앤젤라 덕분이라고 생각했다. 필립은 그녀가 누구인지 몰랐지만 이 여자가 끝까지 자기 옆에 있으리라는 것을 본능적으로 알았다. 곁에서 그의 얼굴을 바라봐주고 죽어갈 때 말라비틀어진 손을 잡아줄 사람이라는 것을. 이따금 그는 힘없는 목소리로 앤젤라를 '귀여운 아이'라고 불렀다. 다른 사람들이 슬픔이나 역겨움 때문에 그를 외면할 때도 전 부인은 악취가 진동하는 삶의 마지막 시간 내내 망설임 없이 고집스럽게 그의 곁에 있었다.

그 충실한 마음과 고통스러운 시간 때문에 나는 앤젤라가 무슨 짓을 했든 대부분 용서할 준비가 돼 있었다.

크리스마스이브 날 밤 호건을 만났다. 그는 사무실에서 늦게까지 일했고, 그날 밤 내게 별일이 없으리라 확신하고는 같이 술 한 잔 하자고 했다. 우리는 옛날 권투시합 사진이 잔뜩 걸린 파넬리에서 스테이크를 먹고 맥주를 마셨다. 웨이트리스가 체크무늬 식탁보 위에 계산서를 두고 가자 호건이 집어 들었다.

"내가 빚진 게 있으니까."

"고마워. 그게 뭔지는 모르겠지만."

"폴 모스를 잡았잖아."

"별로 대단한 일도 아닌데."

호건은 나를 향해 씩 웃는데 평소에 보기 힘든 표정이었다.

"오늘 크리스마스 선물을 받았어. 포르노 촬영장을 습격한 덕분에 경찰이 그 소름끼치는 놈의 로프트를 수색할 합당한 명분이 생겼지. 거주지를 확인하고 추가 증거를 찾고 뭐 그런 거 있잖아. 맥권이 지휘하는 단속반 부반장이 증거를 잔뜩 찾아냈어. 복도 책꽂이에 〈처녀의 희생〉 비디오테이프가 줄줄이 끝도 없이 꽂혀 있었다더군. 그리고 그 뒤에서 총이 나왔어."

"어맨다 올리버의 총?"

"일련번호가 똑같아."

"폴의 지문도 있고?"

"아니, 깨끗하게 닦여 있더라고."

"그걸 왜 계속 갖고 있던 거래?"

"또 반편이 짓 한 거지 뭐." 호건은 코를 훌쩍거렸다. "아마추어들은 그런 식이야. 죽이는 건 어떻게든 하는데 은폐는 엉망진창이지. 물론 냉정을 잃고 정신이 나간 상태에서 날려버렸을 수도 있고."

나는 그 말을 이해했다고 생각했다. "그러니까 진짜 기술은 그때 필요한 거네? 범죄를 은폐할 때 말야."

"잭, 그렇게 쉽지는 않아. 살인은 엄청나고 무시무시한 짓이거든. 대부분의 사람들은 심장이 미친 듯이 뛰고 머리가 핑글핑글 돌아. 아드레날린 같은 것이 두뇌에 합선을 일으키는 거야. 그러면 모스처럼 모든 걸 망치지. 유죄를 입증할 수 있는 노트북을 가져가서 그걸 친구에게 숨겨둔다든지. 총을 닦을 정도의 정신은 겨우 차렸지만 그걸 멀리 내다버리지 않았다든지."

"직접 생각해본 사람처럼 말하네."

"그게 내 직업이잖아."

나는 고개를 끄덕였다. "그런데 난 맨디가 총에 맞은 이유를 더 확실하게 알았으면 했어. 물론 맨디가 〈처녀의 희생〉 계획을 알아내고 폴을 신고하겠다고 협박하기는 했지. 하지만 폴이 잘 구슬렸을 수도 있었을 텐데. 죽일 필요까진 없었잖아. 섹스를 더 해서 입을 막을 수도 있었을 테고."

호건은 사람이 드문드문 있는 음식점 너머로 시선을 돌렸다.

"사람은 왜 살인을 할까? 그리고 사람은 왜 죽을까?" 그는 구하지 못할 답을 기다리듯 잠시 말을 멈추었다. 이런 적이 처음은 아니었다. "그 답은 아직 계속 찾는 중이야. 일단은 맥주나 더 마시자."

롤링락 두 병이 나왔다. 나는 필립의 혐의가 완전히 벗겨졌는지 궁금했다.

"필립을 더 이상 용의자로 생각하진 않을 거야." 호건이 말했다. "지금은 모스가 표적이니까. 맥퀸이 저번에 얼큰하게 취해서 그러더라고."

"뭐 더 새로운 건 없었어?"

"그냥 지금껏 나온 걸 정리한 정도야. 강력계 애들이야 그 정도면 운이 좋은 거지."

"그래서 무슨 얘기를 들었는데?"

"탄도 검사를 했는데 그 총과 완벽하게 일치해. 총열의 홈도 맨디를 죽인 총알 흔적과 일치하고. 피해자 몸에서 발견된 DNA도 폴의 것이었지. 폴이 이미 인정했지만."

"그럼 반전은 더 없겠네."

"없는 편이 낫지."

나는 잠시 바에서 고독에 파묻혀 술 마시는 사람들을 흘끔대며 호건의 눈을 피했다.

"폴은 뭐래?"

"늘 하던 말. 총은 한 번도 본 적이 없다, 그게 왜 거기 있는지 모른다, 그런 거. 아니면 무슨 말을 하겠어?"

"필립처럼 자백할 수도 있잖아."

"폴이 그렇게 미치지는 않았지."

"그렇지. 필립만큼 정직하지도 않고."

호건은 맥주병을 들었다. "어쨌든 경찰이 그가 멜리사 올리버나 다른 여자애들에게 접근하지 못하도록 체포했으니까." 그는 술을 벌컥벌컥 마셨다. "일단 포르노와 매춘으로 유죄판결을 받으면 아주 오랫동안 살얼음판을 걷는 심정일 거야. 경찰은 필요하면 몇 년이라도 들여서 그가 살인을 저질렀다는 걸 확실하게 입증할 테니까."

"검사의 일이 쉬워지겠군."

"맞아."

"그런데 말이야. 자꾸 신경 쓰이는 게 하나 있어."

호건은 내 말을 달가워하지 않았다.

"살인이 일어난 날 앤젤라가 어디서 시간을 보냈는지 완전히 파악되지 않았어."

빠른 대답을 기대했지만 호건은 말이 없었다. 눈도 깜박하지 않았다.

"멜리사가 거짓말을 했을 수도 있어." 내가 말했다. "누가 시켰거나 제 엄마를 보호하고 싶어서 말야."

"만에 하나, 그랬다면?"

"그날 앤젤라는 웨스트체스터와 소호를 충분히 오갈 수 있었어. 나중에 멜리사가 요가와 쿠키 만들기 같은 얘기로 앤젤라를 덮어준 것일 수도 있어. 너와 맥퀸이 심하게 압박할 때까지 말야. 아니면 멜리사가 앤젤라의 방에서 노트북을 발견했을 때까지."

"그래, 계속해봐."

"그런 다음 멜리사는 제 엄마와 같이 했든 아니든 간에 좌우간 폴 모스에게 죄를 뒤집어씌우기로 한 거야. 폴이 멜리사의 처녀성을 원하며 접근한 다음부터."

호건이 몸을 천천히 앞으로 기대자 벌어진 재킷 사이로 권총의 뭉툭한 자루 부분이 보였다 안 보였다 했다.

"잊어버려. 경찰은 앤젤라를 기소할 거리가 없어. 증거가 없잖아. 이메일도 별 게 없고. 도둑맞은 9밀리미터 권총이 나왔고 피해자 시신에서 폴의 정액이 나왔어. 폴은 또 맨디의 노트북에 손대려고 안절부절 못했지."

나는 한동안 아무 말도 하지 않았다. 그러다가 주변의 대화 소리가 커지자 마침내 호건에게 불편한 사실을 일깨워주었다.

"그건 사실이 아니야. 맨디가 앤젤라에게 만나자고 이메일을 보냈잖아."

"그건 맞아, 플래시. 하지만 앤젤라가 전부 해명했잖아. 너와 나, 그리고 맥퀸한테도."

"네가 이렇게 쉽게 넘어가는 경우가 별로 없는데."

"무슨 말을 하고 싶은 거야?"

"앤젤라랑 그런 식으로 엮여서 그래? 그래서 앤젤라 이야기가 그렇게 설득력 있게 들렸냐?"

호건은 술병을 입으로 가져가다 말고 내려놓았다.

"크리스마스라 봐준다. 아니면 면상을 박살내줬을 텐데."

나는 호건이 웃기를 기다렸지만, 그는 웃지 않았다. 대신 마시려다 만 술을 들어 한참을 벌컥벌컥 들이킬 뿐이었다.

"잘 들어. 그런 터무니없는 가정은 잊어버려. 네가 뭐 때문에 괴로워하는지 알아." 그는 내 얼굴을 똑바로 쳐다보았다. "내가 앤젤라랑 잔 건 아무 의미도 없어."

"그래, 나한테는 그렇지." 나는 남은 맥주를 유심히 바라보았다. "하지만 넌 어떤데?"

"잭, 언제부터 네가 내 걱정을 했어?"

"혹시 네가 폴을 오해하고 있는 거라면?"

"그놈 운이 나쁜 거지."

"진심은 아니겠지."

호건은 눈도 깜빡이지 않고 침착하게 나를 보았다. "그렇게 샌님처럼 굴지 마. 네가 감당할 수 없는 일을 벌일까봐 걱정했었지."

그의 말을 받아칠 논리를 찾아 애썼지만 머릿속이 멍했다.

"왜? 범인이 누군지 확실하게 밝히는 게 겁나? 폴이 범인인 게 정말 확실해?"

"당연하지. 잭, 뭘 원해? 범죄 영화라도 찍고 싶어? 작작해라. 난 현실 세계에 살고 있거든."

"아, 그러셔? 그건 확실해?"

호건은 빈 병의 상표를 긁어내며 나를 기다리게 했다.

"자, 들어봐. 폴을 잡아넣는 게 잘못이래봐야 얼마나 큰 잘못이겠어? 여기 죄 없는 사람은 아무도 없어. 내 기준대로라면 사형 선고 받아야 할 쓰레기들이 넘쳐난다고. 당연히 나도 그렇고 너도 그래. 그리고 우리는 폴 모스에 비하면 순수하고 순진해."

"아마도. 하지만 난 별로 도덕적인 사람이 아닌 것 같은데."

"그런 생각이 널 살리는 거야."

"그래?"

"언젠가는."

맥주를 마저 마시고 나갈 준비를 했다. 몇 시간 뒤면 미시가 선물을 뜯어볼 것이다.

"그거 아냐? 폴은 내가 정말 자기 친구라고 생각했어."

"여전하구나. 모든 사람에게 좋은 친구지. 살인자와 정신병자한테도."

호건은 일어서서 외투를 입었다. 우리는 바텐더에게 고개를 끄덕여 인사했다. 전직 권투선수였던 그의 가무잡잡하고 커다란 덩치가 뒤쪽 선반에 매단 하얀 크리스마스 조명에 대비되었다. 나는 웨이트리스를 위해 탁자 위에 팁을 좀 놓았다.

"잭, 넌 항상 나쁜 남자 행세를 하다가도 막판에는 고리타분하게 굴더라."

"내가?"

"안 그랬으면 내가 한 대 쳤을 거야."

나는 코트 단추를 잠그고 주머니에서 가죽장갑을 꺼냈다.

"호건, 바로 그게 내게 필요한 건지도 몰라."

"정신 차리고 싶어서?"

"아니, 밤에 잠드는 데 도움이 될까 해서."

올드 세인트 패트릭 대성당

밖으로 나서니 눈이 살풋 내리고 있었고 호건은 자정미사에 가겠다고 했다.

"네 덕분에 생각할 거리가 생겼어. 뭔가를 생각하기엔 성당이 제격이지."

우리는 프린스가를 따라 동쪽으로 걸었고 구겐하임 미술관 시내 분관이 있는 낡고 거대한 벽돌 건물을 지나갔다. 위층에는 불이 모두 꺼져 있었다. 휴일 밤에 야근하는 사람은 아무도 없었다. 우리는 브로드웨이를 지난 다음 불빛이 별로 없는 크로스비가와 라파예트가를 지나 한때 리틀 이탈리아 구역의 상류층이 살던 곳에 접어들었다.

일부 부동산 중개업자들은 이 지역을 놀리타라고 불렀다. '리틀 이탈리아의 북쪽'이라는 뜻이었다. 새미의 말은 사실이었다. 이민자 거주지는 밀려났고 이제 좁은 거리에는 힙스터들이 찾는 라운지, 그리고 파슨스와 패션기술대학을 갓 졸업한 디자이너들이 딱 하나씩만 만든 물건을 파는 작고 허름한 가게가 여기저기 흩어져 있었다.

"적어도 어떤 것들은 절대 변하지 않아." 호건이 갑자기 턱을 치켜들며 말했다.

올려다보니 올드 세인트 패트릭 대성당 지붕에 달린 소박한 돌 십자가가 길거리 간판과 건물 지붕 위로 쓸쓸하게 서 있는 모습이 보였다. 우리는 멀버리가에서 질퍽하게 녹은 눈을 피해 가장자리로 둘러서 성당 마당 쪽으로 갔다. 마당에는 키 큰 나무가 우산처럼 넓게 펼쳐져 있었다. 나뭇가지 아래쪽 보도는 조용했고 우리는 가로등을 지나 떨어지는 함박눈을 잠시나마 나무 밑에서 피했다. 길 건너에 있는 메콩의 어두운 바에 몇 사람이 모여 술을 마시고 있었다. 그 옆집은 문을 닫는 법이 없는 한국 식료품점이었다. 음식점 차양 아래 플라스틱 양동이에 담긴 생화들이 형광등 불빛에 밝게 빛났다. 호건과 나는 2교대 근무를 마친 노동자들처럼 말없이 걸었다.

차 한 대가 지나가며 내 검정색 캐시미어 코트 아랫단에 진창이 된 눈을 튀겼다. 욕이 나왔다.

"인생은 녹록치 않은 법이야." 호건이 말했다. "너희 동네 파크 애비뉴에 있는 세탁소에 갖다주면 되겠네."

"일이 끊이질 않는군. 넌 지겨운 적 없어?"

"플래시, 뭘 바라는 거야? 네 노력으로 지구에 평화라도 왔음 좋겠어?"

"어쩌면. 하룻밤만이라도."

"졸라게 행운을 빌어주지."

우리는 계속 걸었다.

"왜 그런지는 잘 모르겠는데." 내가 말했다. "폴이 교도소에 수감된다고 생각하면 기분이 훨씬 나아져."

"걱정 마. 넌 네가 할 일을 한 거야. 이제는 뉴욕주가 제 할 일을 하겠지."

"그게 뭔데?"

"처벌. 몇십 년은 나올걸."

"성당에서 그런 걸 가르쳐주나봐?"

호건은 주머니에 손을 깊숙이 넣은 채 멈춰 섰다.

"그 변태 자식이 정신을 차릴 수도 있지만 난 못 차린다는 데 걸지. 그 자식 개과천선이 가능할 것 같아?"

"폴이 나를 개과천선시킬 수도 있지." 나는 옷깃에 내려앉은 눈송이를 털어냈다. "그놈 생각하며 구역질하는 것만으로도."

우리는 약간 비틀거리며 다시 눈 속을 터덜터덜 걸었다. 고개를 숙이고 있어서 호건이 무슨 표정으로 말하는지 보이지 않았다.

"현실로 돌아오시지." 그가 말했다. "경찰은 사람을 정직하게 만들지 않아. 사제가 사람을 거룩하게 만들지 못하고 의사가 사람을 불멸의 존재로 만들지 못하는 것과 마찬가지지."

"그럼 남는 게 뭔데?"

"의무."

이해가 안 갔다. 호건이 부연설명했다. "그 모든 건 사람들이 자연스럽게 늙어 죽을 정도로 오래 살고 서로 속이지 않을 정도로 바르게 살도록 하기 위한 것일 뿐이야."

"훌륭해. 감동적인데."

"그럼 됐어."

"어쨌든 난 할 수 있는 일을 한 거야. 미시를 위해서."

"당연하지. 우린 기독교 왕국의 마지막 기사나 마찬가지야."

많이 추웠는지 호건은 어깨를 움츠렸다. 눈이 우리 위에, 우리 주위에, 우리 사이에 가볍게 내려앉았다.

모트가에서 왼쪽으로 꺾은 다음 반 블록을 걸어 성당의 검은 철문에 도착했다. 우리는 멈춰 섰고 나는 호건과 인사를 나눴다. 미사 시간에 아슬아슬하게 온 신자들이 대문을 지나 앞마당으로 들어갔다.

"정말 같이 안 들어갈래?"

"나한텐 별 도움이 안 될 거야."

"잭, 널 위해서가 아니야. 난 폴 모스의 영혼을 위해 기도할 거라고."

내 침묵을 통해 내가 느낀 어리둥절함이 고스란히 호건에게 전달되었다.

"저희에게 잘못한 이를 저희가 용서하오니." 호건은 기도문을 기계적으로 읊었다. "그게 이야기의 시작이며 마침이지. 들어본 적 있어?"

"오래전에."

"지금은 이해하려고 애쓰지 마. 못할 테니까."

"그래. 그래서 신성하게 느껴지나봐."

"그것 말고 마음에 드는 건 없어?"

"그냥 이 모든 것에서 풍기는 품격 있는 무언가랄까."

자정이 거의 다 되었다. 종이 울리기 시작했고 나는 우스터가에 있는 조용한 내 집으로 돌아가고 싶었다.

"하느님의 은총은 간절히 청하는 모든 이에게 넘쳐흘러. 폴 모스에게도." 나지막이 말하던 호건이 웃음을 터뜨렸다. "너에게도."

나는 고개를 저었다. "그럼 네가 믿는 하느님은 바보네."

호건은 잠시 말이 없었다.

"그렇게 생각해?" 그는 내 성한 오른팔에 그 어느 때보다 가볍게 손을 얹었다. "그냥 와봐."

나무 아래 잿빛 돌무더기가 쌓여 있었다. 조용히 들어가려는 사람들을 위해 성당 정문을 조금 열어놓아서 입구의 투명한 칸막이를 통해 촛불을 밝힌 실내가 얼핏 보였다. 촛불에 어른거리는 조각상의 얼굴이 살아 있는 듯 했다. 오르간의 제2 건반으로 〈오거룩한 밤〉을 연주하는 애처로운 곡조가 잠깐 들렸다. 야외 게시판에는 오늘 저녁 미사의 주제가 검은 바탕에 흰 글씨로 쓰여 있었다. '우리에게 한 아기가 태어났고 우리에게 한 아들이 주어졌습니다.'

나는 오른손을 코트 주머니에 더 깊이 찔러 넣었다.

"고맙지만 사양할게. 난 아니야. 오늘밤도 아니고."

호건은 내 어깨를 툭 쳤다.

"그래, 이 멍청아. 네 마음이지."

눈발이 점점 굵어졌다. 그는 돌아서서 진회색 성당 안으로 들어갔다.

재판

나는 크로스비가를 습격하고 6개월이 지난 뒤에야 보상을 받았다. 그때 폴 모스의 재판이 열린 것이다. 당시 나는 그것이 폴의 '첫 번째' 소송이며, 호건이 '몇 가지 복잡한 일'이라고 모호하게 말한 것들을 경찰이 해결하기만 하면 그가 곧 살인으로 기소되리라고 생각했다.

세 번째 날에는 동키가 직접 재판장에 출석해 비디오가 어떻게 제작되었는지 자세히 설명했다. 재판 중에 동키는 폴 모스가 미성년자와의 성행위에 가담하는 것을 목격한 적이 있는지 질문 받았다.

"음, 어느 날 새미가 폴에게 이렇게 말했습니다. '이봐. 너도 우리처럼 놀아야 돼. 내가 널 믿어도 될지 알고 싶거든.'"

"그래서 모스 씨가 그 말을 무슨 뜻으로 받아들였는지 당신에게 말했습니까?"

"네. 폴은 '당연히 해야지. 안 그랬다가는 그들이 날 밟아버릴 테니까'라고 말하고는 그렇게 했어요. 어린 여자 둘에게요. 아주 제대로 했죠."

"그 다음에는요?"

"그 다음에는 훨씬 많이 했어요. 폴은 그걸 좋아했어요. 파티에서 그는 나 바로 다음 차례였어요."

폴의 조수 역시 별 볼 일 없는 마약 혐의 두 건의 기소를 면해주겠다는 조건을 받아들이고 협조했다. 그는 앞을 똑바로 응시하며 담담한 목소리로 편집과 유통 과정을 자세히 설명했다. 그와 폴이 추구하려고 애쓴 리얼리즘과 판타지가 결합된 10대 포르노의 심미적인 면에 대해서까지.

이 J. D. 스크래치라는 작자는 본명이 조지프 뎀프시인데 몇 주 전 호건과 내가 그를 만나러 간 날과 달리 입을 다물고 있지도, 애매한 태도를 취하지도 않았다. 당시 그는 폴이 언제라도 돌아오기를 기대하는 듯 계속 테이프의 데이터를 정리하고 '예술 행위'가 담긴 장면을 사전 편집하고 있었다. 그가 일하는 동안 가는 팔에 새긴 문신이 조금씩 보였다. 하던 일에 계속 몰두한 탓에 살인사건이 벌어진 날 폴의 행적을 묻는 내 질문을 귀담아 듣지 않았다.

"전 몰라요."

그는 편집용 패널의 노브와 레버가 사라졌다가 방금 나타나기라도 한 듯 판을 계속 뚫어지게 쳐다보며 하루 종일 그 말만 했다.

호건은 곧 짜증이 났다. "이 또라이랑 오붓하게 얘기 좀 할게. 아가야, 도망가지 말고 있어."

그는 끝도 없이 펼쳐진 원목 마루 너머 출입문으로 나를 안내했다. 《워싱턴 포스트》의 자극적인 헤드라인에 따르면 그 마룻바닥은 폴이 성폭행 비디오 장사로 벌어들인 소득의 지표나 다름없었다.

"20분만." 그가 말했다. "20분짜리 신병훈련소야."

나는 밖으로 나가서 오데온까지 몇 블록을 어슬렁어슬렁 걸어간 다음 베네시안 블라인드 틈으로 새어 들어오는 오후 햇살을 피해 어둑한 바 끝에 혼자 앉아 진토닉을 마셨다. 점심 손님이 별로 없어서 소나벤드에서 열린 제프 쿤스 전시를 놓고 바텐더와 수다를 떨었다. 작가가 이탈리아 포르노 스타 출신 아내와 즐겁게 섹스하는 커다란 컬러 사진이 걸린 전시회였다. 어떤 평론가는 이를 두고 '순수한 성욕에 대한 카타르시스 가득한 찬양'이라고 썼다. 바텐더는 '재미있는 외설'이라고 간단명료하게 표현했다. '돈 많이 벌었겠다'라고도 했다.

로프트로 돌아가자 미스터 스크래치는 더 이상 입을 다물고 있지 않았다. 그는 배 위로 팔짱을 끼고 자신이 기억하는 내용을 이야기하고 싶어 안달난 사람처럼 보였다. 어느 날 저녁 어맨다 올리버가 보낸 이메일을 읽고 그의 두목이 얼마나 화를 냈는지도 이야기했다.

"폴은 정말 걱정스러워 보였어요." 그 젊은이가 설명했다. "이렇게 말했죠. '그 미친년이 날 망치려고 해. 그 여자가 우리 비디오를 보고 광분했거든. 하나도 이해 못하면서 싫어하기만 해. 내가 아는 대로라면 그 년은 온 동네에 떠들고 다닐 거야'라고요."

조금 부추기자 J. D.는 5월 4일에 테이프 공급 문제로 오전 내내 밖에 나가서 테이프 취급점 여기저기를 힘들게 다녔다는 이야기도 했다. 그는 창백한 얼굴로 호건을 쳐다보지도 않고 말을 이어갔다.

"다른 문제도 있어." 나는 이렇게 말하고는 안주머니에서 멜리사 사진을 꺼냈다. 지난 여름 베네치아에 있을 때 앤젤라가 생일 파티 사진이라면서 이메일로 보내준 것이었다. "이 아이를 만난 적이 있나?"

"아, 걔요."

"이 아이가 여기 온 적이 있나?"

"아니요." 그는 시선을 떨구었다. "하지만 폴이 그 아이 이야기를 줄곧 했어요. 그 아이 사진을 화면보호기로 사용하기도 했죠. 폴이 어떤지 아시잖아요."

"아주 잘 알지."

"그런데 한번은 그 애 엄마가 나타난 적이 있어요."

"앤젤라가? 언제?"

"추수감사절 전쯤이요. 그 여자가 폴에게 고함을 치면서 자기 딸을 몸 파는 여자로 만들려는 거냐고 난리를 쳤죠."

"그래서 폴은 어떻게 했지?"

"그 여자가 할퀴자 손목을 잡았어요. 아무 일도 없었다고, 전혀 없었다고 계속 말하면서요. 폴이 손목을 놓아주자, 세상에, 그 여자는 정말 얼음장 같았어요. 난 무서웠어요. 화장실을 써도 되냐고 물었는데 그 여자가 화장실에 다녀오는 길에 칼이라도 집어들고 오지 않을까 했다니까요."

"화장실이 어디지?"

"저기 뒤쪽이요. 복도로 내려가서 주방을 지나면 있어요. 주방 조리대 칼꽂이에 폴이 쓰는 커다란 칼들이 꽂혀 있어요. 그러니까 내 말은 그 여자 눈빛을 봤으면…."

호건은 복도를 쳐다보았다. "저 책장을 지나서?"

"네. 하지만 폴을 책으로 내리칠까 걱정은 안 했어요."

"그래서 그녀가 뭘 했지?"

"오줌을 누고 가버렸죠. 영역 표시하는 고양이처럼요. '난 간다. 이 재수 없는 놈, 엿이나 먹어라'라고 외치고요."

미스터 스크래치는 폴의 재판에서도 더 조심스럽게 표현하기는 했지만 비슷한 의도로 증언했다.

그가 증언하고 나서 며칠 뒤 내가 증언하는 날이 되었다. 나는 왼쪽 배심원단석에 줄줄이 보이는 얼굴들이 몹시 신경 쓰였다. 여자 일곱 명과 남자 다섯 명의 눈길이 일제히 한 곳을 향했다. 그들은 애처로운 눈빛으로 나를 보며 답을 구하고 있었다. 한 번 보고 질겁한 작품을 사라고 설득 당하기를 기다리는 고객들 같았다.

검사는 심문을 통해 내가 폴을 처음 알게 된 일부터 호건과 함께 실행한 크로스비가 함정 수사에 이르는 일을 차근차근 드러냈다. 거의 끝날 무렵 검사는 일본 사진작가가 찍은 아주 유명한 사진을 꺼내들었다. 짧은 흰색 원피스를 입은 여자아이 사진이었다. 흙더미에 기대앉은 맨발의 소녀는 양쪽 무릎을 붙인 채 발을 넓게 벌리고 있었다. 숱 많은 앞머리에 가려진 눈으로 관람객을 응시하는 아이의 표정은 연약하고 수줍었다. 아이의 허벅지 사이에서 하얀 팬티가 작은 삼각형 모양으로 빛나고 있었다.

"발튀스 클럽이라는 모임에서 모스 씨와 토론한 사진 중에 이 사진도 있었습니까?"

"네, 그렇습니다."

"전문가 입장에서 판단할 때 이 사진이 그 모임에서 함께 다룬 자료를 잘 대변한다고 볼 수 있습니까?"

"네, 그렇습니다."

"그럼 이런 종류의 사진을 폴 모스와 몇 장이나 함께 평가했습니까?"

"천 장쯤 될 겁니다."

검사는 자기 자리로 가더니 사전에 증거로 채택된 다른 사진을 집어 들었다. 배심원단에게는 아직 보이지 않았다. 아름다운 알몸으로 팔다리를 벌리고 진흙 속에 누워 있는 여자아이 사진이었다. 미국 여성 사진작가가 찍은 아이는 그녀의 어린 딸이었다.

"이 사진 이야기도 했습니까?"

"이야기는 많이 하지 않았고 보기만 했습니다."

검사는 배심원들이 사진을 자세히 볼 수 있도록 사진 두 장을 건넸다. 비디오테이프 이야기가 나왔을 때 그의 주장은 이미 확고해진 지 오래였다. 그럼에도 불구하고 배심원단이 볼 수 있도록 경비가 삼엄하고 문이 닫힌 옆방에서 파티 에피소드를 몇 편 틀었다.

재판이 다시 공개 형식으로 진행되었다. 비디오를 본 선량한 시민 열두 명이 나에 대해 무슨 생각을 했을지는 아무도 모를 일이었다. 어쨌든 그들이 폴 모스에게 유죄 판결만 내린다면 나는 아무 상관없었다.

"신사 숙녀 여러분, 어맨다 올리버는 이 테이프를 발견하는 실수를 저지르고 말았습니다." 검사가 말했다. "그녀는 때 이른 죽음을 맞이하기 전에 이 테이프에 대해 따졌습니다."

배심원단은 해부 실습을 하는 의대생들처럼 눈도 깜빡이지 않고 냉정하게 검사를 바라보았다. 이따금 잠깐 고개를 돌리는 사람도 있었지만 곧 다시 검사를 주시했다.

하지만 사진작가, 동키, 호건, 지방검사, 내가 보여준 수완은 멜리사에 비하면 아무것도 아니었다.

아직 열세 살이 채 안 된 멜리사는 매우 침착하고 차분한 증인이었다. 검사가 앤젤라에게 미리 당부한 대로 아이는 흰 블라우스에 심플한 검은 스웨터를 입고 있었다. 멜리사는 얌전하고 아이다운 진지한 표정으로 치마를 가려주는 오크나무 탁자 뒤에서 보이지 않게 다리를 꼬고 앉았다. 그리고 폴이 어떻게 접근해 친구가 되었는지 설명했다. 둘 다 새로운 옷 스타일에 관심이 많았다는 이야기며 얼마 지나지 않아 폴이 어머니를 소개해달라고 졸랐다는 이야기를 배심원단에게 했다. 아이는 폴이 앤젤라의 작품을 칭찬하고 그녀의 딸인 자신에게 정중하게 대해 자신의 신뢰를 쉽게 얻었음을 넌지시 비췄다.

증언하는 동안 멜리사는 완벽한 어린 숙녀였고 브래드포드 스쿨 학생다운 단정한 몸가짐을 모범적으로 보여주었다. 쉼 없이 움직이는 손가락처럼 어깨에서 찰랑대는 길고 풍성한 머리카락만이 그 변태를 홀린 것이 무엇인지 짐작하게 했다.

수집된 증거도 증거였지만 미시의 증언을 듣고 폴이 보인 반응 때문에 이 사건은 완전히 기울었다. 그는 검사에게 자극 받아 미시의 설명에 반박했고 증인석에서 불같이 화를 냈다.

"저 쬐그마한 마녀 같은 게 거짓말을 하고 있어요. 모르겠어요? 저 애는 자기가 어맨다의 노트북을 훔쳐서 도망간 걸 감추려고 날 이용하는 거라고요." 그는 눈을 희번덕거리며 말했다. "저 애는 누군가를 보호하려는 거예요. 제가 알기로는 그게 자기 자신일 수도 있다고요."

"당신이 대체 뭘 안다는 건지 궁금하군요." 검사가 말했다. 그는 비닐봉투 끄트머리를 두 손가락으로 집어 들었다. "이를테면 이 괴상한 물건이 뭔지 알려줄 수 있습니까?" 그는 지퍼 달린 봉투에 담겨 손끝에서 달랑거리는 이상한 모양의 금속 물체를 배심원단이 볼 수 있도록 천천히 돌아섰다.

"바이브레이터예요." 폴은 목이 조이는 듯한 목소리로 속삭였다.

"크게 말하세요." 판사가 지시했다.

"자위기구예요." 폴이 조금 더 또렷하게 말했다. "전기 바이브레이터요."

"그렇군요." 검사가 침착하게 말했다. "그런데 기구 모양이 특이하지 않습니까, 모스 씨? 둥글납작한 것들이 생각보다 여기저기 많이 달려 있는데요?"

폴은 고개를 숙였다. "특별한 용도로 쓰이는 겁니다."

"그 특별한 용도가 뭘까요?"

"항문용 바이브레이터입니다."

"그렇군요." 검사는 증인석에서 물러섰다. "그러니까 '항문용'이라는 말은 직장에 삽입한다는 것이군요. 맞습니까?"

"네."

"경찰이 크로스비가를 덮쳤을 때 이 매력적인 기구가 소파 위당신과 저 열두 살 난 멜리사 올리버 양 사이에서 발견됐죠? 당신 지문이 찍혀 있었고요."

"멜리사가 그걸 내 손에 쥐여줬어요." 폴이 외쳤다. "그 애가 '이걸 받아요. 숨겨요'라고 말했어요. 내 지문이 묻기를 원했던 거예요. 저 애가 날 속였어요."

검사는 동요하지 않고 다시 탁자로 가서 폴에게 등을 보인 채 무심할 정도의 말투로 물었다.

"멜리사의 계모 어맨다 올리버 소유의 총이 사건 발생 후 당신 집에서 발견된 사실도 부정할 수 있습니까?"

"그건 아니지만 왜 그게 거기 있는지는 모릅니다. 멜리사 엄마가 갖다놨을지도 몰라요. 누가 알겠어요? 그 여자가 날 쏘려고 했을지요."

"모스 씨, 정말 그렇게 생각합니까?" 검사는 진지하고 낮은 목소리로 말하며 천천히 돌아섰다. 피고에게 말하는 동안 그의 예리한 옆모습이 배심원단에게 보였다. "그녀는 도대체 왜 그렇게 하고 싶었을까요?"

그 질문에 폴은 채찍질이라도 당한 양 움찔 놀랐다.

"그 여자는 정말 사악해요." 그는 분통을 터뜨렸다. "딸도 그렇고요. 둘은 구역질나는 재미를 위해 남자들을 괴롭힌다니까요."

폴의 변태성, 잔인함, 무고한 사람들에게 해를 끼치는 능력에 배심원단이 일말의 의구심을 가졌더라도 그 의구심은 앤젤라와 그녀의 차분하고 무표정한 딸에게 폴이 경솔하게 분노를 터뜨린 그 순간 사라졌을 것이다. 광분한 폴과 달리 두 여자는 전혀 흔들림 없이 단정하게 방청석에 나란히 앉아 있었다.

그 누가 멜리사를 상대로 끔찍한 생각을 하고 싶을까? 배심원단은 그 애를 훔쳐보았다. 그들의 반응으로 보아 멜리사는 그들에게, 아니 우리 모두에게 정신적 안식처가 되고 있었다. 당연한 반응이었다. 그 중 한 사람인 나의 경우만 봐도 끔찍한 생각이라면 지금껏 살면서 이미 충분히 했으니까.

검사는 과장하지 않고 설득력 있게 요약했다.

"여러분과 저는 평범한 사람들입니다." 심리가 끝날 무렵 그가 배심원단에게 말했다. "우리는 열심히 일하고 소임을 다해 가족을 부양하고 보호합니다. 하지만 다른 종류의 사람들도 있습니다. 모스 씨 같은 '자칭 예술가'처럼 자신이 평범한 사람들과 다르다는 데서, 특별해지는 데서 자부심을 느끼는 사람들입니다. 이들 중에는 그 특별함 때문에 저와 여러분과 우리 가족 모두가 지키며 사는 규칙을 지키지 않아도 된다고 생각하는 사람들도 있습니다."

검사는 폴의 말투와 대조되도록 의도적으로 온화하게 말했다.

"존경하는 배심원 여러분. 제 말을 오해하지는 마십시오. 예술은 매우 중요합니다. 예술가들은 여러 긍정적이고 건설적인 면에서 우리와 '다릅니다.' 이 '자유로운 영혼들'이 그들의 꿈의 산물을 펼쳐놓을 때, 그래서 우리가 일찍이 보지 못한 것들을 보여줄 때 우리 모두는 유익을 얻습니다. 그리고 예술을 창조할 자유는 인기 없는 예술이거나 그 예술이 우리에게 충격을 줄지라도 우리 사회가 주는 매우 중요한 권리입니다. 물론 분별력 있는 예술가들이 주장하듯 낡고 시대에 뒤떨어진 사회 규범은 때로 시험대에 오르기도 합니다. 따라서 저는 폴 모스가 불결할지언정 '수준 높은' 사진을 보기로 했다는 이유로 그에게 유죄 판결을 내려달라고 요청하는 것이 아닙니다."

검사는 잠시 말을 멈추었다.

"그가 직접 외설적인 사진을 찍었거나 혐오스러운 비디오를 만들었다는 이유로 그에게 유죄 판결을 내려달라고 여러분에게 요청하는 것 역시 아닙니다. 아무리 불쾌감을 준다고 해도 그건 예술가의 특권이니까요."

검사는 배심원단석 난간 가까이 다가갔다.

"하지만 그 행위에는 한계가 있습니다. 가끔 예술가들은 너무 멀리 나가기도 합니다. '비판하고', '전복하고', '위반하고' 싶은 욕망 때문에요. 방금 제가 한 말씀은 피고 측에서 부른 학자들과 비평가들에게서 들어보았을 겁니다. 이런 예술가들은 윤리적 자제력을 모두 잃고 맙니다. 그러다가 어느 날 망치처럼, 판사의 의사봉처럼 현실이 끼어듭니다."

컬럼비아 법학대학원 출신의 이 옛날 스타일 검사는 풍성한 문학적 소양을 뽐내고 우아한 말투를 쓰는 버릇이 있었다. 이런 것들은 갤러리 큐레이터와 예술 저술가에게 잘 먹혔을 것이다. 그들 중 몇 명은 전문가 증언을 하러 재판장에 출석했는데 폴의 범죄를 용납하지 않으면서도 그의 예술적 자유를 지키려고 애쓰느라 하나같이 매우 혼란스러워했다.

다행히 검사는 노련하고 약삭빠른 사람이었고, 정말 중요한 사람들인 배심원단에게 자신이 하고 싶은 말을 어떻게 전달해야 하는지도 잘 알았다.

"하지만 여러분, 피는 허구가 아닙니다." 검사가 배심원단에게 말했다. "이 사건은 처음에도 마지막에도 오직 폴 모스가 '어떻게' 〈처녀의 희생〉 테이프를 제작했는지에 관한 것입니다. 여자를 살해하고 나서 그걸 예술이라고 부를 수는 없습니다. 거리에서 남자를 폭행하고 나서 '이건 예술이야'라고 말할 수는 없습니다. 그리고 여러분 모두 명백히 알고 있기를 바라는 사실을 진술하자면 미성년 여아를 꾀어 '예술적 자유'라는 이름으로 섹스비디오를 촬영하게 할 수는 없습니다. 자신이 초래한 끔찍한 고통과 괴로움을 외면할 수는 없습니다. 모스 씨가 무엇을 생각하고 느끼고 상상했는지는 잊어버리십시오. 그가 '행한' 것은 극악무도한 범죄입니다. 그것은 예술이 아니고 무해하지도 않습니다. 그것은 강간이고 학대입니다. 비정상적이고 난폭한 폭력입니다. 그러므로 신사 숙녀 여러분, 오늘 여러분의 소임은, 여러분의 엄숙한 '의무'는 문명화된 사회가 용인할 수 없는 것이 있다고 큰 소리로 또렷하게 말하는 것입니다."

그 후 검사는 유감스러워 하는 기색을 내비치며 동정심과 공정함을 솜씨좋게 버무린 말투로 이야기했다. 그리고 주 정부에서 수집한 '자기를 과장하는 모스 씨'의 기소 목록을 구체적으로 모두 알렸다. 마지막으로 그는 메모를 한쪽에 내려놓고 배심원단의 얼굴을 보고 눈을 마주치며 말했다.

"모스 씨가 어떤 변론을 하던가요?" 그가 물었다. "그가 사건에 대해 어떤 의견을 나타냈습니까? 그는 어린 여학생과 그녀의 어머니에게 조종당했다고 했습니다."

그는 고개를 저었다.

"여러분은 이 아이를 만나보았습니다. 그녀 어머니의 이야기를 들어보았습니다. 모스 씨의 이야기는 깊이 생각해보지 않아도 터무니없으며 소시오패스의 처절한 마지막 계략입니다. 그가 그렇게 생각하는지는 모르겠습니다. 솔직히 신경 쓰지 않습니다. 여러분도 그래야 합니다. 그가 본인의 말을 믿고 안 믿고는 여기서 중요한 문제가 아니니까요.하지만 폴 모스가 저지른 행위는 분명합니다. 그가 저지른 혐오스러운 행위는 절대적이고 명명백백한 범죄입니다. 평결을 내릴 때는 법과 상식을 따르라고 판사님께서 여러분에게 일러주실 겁니다. 뉴욕주, 그리고 각자 지켜야 할 도덕적, 법적 의무가 있는 무고한 사람들을 위해 제가 청하는 것은 단 하나, 그 법과 상식을 공정하게 적용해달라는 것입니다. 여러분 마음속에서 옳다고 믿고 있는 것과 일치하도록 말입니다."

그 시점부터는 모든 것이 미리 결정된 것 같았다.

그 후 이틀간의 심의 기간을 거쳐 배심원단은 미성년자와의 성적 교섭, 음란물 제작과 유포, 주를 넘나든 인신매매를 비롯해 열일곱 개 항목에 모두 유죄 판결을 내렸다. 몇 주 뒤 판사는 15년 형 이후에 가석방이 가능한 25년 형을 선고했다. 나중에 검사가 호건과 내게 한 말에 따르면 판결은 적당한 것 같았다.

"잘 했어." 재판이 끝나고 복도에서 만난 멜리사에게 호건이 말했다. "모스는 죄악으로 썩었고 넌 그를 꼼짝 못하게 만든 거야."

외투를 입고 있던 스타 증인 멜리사는 조금 놀란 것 같았다.

"뭐든 상관없어요." 멜리사의 태도에는 평소와 뭔가 다른, 미안해하는 듯한 기색이 있었다. "저 위에서는 뭐든 말해야 했으니까요."

그리고 잠시 후 그녀는 긴 다리로 성큼성큼 걸어서 초록색 복도를 지나 브래드포드 스쿨로, 우스터가의 로프트로 돌아갔다. 그 세련된 소호의 도피처에는 앤젤라가 없는 날이 점점 많아졌다. 호스피스의 일과에 맞춰 침대보를 깨끗하게 갈고 아침마다 스펀지 목욕을 하게 된 필립을 돌봐야 했기 때문이다.

그 후 내 친구는 의료진도 놀랄 정도로 빠르고 철저하게 시들 어갔다. 필립의 팔다리는 뼈가 드러날 정도로 살이 빠져서 바람 이 완전히 빠진 튜브 같았다. 저럴 수 있을까 싶을 정도로 가늘어 진 목이 튀어나온 배 위쪽의 푹 꺼진 가슴팍 위로 솟아나 있었다. 그는 더 이상 자신이 누구이며 어디 있는지 모르는 것 같았다. 그 덕분에 자신의 운명을 알게 되거나 돈을 다 써버릴지도 모른다는 사소한 공포에서는 벗어날 수 있었다.

살아 있는 필립을 마지막으로 보았을 때 그는 얼굴 가득 애원 하는 표정으로 이상하다는 듯 나를 쳐다보았다. 옷장에는 플란넬 이나 개버딘으로 만든 값비싼 옷들이 무의미하게 걸려 있었다. 그의 몸을 감싼 건 하늘색과 흰색 줄무늬가 섞인 면 파자마였다. 나는 잠시 그의 눈을 들여다보았다. 아니 그가 내 눈을 뚫어지게 쳐다보도록 놔두었다고 하는 편이 맞겠다. 스탁야드의 술집에서 클라우디아가 춤을 췄던 그날 밤처럼 옛날 얘기를 하며 농담을 주고받고 싶었다. 필립의 예전 모습을 마지막으로 한 번만 볼 수 있기를 간절히 바랐다.

하지만 그는 거친 목소리로 같은 말을 중얼거릴 뿐이었다. "나 한테 돈이 얼마나 있지?" 내가 노트북을 든 칼 마르크스라도 되 는 듯.

그때마다 이렇게 답해주었다. "필립, 네 계좌는 다 제대로 되어 있어. 전부 지불 완료했고."

그러면 그는 그 쪼그라든 팔다리에서 나올 법한 힘보다 더 세 게 내 팔을 잡으며 격하게 고개를 끄덕였다. 몇 분 뒤 그는 합창 하듯 삑삑대는 비인간적인 기계음에 둘러싸여 잠에 빠졌다. 나는 컴퓨터 화면을 통해 내 친구에게 끊임없이 흘러들어가던 재무 자료를 떠올렸다. 이제는 심장박동, 체온, 두뇌 활동, 호흡 등 모든 것이 숫자로 흘러나오고 있었다. 필립은 슬픈 내용을 담은 정보의 흐름에 지나지 않는 존재가 되어버렸다. 나는 더 이상 할 말도, 할 일도 없었다. 병상 옆 의자에서 일어나 그의 연약해진 어깨를 어루만지고 마지막으로 그의 이름을 한 번 부른 뒤 병실을 나왔다.

나중에야 알게 되었지만 정말 놀랍게도 나는 필립의 유언장에서 중요하게 언급되었다. 상속인이 아니라 앤젤라가 사망하거나 '어머니 역할을 영구적으로 못하게 될' 경우 멜리사의 법정후견인 자격을 갖는 것이었다. 나는 어떻게 그런 문구가, 그렇게 이상한 생각이 필립에게 떠올랐는지 궁금했다. 물론 치매가 심해지면서 그의 머릿속에는 수많은 괴상한 생각들이 스쳐 지나갔겠지만.

재판이 끝날 무렵 머리카락 하나 없이 뼈만 남은 필립은 클라우디아가 존재한 적도 없었던 것처럼 그녀를 잊었다. 애인에게 베푼 마지막 선물이었다. 클라우디아는 자유롭게 떠날 수 있었다. 작별인사를 하러 온 그녀는 앤젤라의 품에 안겨 울었다. 앤젤라는 그녀를 위로하려고 필립이 열에 들떠 혼잣말을 할 때 들었던 이탈리아어를 읊었다. 맨디가 살아 있을 때 필립과 클라우디아가 열정에 타올라 몰래 데이트를 시작한 뒤로 그가 애정을 담아 장난치면서 즐겨 하던 말이었다. 클라우디아는 한동안 흐느끼다가 도망치듯 떠났다.

그때부터는 부부였던 두 사람만 병실에 남았다. 그 무렵 필립은 대부분 말도 안 되는 소리를 중얼거리거나 두려워하며 날카롭게 울부짖었다. 간호사는 침대보를 갈고 모르핀을 주사하고 하루 세 번 활력 징후를 확인하기 위해 잠깐씩 들를 뿐이었다. 그 밖의 시간에는 앤젤라 혼자서 5개월 내내 외롭게 간호했다. 그때부터 그녀를 향한 내 감정은 이성이나 법의 경계를 넘어 깊어졌던 것 같다.

죽어가는 사람이 다들 그러하듯 필립은 침대에서 경련을 일으 키고 이제는 쪼그라든 자기 슬픔의 근원을 마지막 순간에 까발리 고 싶은 것마냥 파자마 바지를 끌어내리며 옷을 벗으려 했다. 그 가 내는 소리는 대부분 더 이상 인간의 소리가 아니었고 가끔 단 어가 합쳐져 구절이 되었다. 그나마도 시시하거나 이해할 수 없 는 말이었다. "눈 추위"라든지 "밤, 밤, 밤" 같은 단조로운 말이었 다. 그가 외친 단어 중 훗날 앤젤라에게 남아 몇 년 동안 그녀의 머릿속과 편지에 끼어들었던 말은 딱 하나였다.

"자비."

필립은 줄무늬 파자마를 무릎까지 내린 채 그 말을 외쳤다. 잠 시 후 입가에 분홍색 침 거품을 물고 항소 불가능한 최종 판결을 내리듯 다시 한마디 내뱉었다.

"사실이 아니야."

그러고는 다리를 허우적대고 거친 소리를 내며 숨을 쉬다가 죽 었다.

쇼윈도

일주일 뒤 오전 10시쯤 경찰이 앤젤라를 체포하러 왔다. 어맨다뿐 아니라 필립까지 살해한 혐의였다.

앤젤라와 나는 커피를 마시고 있었다. 그녀가 매일 와달라고 다정하게 초대한 뒤로 생긴 우리의 습관이었다. 브라운 그라인더와 커피 추출구가 두 개 달린 멋진 이탈리아 커피 머신으로 그녀는 원두를 갈고 에스프레소를 뽑았다. 앤젤라는 아일랜드 식탁에 놓인 자기 몫의 큰 머그잔과 내 더블 샷 에스프레소잔을 들고 소파로 조심스레 걸어왔다. 작고 빨간 커피 머신은 진하고 뜨겁고 쓴 커피를 추출해냈다. 나는 그런 앤젤라를 간호사라고 불렀다. 더 이상 뭘 바랄 수 있을까? 앤젤라가 '처방한' 커피에 설탕을 넣으면 내가 직접 내려 마시거나 소호의 카페에서 마시는 그 어떤 커피보다 맛있었다.

"호건이야." 앤젤라가 인터폰을 받자 그의 목소리가 흘러나왔다. "잘 됐다. 당신이 올 줄 몰랐어. 잭도 여기 있어."

호건이 로프트 현관문으로 들어왔고 바로 뒤에 맥권이 따라 들어왔다. 맥권은 술에 취해 있지 않았고 아침 햇볕을 받아 약간 멍해 보였다.

"공무로 온 모양이군요."

두 사람이 들어와 앉자 앤젤라가 말했다.

"그렇습니다." 맥권이 말했다. "아주 공적인 일입니다."

나는 호건을 멍하니 바라보았다. 두 사람은 굳이 외투를 벗지도 않았다. 둘 다 외투 안으로 가진 것 중 가장 좋은 폴리에스테르 넥타이를 매고 있는 게 보였다.

"커피를 조금만 마시는 게 좋을 겁니다." 맥권이 내게 충고했다.

"커피가 뭐 어때서요?"

호건은 먼저 앤젤라를 본 다음 나를 보았다.

"울프심 증후군이 어떤 식으로 뇌를 망가뜨리는지 알아?"

"대강."

"잭, 울프심 증후군이 발병하면 기본적으로 뇌 회로가 새롭게 연결돼. 신경 연결 통로 일부를 막고 다른 통로에 과하게 부담을 주지." 호건은 배운 내용을 외워 말하는 학생처럼 말했다. "뇌 회로에서 되는대로 아무렇게나 연결하는데 그 정신 나간 연결은 순식간에 나타났다가 사라져."

"예전에 내가 데이트할 때 이야기 같군."

나는 호건이 농담을 받아주기를 기다렸지만 그는 계속 굳은 표정이었다.

"네가 무슨 말을 하는지 모르겠어."

"그래, 모를 거야. 그게 중요해. 네 두뇌는 결핍과 과부하를 동시에 겪게 되지. 낡은 기화기*에 공기와 연료가 갑자기 쏟아져 들어오는 것과 같아. 너는 손상을 입었다는 걸 인식하지 못해. 그

---

* 내연기관이 연소를 위해 일정한 비율로 공기와 연료를 배합할 수 있게 하는 장치 - 역주.

손상이 네 행동에 영향을 미치고 스스로 보기에도 행동이 이상하다고 생각될 때까지는. 넌 서서히 통제력을 잃는 거야. 결국 네 몸은 제대로 기능하는 법을 잊어버리지."

"끔찍해." 앤젤라가 긴장되고 불안한 목소리로 말했다. "필립에게도 그런 식으로 발병했어."

"다만 필립은 단순한 발병이 아니었지." 호건이 말했다.

나는 앤젤라, 맥귄, 호건을 번갈아 보았다.

"누군가가 발병하도록 만들었습니다." 맥귄이 말했다. "그게 아니라도 최소한 발병 이후 급속히 악화하도록 했거나요."

우리는 모두 말없이 앉아 있었다. 로프트가 천천히 기울어지는 기분이었다. 아직 아무도 입을 열지 않았다.

"앤젤라, 당신 짓이야?" 마침내 호건이 물었다. "자연의 섭리에 힘을 보탠 거야?"

앤젤라는 놀란 표정으로 그를 바라보았다.

"잭, 독성이 있는 합성수지 중 일부는 병에 걸린 것처럼 신경을 망가뜨릴 수 있어. 이를테면 앤젤라가 저기서 인형과 조각상을 땜질할 때 쓰는 것들 같은 거."

"소량을 장기간 투여했을 때 특히 더 안 좋습니다." 맥귄이 덧붙였다. "이 문제에 대해서는 의사들과 오랫동안 얘기했어요."

내 손에 든 빈 에스프레소잔은 아직 따뜻했다.

"잭, 요즘 어때?" 호건이 물었다. "판단력이 약간 흐려진 것 같은 적은 없어?"

"지금까지는 괜찮아."

"아침마다 여기 내려와 커피를 마시기 전까지는 괜찮았다는 뜻인가?"

"무슨 소리를 하는 거야? 앤젤라가 내 커피에 독을 타고 있었다고?" 나는 하얀 데미타스잔을 내밀었다. 안에는 커피가 얼룩져 있었다.

내 말에 앤젤라는 날카롭게 웃음을 터뜨렸다. "에드, 잭을 혼란스럽게 하지 마. 그의 머릿속에는 중요한 일들이 많아."

"살인보다 뭐가 더 중요하단 말이지? 잭이 소장한 그림 목록?"

"잭은 멜리사를 생각해야 해."

"앤젤라, 당신도 그래야 할 거야. 지금 당장. 아주 신중하게."

"무슨 말인지 모르겠는데."

"멜리사는 곧 엄마 없는 아이가 될 테니까."

"그러니까." 맥퀸이 끼어들었다. "우리는 보고서를 받았습니다. 필립의 부검 보고서죠."

"그 보고서에는 합성수지 혼합물이 그의 두뇌에 어떤 식으로 쌓였는지 기록되어 있지." 호건이 설명했다. "당신이 병동에서 일주일에 한 번 정도 그의 발가락 사이에 놓았던 주사 말야."

앤젤라는 핏기가 사라진 얼굴로 두 사람을 번갈아 보았다.

"필립이 진단 받은 뒤로." 맥퀸이 말했다. "그가 쇠약해질 거라는 데 의문을 제기한 사람은 아무도 없었어요. 외부 요인을 찾아볼 생각을 아무도 못한 거죠. 호건이 병의 진행 속도에 의문을 가지기 전까지는요. 보통 몇 년이 걸리는 과정이 몇 달 만에 진행되었으니까요."

"그러다 여기서 본 당신 작품이 떠올랐어." 호건이 앤젤라에게 말했다. "당신이 내게 보여줬던 것 전부. 주사기를 포함해서."

"이런 개자식." 앤젤라가 쏘아붙였다. "이 로프트에서 가져간 건 어느 것도 증거로 사용할 수 없어."

"맞아."

"수색영장도 없고, 당신은 경찰도 아니잖아."

"그렇지." 호건이 차분하게 말했다. "하지만 당신이 밖에 내놓은 쓰레기는 괜찮아. 쓰레기는 바로 저기 공공장소에 있고, 그 안에는 독성 잔여물이 남아 있는 예전 주사기가 들어 있을 테지."

앤젤라의 표정으로 보아 이 말이 무슨 의미인지 알아차린 것 같았다.

"아주 신중한 폐기 방법은 아니더군."

그녀는 이내 목소리를 낮추고 다정하게 애원했다.

"에드, 당신이 했던 말 기억나? 당신이 약속했던 것 말이야. 처음으로 나와 함께 집에 왔을 때."

"아니. 말은 모르겠고 그때 기분은 기억나."

"에드워드, 당신은 내게 언제나 다정하게 대하겠다고 했어. 필립은 그래야 했지만 그러지 못했지."

호건은 몸을 숙여 앤젤라의 얼굴을 냉정하게 쳐다보았다.

"아, 난 지금 다정하게 대하는 중이야. 얼마나 다정한지 정확하게 알게 될 거야."

꿈속에서 말싸움을 지켜보는 기분이었다. 하지만 이 대치 상황은 현실에서 벌어지고 있었고 우스터가의 내 건물 4층에서, 내 눈앞에서 벌어지고 있었다. 독으로 오염된 내 머릿속 방에서만 벌어지는 일이 아니었다.

"궁금한 게 있는데." 호건이 말했다. "나랑 자면 살인을 저지르고도 무사통과할 줄 알았어?"

"그건 묻지 마. 당신 그러면 안 돼."

"좋아. 그럼 다른 걸 물어볼게. 필립을 독살한 것과 어맨다를 쏜 것 중 어느 쪽이 더 기분 좋았어?"

"무슨 말이야? 난 어맨다를 죽이지 않았어."

"앤젤라, 싸우지 말자고. 자백하면 모든 게 수월해질 거야."

"어맨다를 죽였다고 자백하라고? 미쳤어? 내가 도대체 왜 그래야 하는데?"

"신중히 생각하고 대답하는 게 좋을 거야. 계산을 아주, 아주 잘 하는 게 좋을 거라고. 당신에게 기회는 딱 한 번뿐이니까."

"이건 너무 악랄해. 거짓말이야."

"그래? 그날 프린스가에 있는 건물에 누가 들어갔고 잠시 후 누가 어맨다의 노트북을 들고 나갔는지 보여주는 비디오테이프가 있는데?"

앤젤라는 벌떡 일어났다. "에드워드, 괜히 떠보지 마. 거기엔 CCTV가 없어."

이제 우리는 모두 일어나 있었다. 남자 셋이 정신 나간 여자 한 명을 반원으로 둘러싸고 서 있었다. 그녀가 문이나 창문이나 총이 있는 곳으로 재빨리 달려가지 못하도록 하기 위해서였다.

"맞아. 그 건물에는 CCTV가 없어. 그 점은 잭에게 고마워해야 해." 호건이 말했다. "하지만 길 건너편에 있는 아주 근사한 작은 부티크 뒷벽에는 CCTV가 있지. 보석 카운터를 향해서." 그는 앤젤라가 그 장면을 떠올릴 수 있도록 잠시 멈췄다. "그리고 보석 카운터 옆에 뭐가 있는지 기억나?"

"쇼윈도."

"그래. 길 건너 올리버 부부의 건물이 아주 잘 보이는 쇼윈도가 있지."

앤젤라의 표정이 갑자기 어두워졌다.

"내가 그 가게에 갔을 때 테이프는 없어진 지 오래였어. 살인사 건이 벌어진 다음 날 경찰이 테이프를 압수했거든. 근처 가게 여 섯 곳의 테이프도 함께. 물론 그 테이프를 다 보는 데 시간이 더 럽게 오래 걸렸고 그때만 해도 맥퀸은 필립 말고 누구를, 무엇을 찾아야 할지 몰랐지. 맥퀸은 테이프를 한쪽으로 밀쳐두고 내가 보자고 할 때까지 다시 손대지 않았어. 그래서 내가 그 지루한 걸 샅샅이 살펴보게 된 거야. 아주 잘못된 시간에 잘못된 장소에서 낯익은 누군가를 발견할 때까지는 지루하기 짝이 없더군."

"그랬군."

"앤젤라, 이제 우린 다 알아. 그래서 당신이 협조하는 게 좋다 는 거야."

"안 하면 어떻게 되지?"

"난 그 테이프를 맥퀸에게 돌려줄 테고 그가 정지 화면, 이미 지 해상도 강화 같은 걸 통해 새로운 증거를 찾아낸 다음 골치 아 프게 대규모 경찰 수사를 진행하겠지. 그 뒤로 몇 달 동안 재판이 열릴 테고. 멜리사를 비롯해 모든 사람들이 증인으로 출석할 거 야. 멜리사는 지금부터 그때까지 당신에게 등을 돌릴지 말지 결 정하느라 오랫동안 고민하겠지. 제 엄마에게 불리한 증언을 하느 냐 마느냐를 두고."

놀랍게도 앤젤라는 더 이상 말하지 않았다.

"앤젤라, 나랑 잠깐 좀 걸을까? 멜리사의 방으로. 점잖고 조용하게."

앤젤라는 절망에 빠진 슬픈 눈으로 그를 보았다.

"그만. 그만할 수 없어?" 그녀의 명령은 목 메인 애원이 되었다.

"아직은 안 돼. 당신에게 보여주고 싶은 게 두 가지 있으니까."

자백

맥권과 나는 의자에 앉아 소소한 이야기를 나눴다. 우리 둘 다 호건이 용의자나 증인과 따로 대화를 하는 데 익숙했다. 나는 폴 모스의 로프트에서 호건이 J. D. 스크래치에게 그 기술을 써먹는 걸 이미 보았다. 맥권은 지난 수 년 동안 이런 식의 대화를 여러 번 목격했고 그로 인해 득도 많이 보았다.

"오래 걸리지 않을 겁니다." 맥권이 확신에 차서 말했다. "호건은 주장을 관철시키는 법을 알거든요."

분명 호건은 앤젤라에게 CCTV 영상을 보여주고 있을 것이다. 나도 직접 보아야 할까? 그녀가 저지른 범죄의 증거를 보여주는 선명하지 못한 흑백 화면을 무한 반복 재생하는 것은 앤젤라에게 쉽지 않은 일일 것이다. 앞으로 그녀의 머릿속에서 CCTV 영상은 꾸역꾸역 반복해 재생될 것이다. 내 머릿속에서 〈처녀의 희생〉 장면이 계속 떠오르는 것처럼.

15분쯤 뒤 두 사람이 돌아왔다. 그들은 우리 앞에 섰고 앤젤라는 창백하고 괴로워 보였다. 우리는 다시 일어났다.

"이제 잘 들어." 호건이 그녀를 보며 말했다. "앤지, 당신이 자백했다면 이런 내용으로 말했을 것 같군."

그녀는 움직이지도 말을 하지도 않았다.

"당신은 필립이 로스앤젤레스에 갔다는 사실을 알고 맨해튼에 들어와 소호로 갔어. 어맨다를 만나 심각한 이야기를 나누기로 되어 있었고. 두 사람은 이메일과 휴대전화로 미리 약속을 정했어. 당신은 약속 장소에 일부러 일찍 갔지. 그리고 어맨다가 답이 없자 미시의 열쇠로 문을 열고 들어갔어. 침대 옆 서랍에 총이 있다는 건 딸에게 들어서 잘 알았을 테고."

앤젤라는 그만하길 애원하듯 호건을 바라보았지만 그는 개의치 않고 말을 이었다.

"어맨다는 쇼핑하고 집에 돌아와 옷장에 물건을 넣어두고 좋아하는 의자에 앉아 음악을 들었어. 그러는 동안 당신은 복도를 걸어왔고."

"이제 그만 들을래."

"아니, 들어야 해."

"제발 그만."

"앤지, 들어. 빠짐없이. 그런 다음 맥퀸에게 똑같이 말해." 호건의 목소리가 누그러졌다. "누군가는 어맨다 올리버를 죽인 대가를 치르게 될 거야. 그 사람이 폴 모스는 아니지."

"하지만 난…."

"앤젤라, 그냥 해. 미친 짓은 모두 여기서 끝내자고. 멜리사를 위해 그렇게 해. 필립과 당신 자신을 위해서도."

앤젤라는 두 팔로 자기 몸을 감쌌다. 그리고 잠시 눈을 감았다. 다시 눈을 뜬 그녀의 눈동자는 시체처럼 흐릿하고 움직이지 않았다.

"내가 무슨 말을 하기를 바라는 거지?"

"당신이 어떻게 딸을 이용해 흔적을 감췄는지 말해. 애한테 뭐라고 거짓말하라고 시켰는지."

앤젤라는 잠시 자신의 선택지를 생각하는 것 같았지만, 그런 건 없었다.

"어렵지 않아." 마침내 그녀가 말했다. "남자들에게 거짓말만 하면 됐으니까."

"그렇군. 멜리사는 똑똑한 아이야. 호기심이 강해서 질문이 많지. 그러면서도 시키는 대로 해. 그래서 당신이 그날 집에 있었던 시간에 대해 거짓말하라고 시키니까 거짓말을 했겠지. 당신과 멜리사는 요가와 진저브레드 쿠키 얘기를 꾸며냈어."

"식은 죽 먹기였어. 어쨌든 당신은 내게 빠져 있었고 잭은 멜리사와 폴 모스 일에만 집착하고 있었으니까."

"중요한 건 멜리사가 당신 방에서 맨디의 노트북을 찾아서 그걸 잭에게 주자 당신이 무척 당황했다는 거야."

앤젤라는 팔을 내렸다. 몸 양 옆으로 팔을 내리고 손가락을 펴자 짧게 깎은 손톱이 보였다. 작품을 만드는 조각가의 손이었다.

"당신은 우리가 그 노트북에 담긴 내용을 충분히 읽고 나서 무엇을 찾아냈는지 알았어." 호건이 압박했다. "모스를 살인자로 만들기로 마음먹은 게 그때야?"

"그 짐승 같은 놈은 감옥에 들어가도 싸."

어째서인지 나는 잠자코 있을 수 없었다. "한때 당신은 그 사람을 괜찮게 생각했잖아."

앤젤라는 고개를 돌려 나를 보았다. "잭, 당신은 어떻고? 당신도 그 사람을 좋아하지 않았어? 당신 안의 더러운 일부가 말이야.

그래서 그렇게 쉽게 함정에 빠뜨린 거 아니었어? 당신이 가진 추잡한 사진과 돈 많은 소아성애자 지인들 이야기로 그를 쉽게 끌어들였잖아. 폴이 체포되는 데 당신도 한몫 했다는 걸 잊지 마. 포르노테이프와 크로스비가 파티 이야기를 내게 해준 사람은 바로 당신이었다고. 폴이 멜리사를 상대로 어떤 계획을 세우고 있는지도."

"그래, 하지만 그건…."

"그건 뭐?"

"그건 폴의 실체를 이미 다 파악한 이후였어." 호건이 끼어들었다. "당신이 그의 로프트로 찾아간 이후에 벌어진 일이라고. 어맨다를 죽였듯 폴도 죽일 생각으로 찾아갔어? 어쨌든 당신은 화장실에 다녀오는 동안 책장에 총을 숨겨뒀어. 지문이야 폴의 수건으로 총을 닦아 없앴을 테고."

앤젤라는 주춤하지 않았다. "에드, 날 몰아세우지 마. 난 몰아세우는 사람들을 어떻게 다뤄야 하는지 잘 알고 있어."

"앤젤라, 당신 자신을 좀 봐." 내가 말했다. "그런 게 멜리사에게 가르쳐주고 싶은 거야?"

앤젤라의 턱이 떨렸다. 그녀는 나를 보며 아주 나지막이 대답했다. "잭, 그 애 이름 입에 올리지 마. 이 일이 끝나면 당신을 내 딸에게서 멀리 떼어놓고 싶거든."

"왜?"

"모르는 척하지 말고 하지 말라면 하지 마."

"앤젤라, 유감스럽지만 멜리사에겐 내가 필요해. 그 애를 다치게 하지 않은 사람 이름을 대라면 나뿐일 테니까."

"이거 왜 이래?" 앤젤라는 나를 뚫어지게 쳐다보았다. 그녀의 목소리에서 전에는 들어보지 못한 무언가가 느껴졌다. "잭, 여기는 뉴욕이야. 상하이가 아니라고. 멜리사는 당신이 데리고 노는 중국 창녀가 아니야. 그 애를 내버려둬."

"당신이 이래라저래라 할 수 있는 처지가 아닐 텐데. 이제 당신에 대해 너무 많이 알아버렸어."

"안다고? 당신은 아무것도 몰라." 앤젤라는 후회스럽다는 듯 일그러진 미소를 지었다. "당신은 뭐든 어렴풋이 아는 정도야."

"맞아. 그래서 호건에게 얘기했어."

"아예 의지했지. 이 아둔하고 용감한 전직 형사에게, 자기 안의 악마와 언제나 씨름하고 있는 사람에게 말이야. 그가 길거리에서 저승사자와 싸우고 있을 때조차."

"앤젤라, 정말 당신이 그랬어?" 내가 물었다.

"그게 당신이랑 무슨 상관인데?"

"난 맨디와 필립을 사랑했어. 그들은 날 구해줬다고."

"당신은 나탈리도 사랑했지. 그래서 결국 어떻게 됐어?"

갑자기 피가 솟구치는 느낌이 들었다. "당신이 생각하는 것보다는 나아." 나는 조용히 항변했다. "그 누가 생각하는 것보다 낫다고."

"잭슨 와이어스, 당신은 정신이 썩었어. 당신이 앙심을 품고 나탈리에게 그렇게 했다는 걸 다들 알아."

"난 내 아내를 죽이지 않았어."

"물론 총으로 죽이지는 않았지. 당신은 그녀가 수치심에 서서히 죽어가도록 방치했어. 당신이 기회가 있을 때마다 하던, 여기는 물론이고 멀리 랑군까지 가는 데마다 난잡한 여자들과 하던 짓과 똑같은 짓을 나탈리가 했다는 이유로 말이야."

"똑같지 않아."

"이 세상에 똑같은 살인은 없어." 앤젤라가 말했다. "여기 있는 당신의 사립탐정 친구가 이걸 말하려는 거 아니야?"

사실 호건은 아무 말도 하지 않았다. 그저 앤젤라가 제 풀에 지치기를 기다릴 뿐이었다.

"잭, 결백한 척 하지마." 앤젤라가 식식대며 말했다. "난 당신의 그 구린 손이 어딜 헤집고 다녔는지 아니까."

지금 그녀는 사냥당하는 동물처럼 주변을 둘러싼 개에게 차례로 송곳니를 드러내는 꼴이었다.

"멜리사를 위해 이 일을 바로잡자." 내가 말했다. "그 애한테 정상적으로 살 기회를 주자고."

"잭, 정상적이라고? 당신과 함께?"

"그럴 수 있을 거야. 당신이 멜리사의 귀에 증오를 속삭이지만 않으면."

"잭, 부탁이야." 앤젤라가 말했다. "저들이 내게 이런 짓을 하게 놔두면 안 돼. 난 멜리사 엄마야. 그 아이는 이미 아빠를 잃었다고. 내가 감옥에 갇히면 완전히 망가질 거야."

"멜리사가 당신 없이 살 수 없을 것 같아?" 내가 물었다. "아주 잘 살 수 있어. 내가 도와주면. 필립도 그걸 원했잖아? 유언장에 쓰여 있었다고. 난 멜리사에게 아름다운 삶을 줄 거야."

"과연 그럴까? 미술품을 팔아서 번 더러운 돈으로? 도덕 개념도 없이?" 앤젤라의 목소리가 나지막해졌다. "한 번 더 배신하면 나머지가 모두 깨끗하게 사라질 것 같아?"

"앤젤라, 제발. 왜 이 일에 미시를 끌어들였어?"

"선택의 여지가 없었어."

"이젠 있어." 호건이 또 다시 끼어들었다. "이 이야기를 전부 다 해. 당신 나름의 방식으로. 당신을 지키려고 거짓말한 멜리사를 그 누구도 탓하지 않을 거야."

"호건, 제발 그만해."

"그냥 간단명료하게 얘기해. 맥퀸이 어떤지 알잖아. 그는 상황이 더 복잡해지는 것도, 일이 많아지는 것도 싫어해. 그러니까 짧고 솔직하게 두 범죄를 자백하는 거야. 경찰차에서 미리 연습한 다음 카메라가 달린 아늑한 취조실에서 그대로 말하면 돼. 원한다면 예술 프로젝트라고 생각해도 좋고."

"내게 이런 일 시키지 마."

"내 방식이든 맥퀸 방식이든 당신이 결정해."

앤젤라가 무너지는 모습이 보였다. 그녀는 육체적으로, 정신적으로 끝난 것 같았다.

"좋아." 그녀가 죽어가는 노인처럼 힘없이 말했다. "좋다고."

"그래, 그래야지." 호건이 말했다. "이제야 머리가 돌아가는 모양이군."

앤젤라는 나를 보았다. "잭, 당신은 이해하겠지." 그녀가 중얼거렸다. "내가 필립을 얼마나 사랑했는지. 그리고 멜리사를 얼마나 사랑하는지."

"이해하려고 노력 중이야. 그리 쉽지만은 않아."

앤젤라는 눈을 크게 떴다. "그 접착제는 다른 부러진 물건을 붙이는 데 효과가 있었어. 시도해볼 가치가 있었다고."

"필립을 고치는 길이 죽음이라고 생각한 거야?"

"그가 몇 년 동안이나 견딜 수 없이 힘들어하게 둘 순 없었어."

"그러니까 자비심 때문에 그를 죽였다고?"

"당신은 나탈리가 죽는 걸 봤잖아." 앤젤라가 나지막이 말했다. "필립도 그러기를 바랐어?"

"아니, 그 누구도 그러기를 바라지 않아."

"필립은 아팠고 죽어가고 있었어. 잭, 난 그걸 멈출 순 없었지만 빨리 진행되게 할 수는 있었어."

"멜리사도 그렇게 생각할 것 같아?"

"그럼. 그렇고말고. 멜리사는 언제나 내 말을 잘 들으니까." 앤젤라의 목소리에서 자부심이 느껴졌다. "언젠가 당신이 그 애를 정말 잘 알게 되면 이해할 거야. 내가 옳은 일을 했다는 것도. 다른 누구도 아닌 그 애를 위해 말이지. 나머지 우리들은 중요하지 않아. 우린 이미 다들 자신을, 그리고 상대방을 속였으니까. 뭐든 받아 마땅하지."

맥퀸이 앤젤라에게 다가가 왼쪽 팔목을 잡았다. 내 눈에는 살며시 잡는 것 같았고 유감스러워하는 기색까지 느껴졌다. 그는 수갑을 채운 다음 등 뒤로 가져갔고 앤젤라가 몸을 돌리자 오른쪽 손목에도 수갑을 채웠다.

"잭, 오늘 내가 한 일을 멜리사에게 말해줘."

"당신이 두 범죄를 자백했다고?"

"응. 약속해줘."

"그래, 앤젤라. 약속할게. 한 마디도 빼놓지 않고 전할게."

"멜리사가 결국에는 현실로 받아들이도록 해줘야 해. 부탁이 야. 안 그러면 그 애는 영원히 방황할 거야."

"그런 일은 일어나지 않도록 할게."

"응, 그런 일이 있어선 안 돼. 그 아인 이 험한 세상을 살아가기 엔 마음이 너무 고와. 고마워, 잭."

맥퀸은 앤젤라의 팔꿈치를 잡고 문으로 데려갔다. 호건은 약간 머뭇거리며 내 쪽으로 몸을 기울였다.

"잭, 이건 크로스비가에서 진 빚을 갚은 거야. 이제야 모든 조 각을 맞췄어. 이대로 다 마무리돼야 할 텐데."

"달라질 게 없잖아?"

"두고 보면 알겠지." 호건은 주위의 소파, 의자, 그림을 둘러보 았다. "이 빌어먹을 곳에 다시는 오고 싶지 않아."

내가 팔을 잡는 바람에 그는 움직이려다 멈췄다.

"멜리사가 없을 때 와줘서 고마워. 제 엄마가 체포되는 걸 봤다 면 얼마나 충격을 받았겠어?"

호건은 내가 유죄판결을 받은 죄수라도 되는 양 쳐다보았다.

"이제 멜리사는 네 소관이야. 그 애가 훌륭하게 자라도록 애써 주겠지? 그게 네가 부탁받은 거잖아."

"그래, 물론이지. 멜리사는 내게 새로운 기회야. 마지막 기회이 기도 하고."

"잭, 그리고 넌 그 아이의 기회이기도 해." 호건은 마지막으로 로프트를 한 번 더 훑어보고는 고개를 끄덕였다. "그 기회를 날려 버리지 마."

우스터가의 로프트

그날 미시의 학교 수업이 끝나기를 기다렸다가 아이를 집으로, 5층 우리 집으로 데려왔다. 아래층의 빈 느낌과 말없는 조각들과 희미하게 맴도는 합성수지 냄새에 아이가 겁을 먹을까봐 걱정스러웠다.

나는 우물쭈물하지 않고 곧장 아이를 방 앞 의자에 앉힌 다음 처음부터 끝까지 전부 이야기해줬다. 이상하게도 멜리사는 그 어떤 말에도 그다지 놀라는 것 같지 않았다. 10대가 되면서 자연스럽게 늘 짓게 된 화난 표정일 뿐이었다. 어른들이 하는 일은 무엇이든 시시하고 바보 같다는 듯한 표정이었다. 그 애는 브래드포드 스쿨 교복을 입고 다리를 꼬고 앉아 아무 말도 하지 않았다.

"앤젤라는 오늘 있었던 일을 네게 정확히 알려달라고 했어. 자백한 일에 대해."

"삼촌, 그래서 뭐요? 엄마가 옳은 일을 했다는 건가요? 그래요. 알겠어요. 삼촌이 그렇다고 했으니까요."

"엄마한테 화났어?"

"별로요."

"엄마는 이 일로 네가 충격 받을까봐 걱정해."

435

"왜요?"

"엄마가 널 무섭고 정신나간 일에 끌어들여서 말이야."

"별 거 아니에요. 우린 서로 도와줬을 뿐이에요. 엄마와 딸은 그러잖아요."

멜리사가 정말 용감한 것인지 단순히 충격이 심해서 그런 것인지 분간할 수 없었다.

"이 세상에 너랑 엄마 둘뿐이다 그런 거야? 전에 네가 말한 것처럼?"

"맞아요. 자매 사이 같은 거죠." 아이는 밑을 보며 깊은 한숨을 내쉬었다. 금발이 흘러내려 얼굴을 가렸다. "가끔은 난 그냥 나예요. 그리고 가끔은 어디까지가 엄마고 어디서부터가 나인지 모르겠어요."

"앤젤라가 그 후에 네게 뭐라고 했니? 살인사건이 있고 나서."

멜리사는 고개를 들어 나를 보았다.

"쓸데없는 얘기들이요. 엄마는 무슨 일이 있었는지 말하면서 정말 끔찍했지만 해야 하는 일이었다고 계속 말했어요. 시끄러운 자동차 와이퍼 소리에도 아랑곳없이, 지루할 정도로 계속이요."

"앤젤라와 함께 차에 있었어? 너도 데려간 거야? 미시, 정말 끔찍했겠구나. 넌 뭐라고 했어?"

"'알겠어요. 맨디 아줌마는 이제 죽었어요. 진정해요'." 아이는 어깨를 으쓱했다. "그 말을 두어 번 했어요. 사실 그건 그리 중요한 문제가 아니었어요. 어쨌든 아줌마는 암 때문에 반쯤 죽은 것과 마찬가지였으니까."

"반쯤 죽었다고? 절대 아니야. 어맨다는 회복 중이었어. 치료

436

를 잘 받았다고."

"이런, 삼촌은 아무것도 몰라요." 멜리사는 나를 계속 보면서 의자에서 자세를 바꾸어 앉았다. "엄마가 소호로 차를 몰고 가기 전에 알려줬어요."

"맨디가 병이 재발했는데도 내게 말하지 않았다고?"

"말할 이유가 없잖아요? 삼촌은 진짜 가족이 아닌 걸요. 우리 무리에 속하지 않는다고요. 누구의 가족도 아니잖아요?"

"그래, 꽤 오랫동안 그랬지."

멜리사는 딱하다는 듯한 표정으로 나를 보았다.

"하지만 맨디는 회복하고 있었어. 머리카락이 자라고 있었다고."

"그래도 모르겠어요?" 멜리사가 따지듯 물었다. "그건 어른들이 두려울 때 서로에게 하는 멍청한 이야기일 뿐이에요. 암이 재발하지 않을 것이라는 말을 들었지만 재발했죠. 나쁜 일은 늘 그래요. 언제고 찾아오죠. 안 그래요?"

"아니, 늘 그렇지는 않아. 너한텐 나쁜 일이 다시 일어나지 않을 거야. 내가 반드시 그렇게 할 거야."

"삼촌이 그래줄 거예요? 정말 좋은데요."

멜리사의 머리카락이 얼굴 양 옆으로 넘실대며 쏟아져 내렸다.

"네 아빠의 변호사가 내가 너의 법정후견인이라는 걸 확인해 줄 거야. 유언장에 그렇게 쓰여 있어."

"그럼 다 괜찮은 거죠?"

"하지만 지금 넌 분명 엄마가 무척 걱정될 거야."

"별로요. 엄마는 알아서 할 수 있을 거예요. 살인까지 한 사람이잖아요."

437

멜리사는 신발을 벗고 무릎까지 오는 양말을 내린 다음 다리를
바꾸어 꼬면서 흰 양말을 차례로 벗었다.

"훨씬 편하네요. 다리가 너무 가려웠어요."

그 애는 계속 나를 올려다보며 몸을 숙여 종아리를 천천히 긁
으며 말했다. "내 돈은 버니 삼촌이 책임지고 받아다주겠죠? 아
빠 돈 말이에요. 내가 상속 받을 유산이요."

"그래, 당연하지." 나는 당혹스러웠다.

"잘 됐네요." 아이는 다시 똑바로 앉았다. "하지만 먼저 어맨다
아줌마의 가족과 싸워야겠죠."

"누가 그런 얘길 했어?"

"엄마가요."

나는 가방을 뒤적거리며 민트캔디를 찾는 멜리사를 지켜보았
다. 작은 플라스틱 상자를 꺼내더니 내게 하얗고 동그란 사탕을
먼저 준 다음 자기도 먹었다. 언제나 예의 바른 브래드포드 학생
이었다.

"네가 돈에 그렇게 신경 쓰는지 몰랐구나."

"신경 안 써요. 그 너저분한 종이도, 표에 있는 숫자도요. 내가
신경 쓰는 건 자유로워지는 것뿐이에요. 그게 내가 정말, 엄청 신
경 쓰는 거죠."

"얼마나 많이?"

"아주 많이요. 자유를 위해서라면 뭐든 할 거예요." 그녀는 도
전적이면서도 진심 어린 눈빛으로 나를 보며 내가 잘 듣고 있는
지 확인했다. "나중에 내가 원하는 걸 뭐든 선택할 수 있다면요.
내가 원하는 때 언제나."

나는 멜리사의 이야기를 잘 듣고 있었다.

"그런 식으로 생각하면 안 돼. 미시, 완전히 자유로운 사람은 아무도 없단다. 그 정도로 자유로워지려면 사랑받을 생각은 일찌 감치 버려야 해."

"하지만 삼촌, 난 예쁘잖아요. 사람들은 언제나 날 사랑할 거예 요. 내가 정말 늙을 때까지 말이에요. 그리고 늙고 나면 무슨 상 관이겠어요?"

"그렇게 살 순 없어. 너무 슬프잖니."

"하지만 삼촌도 그러잖아요. 살고 싶은 대로 살잖아요. 자유롭 게." 그녀는 내 눈을 피하지 않고서 치마를 정리했다. "난 내 인생 의 주인이 되어야 해요. 다른 누구도 내 주인이 될 순 없어요."

"음, 나이가 많이 들면 돈이 많은 건 분명 도움이 돼."

"당연하죠. 8년만 지나면 돼요. 그땐 스물한 살이 되니까요."

멜리사의 눈이 잠시 번득였다. 아니, 내 생각이었는지도 모른다.

"계속 기다리면서 자유를 위해 할 일을 하고 나면 그때가 될 거 예요." 멜리사는 하얀 사탕을 혀에 올렸다. "이미 어마어마하게 오래 기다린 것 같지만."

"이런 생각을 언제부터 했어?"

"아빠가 아프고 나서요."

"아빠가 상속 계획을 말해줬어?"

"아니요, 내가 물어봤어요. 그리고 약속을 받았죠."

"혼자서 한 일이야?"

"아니요, 엄마가 그래야 한댔어요."

"그럼 날 법정후견인으로 정한 것도 네 엄마 생각이야?"

"엄마는 엄청 싫어했어요. 그건 내 생각이었어요."

"왜?"

"처음에는 아빠가 할머니, 할아버지나 아빠가 아는 괜찮은 부부로 하고 싶어 했어요. 하지만 내가 이렇게 말했죠. '아빠, 제발 그렇게 하지 말아요. 그 사람들은 날 시시하게 만들려고 할 거예요.' 그러니까 토 나오게 하고 입에 재갈을 물리고 지루하게 할 거라는 뜻이었어요. '하지만 잭 삼촌은 안 그럴 거예요'라고 했죠."

"그래. 잭 삼촌은 그럴 수가 없지."

"이 부분이 최고라고 생각하지 않아요? 나랑 삼촌 말이에요. 돈 문제 다음으로 최고예요."

"미시, 네 아빠에게 정말 감사해야 해. 필립은 아주 큰 아량을 베풀었어."

"음, 삼촌은 내가 커서 뭘 했으면 좋겠어요? 바보 같은 데 취직하는 거요?"

나는 그렇게 삭막한 말로 멜리사의 삶을 떠올려본 적이 없었다. 그 애는 알 수 없는 눈빛으로 나를 한참 보았다. 내가 지켜보는 동안 아이는 입 안에서 민트캔디를 조심스레 굴렸다.

"다행히 지금은 그런 걱정을 안 해도 되잖니. 전혀."

"다행이죠."

"학교에 다니는 동안에는 이 건물에서 계속 지내렴. 입주 보모와 가정부를 두고 말이야. 가정교사도. 난 여기 바로 위층에 있을게."

"수호천사처럼요."

"말하자면."

"삼촌, 정말 날 잘 돌봐줄 거예요? 언제나?"

"네가 원한다면."

"내가 뭘 원하는지 알잖아요."

"내가 안다고? 그래도 말해보렴."

"난 삼촌이랑 같이 있고 싶어요. 우리 둘만요."

"그래, 좋아. 우린 이 끔찍한 상황을 잊게 될 거야."

"삼촌이 최고예요. 이건 우리 둘만의 비밀이에요."

"비밀이라고?"

"삼촌은 언제나 그걸 원했잖아요, 안 그래요?"

"뭘?"

"나랑 비밀을 만드는 거요. 난 당연히 원했고요."

"음, 멜리사 그럼 넌 소원을 이뤘구나."

"당연하죠. 늘 그러니까요."

이유는 알 수 없었지만 내 오른손이 떨리기 시작했다.

"걱정 말아요." 이를 눈치 챈 멜리사가 말했다. "말 잘 들을게
요."

"그러길 바랄 뿐이야."

"보면 알 거예요."

아이는 미소 짓더니 의자에서 불안한 듯 자세를 다시 바꿨다.

"그런데 삼촌, 왜 그렇게 멀리 있어요? 나랑 같이 소파에 앉아요."

멜리사는 재빨리 소파로 옮겨 앉았다. 나는 숨을 깊이 들이마
시고 내 방식대로 천천히 다가갔다. 우리는 나란히 앉았다. 하지
만 내 손은 계속 떨렸다.

"이제 뭘 원해?"

"삼촌이 매일 나를 보러 오는 거요."

"그래, 좋아. 그럴게."

"언제든 좋아요. 난 바로 아래층에 있잖아요."

"그래, 매일 내려가볼게."

"아니면 가끔은 내가 올라가도 되고요."

"미시, 네가 좋은 건 뭐든 다 좋단다."

"알아요."

파크 애비뉴

올리버 사건에 대해 기억나는 건 이게 거의 전부다. 그때 일들이 어찌나 완벽하게 떠오르는지, 말이 어찌나 술술 흘러나오는지 놀라울 따름이다. 진기명기에 가까운 복기랄까. 우리가 알던 당시의 소호는 이제 사멸한 문명처럼, 화려한 불빛을 반짝이며 우뚝 서서 도심 거리를 활보하는 우리를 내려다 보던 그 쌍둥이 빌딩처럼 사라졌다. 지속되는 망상 속에서 이 별것 아닌 이야기를 기록하기까지, 이 이야기를 편안한 마음으로 명료하게 써내려가기까지 내 인생은 산산이 부서졌고 몇몇 친구들이 죽었으며 나의 마지막 남은 안일한 환상은 깨졌다. 보아하니 예술이란 것에는, 조금이라도 진지한 종류라면, 그 정도의 대가가 따르는 것 같았다. 딜러라면 누구나 말하겠지만 훌륭한 상품은 장기적으로 보면 언제나 싸게 사는 물건인 셈이다.

내가 빈틈없이 살피는 가운데 멜리사는 잘 자랐다. 앤젤라의 구속이 보도되자 미술계의 내 친구들은 타락한 모성에 큰 충격을 받았고 이내 미시에 대한 연민이 생겨 그녀에게 일종의 신성한 경외심을 품게 되었다. 미시의 가정교사들이 언제나 하는 말처럼 그녀가 '총명하다'는 사실도 분명 한몫 했겠지만 사람들의 마음을 끈 요인은 그뿐이 아니었다.

나의 피후견인은 기품이 넘쳤다. 미시의 보모들마저 그녀를 무척 좋아했다. 보모들에게 언제나 예의 바르고 말을 잘 듣는 미시는 너그러운 교도관에게 아첨하는 모범수 같았다. 앤젤라는 그렇지 못했다. 그녀는 종신형 선고를 다른 모든 사람들의 하루하루를 지옥으로 만들어도 된다는 자격증으로 받아들였다. 특히 감방 동기들과 적은 돈을 받고 일하는 교도관들에게 심하게 굴었다. 물질적으로 풍족한 멜리사는 제 엄마와 달리 자신이 정확히 언제 자유로워질지 잘 알았다.

살인자의 자식이 된 일로 미시의 브래드포드 스쿨 생활에 몇 가지 문제가 생길 수도 있었다. 하지만 그녀의 가족에게 닥친 재앙에 동급생들은 마음이 흔들렸고 이사진들은 겁을 먹었다. 한 차례 긴급회의를 한 뒤 도프먼 부인은 이사진이 만장일치로 결정한 내용을 발표했다. '이 불쌍한 소녀는 어머니가 저지른 범죄에 어떤 식으로도 책임이 없음이 분명하다. 브래드포드 스쿨은 계속 그녀를 기꺼이 받아들일 것이다.' 상류층다운 깨인 결정이었다. 내 머릿속에 계속 맴도는 '삼 대 사 대 자손들에게까지'* 라는 성경 구절로 미루어보건대 호건이 여러 번 훑어본 성경에서는 이런 일에 대한 견해가 좀 다른 것 같았지만.

뉴욕대 역시 브래드포드의 판단과 의견이 같았다. 멜리사는 우스터가의 로프트에서 조금만 걸어가면 되는 학교에서 수업을 듣고 학사 학위를 받은 뒤 뉴욕대 미술대학원에 바로 입학했다. 나는 멜리사가 내 모교에서 미술사를 공부하기로 했다는 데 감동했

* 《출애굽기》 20장 5절

다. 미시는 '어떻게 우리가 문화적으로 오늘날에 이르렀는지 알아보고 싶다'고 했다.

"그래서 오늘날 우리가 어디에 이르렀는데?"

"삼촌, 잘 알고 있어야죠. 삼촌 인생 그 자체인데."

"그렇다고 이해하는 건 아니지."

"하지만 삼촌은 이해하고 있잖아요. 나도 그렇고요."

"너도 이해한다고? 요즘의 미술이 무엇을 위한 것이고 무엇을 의미하는지 알겠어?"

"당연하죠. 요즘의 미술은 부자들을 위한 것이고 아무 의미도 없어요." 그녀는 웃음을 터뜨렸다. "우리 학교 선생님들은 모두 내 통찰력에 감탄한 걸요. 어릴 때 삼촌이 너무 잘 가르쳐줘서 그래요."

보다시피 나는 대부이자 법정후견인이라는 지위를 매우 진지하게 받아들였다. 그 덕에 지난 수년 동안 상상 이상으로 세심해지기도 했다. 그동안 미시는 대녀에서 오프닝과 축하연에 언제나 나와 함께 하는 '껌딱지'이자 내가 우스터가에서 여는 파티에 빠질 수 없는 여주인공으로 서서히 진화했다.

물론 그동안 몇 가지 어려움도 겪었다. 사이버 경제의 거품이 꺼지면서 오테크의 주가가 폭락했고 앤드류스를 비롯한 최고경영진은, 그러니까 포르노 유통 계획을 공모한 일로 구속되지 않고 남아 있던 경영진은 주주들의 쿠데타로 안락한 일자리를 잃었다. 하지만 멜리사가 스물한 살이 되기 전 몇 년 사이에 회사는 정상화되었고 올리버 집안의 부는 다시 불어났다.

어맨다의 가족은 앤젤라의 예상대로 필립이 소유한 거액의 재산이 미시에게 가는 것을 막으려고 정말 맹렬하게 싸웠다. 멜리사는 그들이 사랑하는 딸을 살해한 여자의 딸이었으니까. 윈게이트 가문은 어마어마한 변호인단을 꾸렸고 제법 설득력 있는 주장을 펼쳤지만 번스타인을 필두로 한 변호인단에게는 역부족이었다. 자산의 이전은 나의 사랑스러운 대녀가 대학교 공부를 마치던 해에 계획대로 진행되었다. 멜리사는 그다지 신경 쓰지 않는 것 같았다. 그 무렵 미끈하고 굴곡진 몸매를 지닌 아가씨로 성장한 멜리사는 원하는 것을 갖지 못할 수도 있다는 생각을 한 번도 해보지 않았으리라.

반면 나는 멜리사의 기념비적인 생일에 꽤 법석을 떨었다. 그날 저녁 우리 둘은 오랜 시간 동안 공들여 생일을 축하했다. 그후 나는 그녀를 데리고 데니얼로 가서 저녁을 먹었고 유리벽 너머로 콜럼버스 서클과 센트럴파크가 보이는 조용한 9층 라운지에서 마침내 온전히 합법적으로 술을 마셨다. 아르마냑을 마시며셔먼 기념동상 근처에서 예전에 폴 모스가 교복 입은 멜리사 사진을 찍은 곳을 찾으면서 그녀에게 마침내 성인 여성이, 그것도 돈 많은 성인 여성이 된 기분이 어떤지 물었다. 그녀는 나를 보더니 자동차 미등의 붉은 빛이 만들어낸 물결, 완만하게 경사진 드넓은 공원, 도시의 어두운 심장부를 지키는 감시병처럼 공원 가장자리에 서 있는 높은 건물을 내다보았다.

"이런 게 정의지 싶어요."

우리는 폴이 석방되어 돌아올까 두려움에 떨 뻔도 했지만, 호건이 어느 정도 예견했듯 폴은 이미 감옥에서 살해당했다. 살이 찌며 외모도 상당히 망가진 폴은 세탁실 구석에 피를 흘리며 쓰러져 있었는데, 현장에 너무 늦게 도착하는 바람에 폴을 도울 수 없었던 교도관들에 따르면 폴은 아이든 어른이든 그 누구에게도 강요하거나 해를 입힌 적이 없다고 계속 주장했다. 한편 새미는 그토록 바라던 성공한 남자가 되지 못한 채 체념하고 연이은 징역형을 가석방의 희망도 없이 살고 있었다.

그리고 나는 지난 몇 년 동안 아래층을 들락거리는 젊은 남자들을 조용히 지켜보았다. 그러면서 좋은 집주인이자 다정한 삼촌으로서 가끔 미시를 찾아갔다. 그것이 내게 주어진 역할이었다. 아니 내가 자처한 역할이었다. 미시가 대학에 다니고 친구들과 함께 로프트에서 지낸 동안에도 우리는 계속 정기적으로 저녁을 함께 먹었고 여행을 떠나기도 했다. 앤젤라는 점점 보안이 강한 곳으로 몇 차례 이감되는 동안 억울해 하며 편지를 써서 내게 화를 냈다. 늘 신경을 곤두세우는 엄마의 눈으로 볼 때 미시와 함께하는 내 삶은 부도덕한 것이었다. 그녀는 딸에게 설교를 길게 늘어놓았지만 멜리사는 경제적으로 자유로워진 뒤에도 엄마의 광기 어린 반대를 무시하고 내 곁에 계속 남아 있었다.

하지만 나는 이 작은 승리에 대한 대가를 치렀다. 멜리사는 아래층에 계속 살고 있지만 이제 젊은 남편과 함께다. 엷은 갈색 머리칼에 성격도 좋은 그는 월 스트리트의 주니어 애널리스트로 아직 브룩스 브라더스 정장을 어떻게 입어야 하는지도 배우지 못한 애송이였다. 이 젊은 부부는 2년 전 결혼하여 평범하게 결혼생활을 하고 있다.

멜리사가 그를 소개했을 때 나는 그녀의 남편감을 어디선가 본 듯한 기분이었다. 오래전 폐점시간을 넘긴 어두운 술집에서 넥타이를 어깨 너머로 넘기고 있던 골드만삭스의 젊은 직원 같았다.

몹시 화창하던 5월의 어느 오후, 파크 애비뉴의 장로교 교회에서 열린 결혼식에서 나는 후견인이라는 지위에 걸맞게 내 오른팔을 잡은 미시를 데리고 버진로드를 걸어 그녀를 신랑에게 인도했다. 내가 할 수 있는 일은 이것뿐이었다. 결혼은 거의 모든 사람이 인생의 어느 시점에서 저지르는 실수다. 분명 멜리사 역시 고된 변화를 겪고 나서 현명해지겠지.

결혼식은 맨디가 좋아했을 법한 세련된 예식이었다. 오르간이 연주되는 가운데 하워드는 누구의 손길도 닿지 않은 소중한 선물을 받듯 꿈에 그리던 자신의 여자를 받아들였다. 하워드는 여전히 나와 함께 있는 것이 편하지 않은 것 같다. 우리가 엘리베이터에서 처음 만났을 때 멜리사가 한 말 때문인지도 모른다. 그때 멜리사는 내가 공연히 임대료를 낮게 받는 것을 하워드가 겸연쩍어한다고, 그는 '일한 만큼 벌고 그만큼 사는 것을 좋아하는 편'이라고 했다. 어찌된 노릇인지 이 자존심 강한 하워드는 나와 우스터가의 모든 입주 상황을 의심의 눈초리로 보는 것 같다. 시장 방침에서 벗어난 모든 거래를 경계하기 때문일 수도 있고 신중한 사람이기 때문일 수도 있다. 소호에는 월 스트리트 증권거래소는 상대도 되지 않는 위험이 도사리고 있으니까.

아마도 머지않아 이 충직한 녀석은 신부를 데리고 메트로 노스 통근 철도가 다니는 안전한 소도시로 이사를 갈 것이다. 그렇다. 이제 멜리사가 자신만을 위해서가 아니라 좋은 학군과 최고의 축구 리그까지 생각해야 할 날이 다가오는 걸 피할 수 없다.

작년 가을에는 멜리사의 배가 불러오고 있다는 것을 알아챘다.

그녀는 얼굴을 붉히며 곧 상황이 달라질 것이라고 말했다. 몇 달이 지나면 층계참에 유모차가 보일 테고 어쩌면 내가 기저귀 가는 법을 배우게 될지도 몰랐다. 멜리사가 말할 때 내 상체를 잡고 입 맞추자 그녀의 몸이 내 왼팔에 잠시 스쳤다. 멜리사의 남편은 짝다리로 서서 내 시선을 피해 문설주를 보며 서 있었다.

"아기가 생기다니 정말 놀랐어요." 하워드가 말했다. "아직 계획한 건 아니었는데 말이죠."

"그러게 말이네." 내가 대답했다.

우리는 왜 서로에게 이런 일들을 할까? 호건과 그렇게 긴 시간을 보냈으면서도 나는 어디서 범죄가 시작되는지 여전히 궁금했다. 상황 때문에 아주 조금씩 우리에게 다가오는 것일까? 상황과 상관없는 우리의 행동일 뿐일까? 아니면 타고난 악에서 오는 것일까? 우리 탓이 아니지만 호되게 벌 받을 수밖에 없는, 모순적인 악에서?

아니, 그런 건 잊어버리자. 원죄라는 개념 때문에 우리는 너무 쉽게 곤경에서 자유로워진다. 내가 멜리사를 놓아준 것처럼.

"무슨 말을 해야 할지 몰랐어요." 기쁜 소식을 전하고 며칠이 지난 어느 화창한 9월의 아침, 하워드가 출근하고 나자 멜리사가 내게 말했다.

"괜찮아. 아주 잘 된 일이야."

미시는 배를 만졌다. "내가 뭐라고 했는지 들었어요?"

"그래." 나는 내 그림, 옷장, 로프트, 내 우아한 집을 둘러보았다. "정말 기쁘구나. 네 엄마도 기뻐할 거야."

"난 이 상황을 견딜 수 없어요. 잭 삼촌, 뭐라고 말 좀 해줄래요? 나 좀 안아줄래요?"

"이제 그런 일을 해줄 남편이 있잖니."

"맞아요. 감사한 일이죠." 멜리사는 조금 물러났다. "그럼 아기는요? 삼촌은 알고 싶지도 않아요?"

"그런다고 뭐가 달라지니?"

"그렇지는 않겠죠. 맞아요, 절대 달라지지 않아요."

"미시, 지금 우릴 봐. 모두 자기 자리에 있잖아."

"하지만 정말이지 너무 슬퍼요. 예전에 내가 삼촌을 정말 좋아했던 때가 있었다는 걸 알잖아요. 그것도 아주 오랫동안."

"알고말고. 네가 한두 번인가 얘기했지. 정신이 없어서 잘 듣진 못했지만. 네가 대학에 다닐 때 입으로 해주는 바람에."

"삼촌, 그때 얘기는 하지 마요." 멜리사는 숨을 깊이 들이마셨다. "전부 다 장난은 아니라고요."

"그럼 뭐지?"

"현실이라고 인정할 순 없어요? 이번 한 번만이라도."

"미시, 나도 현실적인 건 다 해봤는데 잘 안 되더구나."

"그만 좀 해요."

"나탈리가 병상에 누워 있는 게 현실이었지. 그런 걸 원해?"

멜리사는 고개를 숙이고 조용히 울었다. 나는 오래전 그랬듯 뭔가를 느끼고 싶었다. 그게 무엇이든 괜찮을 것 같았다. 사랑이든 질투든 분노든. 무엇이든. 하지만 소원이 언제나 이루어지지는 않았다. 고개를 든 미시의 얼굴은 부서진 인형 머리처럼 산산조각 난 것 같았다.

"전 여기를 떠나야 해요. 삼촌, 소호, 이 지긋지긋한 모든걸요."

"어째서?"

멜리사는 눈을 번득이며 나를 보았다. 먼 옛날 다거 전시회에서 어맨다의 노트북에 대해 한 번 더 물었을 때 이후로 그런 표정은 처음이었다. 그녀는 이제 임신한 몸으로 우스터가의 로프트에서서 그 당시에도 틀림없이 했을 생각을 말하고 있었다.

"삼촌, 제발 아둔한 척 좀 그만해요."

하지만 나는 아둔했다. 어쩔 수 없었다. 그 후 몇 주가 지나 멜리사가 임신 중기에 접어든 어느 날 그녀의 엄마에게서 편지를 또 한 통 받았다. 하루 이틀쯤 탁자 위에 뜯지 않은 편지를 올려놓고 지나갈 때마다 발신인 주소를 흘끔댔다. 멜리사는 역시나 관심이 없었고 편지를 무시했다. 마침내 어느 날 밤, 멜리사가 아래층으로 내려가고 나서 편지봉투를 뜯었다. 편지는 무늬 없는 흰 종이 세 장에 검정색 잉크로 쓰여 있었고 빠르게 휘갈겨 쓴 듯했다.

친애하는 잭

당신이 날 미워한다는 거 알아. 이제 그런 건 중요하지 않아. 나 역시 내가 필립과 당신에게 저지른 일 때문에 나를 싫어하게 됐으니까. 중요한 건 진실이야.

멜리사를 조심해. 그 애가 최근에 즐기는 게임은, 그러니까 결혼, 당신들 셋이 함께 지내는 일, 이중성 같은 것들은 계속될 수 없어. 내가 못하게 할 거야. 잭, 당신은 이 고상한 체하는 타락을 모두 끝내야 해. 당신에게 정말 좋은 게 뭔지 안다

451

면 말이지.

세상에는 절대 용납할 수 없는 일들이 있어. 당신도 알잖아? 아니 내가 얘기해주면 알게 되겠지. 멜리사는 사람을 죽였어. 살인자라고. 물론 그 애는 자기가 한 짓을 절대 인정하지 않겠지만. 그래, 당신이 아끼는 그 다정한 아이 말이야.

그날 비가 오는데 같이 차를 타고 집으로 가는 동안 멜리사는 멍했어. 그 애는 '이제 맨디는 죽었어요'라는 말만 했지. '이제 맨디는 죽었어요. 내가 죽였어요'라고 말이야. 그 애에겐 아무 의미 없는 말이었어. 현실이 아니라 그냥 말이었지. 멜리사에게 그 이유를 쉽게 들을 수는 없었어. 나는 사건을 제대로 감추기 위해 자세한 이야기를 해달라고 몇 주 동안 애원해야 했지.

당신은 지금도 날 믿지 못할 거야. 경찰이 온 뒤 내가 자백하는 걸 낱낱이 들었으니까. 하지만 당신은 정말 무슨 일이 있었는지 알았어야 해. 난 내 자식을 구한 거야. 그 애에게 자유로운 삶을 주려고 거짓말하고 자책하면서 내가 해야 할 일을 했다고. 멜리사는 내게 고마워하지 않았고 앞으로도 그럴 거야. 멜리사는 그럴 애가 아니야. 당신의 '일편단심'에도 마찬가지고.

그 후로 내 삶이 어땠는지 상상이 돼? 난 지난 세월 내내 당신과 멜리사 두 사람을 생각할 수밖에 없었어. 내가 이곳에서 서성대고 비명을 지르는 동안 죄와 오만으로 얼룩진 소호에서 살아가는 두 사람을 말이야. 다행히 보상이 있었지. 멜리사는 진학하고 남자친구를 만나고 유산도 상속받고 결혼도 했으니까.

하지만 이제 이게 문제야. 이 혐오감. 감당하기에 버거워.

잭, 그래서 당신에게 말하는 거야. 가서 살펴봐. 미시의 침실에 가면 바닥에 마루 널이 느슨한 부분이 있어. 날 찾아온 몇 안 되는 면회 때 언젠가 그 애가 말했어. 교도관들에게 들리지 않게 속삭이면서. 그 애가 거기 뭘 숨겼는지 알아? 당신 친구 호건이 준 선물을 숨겼어. 그 부티크에서 가져온 CCTV 테이프 복사본 말이야. 멜리사가 차에서 나가 건물로 들어갔다가 맨디의 노트북을 들고 나오는 모습이 담긴 테이프야.

난 몰랐어. 그 애가 학교 숙제 때문에 노트북을 가져왔다고 생각했지. 난 이중 주차된 차에 앉아서 그 애가 새엄마의 머리에 총을 두 번 쏘는 동안 아무것도 모르고 있었어.

호건은 한 장면 한 장면 사건을 전부 다 내게 설명했어. 그날 아침 나를 멜리사의 방으로 데리고 들어가서 그가 가장 먼저 한 일이었지. 그는 오전 11시에 건물로 들어갔다 한 시간 뒤쯤 나가는 폴 모스를 보여줬어. 그 후 어맨다가 잠깐 쇼핑하러 나갔다가 모건 르 페이 쇼핑백을 들고 돌아왔고.

그 후 호건은 나를 침대에 앉혔고 나는 그곳에 앉아 멜리사의 옷, CD, 보석, 신발, 브러시와 빗, 책으로 어지럽혀진 방을 살펴봤어. 그는 내게 멜리사가 이런 물건도 사용하지 못하고 이 침실의 3분의 1 크기밖에 안 되는 감옥에 갇혀 있는 걸 상상해보라고 했어. 예쁘고 어린 내 딸이 하나같이 밀반입한 마약에 취한 레즈비언 같은 도둑들과 방화범과 살인자들 말고는 아무도 만나지 못하고 이야기도 나누지 못하는 걸 말이야. 그런 세월을 보내면 내 딸이 어떻게 되겠어?

호건은 의심의 여지가 없다고 했어. 범죄를 계획했고 살인죄를 폴에게 뒤집어씌우려 했기 때문에 검사는 멜리사에게 성인에 준하는 구형을 할 게 틀림없다고 말이야. "멜리사의 속내가 어른이 아니라면 우린 모두 미성년자들이야. 그 애에 비하면 우린 모두 방황하고 위험한 어린이들에 불과하지." 호건은 이렇게 말했어. 내가 그 애의 죄를 뒤집어쓰지 않으면, 날 희생하지 않으면 어느 쪽이든 그 애는 불행해졌어.

멜리사가 브래드포드를 졸업하기 전에 호건이 그 애에게 테이프 복사본을 주면서 이렇게 말했대. "이건 네가 정직하게 살도록 하기 위한 거야. 잭은 나의 가장 친한 친구야. 내겐 사본이 하나 더 있지. 그걸 쓸 일이 없길 바란다." 그리고 미시는 그 테이프를 자기 침실 바닥 밑에 숨겼어. 분명 반쯤 잊었을 거야. 나를 잊었듯이.

하지만 잭, 난 잊히지 않을 거야. 이렇게 살아 있는걸. 나는 날 모르는 체하지 말라고 요구하는 거야. 당신은 내 말을 듣고 날 만나러 와야 해. 여자이자 예술가이자 엄마인 앤젤라 올리버를 기억해야 해. 그래, 가여운 필립을 죽인 사람이기도 하지. 하지만 어맨다는 아니야! 난 당신이 편히 살아가도록 놔두지 않을 거야. 떠나지도 않을 거고. 당신이 날 계속 감옥에 둘 수 있을지는 몰라도 머릿속에서 밀어내지는 못할 거야. 난 당신 삶의 많은 부분을 차지하잖아. 난 당신이 사랑하는 여자를 낳았다고.

아니라고 하지는 마. 나는 못 속여. 난 두 사람을 아주 오랫동안 지켜봤어. 더 이상은 정중한 척하면서 좋은 삼촌이라는 가면을 쓰고 숨길 수 없어. 이제는 안 돼. 그러기에 당신은 너무 멀리 가버렸어. 빌어먹을. 멜리사가 정말 어떤 아인지 모르겠어?

잭, 그 테이프를 봐. 언제든. 종이에 쓴 글처럼 있는 그대로 보여주는 흑백 영상이야. 아래층에 내려가서 보기만 하면 돼. 하지만 안 보겠지? 당신은 스스로 만든 우스터가의 동화를, 장난감 집을 망치고 싶지 않을 거야. 당신이 직접 만든 환상 속의 삶을 망가뜨리고 싶지 않겠지. 당신 자신과 소중한 멜리사를 위해.

음, 이제 내가 당신을 위해 그걸 부숴줄게. 더 이상은 견딜 수 없으니까. 더 이상은 지속할 수 없으니까. 멜리사에게 당신이 전부 다 알고 있다고 말했어. 그 애가 저지른 짓과 그 애의 정체를. 어제 편지를 썼어. 그러니까 이젠 다 끝났어.

CCTV 테이프를 보고 싶지 않은 것만큼이나 이 편지도 더 이상 읽고 싶지 않겠지. 잭, 당신은 진실을 원하지 않아. 전혀. 그래서 당신은 절대 호건이 될 수 없는 거야. 당신이 인간이 되기나 할지는 신만이 알겠지.

정의를 원하는 앤젤라가

나는 편지를 두 번 읽은 뒤 한쪽에 치워두고 위스키를 마시러 찬장 앞으로 갔다. 잠시 가만히 앉아서 정확히 무슨 생각을 해야 할지 정하고 싶었다. 나는 술잔을 들고 안락의자에 앉았다. 크로스비가를 습격하던 날 밤, 멜리사가 로프트 반대편 끝의 좁은 문 뒤에서 자고 있던 밤에 앉았던 의자였다.

오랜 세월 동안 감옥에 갇혀 지낸 자백한 살인범이자 미친 여자의 절규라고 생각했다. 앤젤라는 보안이 가장 삼엄한 감옥에 갇혀 주황색 죄수복을 입고 있으면서도 통제를, 아니 통제하려는 시도를 포기하지 않았다. 다른 방식으로는 우리에게 해를 입힐 수 없었기에 말로 해치려고 했다. 하지만 우리는 계속 이렇게 지낼 수 있다. 나는 새로운 전시회 시즌과 멜리사의 출산 준비에 정신이 팔려 있었다. 아기 선물도 사야 하고 아이들이 열지 못하게 만든 전기 콘센트도 준비해야 했다. 가야 할 전시회도 많았고 지불해야 할 청구서도 있었다.

"잭, 당신은 끔찍하게 멍청한 바보야."

앤젤라의 목소리가 들리는 것 같았다. 나를 바보라고 생각한다면 그건 온전히 그녀 탓이었다. 그녀가 모닝커피에 합성수지를 섞어 내 뇌에 입힌 피해는 크지 않았지만 원래대로 되돌릴 수 없었다. 의사들은 아주 명쾌하게, 무자비할 정도로 솔직하게 예후를 말해주었다. 그들은 곧 악화 속도가 빨라져 처음에는 아주 약간, 그러니까 예전의 나보다, 두뇌 손상이 덜한 사람들보다 정신적으로 반 발자국 정도 뒤쳐질 것이라고 했다. 그런 현상이 나타난다고 한들 내가 어떻게 알 수 있을까? 멜리사를 향한 내 감정이 무엇인지는 모르지만 그 알 수 없는 감정에도 비슷한 효과가 나타날지 몰랐다. 시력이 나빠지는 남자에게 모든 젊은 여자가 아름다워 보이듯이.

사실 약간의 망각과 지금 일어나는 일에 대한 약간의 흐릿함은 노인이 되어가는 여정을 시작하기에 가장 적절한 상태였다. 나는 저녁이 막 찾아든 흐릿한 시간에 긴 대로에서 벗어났을 뿐 그 길이 어디에 이르는지, 모든 거리가 어디로 이어지는지 이미 잘 알고 있었다.

"네 엄마가 보낸 편지를 읽었어." 다음날 나는 멜리사에게 말했다. "네가 어맨다를 죽였다고 아주 자세하게 비난했더구나."

"뭐 새로울 게 있나요? 엄마는 모든 사람을 비난하고 탓하잖아요. 엄마 자신만 빼고요."

"그래. 늘 그랬지."

"내가 갈 때마다 엄마는 새로운 음모와 새로운 범인을 만들어 내요. 다음은 삼촌 차례일지도 몰라요."

"내가 왜 맨디를 죽이겠어?"

"엄마가 삼촌이 하는 미술품 딜러 일을 내 절반만큼만 알아도 삼촌에게 충분한 이유가 있다고 생각할 걸요."

"그럴 수도 있겠군. 그럼 넌 앤젤라에게서 손 뗀 거야? 무슨 일이 있어도 '세상에는 나와 엄마'뿐이라더니?"

"그건 오래전 얘기죠. 엄마는 완전 끝난 얘기에요."

멜리사는 소호에서 가장 좋은 가게에서 산 임부복을 입고 있었는데 몸을 덮은 긴 원피스에 한껏 나온 배가 가려졌다. 그녀가 나를 보자 얼굴을 감싼 금발이 눈부시게 빛났다. 눈이 멀 정도였다.

"그때 엄마의 죄를 감춰주려고 했니? 그래서 폴 모스를 바보 만든 거야?"

"모르겠어요. 아마 그랬겠죠."

"아니면 앤젤라가 널 부추겼어? 널 살아 있는 무기로 써서 복수하려고 네게 총 쏘는 걸 가르쳤나?"

멜리사는 어깨를 으쓱했다. "그럴 수도 있죠. 아니면 모든 게 나 혼자 생각한 걸 수도 있고요. 처음부터 내 생각이었고 엄마는 날 구하려는 좋은 엄마였을지도 모를 일이죠. 누가 알겠어요? 이제 와서 누가 신경 쓰겠어요?"

"미시, 난 신경 쓰이는구나. 말해보렴."

"뭘요?"

"나도 갖고 논 거니?"

"오, 내가 삼촌이 추잡한 생각을 하게 만들었냐는 뜻인가요?"

나는 대답할 수 없었다.

"음, 어쩌면 그런 야한 생각은 삼촌 머릿속에 계속 있었을 수도 있죠. 그러다 운이 좋아서 나라는 대상을 발견했고요."

"운이 좋았다고 해야 하나?"

"대부분의 남자들이 그거 때문에 사람도 죽이잖아요."

"아니면 정말 죽거나. 폴처럼."

"우리가 한 일이 정말 그렇게 나쁜 거였어요? 삼촌은 불평한 적 없잖아요."

"내가 어떻게 불평할 수 있었겠어? 네 엄마와 네가 짜고 한 거잖아. 나를 함정에 빠뜨리고. 내가 널 감당하지 못하게 만들고."

"우리가요? 삼촌 참 딱하네요."

"수줍은 척하면서 그렇게 끼를 부려놓고는."

"내가 장난친 거라고 생각해요?"

"내가 네 옷을 벗겨주던 날 밤은 또 어땠니. 침실에 간 다음 앤젤라한테 전화했어? 나한테 전화해서 널 다시 한번 보러가달라고 하라고?"

"그만해요. 삼촌은 이성을 잃고 있어요. 도대체 뭐가 문제에
요? 삼촌 머릿속 말이에요."

"너야, 멜리사."

그녀는 애매하게 미소 지으며 내 눈을 보았다. "그래요?" 그녀
의 목소리가 낮아졌다. "지금의 나에요, 그때의 나에요?"

"그냥 언제나의 너."

멜리사는 서서히 거리를 두는 표정을 지었다.

"전부 오래전 일이에요. 난 어렸다고요. 다 꿈같지 않아요? 꿈
꾼 걸 가지고 서로 탓하지 말자고요."

"네 엄마가 그러던데. 내가 확실히 알 수 있는 방법이 있다고."

멜리사는 침착하게 나를 보며 잠시 멈칫했다.

"삼촌, 모든 것을 알 방법은 있게 마련이에요. 열심히 찾고자
한다면요." 그녀는 손을 내밀어 내 오른손을 다정하게 잡았다.

"하지만 그렇게 하고 싶어요?"

미시는 대답을 기다리지 않고 내 손을 불룩 나온 배에 갖다 댔
다. 그녀가 손을 내려 살짝 누르자 손바닥 아래 그녀의 몸 속 깊
은 곳에서 약하게 꿈틀대는 것이 느껴졌다.

"느껴져요?"

"그래."

"느껴진다고 말해봐요."

"느껴져."

"내 아기들이 느껴져요?"

내 눈빛은 놀란 기색을 감추지 못했다.

"삼촌, 이란성 쌍둥이에요. 뱃속에서 서로 먼저 죽이지 않는다면 말이죠. 난 아침마다 숙취 같은 메스꺼움을 느낀다고요."

"그런 말은 하지 마."

"삼촌을 위해 거짓말을 할까요? 예전에 그랬던 것처럼요?"

"아니."

"그럼 이 아기들이 느껴진다고 말해봐요."

"그래, 느껴져. 느껴진다고."

"이제 말해봐요. 정확히 얼마나 알고 싶은 거죠?"

멜리사는 배 위에 올린 손 위로 다른 한 손을 얹더니 내 손을 솟아오른 배 위로 더 힘주어 눌렀다.

"진실을 어느 정도나 감수할 수 있겠어요?"

나는 절망적인 눈빛으로 그녀를, 여전히 아름다운 나의 미시를 뚫어지게 쳐다보았다.

"삼촌, 얼마나요?"

그때나 지금이나 대답할 수 없었다.

에필로그

아기가 태어나자 지난날의 실패와 상실을, 맨디와 필립의 이른 죽음을, 서서히 사그라든 나탈리의 죽음을 보상받는 것 같았다. 새로운 생명의 탄생만이 할 수 있는 일이었다. 과거에 일어난 일은, 특히 죽음이라는 변치 않는 일은 그 무엇도 만회할 수 없었다. 그렇기에 새로운 생명은 이를 바로잡는 역할을 한다기보다 새로운 출발을, 끊임없는 시작을 의미했다. 멜리사는 제 부모가 맞춰놓은 삶의 균형에 따라 살지 않는다. 그녀는 자기만의 삶을 산다. 그녀의 딸도 그럴 것이다. 그래서 삶은 지독하게 아름다운 것이다.

어느 날 저녁 프라브다에서 호건과 술을 마시던 중 CCTV 테이프에 대해 물었다. 그는 고개를 돌리더니 어깨를 으쓱했다.

"그 일은 잊어. 앤젤라가 무슨 말을 하는지 보려고 내가 꾸며낸 일이야. 그녀는 상당히 많은 것을 말했지."

"날 보호하려고 말 안 하는 거야? 예전에 네가 멜리사를 보호하려고 했던 것처럼?"

"잭, 왜 이래. 내가 그런 놈으로 보여?"

지금도 밤에 아래층에서 자동차 경보장치처럼 맹렬하게 울려대는 아기 울음소리를 듣고 있으면 가끔 미시와 호건이 했던 질문들이 떠오른다.

돈은 층간 방음시설을 한 다음 소득공제를 받고 임대료를 올려서 그 돈을 메꿀 수 있다고 한다. 내가 아래층에 사는 점점 부유해지고 배은망덕한 젊은 가족에게 더 이상 집을 빌려주지 않겠다고 결정만 하면 된다고.

하지만 예상과 달리 가족 수가 많이 늘지는 않았다. 멜리사는 한 아이만 데리고 퇴원했다. 쌍둥이 중 남자아이는 뱃속에서 사라졌다고 했다. 나는 이해가 되지 않았다.

"죽어서 흡수됐대요. 흔히 있는 일이라던데요."

고통스러운 출산 후 집으로 돌아온 미시가 말했다. 그녀는 우리 집 소파 쿠션에 기대 캐모마일 차를 마시고 있었다.

"소아과 의사가 속상해 하지 말래요. 생길 수 있는 일이라고요."

"어디에 흡수되었다는 거야?"

"여자아이에게요. 자연스럽게."

분명 돈이 옳다. 아래층에서 나는 소리가 없으면 더 행복해질 것 같기도 하다. 하지만 이건 이성의 문제가 아니었다. 멜리사의 딸은 단어를 배우기 훨씬 전부터 울음으로 말을 했다. 그 울음이 전하는 메시지는 두려움이나 불편함이라기보다 날카로운 조바심이었다. 아니 비난인지도 몰랐다. 우리 자신들의 환생과도 같은 이 아이, 재클린은 무섭도록 순수하고 거침없이 세상에 요구한다. 매일 밤 아이의 날카로운 목소리 때문에 나는 얕은 잠에서 깨고 어두운 방에서 주변이 평정을 되찾을 때까지 참을성 있게 누워 있는다.

그렇다. 언젠가, 아마 조만간 나는 아래층에 내려가 묻어둔 테이프를 꺼낼 것이다. 테이프가 정말 있다면 언젠가는 창가 의자에 앉아 그 선명하지 못한 화면을 볼 것이다. 그리고 언젠가는 낮선 이들만 사는 내 건물에서 완전하고도 끔찍한 확신에 빠져 혼자 살 것이다.

하지만 지금 당장은, 우리가 함께 지낼 얼마 남지 않은 밤에는 아래층에서 들려오는 아기 울음의 사소한 변화에 적응하며 뜬눈으로 누워 귀기울이는 쪽을 택하겠다. 세심한 엄마 멜리사는 침대에서 일어나 마루를 지나 내가 선물한 비싼 앤틱 아기침대로 가겠지. 몇 걸음 채 못가 달래는 말을 하며 풍만한 가슴에 아기를 안아 미지근한 젖을 주며 어르겠지. 우리가 지은 소호의 죄악 때문에 울부짖는 작은 괴물을.